ハヤカワ・ミステリ文庫

〈HM㊽-2〉

# ブラックサマーの殺人

M・W・クレイヴン

東野さやか訳



早川書房

8733

BLACK SUMMER
by
M. W. Craven

Translated by
Sayaka Higashino
First published 2021 in Japan by
HAYAKAWA PUBLISHING, INC.
This book is published in Japan by
arrangement with
ENTITY B LTD.
c/o THE MARSH AGENCY LTD.
through TUTTLE-MORI AGENCY, INC., TOKYO.

いちばんの親友であり、わが魂の友であるジョーへ。

# ブラックサマーの殺人

## 登場人物

ワシントン・ポー……………………国家犯罪対策庁《NCA》の重大犯罪分析課《SCAS》の部長刑事
ステファニー・フリン………………同課警部
ティリー・ブラッドショー…………同課分析官
エドワード・ヴァン・ジル…………NCA情報部長。SCASの責任者
バーバラ・スティーヴンズ…………NCAの主任警部

イアン・ギャンブル…………………カンブリア州警察警視
アンドルー・リグ……………………同刑事
ウォードル……………………………同主任警部
フェリシティ（フリック）・ジェイクマン……監察医
エステル・ドイル……………………病理学者

ジャレド・キートン…………………〈バラス&スロー〉のオーナー。著名なシェフ
ローレン………………………………ジャレドの妻。事故で死去
エリザベス……………………………ジャレドの娘
クローフォード・バニー……………〈バラス&スロー〉の現料理長
ジェファーソン・ブラック…………〈バラス&スロー〉の元従業員
レス・モリス…………………………失踪者
リチャード・ブロクスウィッチ……ペントンヴィル刑務所の囚人
クロエ…………………………………リチャードの娘
トマス・ヒューム……………………ポーの隣人の農場主
ヴィクトリア…………………………トマスの娘

わたしの体がむしばまれている。

それを食いとめる手立てはない。

体力がすっかり衰え、動くこともできなくなっている。筋肉は、この体が生きていくのに必要なアミノ酸に分解されてしまった。潤滑液が供給されなくなったせいで関節が固くなり、節々が痛む。皮膚の下の血管が主要臓器を保護するために収縮してしまい、手と足がちくちく痛む。歯茎が縮み、歯がぐらぐらする。

終わりが近い。

感じでわかる。

呼吸が速くて浅い。頭がくらくらする。ここ何日かではじめて、眠りにつきたいと思う。

けっして目覚めることのない眠りに。

もう怒りは感じない。

最初は感じていた。あまりの仕打ちに、何日間もわめきちらした。これからというときに、サメの目をした男にすべてを奪われてしまった。

いまはもうあきらめている。

けっきょく、わたしが悪いのだ。自分が突きとめた事実を披露したくて、のこのこやってきたのだから。

あの男がそんなことに頓着していないことくらい、少し考えればわかりそうなものなのに。わたしが突きとめた事実など、彼にはどうでもいいことだったのだ。彼の関心はべつにあった。

だから、わたしはここで横になって、目を休ませる。

一分間だけ。

もしかしたら、もうちょっと長いかも……。

# 1

フランス南部にズアオホオジロという鳴き声の美しい鳥が棲息している。

体長六インチ、体重は一オンスにも満たない。灰色の頭部に淡黄色の喉、そして腹は美しい橙色をしている。太くて短いピンク色のくちばしに、ガラスでできた粒コショウのようなつやつやの目。短い単音をつらねた鳴き声を耳にすれば、誰でも思わず頬がゆるむ。

目をみはるほど愛らしい鳥だ。

ズアオホオジロを目にすれば、たいていの人はペットにしたいと思う。

ただし、例外はいる。

それを見て愛らしいという気持ちがわかない者もいる。

べつの感情を抱く者たちが。

というのも、ズアオホオジロのもうひとつ特筆すべき点が、世界でも一、二を争うほどの残酷な料理の主材料だからだ。その料理をつくるには、鳴き声の美しい小さな鳥を殺すだけでなく、激しい苦痛をあたえなくてはならず……。

そのシェフは一カ月前に二羽購入した。銃で仕留めると食材として使えなくなるので、金を払って網で捕獲してもらった。引き受けた男は一羽につき百ユーロを請求した。法外な金額だが、逮捕された場合の罰金はそれをはるかにうわまわる。

シェフはそれを自宅に持って帰り、古代ローマの宴席で腕を振るった料理人と同じ方法で太らせた。目をくりぬいたのだ。二羽のズアオホオジロの昼は夜に変わった。

夜に餌をあたえられた。

一カ月のあいだ、二羽は雑穀、ブドウ、イチジクをむさぼり食った。体の大きさが四倍になった。太って食べごろになった。

王にふさわしいひと皿。

あるいは、旧友にふさわしいひと皿。

連絡が入ると、シェフはみずから二羽を連れ、イギリス海峡を渡った。

ドーヴァーで下船したのち、車でひと晩走り、カンブリア州にある〈バラス＆スロー〉

という名のレストランにたどり着いた。

テーブルについているふたりは対照的などというレベルではなかった。

ひとりはハイカラーの上等なスーツを着ていた。東洋的なデザインだった。シャツは真っ白で糊がきいており、カフスは純金製だ。見るからに教養がありそうで落ち着きはらって見える。彼が愛想のいい笑みを向ければ、世界じゅうのどんなレストランも雰囲気がぐっと明るくなる。

もうひとりは泥だらけのジーンズにぐっしょり濡れたジャケットという恰好だった。ブーツからしたたる泥水がレストランの床にひろがっている。まるでハリエニシダの茂みを逆向きに引きずられたようなありさまだった。ゆらめくキャンドルの淡い光のなかでさえ、彼がそわそわと落ち着きがないのがよくわかる。悲壮感すらただよわせている。

ウェイターがふたりのテーブルに近づき、ローストするのに使った銅鍋ごと鳥料理を置いた。

「きっとお気に召してもらえると思う」スーツの男は言った。「鳴き声の美しいズアオホオジロという鳥だ。ジェガド・シェフみずからパリから持ってきたもので、彼女がその鳥を生きたままブランデーで溺れさせてから、まだ十五分もたっておらず……」

会食相手は鳥料理をじっと見つめた。大きさはつま先程度、脂肪がじゅうじゅういっている。彼は顔をあげた。「溺れさせるとはどういう意味だ？」

「そうすると肺にブランデーが入る」

「野蛮だ」

スーツの男はほほえんだ。フランスで仕事をしていたときに、さんざん言われたのだろう。「われわれ人間はロブスターを生きたまま熱湯に投入する。生きたカニのつめをもぎ取る。フォアグラを得るためにガチョウに無理やり食べさせもする。われわれが動物を口にするには、動物を苦しませなくてはならない、ちがうかな？」

「ならば、法に反していると言い換える」ジーンズの男が反論した。

「わたしもきみも法の問題を抱えている。きみのほうがわたしよりも深刻だと思うが？きみがその鳥を食べようが食べまいが、わたしにはどうでもいいことだ。しかし、食べると決めたなら、わたしのやり方をまねするよう勧める。香りを逃がさないと同時に、食べる姿を神に見咎められることもない」

スーツの男は糊のきいた血のように赤いナプキンを頭からすっぽりかぶり、鳥を口に入れた。鳥の頭だけが外に出ている。男がかぶりつくと、頭は皿にぽとりと落ちた。

ズアオホオジロは舌をやけどしそうなほど熱かった。男は一分ほど舌の上で転がし、少しでも冷まそうと小さく息を吹きかけていた。美味なる脂肪が溶けて喉を伝い落ちた。

男はしみじみとため息を漏らした。こんなふうに食事をするのは六年ぶりだ。鳥をかみ砕く。脂肪、内臓、骨、血が口のなかいっぱいにひろがった。肉の甘みとはらわたの苦みが絶妙だ。口蓋を覆う脂肪のたまらないうまさ。鋭い骨が歯茎に刺さり、自分の血が肉に味をつける。

天にものぼるほどのおいしさだった。

そして最後に、男の歯がズアオホオジロの肺を貫通する。極上のアルマニャックが口のなかにあふれる。

ジーンズの男は自分の前に置かれた鳥には手をつけなかった。スーツの男の顔は見えない——いまもナプキンに覆われている——が、骨をかみ砕く音と満足のため息は聞こえている。

スーツの男は十五分かけて鳴き声の美しい鳥を食べ終えた。かぶっていたナプキンから顔を出し、顎に垂れた血をぬぐって、客にほほえんだ。

濡れたジーンズの男がなにか言い、スーツの男は黙って聞いていた。スーツの男がいくらかなりともいやな顔をしたのは、これがはじめてだ。落ち着きはらった顔をほんの一瞬、不安がよぎった。

「興味深い話ではある」スーツの男は言った。「しかし、残念ながら、話はこれで終わりだ。べつの連中がやってきたようなのでね」

濡れたジーンズの男は振り向いた。仕事用のありきたりなスーツを着た男がドアのところに立っていた。その隣に制服警官がひかえている。

「あと少しだったな」スーツの男はかぶりを振り、警察官たちを呼び寄せた。

私服刑事がテーブルに近づいた。「ご同行願えますか？」

ジーンズの男はあちこちに目を向けながら、出口を探した。ウェイターもシェフも厨房にいるから、逃げようとしたところで道をふさがれるだけだろう。

制服警官が警棒を長くのばした。

「ばかなまねはしないように」私服刑事が言った。

「いまさら言ったところで遅い」ジーンズの男は怒鳴った。中身が半分ほど入ったワインボトルの首を握り、棍棒のように体の前でかまえた。まだぐっしょりしているシャツの前を、ボトルの中身が流れ落ちる。

膠着状態になった。

スーツの男はあいかわらず笑みを浮かべたまま、なりゆきを見守っている。

「説明させてくれ！」ジーンズの男は声をうわずらせた。

「説明なら明日いくらでもできます」私服刑事が言った。

制服警官が男の左に移動した。

厨房のドアがあいた。ウェイターが出てきた。牡蠣がのった大皿を手にしている。ウェイターは目の前の光景に驚き、金属の皿を落としてしまった。角氷と牡蠣が石敷の床に散らばった。

それで一瞬、注意がそれた。制服警官が下を、私服刑事が上をねらった。警棒が男の膝裏にあたり、私服刑事のパンチが顎をまともにとらえた。

ジーンズの男は倒れこんだ。制服警官がその背中を膝で押さえ、顔を石敷の床に押しつけながら手錠をかけた。

「ワシントン・ポー」私服刑事が言った。「あなたを殺人容疑で逮捕する。あなたには黙秘する権利があるが、質問に答えなければ、のちに法廷で不利に働く場合がある。発言はすべて証拠として取り扱われる」

二週間前

# 第一日

# 2

　イングランドの田園地方から、警察署前の青ランプが消えた。ヴィクトリアン様式の由緒あるりっぱな警察署は過去のものとなり、削減され、近代的で設備は整っているものの、人間味のない集中管理方式に取って代わられた。

　また、駐在の警官も姿を消した。そんなものはもはや、のどかな田園風景にあこがれる人たちの頭のなかにしか存在しない。昨今の警察官は、パトロールカーのウィンドウごしに自分たちの担当地区をながめるのが一般的だ。

　スーパーマーケットの〈テスコ〉の二十四時間営業の店舗数は、二十四時間体制の警察署の二倍だ。

　その影響をもっとも強く受けているのがカンブリア州だ。面積がおよそ三千平方マイル

——地理的に言えばイングランドで三番めにひろい——もあるというのに、常設の警察署はわずか五カ所しかない。

ペニネス山脈の北部に位置し、州でもっとも標高が高いマーケットタウンのアルストンは、その五カ所のひとつにならなかった。大きくて美しい独立庁舎だった警察署は二〇一二年に売却され、そのかわりに警察用のデスクがひとつ置かれた。毎月第四水曜日、イーデン・ルーラル地域の警察チーム——いわば苦情処理担当だ——が遠路はるばる車でやってきて、図書館に用意されたデスクにつき、住民の苦情に耳を傾けることになっている。苦情処理担当巡査のグラハム・アルソップは第四水曜日がきらいだった。苦情処理担当と呼ばれるのもきらいだった。聞かされる不満のなかには退屈なほどばかばかしく、頭が痛くなるほどどうしようもないものがあり、この町の連中は魚の餌程度の脳みそしかないんじゃないかと疑いたくなることがある。

わずか一カ月ほど前にもこんなエピソードがあった。年配の紳士が現われ、犬の糞が大量に詰まった袋をデスクにぽんと置いたのだ。本物の犬の糞だ。その紳士によれば、丹精こめて育て、賞まで取ったレディ・ペンザンスというバラのそばに、毎度毎度糞をされてうんざりしているとのことだった。村のドッグショーで紳士に負けた隣人が、腹いせとして不細工なダックスフントに用を足させているというのが言い分だった。紳士は犬の糞を

〝ラボ〟に持っていきDNA分析をするようアルソップに迫った。〝ラボ〟などというものはないし、糞を照合するための犬のDNAのデータベースも存在しないと伝えると、紳士は意外そうな顔をした。これは民事なので、事務弁護士に相談するようにアルソップ巡査は助言した。そして、犬の糞が入った袋はちゃんと持って帰るようにと。もちろん、これがエスカレートして犬の糞殺人事件にでもなれば、苦情処理担当巡査であるアルソップはいくらか説明を求められるだろうが、そのくらいのリスクは承知のうえだ。

とは言うものの、この日はのんびりとした一日だった。九時に図書館があき、一時間後に最後の読書会のメンバーがやってくるまで、ここにいるのはアルソップと図書館職員だけだ。おかしな連中が来るまで、お茶を飲む時間はたっぷりある。

それにこの日のアルソップには、ひとつもくろんでいることがあった。新聞を読み終えたら筋向かいのデリに出かけ、アルストン・チーズを買うのだ。司書のひとりがスフレのレシピを教えてくれることになっている。いろいろがまんさせている妻にチーズスフレを焼いてやれば、彼女の機嫌もよくなるだろうし、ポルトガルまでゴルフをしに行く話も言い出しやすくなる。

いい作戦だ。

しかし、作戦が一瞬にして犬の糞に変わってしまうのはよくあることだ。

最初は朝帰りをする若い娘としか思わなかった。誰かとひと晩ベッドをともにし、のろのろと帰宅する途中だと。娘はウールの帽子、無地の長袖Tシャツ、黒いレギンスという恰好だった。足を引きずっていて、足取りがおぼつかなかった。安物のスニーカーを引きずりながらカーペットの上を歩いてくる。

娘は部屋の中央に立って、あたりを見まわした。特定の本を探しているようには見えない。児童書のコーナーをざっとながめ、それから郷土史、つづいて自伝のコーナーを見ていく。おおかた、トイレを使うための芝居だろう。簡単に顔を洗い、もしかしたらコカインを一服やり、タクシーでカーライルまで戻る。アルストンに下宿している学生はいないが、それでもパーティがないわけじゃない。

しかし……警官人生の大半をカーライル市内のパトロール警官として過ごしてきたアルソップの直感はいまも衰えていない。

なにか変だ。

さきほどの判断はまちがっていた。娘はバツが悪そうにはしていなかった。おびえていた。なにかを探すように、目をすばやくあちこちに向けている。埃がただよう室内に目をこらすものの、視線は一瞬たりともひとところにとどまらない。けれども、アルファベット順に整然と並んだ本には興味がなさそうだった。彼女は図書館職員ひとりひとりを値踏みしているのか、目をとめると同時にしりぞけていった。

娘の目が自分に向けられたとたん、アルソップは絶品もののスフレを焼くという午前中の野望が潰えたことを悟った。彼女がここを訪れたのは彼に会うためだ。娘は顔をゆがめ、足を引きずるようにしてデスクに近づいた。アルソップの前まで来ると、やせこけた体を抱きしめるように左腕をまわし、右肘をつかんだ。頭を傾ける。こんなに心をかき乱されるような風体をしていなければ、美人だと思ったことだろう。

「警察の方ですか?」無表情な声だった。

「ここにいる全員ではないけどね」彼は答えた。

娘は冗談めかした返事ににこりともしなかった。なんの反応も示さなかった。アルソップは相手の顔をじっと見つめ、手がかりはないか、これからどうなるのかヒントらしきものはないかと探った。勘違いなんかじゃない。これは絶対になにか起こる。

娘はぐったりしていた。くたびれきった茶色の目が、あざだらけで縮んだ眼窩の奥に落ちくぼんでいる。帽子の下からのぞく髪はもつれ、こしがなくてぱさついている。それがやつれた顔を縁取っている。血色の悪い頬は骨が張り出し、汚れた肌に涙の跡が見える。口のまわりに白いべたべたしたものがついている。しかもやせていた。ファッションモデルのようなやせ方とはちがう。やつれていた。栄養失調状態だった。

アルソップはデスクをまわりこみ、椅子を引いてやり、すわるよう勧めた。娘はほっとしたように身を沈めた。アルソップは自分の椅子に戻り、指を尖塔の形に組んで、そこに顎をのせた。「さて、お嬢さん、ご用件はなにかな？」彼は古いタイプの警官で、推奨されている性的に中立な表現には無頓着だった。

娘は答えなかった。ただ、アルソップをじっと見つめるばかりだ。彼はそこにいないも同然だった。

だが、それはかまわない。さんざん住民対応をしてきた経験から、打ち明けるタイミングは人それぞれにちがうことくらい承知している。

「どうだろう、まずは簡単な質問から答えてくれないか？　きみの名前を教えてもらうわけにはいかないかい？」

娘はまばたきをし、放心状態から回復したかに見えたが、名前という概念はさっぱりわからないという顔をしていた。

「名前というのがなにかわかるよな？　誰にだって名前はある」

娘はあいかわらずにこりともしない。

けれども、なんと呼ばれているかは答えた。

その瞬間、アルソップは自分が大変なことに巻きこまれたのを悟った。
しかも、彼だけではなかった。

# 第四日

# 3

老いたチェロキーインディアンが、誰かへの憎しみをたぎらせながら訪れた孫にこう言った。「ひとつ話をしてやろう。わたしもひどい仕打ちをしてきた相手に憎しみを感じたことはある。しかし、憎しみは心を疲弊させるだけで、自分を傷つけてきた相手にとっては痛くもかゆくもない。言うなれば毒をあおりながら、敵の死を願うようなものだ。わたしは何度もその感情に立ち向かってきた。自分のなかに二匹のオオカミがいて、わたしの魂を支配しようと争っているとでも言おうか。一匹は善良で害をあたえるようなまねはしない。まわりの連中と折り合いをつけながら暮らし、なんでもないことに腹を立てるまねはしない」

「もう一匹のオオカミはどうなの、じいちゃん?」

「うむ。もう一匹は悪いオオカミだ。そいつはいつも怒りに燃えている。ほんのささいなことでも感情を爆発させてしまうんだ。怒りと憎しみがあまりに激しく、まともにものが考えられない。しかも、その怒りは無意味だ。なにひとつ変えることができないのだからね」

少年は祖父の目をのぞきこんだ。「どっちのオオカミが強いの、じいちゃん？」

老人はほほえんだ。「わたしが餌をあたえたほうだよ」

ワシントン・ポー部長刑事はここ最近、この古いチェロキー族の寓話が頭を離れない。彼はこれまでずっと、悪いオオカミに餌をあたえてきた。その理由はわかっていると思っていた。まだ乳児のときに母がいなくなったため、彼は怒りを抱えた子どもとなり、捨てられたという気持ちはその後も消えることがなかった。ときにその気持ちが薄れることはあったが、それもそう長くはつづかず、はっとなって目覚めると、体ががたがた震えている夜がなくなることはなかった。

いまは、その怒りがうそにもとづいたものだと知っている。

母はワシントンＤＣの大使館でおこなわれたパーティでレイプされ、ポーを身ごもった。母はポーを捨てたわけではなかった。そして息子と離れればなれになる勇気をふるい起こせるよう、警告ラベル的な意味をこめて、わが子にワシントンと名づけたのだった。自分をレイプした男の面影が息子の顔に現われたとき、嫌悪感を隠しきれなくなるのではないかと恐れたのだ。

ポーを育てあげ、四十年近く父さんと呼んできた相手は生物学上の父親ではなかった。その人物はべつにいた。

その事実を知って以来、ポーの怒りと恨みは白熱の憤怒、報復を求める激しい欲求へと変化した。この事実を彼が知るより先に母が他界していたことが不条理に拍車をかけた。彼のなかのなにかが粉々に砕け散ったのはつい最近のことだ。

ここしばらくは、イモレーション・マン事件に関する審問に気を取られていた。ポーは重要参考人であり、何日間も各委員会および公聴会で証言してきた。ポーの証言と、彼を含めた事件の関係者全員があきらかにした証拠から、正しい結果が導かれた。イモレーション・マンの言い分は立証され、おおやけのものとなった。ポーが勝った形にはなったが、むなしい勝利だった。母に関する新事実がわかったことで、仕事がうまくいったことへの満足感に水を差された。

質問の声が聞こえ、ポーは現実に引き戻された。状況を把握しようとした。いま彼は、重大犯罪分析課《SCAS》を代表し、部の予算会議に出ている。会議は三カ月ごとにおこなわれ、しかも、はるか昔の取り決めで、開催日は土曜日と決まっていた。普通は課を率いる者が出席するが、警部だった短い期間に、ポーはその責務を部下のステファニー・フリン部長刑事にまかせた。その後、彼女が正式に警部の職を引き継ぎ、ふたりの立場が逆転すると、彼女は意趣返しとばかりに同じ指示を彼に出した。というわけで、四半期ごとにロンドンまで出向くのはフリン警部ではなくポーの役目となった。この皮肉ななりゆきは気にくわないものの、部長刑事に戻れたことには喜んでいる。権力と責任のバランスがほどよい職だからだ。それに、警部の職はどうにもすわりが悪い。警部《インスペクター》という階級名を聞くとどうしても、〝チケット〟あるいは〝トイレ〟という語を前に置きたくなってしまうのだ(インスペクターには点検する人という意味がある)。

「申し訳ない、いまなんと?」

「四半期ごとの見積もりについて話し合っているところです、ポー部長刑事。フリン警部から重大犯罪分析課の時間外手当の予算を三パーセント増やすよう要請がありました。その理由をご存じで?」

ポーは知っていた。いつもは知らない場合が多い。フリンが作成した書類は完璧で、詳細に調べる必要がないとたかをくっているからだ。書類を手に取った。ばらけて落ちた。ポーはこれを準備した秘書を心のなかでなじった。ひとまとめにしておくべき書類はホッチキスでとじるべきだ。ペーパークリップなんてものは、ヒッピーと妙なこだわりのある連中しか使わない。ばらけた書類を拾い集めたものの、順番が合っているかはわからない。文字もページ番号もぼやけてはっきりしない。上着のポケットから読書眼鏡を出した。最近買ったものだ。これを使うたび、もう若くないことを思い出させてくれる。わざわざ思い出すまでもない――最近では歩くたびにそれを意識せざるをえないからだ。書類を目から遠ざけることが多くなったと気づいた彼は、思い切って検査してもらうことにした。いまや、コーヒーを飲むたび、湯気でレンズがくもる。ベッドで横になって本を読めなくなった。かけているのを忘れ、壊してしまう。かけていないのを忘れて、位置を直そうと指で目を突いてしまう。しかも、どうやっても、すぐにレンズが汚れる。

ネクタイでレンズを拭いた。フライドポテトで拭ったも同然だった。汚れたレンズごしに目をこらし、書類の内容を読み取った。

「イモレーション・マン事件の影響です。わたし、ブラッドショー分析官、フリン警部がしばらくカンブリアに滞在したため、時間外手当の予算のほとんどを使い切ってしまったので。警部としては、会計年度末に多額の赤字を出すよりは、コストを分散させようと考えたわけです」

「もっともな考えだ」議長が言った。「ほかになにかご意見は？　この件はLOOBの規定に該当するということでいいと考えますが」

ポーが無意味な略語を集めた脳内データベースからLOOBを見つけられずにいるあいだに、議題は多国籍組織犯罪課が要望した予算増額の件に移っていた。多国籍組織犯罪課はエンティティBがもたらす脅威への対応に頭を悩ませていた。その組織に関する情報はほとんどない。用心棒や女性を働かせているわけではない。街角に売人を配置しているわけでもない。しかし、裏社会が利用する供給ルートを牛耳っている。中国人の不法滞在者が南ロンドンの売春宿で借金を返済するために働いている場合、彼女の稼ぎからもっとも多額の分け前を得ているのはエンティティBである可能性が高い。アーブロースの中規模ヘロイン業者が混ぜ物に煉瓦の粉末を使用している場合、もとの製品はエンティティBの供給ルートから入手した可能性が高い。また、ロシアが国として主導する暗殺事件がイギリス国内で発生した場合、犯人はエンティティBを通じ、秘密裏に出入国したと考えられる。

しかし……エンティティBに対応するのはほかの連中の仕事だ。ポーの仕事は連続殺人犯をとらえ、一見すると動機が見当たらない犯罪を解決するために協力することだ。最近はそれにあまり時間を割いていない。もう復讐にとりつかれるのはやめた。悪いオオカミに餌をあたえつづけたくなかった。そのかわり、携帯電話の電源を入れ、暴風雨ウェンディに関するあらたな報道が出ていないか確認した。これがいまいちばん、マスコミをにぎわせている話題だ。夏の暴風雨はまれだ。この規模となると、一世代に一度あるかどうかだ。

ブラックベリーの電源が入るのを待つあいだ、真っ黒な画面に映る自分の顔をしげしげとながめた。目の血走った陰気で不機嫌そうな顔が見返してきた――無精、不眠、自己憐憫による必然の結果だ。

画面が真っ黒な鏡からカラフルなアプリだらけのものに変わった。アプリはほとんどポーの知らないものばかりで、知っていたとしても使うつもりはなかった。電源を切っていたあいだに電話が三回かかっており、ショートメッセージがひとつ入っていた。いずれもフリンからだ。いまは当番勤務中だからブラックベリーの電源を入れておかなくてはいけないが、国家犯罪対策庁《NCA》では、必ず電話に出る人間というレッテルを貼られると、のべつまくなしにかかってくるようになる。ポーはショートメッセージを読んだ――メッセージを受信したらすぐ電話して。

悪い予感がした。ポーは失礼と言って席を離れた。事務長が無人のデスクを示した。フリンの番号にかけると、彼女は最初の呼び出し音で出た。

「ポー、いますぐギャンブル警視に連絡して。あなたからの電話を待ってるそうよ」

「ギャンブル？　どういう用件なんだ？」

ギャンブルはカンブリア州警察所属で、イモレーション・マン事件では捜査主任をつとめた。事態が収束し、責任の追及が始まると、一階級降格の処分を受けた。職を追われなかっただけでも運がよかったとギャンブルが思っているのはポーも知っている。直接会うことはめったにないとはいえ、良好な関係がつづいている。捜査中は何度となく顔を合わせたが、それはもう終了した。話をするこれといった理由に思いあたるものはない。

「わたしには話そうとしなかった。なので、イモレーション・マンの件じゃない気がする」フリンは答えた。

ポーは五年前にカンブリア州警察から異動になった。自宅はまだそっちにあるが、そこになにかあったのなら、連絡してくるのはケンダル署の制服警官のはずで、重大犯罪担当の警視ではありえない。それにいずれにせよ、ポーの自宅は湖水地方の天然石を使った頑丈な四面の壁と粘板岩の屋根以外、特筆すべきものはない。なにも起こりようがないのだ。

「わかった、おれから電話する」

フリンはギャンブルの連絡先を伝えた。「あとで教えてくれる？」

「そうするよ」

ポーは電話を切り、ギャンブルの番号にかけた。フリンと同じで、彼も最初の呼び出し音で応答した。

「ポー部長刑事です。電話するよう伝言をもらいました」

「ポー、大変なことになった」

# 4

ポー、大変なことになった。そう言われたら、いつでも喜んで話を聞く。

フリンがカンブリア行きのもっとも早い列車を手配してくれた。出発まであと一時間ある。切符はユーストン駅で受け取れるようになっている。どういうことなのか、ポーにはとんと見当がつかなかった。ギャンブルは電話では詳細を語ろうとしなかった。

ポーは発車の十五分前に到着した。ロンドンからペンリスまでは三時間ちょっと。その間ずっと、これから足を踏み入れる事態のヒントになりそうなものはないか、携帯電話でニュースを検索して過ごした。とくにこれといったものは見つからなかった。あいかわらず暴風雨ウェンディが地元紙でも全国紙でも大きく扱われている。接近するのはまだ一週間先と予想されるが、すでに大西洋の反対側では大惨事になっていた。

ペンリス駅で制服警官の出迎えを受け、カールトン・ホール――カンブリア州警察の本部がある建物――へと連れていかれた。十分後、B会議室に案内された。風格のあるひろびろとした部屋だった。その昔は、カールトン家のダイニングルームだったのだろう。もとからあった派手な装飾の暖炉、凝った彫刻をほどこしたマントルピース、非実用的な背の高い窓。大きな会議用テーブルが部屋の大半を占めていた。

ギャンブル警視はすでに来ていた。ポーがカンブリア州警察時代に見た記憶のある刑事がひとり、隣にすわっている。

ふたりが顔をあげた。ポーはなにか邪魔をしてしまったような印象を受けた。刑事の顔はまったくの無表情だった。大きなファイルを前にしている。彼はそれを閉じ、おもてを下にした。

ポーは会釈した。ギャンブルは会釈を返したが、もうひとりはしなかった。ギャンブルは立ちあがって握手をした。ポーは相手が下に目をやったのに気がついた。

「具合はどうだ？」ギャンブルは訊いた。

ポーの右手の皮膚はひきつれ、表面がてかてかしている。この先一生、住宅火災で鋳鉄のラジエーターをつかんだらどうなるかを忘れることはないだろう。あのとき、ポーは燃えさかるファームハウスからイモレーション・マンを引きずり出そうとしたのだった。彼は右手を閉じてひらいた。「まあまあです。感覚はほぼ戻りました」

「コーヒーを飲むか？」

ポーは断った。すでに飲みすぎており、気分が落ち着かなくなってきていた。

「アンドルー・リグ刑事とはもう面識があると思うが」ギャンブルは言った。「きみが以前手がけた事件のことで、いくつか質問があるそうだ」

ポーが犯罪捜査課に在籍していた当時、リグは制服警官だった。ひょろっとした長身で、出っ歯であることからプラグというあだ名をつけられていた。ポーはまじめな警官と記憶していた。

「どうかしたのか？」

リグは目を合わせようとせず、それがなんとも妙だった。友人ではなかったものの、たがいに敵愾心を抱いていたわけでもなかったからだ。

「エリザベス・キートン事件の捜査について聞かせてください、ポー部長刑事」リグは言った。

エリザベス・キートン……。

なるほど、その件か。

「おれがこの署で手がけた、最後の重大事件だ」ポーは言った。「最初は緊急性の高い行方不明事件だった。父親が自分のレストランから緊急通報してきた。半狂乱で、娘が帰ってこないと訴えていた」

リグは自分のノートに目をやった。「誘拐を疑ったんですか?」

「すぐにじゃない」

「ここに書いてあることと食いちがってますね。ファイルによれば、初期段階から誘拐の線も検討していたとある」

ポーはうなずいた。「ファイルにそう書いてあるのは、ジャレド・キートンがそう主張したからだ」

ギャンブルは眉間にしわを寄せた。「わたしはロンドン警視庁に配属されていたから、当時の状況をとやかく言うつもりはないが、それはいささか気を使いすぎではないか? 普通、親族が捜査方針に口を出すことはないと思うが」

ポーは肩をすくめた。「ほとんどの親族は首相の食事をつくりませんから」

娘が失踪した当時、ジャレド・キートンはカンブリアで唯一、ミシュランから三つ星を認定されたレストラン、〈バラス&スロー〉のオーナーだった。映画スター、ロックスター、元大統領らを顧客に持つ、有名なシェフだった。女王の食事もつくったし、ネルソン・マンデラの食事もつくった経験を持つ。ミシュランの三つ星レストランのシェフが口をひらけば、幹部が耳を傾けるのは当然だ。

「つまり、介入があったわけか」

「いや。ファイルには、キートンがそう言ったとしか書いてません。エリザベス・キートンの失踪については、ほかの若い女性の場合と同様に捜査をおこないました。真剣かつ、先入観なしで」

ギャンブルはポーの説明に満足したようにうなずいた。「説明をつづけてくれ」

「娘さんからレストランまで車で迎えにきてほしいという電話があるはずだったが、キートンはテレビを見ているうちに居眠りをしてしまい、目が覚めると日付が変わっていた。そこではじめて、娘が帰宅していないことに気づいた」

「彼女はレストランで働いてたんですか？」

「接客と会計を担当していた。納入業者への対応と給与の処理なども。店が終わったあとの閉店作業もまかされていた」

「まだ十代ですよ。そんな責任ある仕事をまかせるには、いささか若すぎやしませんか？」

「彼女の母親が自動車事故で亡くなっているのは知っているよな？」

リグはうなずいた。

「エリザベスは母親の仕事を引き継いだんだ」

「で、迎えにきてほしいという電話はなかったんですか？」

ファイルが詳細に書かれているのはわかっている。リグがやっていることは、まともな警官なら誰でもすること、つまり、答えを知っている質問をしているだけなのもわかっている。それでも腹立たしいことにかわりはない。捜査は当初、まちがった道を突き進んだかもしれないが、すぐに方針を変えた。

「キートンによれば、なかったとのことだ。電話がかかってきたら、目を覚ましたはずだからと」

「〈バラス＆スロー〉はキートンの自宅から歩いてもさして時間がかからない。なぜ迎えが必要だったんでしょう？」

ポーは肩をすくめた。「若い娘だし、夜の遅い時間だったからじゃないかな」

「この時点であなたも捜査にくわわったんですね？」

「そのとおり。きみがくわわっていなかったとは意外だな。何百という捜査員が捜索に駆り出されたはずだが」

「くわわってましたよ。レストランからM六号線まで歩いて、揉み合った痕跡を捜す大勢のなかのひとりでした」

M六号線はカンブリアの主要幹線道路で、州をすっぱり二分している。大勢の警官が道路わきに目をこらし、通りすがりの車を停止させて写真を見せていた様子をポーは覚えている。

「誘拐犯がM六号線を使った可能性は高かったが」ポーは言った。「あらゆる角度から検討をおこなった」

リグはまたノートに目をやった。「厨房を鑑識に調べさせるよう要望したのはあなたでしたね」

ポーはうなずいた。「捜査関係者がさんざん調べてもなにも見つからなかったが、科学捜査班《CSI》に調べさせ、そもそもエリザベスが拉致されていないかどうか、念を入れておきたかったんだ」

「なぜ、ほかの人とはちがう考えをしたんです？　ほかの誰も、べつの可能性を疑っていなかったのに」

「そうではないと立証されるまでは、身内の犯行だからだ」ポーは言った。「少なくとも、ひとりくらいそこを問いただすべきだと思った」

「その結果、CSIがそれを発見したと」

「当時は犯罪現場捜査官《SOCO》だったが、そう、彼らが発見した」ポーはきっぱりと言った。

「厨房で」

# 5

〝それ〟とは血痕だった。

大量ではなかったものの、CSIが最初の痕跡を認めた時点で、〈バラス&スロー〉の厨房は受賞歴のある食の天国から犯罪現場に変わった。ポーはその後の展開をふたりに説明しながら、事件の詳細が一気によみがえるのを感じていた。

「まずは厨房でなにがあったのかを正確に突きとめる法医学的な戦略をとった。ルミノール試薬で調べたところ、さらに多くの血痕が発見できた。それも大量に。天井や備え付けの調理器具の一部からも見つかった。失われた血の量から判断すると生きている可能性は低いと考えられた」ポーは言葉を切り、目の前に置かれた水を少し飲んだ。「血痕を調べ終えると、三百六十度カメラで撮影した写真と血痕分析によって状況を把握した」

「つまり？」

「長時間にわたって残虐な暴行がおこなわれ、現場は一カ所ではなく、犯行を隠匿しようとした痕跡があった」

「痕跡を消したと？」

「といっても、あまり念入りではない。目視確認ならごまかせる程度で、科学的な検査で見つけられないレベルではなかった。ぞうきんで拭き取った程度だろう」

「血液はエリザベスのものと一致したんですか？」

ポーはうなずいた。

「そこで、捜査は緊急性の高い行方不明事件から殺人事件に変更になったんですね」リグは訊いた。

「そのとおり。人員が増加され、時間外勤務が事前承認され、重大犯罪課の職員全員の休暇が取り消された」

「仮説は？」

「最初のころは、よそ者が食べ物か小金を目当てに裏口から入ってきたか、存在するかどうかわかっていないストーカーの仕業と見ていた」

「あなたの考えは？」

「決めかねていた。流れ者の仕業ではないとは思っていた。なにしろ場所がコートヒルだ——そんな者がいたら、ケーキの上にくそがのっかっているみたいに目立ったろう。必ず誰かの目にとまったはずだ」

「ストーカー説は？」

「捜査主任の考えはずばり、それだった。エリザベスは十八歳で、若き日のオードリー・ヘップバーンを彷彿とさせる容貌だった。人気者で人づきあいもさかんだった。おれたちは彼女の私物をかたっぱしから調べた。携帯電話、パソコン、日記。なにも出てこなかった。受動データ検索をおこない、彼女がカーライルに出かけたときの防犯カメラの映像も確認した。これもまた空振りだった。捜査主任は、捜査対象を彼女が接触したすべての男性にまでひろげた。学校時代の友人、交友関係にあった男性——いっときつき合いがあっただけの者も含む——それに〈バラス＆スロー〉の従業員。要するに全員だ」

「で、あなたはどうしたんです？」

「ジャレド・キートンに目を向けはじめた」

# 6

「それはどうしてです、ポー部長刑事?」リグは訊いた。

ポーは気持ちを落ち着けた。実を言えば、当初キートンは容疑者ではなかった。ポーでさえ、そう見ていなかった。本当に。ただ、虫の知らせというのだろうか、どこかしっくりこない感じはしていた。

「やつの証言にいくつか矛盾点があった」

「というと?」

「村の住人がマンチェスター空港からの帰り、レストランの前を車で通っている。それによると、夜中の二時にやつの車がまだ置いてあったそうだ」

「目撃証言はあまりあてになりませんよ」リグは言った。

ポーはうなずいた。そのとおりだ。イノセンス・プロジェクトという冤罪救済の非営利団体によれば、目撃証言の七十五パーセントは不正確であるという。

「それだけじゃない」ポーは言った。「キートンはテレビで『マッチ・オブ・ザ・デイ』を見るため車で自宅に帰ったと言ったが、代表の試合がある週だったから、『マッチ・オブ・ザ・デイ』の放送はなかった」

「よくある勘違いでしょう」

「そうだな。ほぼ毎土曜日に放送されているから、その日も番組があると勘違いすることはありうる。しかし、その番組を見るために帰宅したのなら、放送がなかったことを忘れるのはいくらなんでもありえない」

「それだけですか？」

「ひと晩の余裕があったんだ。実際、やつが通報してきたのは、早番の連中がランチの準備で出勤してくるわずか二十分前だった」

「本人はその時間に目が覚めたと証言しています」

「実際そうだったとしよう。目が覚めて、娘が帰ってくるはずの時間から七時間たっても帰ってきていないと気づきながら、なぜレストランに向かったんだ？　なぜ娘がレストランにいると思った？　なぜ先に娘の友だちに連絡しなかった？」

「つまり、彼を疑ったんですね？」

「容疑者リストから除外しない理由としては充分だろう」

「しかし、彼が犯人なら、娘をどこに隠したんだ?」ギャンブルが質問した。「埋めたとは考えていないと思うが」

ポーはうなずいた。「ええ。当時は長引く寒波の真っ只中でした。一ヵ月近く、気温は零度を下まわっていた。法地質学の専門家に意見を求めたところ、凍結線——土壌中の地下水が凍る深さのことです——は地表から三・五フィートのところとの答えでした。埋めるとしたら動力式の工具がないと無理でしょう」

「あとで始末することにして、車でどこかに運んだ可能性はないんだな?」

今度もポーはうなずいた。「キートンのレンジローバーを徹底的に調べました。ほんのわずかな血痕も見つかっていません。エリザベス・キートンは苦しみながら死んでいるんです。なにで運ばれたにせよ、車内が汚れたはずです。ごみ袋で包んでダクトテープでぴっちりとめたとしても、法医学的な証拠の移動があったはずです。遺体は血まみれだったでしょうし」

「しかし、それでも捜索したわけだな?」

ポーはうなずいた。「しました。プレストンから地球科学者を呼びました。地球科学者は周辺全体を調べたのち、埋めた場所として可能性の高いところをいくつかあげました。空撮映像の分析をおこない、最近、地面を掘り起こした形跡がないか調べたほか、エリザベスが地下水脈の近くに埋められた可能性も考え、周辺水域から試料を採取しました。いずれの分析もはずれでした。捜索したものの、なにも見つからなかったんです」

ギャンブルは言った。「こういうことを訊くのは気が引けるが、殺害現場が厨房だと確信しているなら、遺体が処理された可能性は考えなかったのか？　粉砕機にかけ、生ごみとして処分したかもしれないのでは？」

「考えました。厨房内にあった、動物をばらばらにできる道具や機械はすべて精査しました。厨房は徹底的に調べました。冷凍庫のなかの肉まで。それでも、遺体の処分に道具を利用した痕跡はいっさい見つかっていません」

「ならば――」

「あの男にできたはずがないなら、なぜいまもあいつの仕業と思っているか、ですか？」

ギャンブルはうなずいた。空気は声にされない言葉で重苦しかった。キートンの上訴がついに認められたのだろうか。

「そのころには、ジャレド・キートンが何者かに目を向けるのではなく、彼の人となりに目を向けはじめていた」

「というと？」リグが訊いた。

ポーはしばらく間をおいてから答えた。「サイコパスに人気の職業のリストというものを見たことはあるか、リグ刑事？」

リグは首を横に振った。

「ない？　一度目を通したほうがいい。第三位はマスコミ関係だ。考えるまでもないよな、だろ？　テレビをつけるたび、あるいは新聞をひらくたび、自分たちは重要人物だから、発言も行動もすべて公開すべきと思いこんでる連中を目にするじゃないか。わかるよな？」

「ええ。しかし、それがどう関係——」

「第九位がなにかわかるか？」

リグは推測ゲームにつき合う気がないのだろう、なにも言わなかった。

「シェフだよ」ポーは言った。「リストの九位はシェフなんだ」

室内がしんとなった。

「しかもジャレド・キートンはそんじょそこらのシェフじゃない。著名なシェフだ。リストの第三位と第九位だ。しかもあの男は最高経営責任者でもある。リストの最上位に位置する職業だ。ひじょうに危険な組み合わせだ。そこでおれは彼を徹底的に調べた。やつの人生を少しずつていねいに調べあげた。そしてこう結論づけた。角こそついていないが、それをべつにすれば、ジャレド・キートンはあらゆる点で完全なる悪の権化であると」

# 7

ジャレド・キートンを知らない相手にどう説明すれば理解してもらえるだろうか？

魅力的。あふれんばかりのカリスマ性。豊かな教養。天才的なシェフ。良心のかけらも持ち合わせていない。ポーがこれまで会ったなかでもっとも危険な男だ。会った瞬間に嫌悪を感じた。あまりに薄っぺらく、身だしなみに隙がなさすぎ、洗練されすぎていた。彼を見ると、アイリッシュパブもどきの店を連想してしまう。こぎれいだが実質がともなっていない。

「土曜の朝の料理番組で見せるのとはまったくちがった人間だ」ポーは言った。「愛想がよく、セクシーで茶目っ気のあるシェフは演技だった。演じなくてはならない役だった。カメラがまわっていないところでは、人づきあいが悪く、意固地で、人の心をあやつるのにたけている。セレブな生活を楽しんでいるとは思えなかったが、シェフとしては半端でない才能の持ち主だった。おれが話を聞いた全員が、ジャレド・キートンはとんでもない集中力を持つ天才だと異口同音に語っていた。料理のトレンドにさとく、同年代のシェフのなかで真っ先に新しい技術を取り入れ、ワインのペアリングとやらについては絶対に妥協しない。接客についても肩を並べる者はいない。誰に訊いても、彼はこの国が生み出したなかで最高のシェフとの答えが返ってくる。彼のおかげでイギリスもグルメの世界で名をはせることになった。世界じゅうのシェフ、セレブ、それにレストラン評論家がいまも〈バラス&スロー〉で食事をするために、わざわざ足を運んでくる」

「こちらの資料にもそうあります」リグはピンクの蛍光ペンで印をつけたページを読みあげた。「証言によれば、彼は機知に富み、頭の回転が速く、天才で、熱心でハンサムとのことです」

「しかし、いい人間だと言う者はひとりもいない」ポーは言った。「実際、いい人間ではないからだ。むしろ残酷な男と言っていい。他人を苦しめることにサディスティックな喜びを感じるタイプだ。異常なまでに恨みを抱き、侮辱されたと見るや、やりすぎとも言える報復をおこない、ミスをおかしたシェフを罰するような男だ」

「具体的に説明してくれ」ギャンブルが言った。

「ひとりのシェフが、ブイヨンの味つけを濃くしてしまったときの逸話を話してくれました。彼はその日一日、塩水を飲まされたそうです。腎障害を起こし、三日も入院しなくてはならなかった」

リグは手持ちのファイルをめくりながら、渋い顔をした。「これには書いてありませんが、ポー部長刑事」

「そうだろうな。そこに書かれていないエピソードは多い。ジャレド・キートンがこの国のほぼすべてのシェフから一目も二目も置かれていることを理解しないといけない。うっかり批判的なことを口にしたら、今後のキャリアに響きかねないからな。発言を記録に残すことを望む者はひとりもいなかった」

「ほかには？」ギャンブルは訊いた。

「いろいろありますが、やつがどんな人間かを如実に表わしているエピソードがあります。異なる三人の情報源から聞いているので、信用できるでしょう。ジャレド・キートンは昔ながらの方法で厨房を運営しており、担当をこまかく分けていた。魚料理、スープ、ソースを扱うホットステーションに、オードブル、サラダ、見本の準備などのコールドステーション。パンとスイーツ担当。計量と素材チェック、野菜の下ごしらえ、皿洗い、盛りつけ」

「で？」リグが口をはさんだ。

「厨房もほかの職場と同じで、特定の仕事に人気が集まる。地位も高く、サラリーも多い仕事に。つまり、シェフも厨房スタッフも昇進を目指す」

リグとギャンブルはその先の説明を待った。

「さて、警察の場合は昇進委員会というものがある。必要な手順をへて、募集があったポストに応募する。面接を受ける。ジャレド・キートンのやり方はまったく異なっている。ホットプレート・チャレンジというものをやるんだ。ひとつの職にふたり以上が名乗りをあげた場合、ホットプレートに両手をつかせる。手を離すのがもっとも遅かった者――仕事に差し障りがあるほどの火傷に耐える気概のある者――が昇進できるというわけだ」

「それはよくある都市伝説のたぐいでしょうに」リグが言った。

「話を聞いた三人は全員、手がおれのようになっていた」ポーは自分のてのひらを上にして火傷の痕を見せ、自分の主張が相手に伝わるまでそうしていた。「おれたちが相手にしたのはそういうやつだ。あそこまで頭がよく邪悪な人間はなかなかいない」

ポーはそこで言葉を切り、もうひとくち水を飲んだ。

「しかし、やつの知性は最大の弱みでもあった。あの男は自分を信じない者がいるとは思っていなかったんだろう。それまでずっと、思いつきで他人を従わせてきたから、応じない者がいるとは考えたこともなかったんだろう。店内の科学捜査をおこなったところ、彼がその少し前に道具を何点か購入していたことがわかった」

「道具というと？」

「骨切りノコ、重い肉切り包丁と軽い肉切り包丁、それに骨取り用のナイフ」

「どれも、商売道具ではないですか」

「そのとおり。しかも、〈バラス＆スロー〉は一頭まるごと購入し、自分の店でさばいている。そのほうが経済的だからな。しかし、忘れていけないことが二点ある。ジャレド・キートンはふだん、道具の発注などという業務――エリザベスの仕事だ――で自分の手をわずらわせたりしないし、彼が発注したナイフと包丁の形状は、すでに厨房で使われているものと同じだった」

「つまり？」

「それらの道具を使ってエリザベスを殺害したと考えている」

「全部を使って？」

ポーは肩をすくめた。「揉み合いになったのはわかっている。思ったとおりに事が運ばなかったのだろう。やつの体に防御創はなかったが、だからといって、エリザベスが身を守る武器を手にしなかったことにならない。もとの道具は彼女の死体がある場所で見つかるはずだ」

「それでも、彼が娘の遺体をどうやって運んだのかはわからないし、どう処理したかもわかっていません」リグは言った。「立件するには不充分です」

「どんな事件だってそんなものだ。それに、完璧を求めすぎるのは善の敵というじゃないか」

「動機はあきらかにできたんですか？」リグは訊いた。「ひとつくらい、教えてもらえませんか？」

「やつがサイコパスだという以外には、さっぱり」

「もっとも有力な推測は？」

「刑事にとって推測は危険だ。そういうことはしないようにしている」

言い返されたリグは顔を赤らめた。またもファイルに目をやった。「計画的な犯行と考えているんですか？」

ポーは少し間をおいた。「あの男の頭なら、殺人の罪を逃れるよう工作することは可能なはずだ。そうしなかったのだから、計画的ではないと考えざるをえない」

「では、かっとなったはずみの犯行だと？」

「おそらく。だが、プレッシャーにさらされたジャレド・キートンがどういう行動を取るか考える場合、一般人の思考回路に照らしてしまうと、ほぼ百パーセント、読みまちがえる」

「つまり、手段も動機も不明で、絶好の機会があったというだけですか」リグは言った。

「検察もよく起訴を認めましたね」

質問ではなかったのでポーはなにも言わなかった。キートンを殺人罪で起訴するという検察の決断はふたつの事実にもとづいている。矛盾点の説明を徹底的に拒んだことと、殺人事件がおこなわれたのはほぼたしかであること。

リグはポーが黙っているのでむっとしたようだ。

「わたしは有罪判決が出たことに驚いている」ギャンブルが言った。うんざりしてきている様子だった。

「おれはべつに意外ともなんとも思ってません」ポーは言った。「検察が陪審をたくみに説得したのもたしかですが、けっきょくキートンは自分のエゴで身を滅ぼしたんです」

「エゴというと？」リグは訊いた。

「弁護人は彼を証言台に立たせたくなかったらしいが、本人がどうしてもと言い張ったんだ。陪審のなかの女性ふたりに向かってにっこりほほえんでウィンクすればいいと思ってたんだろう」

「女性の陪審はふたりだけだったんですか？」リグが訊いた。「それは統計的にありえない」

「いわゆる、運命のいたずらってやつだ。あの男の無敵の魅力もカンブリア州の労働者階級の男たちには、たいして効果がなかった」

「それでも、陪審ふたりが無罪を主張すれば充分なはずです」

「陪審長が強い意志を持った男でね」ポーは言った。「しかも、評議には長い時間がかかった。ほぼまる二日だ。評決が読みあげられると、キートンは激怒した。有罪とされたことが信じられなかったんだろう。だが、正しい判断だった。あの晩は本当によく眠れたよ。本物のサイコパスを街から駆逐するなんて経験はそうあるもんじゃない」

リグはそれに対してなにも言わなかった。ギャンブルを見て助けを求めた。「警視？」

ギャンブルはひとつうなずいた。

「三日前、エリザベス・キートンがアルストン図書館に自分の足で歩いて現われた。それについてきみの考えを聞かせてもらえないか、ポー部長刑事？」

# 8

ポーは身を固くした。夏の陽に焼けた顔から血の気が引いた。首筋に汗がにじむ。B会議室はしんと静まり返った。

「ありえない」ポーは小声でつぶやいた。血の流れる音が耳をつんざく。自分の声すらまともに聞こえない。そんなはずはない。エリザベス・キートンは死んだ。ジャレド・キートンが殺した。そう確信している。きっと誰かがひと芝居打っているんだろう。しかし……ギャンブルにしても、徹底的に調べたあとでなければ、ポーをカンブリアに呼びつけたりはしない。

いったいどんな話を聞かされたのか？

「わかっていることを教えてください」ポーは言った。

「最初から捜査のやり方がまずかったんですよ、ポー部長刑事」リグの声がした。「死体はなし、キートンがどうやって死体を始末したかもわからない、しかも動機がない。それなのに、あなたはやるべきこと、すなわち、拉致された若い娘の捜索ではなく、たまたま頭に浮かんだ最初の答えに執着してしまった」リグはポーのほうに指を突きつけた。「彼が気に入らなかったというだけの理由で」

ポーは長身の刑事をにらんだ。リグの目は怒りに燃えていた。

リグは自分のファイルをめくり、写真を一枚出した。それをテーブルごしに滑らせる。取り調べ室にいる娘のスクリーンショットだった。ビデオで録画したものの静止画像だろう。

ポーは読書眼鏡をシャツの袖口でぬぐい、鼻の上にのせた。写真の女性をじっくりとながめる。胃液がこみあげてきた。年齢は合っている。殺されたときのエリザベス・キートンは十八歳で、写真のなかの女性は二十代なかば。やつれて髪はぼさぼさだが、エリザベス・キートンがあと六年生きていればこんな姿になっていただろう。

「エリザベス・キートンは給仕係が出入りするドアから厨房に侵入した男に拉致された」リグは言った。「おそらく男は客で、エリザベス以外のスタッフが帰るまで、身体障害者用のトイレに隠れていたようだ」

ポーは写真から目を離そうにも離せなかった。

「あなたの考えはひとつだけ正しかった。厨房でかなり激しく揉み合ったそうだ。犯人の男——六年たってようやく人相風体がわかった——は彼女を縛りあげると、太めの動脈を一本、ナイフで切った。エリザベスの話では、男はソテー鍋に彼女の血をためてからこぼし、そこらじゅうにぶちまけたそうだ。大量の血が流れたように見せかけたらしい。そうしたのち、拭き取りはじめた」

「しかし……しかし、どうして？」

「どうしてかって？　ぼくだって犯人に訊いてみたいですよ。あなたが……いや、捜査が的はずれなものに関心を抱くように、ではないですかね。死体を捜すのは生きている人間を捜すのとはまったくちがう。マスコミ対策がちがえば、技術面での支援もちがうし、呼ばれる専門家もちがってくる。あなたがジャレド・キートンを犯人扱いしているあいだ、エリザベス・キートンはどこかの穴蔵でレイプされていたんです」

ポーの顔がひきつった。それが本当ならば、彼はとんでもない失態をおかしたことになる。二度と立ち直れないレベルの失態を。

「厨房から検出された血液がエリザベス・キートンのものと一致するまでのいきさつを説明してください」リグは言った。

「ぬぐいとった検体からＤＮＡ型を特定した。つぎにさまざまな場所からサンプルを採り、血液がエリザベスのものであるか確認をした。寝室および仕事着から採取した髪の毛。歯ブラシおよび、ごみ箱で見つかったコーラの缶から採取した唾液。どれも一致した。厨房で見つかった血液はエリザベス・キートンのものだ。疑問の余地はない」

「たしかですね？」

「絶対にまちがいない」

「彼女をペンリスまで移動させたのち、監察医を呼び寄せました」リグは言った。「エリザベスは体に触れられるのを拒んだのですが――それも当然でしょう――われわれとしては早急に病院で治療を受けさせる必要があるのか確認しないといけなかった。少々手こずりましたが、最終的にエリザベスはジェイクマン医師が血液を採取するのに同意しました」

ポーは黙っていた。監察医は法医学の訓練を受けた者だけがなれる。広大で人口密度が低いため、カンブリア州では常勤を雇うのではなく呼び出し方式を採用している。

「採血のビデオを見たいでしょうが、証拠保全は完璧です。ジェイクマン医師は四つの検体を採取しました。針が血管に入るところも、採血管が即座に証拠品袋に入れられ、封印されるところも録画してあります。そのうちのひとつの検体をうちの署のラボに送りました」

このあとリグがなにを言うのかわかっていたが、それでもポーは尋ねた。「結果は？」

「血液は一致しました。まちがいありません。この写真の女性はエリザベス・キートンです。六年前、あなたは無実の男を刑務所送りにしたんです」

# 9

「ビデオを見るだろう？」ギャンブルが言って立ちあがった。「使えるパソコンをリグ刑事に持ってこさせるよ」固く信じていたことが音を立てて崩れたからといって、すぐさま改心するわけではないのがわかっているのだろう。信じるには自分の目で見る必要がある。リグがノートPCを取りにいなくなり、警視もポーをひとり残して会議室を出た。ポーはコップの水を全部飲みほした。生ぬるく、しかも埃が膜のように浮いていたが、気にならなかった——口がからからに渇いていた。胃がむかつき、脚がむずむずする。どれも不安からくる症状だ。こんなばかな話があるか？　エリザベス・キートンは死んだはずだ。そう信じている。

本当にいまも信じているのか？

そう信じていた。それは覚えている。しかし、ジャレド・キートンに対して当初から激しい嫌悪感を抱いたことも覚えている。会った瞬間に、不誠実で言葉巧みに他人をあやつる男なのがわかった。しかし、こいつはうそをついていると思いこむと、なにからなにまでうそに見えてしまうこともわかっていた。そのせいだったのか？　キートンに対する嫌悪感のせいで、おれはありもしないものを見たのだろうか？　証拠をひととおりにしか解釈せず、それを裏づける事実だけでストーリーを構築し、矛盾するものはすべてささいなことと片づけてしまったのではないか？　そんなことはないと思いたいが、それこそが問題だ。人はみな、自分は確証バイアス――誰もが陥りやすい心の障害――など持っていないと思いたがる。

また、キートンにはエリザベスの死体を始末できなかったという事実が常に頭に引っかかっていた。キートンは抜群に頭が切れるのだと、自分に言い聞かせていた。いずれ、エリザベスの死体がどこかで見つかる日が来るだろう。キートンのような場合にかぎるが、死体のない殺人事件でも有罪判決は出る。

頭のなかをさまざまな考えが駆けめぐった。ポーはいい刑事だが、絶対にミスをしないわけではない。自分がまちがっていたことが疑いの余地なく証明されれば、エリザベス・キートンが六年にもわたって地獄の苦しみを味わうことになったおもな原因は彼にあることになる。

その場合、どう詫びればいいのか？　どうすれば過ちを正せるのか？

リグが会議室に入ってきた。ノートPCを手にしている。彼はそれをポーの前に置いてひらいた。すでにいつでも見られる状態にしてあった。

「事情聴取は時系列に再生するよう設定してあります。最初のファイルはアルストン図書館の防犯カメラのものです。彼女が最初に接触してきたところが見られます」

ポーは手を出すそぶりを見せなかった。「おれがまちがってたら、そう言うよ、リグ。逃げも隠れもしない」

リグはなにも言わずに会議室を出ていった。

アルストン図書館の動画はさして役に立たなかった。画質はよかったものの、音声がなかった。映像のなかで彼女は、図書館に入ってくると、ためらいながらもみずからを励まし、退屈顔の制服警官がいるデスクに近づいた。

率直に言って、エリザベス・キートンによく似ていた。骨と皮ばかりにやせて薄汚れているものの、気味が悪いほどそっくりだった。

女性は椅子にすわり、なにか言った。警官が即座に反応したところを見ると、十中八九、自分の名を告げたのだろう。警官は無線機に手をのばし、なにやら言い、それから急ぎ足でデスクをまわりこみ、女性をなだめにかかった。警官が大声でなにか言った。画面に映っていないところでお茶が淹れられたのだろう、数分後、カップに入ったお茶とビスケットをのせた皿が中年女性の手によって運ばれた。女性がトレイを置くと、警官は手を振ってさがらせた。

若い女性はカップにも菓子にも手をのばそうとしなかった。

そこから三十分は何事も起こらなかったが、ポーは早送りする気にならなかった。警官と女性は黙って待っていた。ポーは置かれた事件ファイルに手をのばした。アルソップ苦情処理担当巡査――いまは巡査を苦情処理係と呼んでいるのなら世も末だ――が記したメモがあった。走り書きではあったが、なにがあったかよくわかる内容だった。女性はエリザベス・キートンだと名乗り、その瞬間からアルソップ巡査は彼女を犯行現場として扱った。巡査部長に連絡したところ、そばに付き添っていろ、質問はいっさいするな、しかし女性が言ったことはすべて記録しろと指示を受けた。そうやって、応援の到着を待った。

応援に駆けつけたのは刑事ふたりだった。そのうちのひとりがリグだ。彼があんなに腹を立てていたのも道理だ。彼は最初からかかわっていたのだ。リグともうひとりの刑事はしばらくエリザベスに付き添っていた。やがて彼女を図書館から連れ出し、画面から消えた。

〝警察による事情聴取〟というラベルのついたファイルをひらいた。全部で三つの動画がおさめられていた。

動画ファイルには事情聴取をおこなった場所はペンリス警察署である旨が記されている。画質はよく――裁判で採用されるレベルだ――ポーは腰を落ち着け、これまでの経緯に見入った。

最初の事情聴取では、女性はアルストン図書館に入ってきたときと同じ服を着ていた。体に触れられるのをいやがったとリグから聞いていたが、それでもポーは紙でできた着替えを出してもらっていないことに驚いた。彼女の場合、赤の他人の前で裸になるのは耐えがたいことなのだろう。真夏の暑さにもかかわらず、ウールの帽子をまぶかにかぶっている。顎を胸にくっつけ、自分で自分を抱きしめていた。その顔は見るからにおびえていた。

さっきはあれほど無愛想だったリグだが、仕事のやり方は心得ていた。親身でありながら真剣だった。女性の話が本筋からそれると、さりげなくもとに戻してやった。一時間かけておおよそのいきさつ――失踪から脱出までを聞き出した。細かいところはあとで追加で聞けばいい。最初の事情聴取はおおまかなものになるのが普通だ。

彼女は拉致された夜の一部始終を説明した。犯人の男はレストランから厨房に入ってきた。驚きはしたものの、怖いとは思わなかった。レベルの高いワインリストに手を出しすぎた客が、トイレで寝込んでしまうのはこれまでにもあったからだ。揉み合いになったが、男は彼女をねじ伏せ、肉切り用のひもで縛りあげた。そのあとはリグが言っていたとおりだった。男は彼女の血を集めて厨房内にまき、それから時間をかけて拭き取った。彼女はバンまで連れていかれ、うしろに押しこまれた。顔になにか押しつけられ、目覚めると地下室にいた。ワインセラーだと思ったが、確信はない。

気の滅入る内容だったので、当然ながらリグが休憩にしようと告げた。カメラのスイッチは入ったままで、ポーはそのまま見つづけた――なにひとつ見逃したくなかった。女性は二十分近く、ひたすら宙を見すえていた。どこにも手を触れなかった。

ようやく事情聴取が再開されると、リグは拉致した男に話題を移した。彼女によれば、それ以前に〈バラス＆スロー〉で食事をしたことのある客ではないとのことだった。彼女は人相風体を説明し――このあと担当の警官がそれをもとに似顔絵を描くのだろう――その後の六年間について説明した。予想どおり、身の毛もよだつ内容だった。監禁されて最初の朝、目が覚めると激しい欲求に駆られたが、その正体がなんなのか、自分でもさっぱりわからなかった。男が食べるものと注射器を持って入ってくると、まず先に注射をされた。求めていたのはこれだと反射的にわかった。わずか一日で、彼女は薬物依存の体にされてしまった。男はそうやって彼女を支配したのだった。彼が顔を出すたび、望みどおりのことをやらせるために。

おれの言うとおりにすれば注射をしてやる。反抗するなら褒美はなしだ……。

そこまで話したところで娘は泣き崩れた。事情聴取は中断され、監察医が呼ばれた。ポーはファイルに目をやった。フェリシティ・ジェイクマンという名の監察医は、娘がペンリス警察署に到着した日、当番にあたっていた。見た感じからすると歳は四十代はじめだろう、いかにも医者らしく、頭が固そうで、いらいらした顔の女性だった。ジェイクマンは女性の生体情報《バイタル》——脈拍、血圧、および体温を測り、事情聴取の中止を宣言した。病院に移送し、総合的な健康診断をおこなうと刑事たちに告げた。リグは同意した。カメラにちらりと目を向けたとき、その顔には不安の色がくっきり浮かんでいた。女性の話を額面どおりに受け取っているのはあきらかだ。

白状すれば、ポーもそうだった。

次の動画はその夜、時間をおいて録画されたものだった。このときもリグが事情聴取をおこなった。監察医の姿はなかったが、必要ならばすぐ外にいるという説明だった。リグは娘がけっきょく病院には行かなかったと説明した。警察署から出ることを拒んだのだと。まだ安心はできないという理由で。折衷案として、監察医は署の医務室で女性の健診をおこなった。

女性は話のつづきを語った。抑揚のない消え入りそうな声で六年間の監禁生活を描写した。聴いていて気持ちのいいものではなかった。その話が終わったところで、リグは賢明にも休憩にした。

事情聴取が再開され、彼女は脱出の一部始終を語った。これまで聞かされた悲惨な体験と同じで、ここでも得られる答え以上の疑問が浮かびあがった。犯人の訪問がなぜかぱったりとやみ、四日が過ぎると、ヘロインを渇望するあまり行動を起こすしかなくなった。どうにかこうにかドアをこじあけて脱出した。監禁されていた家のまわりにはなにもなかった。山深いところだった。

男が戻ってきて探しているかもしれないと思い、道路でないところを選びながら、ひと晩じゅう歩いた。十マイルほど歩いただろうか、明るくなって周囲の様子が見えるようになった。標識にアルストン村の名前があるのを見て、子どものころに行ったのを思い出した。たしか警察署があったはずだ。道を尋ねたところ、もう何年も前に警察署はなくなったと教えられた。いまは月に一度、警察の相談窓口が対応するだけになっているが、彼女はついていた。この日は第四水曜日で……。

リグは少し時間を巻き戻し、拉致犯の身になにがあったと思うかと尋ねた。彼女はさっぱりわからないと答えた。

「死んだとは考えられる？」

彼女はそれはないと答えた。年寄りではなかったし、あの性欲からすると健康体に思えたからだ。

リグは身を乗り出し、女性の巡査に小声でなにやら告げた。女性巡査はうなずいて取調べ室をあとにした。メモを参照すると、リグがなにを指示したかがわかった。リグは犯人が深刻な犯罪をおかし、収監されている可能性を考えたのだ。いまは、この地域で先週、勾留された、あるいは有罪判決を受けた人物の住居および立ちまわり先が調べられている。

ポーは低くうなった。自分でも同じことをしただろう。動画の残りを最後まで見たが、たいした内容ではなかった。休憩し、脚をのばした。食堂のほうにぶらぶら歩いていった。来訪者用のIDカードを持っていたが、ドアをあける暗証番号は教わっていなかった。くすくす笑っている警察職員ふたりに国家犯罪対策庁の身分証を見せ、なかに入れてもらった。レジで干からびたようなツナサンドイッチの代金を払い、自動販売機で缶入りのコーラとスナック菓子を買った。

食べながら、これまでわかったことを検討した。はじめて聞く話はひとつもない、というのが結論だった。たしかに女性はエリザベス・キートンに似ている――しかし、それがどうした？　似ている女性など山ほどいる。見ていない動画がまだひとつある――そのなかで、自分は本当にエリザベス・キートンであるとリグは娘にそれとなく言わせたにちがいない——が、大事なのは一点だけ。血液サンプルの取り扱いは適正だったのか、だ。ギャンブルによれば、証拠保全——法廷に提出された証拠が現場で採取されたものと同一であると証明できる、つまり、改ざんやすり替えの機会が入りこむ余地はなく、証拠の連続性が完全に保たれているということだが、ポーはどうしても自分の目で確認しておきたかった。ほとんどの場合、証拠保全の最初の部分がもっとも弱い。もっとも不慣れな者が取り扱いにかかわるからだ。

戻ってみるとリグが待っていた。

「現時点での意見は？」さっきよりも少しとげとげしさがやわらいだようだ。

「まだなんとも言えない」ポーは答えると、ノートPCの前にすわった。「エリザベス・キートンがあんなにやせて、顔色が悪かった記憶はないが、六年間も地下室に閉じこめられていたのだとすれば……」

リグはなんともコメントしなかった。

ポーは再生ボタンを押した。

思ったとおり、リグは娘の身元に関する質問に移った。こんなことをするのは申し訳ないと謝った。大変つらい目にあったのは重々承知しているが、あなたのお父さんが殺人罪で有罪判決を受けており、誤審を調査する組織である刑事事件再審査委員会《CCRC》にお父さんの再審を請求するには、あなたの身元を疑問の余地なく証明する必要があるのだと告げた。

娘はうなずいた。動じた様子はなく、言われたことをしないかぎり父親は自由の身になれないなどとも思っていないようだった。かつての人生について、できるかぎり詳細に語った。友人関係、趣味、〈バラス＆スロー〉でまかされていた仕事の内容。彼女は厨房でのエピソードをあれこれ披露し、そこで働くスタッフについて説明した。有名人を父に持つ苦労や、交通事故で母を亡くしたことを語った。

説得力のある内容だった。話のなかには、彼女でなければ知りえない事実が含まれており、これで本人であることの裏づけが取れたとリグは結論づけた。娘は真実を語っているか、でなければそうとう事情に通じていることになる。

彼女のか細い声は聞いている者を魅了した。ポーはますます自信を失った。これまでずっと、うそを見抜く力がそなわっていると自負してきたが、この女性に関してはうそが見当たらなかった。どこからどう見ても、彼女は被害者としか思えなかった。

そこに血液検査の結果がくわわった。

状況証拠ではない。補強証拠ではない。

決定的な証拠だった。

# 10

リグは監察医のフェリシティ・ジェイクマンを呼び入れた。採血は医療行為であり、それについて警察は明快なルールを課している。医師がおこなうべし。とくに問題はなかった。女性が到着してからこっち、ジェイクマンは警察署の外に出ていない。女性のケアにあたっていたわけではないものの、女性はジェイクマンの患者であり、彼女が対応するのが当然だ。

女性のDNA鑑定をするのに口腔スワブでなく血液を使ったのはなぜかと、ポーはリグに尋ねた。

「性感染症と血液媒介感染症の有無も同時に調べられるからです。エリザベスが病院にも性暴力相談センターにも行こうとしないので、監察医は検査していることを悟られない形で検査することにしたんです」

賢いやり方だ、とポーは心のなかでつぶやいた。いたずらに人を苦しめる必要がどこにある？

「それに、妊娠していないのを確認したかったというのもあります」リグはつけくわえた。

「レイプ犯の赤ん坊を身ごもるのは、被害者にとって忌まわしすぎますからね」

ポーは思わず顔をしかめた。彼の母親はまさしくその被害者だった。そして彼はそうして生まれた赤ん坊だ。そういう赤ん坊は中絶されるのが普通だ。ポーは遺伝子の半分を、子ども時代を奪った人でなしから受け継いでいる。ふと気づくと、父――ポーを育て、ポーの母と結婚し、長年にわたってその秘密を守り抜いた本当の意味の父から返事があったか、携帯電話に目をやりたくなっていた。数週間前、メールを送ったが、まだ返事が来ていなかった。

ポーは歯を食いしばった。身を乗り出すようにして、フェリシティ・ジェイクマンが女性の右の袖をまくりあげるのをじっと見つめた。注射痕のほか、肘から下と手首にぐるりと細い筋が見えた。ついたばかりなのか赤いものもあれば、薄くなってピンク色をしているものもある。ポーは一時停止ボタンを押した。

「自分でつけたものか？」

リグはうなずいた。「フリックによれば、太腿にもついているそうです」

「フリック？」

「監察医のことですよ。フェリシティという名前が好きじゃないそうです。年寄りみたいだからってことで」

ポーは再生ボタンを押した。監察医は自傷行為の痕をおもんぱかったのだろう、血管が見える程度に袖をまくってあった。針を刺す場所を消毒して止血帯を巻き、静脈を確保したのち、四本のバキュテイナ採血管に血液を満たした。それらをテーブルに並べた。

止血帯がゆるめられ、針が抜かれると、女性は袖を下までおろし、両膝を胸のところで抱えた。防御を意味する典型的なボディランゲージ。ポーは無理もないと思った――採血のような体を傷つける医療行為は一般的に、人目のないところでおこなわれる。しかし明白な理由があってのことだが、DNA鑑定のための採血はそれとはまったく逆だ。女性刑事が、これでお茶が飲めるしビスケットも食べられますねと、つまらない冗談を言った。女性は笑わなかった。誰も笑わなかった。

ポーはノートPCの画面に目をこらした。下に豆が隠れているはずのカップを見つめるように血液サンプルに視線を注いだ。どのバキュテイナ採血管も常に画面に映っていた。誰かの袖が邪魔して見えなくなることは一度もなかった。監察医の手によって血液を満たされた採血管は、ずっとテーブルの上に置かれていた。法医学的に適切な行為だ。ポーはさすがだと思った。採血の方法は法廷で争点となることが多いため、手順はなるべく簡素にし、よけいな解釈の入りこむ余地がないようにしなくてはならない。なにかごまかしがおこなわれたのなら、奇術師デイヴィッド・ブレインにも引けを取らない早業だったとしか思えない。

しかし、証拠の保全はそれで終わりではなかった。監察医はカメラに向かってラベルシールが並ぶA4のシートをかかげた。何枚かのラベルには女性の名前——この時点では身元不詳ということでジェーン・ドウ——が印字され、通し番号が振ってある。監察医がラベルを一枚一枚、バキュテイナ採血管に貼っていくのをポーはじっと見つめた。このときも採血管は常に見えている状態だった。

最後の第三段階として、各試料を証拠品袋に入れて密封した。さっきと同様、個別の番号がついた袋がカメラに向かってかかげられたのち、採血管がひと袋につき一本ずつおさめられた。カンブリア州警察で使用している証拠品袋は、よそでも使われている標準的な仕様だ。丈夫で透明なビニール袋で不正開封防止機能のあるシールがついており、おもてには証拠保全確認表がついている。リグは四つの確認表すべての一行めに日付を書き入れ、署名をした。

ひとつはカンブリア州警察が現在利用しているラボに預けられ、ひとつはジャレド・キートンの弁護団が選定したラボに預けられ、残るふたつは、のちほど必要になった場合にそなえ、証拠品保管室で厳重に保管されるはずだ。

ポーは四つのシリアルナンバーをメモした。

動画をすべて見終えるころにはポーは頭がぼうっとしていた。重要な鍵を握るのは血液だ。血液がエリザベス・キートンのものと一致したのなら、この女性はエリザベス・キートンなのだ。それ以外に説明しようがない。このことは、ジャレド・キートンは娘を殺していなかったことを意味する。この事実を避けて通るわけにはいかない。

六年前、ポーが勝ち取ったのは無実の男の有罪判決だったことになる。

最初の動画に戻り、再度見直した。


二度見終わると、ポーは立ちあがってのびをした。背中を丸めてノートPCをのぞきこんでいたせいで、首がこわばり、肩が凝っていた。目がごろごろするまで徹底的に観察したが、妙なところはなかった。なにひとつ。

ほかの証拠でも連続性が確保されているか確認するつもりだったが、藁をもつかむにひとしい行為なのはわかっていた。アルミホイルを重ねてつくった帽子をかぶる陰謀論者の領域に足を踏み入れるようなものだ。採血が確実におこなわれた以上、四つのサンプルすべてをすり替えるには壮大で複雑な計画が必要になる。関係者の数が多すぎるからだ。

「ご意見は?」リグが訊いた。

彼がいるのをすっかり忘れていた。彼はずっと静かにファイルを読んでいた。あるいは、読んでいるふりをしていた。ポーはコーヒーが入ったマグに手をのばしたが、すっかり冷めていた。顔をしかめたものの、けっきょく飲んだ。

「疑問が入りこむ余地はまったくなさそうだ」ポーは答えた。

リグはポーがいるテーブルに歩み寄って手をのばし、ノートPCの電源を切った。「はめられたんですよ、ポー。単純な話です」彼は押し殺した声で言った。「犯人は知恵のまわる男で、拉致を殺人に見せかけた。あなたはそれにまんまと引っかかった。あなたたち全員が」

ポーは唾をのみこんだ。同じことがずっと頭のなかをめぐっていたから、その言葉には打ちのめされた。リグはドアに向かって歩いていった。部屋を出る前に振り返った。怒りが戻っていた。

「あなたたちみんな、恥を知れ」

そう言うと、明かりのスイッチを消し、部屋は真っ暗になった。

# 11

ポーはしばらく暗いなかですわっていた。そのほうが考えるのに適していたからだ。

なぜ、人に対する評価をこんなにも大きく誤ってしまったのか？

警官としての全人生で、ジャレド・キートンをクロと判断したときほど強い確信を抱いたことはない。それでも……血液にはなんの工作もされていない。エリザベス・キートンは生きていたのだ。

何年も前、ポーは馬に乗った人物の像について、興味深い事実に気がついた。馬が一本の脚を宙に浮かせている場合は、乗っている人物は戦闘のさなかに負傷し、その傷がもとでのちに死亡している。二本の脚が宙に浮いているなら、乗り手は戦闘のさなかに命を落としている。四本とも地面についている場合は、それ以外の理由で死んでいる。ちょっとした雑学で、これまで数え切れないほど繰り返し披露してきた。つい最近、同僚で親友の分析官、ティリー・ブラッドショーに、そんなのはでたらめもいいところだと一蹴された。

自分で真相をたしかめてもなお、長年正しいと思ってきたことと決別するのはむずかしかった。なにしろ、裏づけるものがなにもないのに、必死に正当化したくらいだ。いまもあのときと同じ気分を味わっている――本気で気持ちを整理する必要がある。いまになって、キートンが無実とわかるとは。

このあとどうするか考えるのに、もう一杯コーヒーを飲むつもりだったが、カフェインを過剰に摂取したせいで頭がずきずきしはじめていた。こめかみを揉んでみたものの、痛みはまったくおさまらなかった。自分のブラックベリーに目をやると、またフリンから電話があったのに気がついた。かけ直したが、留守番電話につながった。メッセージを残すのは苦手だ。外国語をしゃべっているときのように、うまく言葉が出てこなくなる。そこでショートメッセージを送った。

一分後、返信がきた。二百文字じゃ説明できない。メッセージにはオンライン会議のリンク先も書いてあった。ポーはリグがさきほどシャットダウンしたノートPCをふたたび起動させ、リンクのURLを入力した。

電話のアイコンが脈打つような動きを始めた。ハンプシャーにいる誰かが応答したのだろう、SCASの会議室が画面に現われた。フリンがテーブルについていた。機嫌が悪そうだ。

「ステフ」

「ポー、顔が見えないわよ」

画面右上に小さな黒い長方形が表示されている。これまでにおこなったオンライン会議の経験から、本来はそこにポーの顔が表示されているはずだ。

「アドレスを打ち直してみる」彼は言った。

フリンはサイバースペースごしにポーをにらみつけた。「なにもさわらないで。もうすぐティリーが来るから。彼女になんとかしてもらいましょう」

二分後、ブラッドショーがやってきた。華奢な体つきで、細い茶色の髪と陽に当たったことなどないような肌をしている。ハリー・ポッターがかけているみたいな分厚い眼鏡のせいで、灰色の目が大きく見える。アンパサンド、すなわち〝&〟の記号とその下に〝Phone Home〟のロゴが入ったTシャツを着ている。たしか、前にも見たことがある。〝&〟は〝and〟を意味するラテン語〝et〟の合字で、それと宇宙人かなにかの映画をかけているのではなかったか。少なくとも、本人からはそう聞いている。途中で説明を聞くのをやめてしまったが……。

「すみません、フリン警部。トイレに行ってました」ブラッドショーは言った。

フリンは不必要な言い訳を聞き流した。

ポーはほほえんだ。ブラッドショーは職業生活のほぼすべてと、子ども時代の大半を数学の研究という学問の世界で過ごしてきた。頭は抜群にいいものの、国家犯罪対策庁に入る前は、誰もがあたりまえに身につける社会生活のスキル、普通なら校庭で学びはじめる社会生活上のスキルを学ぶ必要がまったくなかった。

しかも、数学はオール・オア・ナッシングの科学で、解釈の入りこむ余地がほとんどないため、意見の述べ方も会得していなかった。数学には微妙なニュアンスというものは存在しない。忖度する必要も、共感する必要もない。合っているかまちがっているかのどちらかだ。数学は真実を教えてくれる学問であり、それについてはブラッドショーも同じだ。彼女は真実を告げる以外のことをしようとは考えもしないだろう。

それでも、ずいぶん成長したのも事実だ……数カ月前は、トイレでしていた行為までいちいち報告したのだから。

「ポーはどこ？」ブラッドショーが訊いた。

「彼のほうはこっちが見えてるけど、こっちからは彼が見えないの」

ブラッドショーがあとをまかされた。いくつもの確認や再起動をポーに指示した。やがてうんざりしたように言った。「ウェブカメラのカバーははずしてあるよね？」

「もちろん、はずしたさ」ポーはノートPCの上部を確認した。プラスチック製の小さなクリップがカメラのレンズをふさいでいた。それをはずした。小さな黒い長方形が消え、B会議室が現われた。

「信じらんない」ブラッドショーは小さくつぶやき、バッグの中身を出しはじめた。フリンに目をやり、彼女にならってペンとノートをテーブルに置いた。

フリンは腕を組んで、その様子を見ていた。口もとに笑みが浮かんでいる。イモレーションン・マン事件の一カ月後、ブラッドショーは内部昇格に応募し、まわりの者を驚かせた。彼女が応募したとたん、他の志願者は全員、撤退した。そのポストへの就任が決まると、彼女はポーにチームのまとめ方について助言を求めた。ポーはフリンを手本にするのがいちばんだと答えた。ブラッドショーはその助言を極端すぎるほど忠実に守り、その結果、フリンがやることを一から十までまねしている。フリンがなにかメモすれば、ブラッドショーもメモをする。フリンがショートメッセージが来ていないか確認のため携帯電話に目をやると、ブラッドショーも自分の携帯電話を見る。ペンとノートもそっくり同じ位置に置いている。

ポーはそれをほほえましく思っている。フリンはいらだたしく思っている。

「始められる？」フリンが訊いた。

ブラッドショーは自分とフリンのデスクを見くらべてからうなずいた。

「ポー、なにがあったの?」

「きみを動揺させたくない」

「いいからさっさと言って」

ポーはむっとして言い返しそうになるのをこらえた。この何週間か、フリンはやたらと八つ当たりしてくる。理由はさだかでない。ポーはいまの状況を説明した。フリンは口をはさまずに聞いていた。

「あたしも協力しようか、ポー?」話し終えるとブラッドショーが訊いた。不安そうな顔をしている。ポーがまずいことになっていると思うと、いつもそうなる。

「前と同じ捜査をやるだけなんだよ、ティリー。邪魔になるから、おれも残る必要はないだろう。すぐにそっちに戻る」

「わかった。でも、手もとにあるものを全部送って。あたしも目を通したい」

「それは無理だ。おれたちは正式には捜査チームにくわわってないんだから」

「あなたはどうしたいの?」フリンが訊いた。ポーのことは熟知しており、間違いをおかしたのなら自分の手で正そうとすることもわかっていた。

ポーは間をおいた。いまのは質問だよな? おれにいったいなにができる? そのとき、カールトン・ホールの会議室のドアがあいて明かりがつき、みっともないことを言わずにすんだ。ポーは目をしばたたき、小手をかざした。

ギャンブルだった。怒っているようには見えなかった。あきらめたような不安そうな表情を浮かべていた。

「五分だけ待ってもらえるか、ボス？」ポーは訊いた。「ギャンブル警視がおれに話があるらしい」

フリンが手をのばし、なにか押した。画面が真っ暗になった。

「いまのはフリン警部か？」ギャンブルが訊いた。

「はい」

「あとで彼女に電話しないといけない」

ギャンブルはコーヒーマシンに歩み寄った。自分のマグに注いだのち、空のマグを手に取り、身振りでポーに飲むかと尋ねた。

ポーはやめておいたほうがいいと思いながらもうなずいた。ギャンブルはマグをふたつとも持ってきた。椅子を引き出し、力なくすわりこみ、コーヒーを差し出した。ポーはひとくち含んだ。煮詰まったコーヒーは苦く、いまの気分にぴったりだ。湯気で読書眼鏡がくもった。ポーは眼鏡をはずし、ジャケットに戻した。ふたりは一分ほどコーヒーに息を吹きかけ、ちびちび口に運んだ。

「フリン警部はどうしている？」

「元気です。正式に警部になったのがよかったんでしょう」

ギャンブルはほほえんだ。「で、ティリーは？」

「彼女も元気にしています。いや、元気どころじゃないな。イモレーション・マン事件で本領を発揮しましたが、本人はさらなる高みを目指してます。車の運転を習得し、フォードＫａを買いました。いまは分析官ばかりの課をひとつ、まかされてますよ。あいつのことを変わっていると思っているでしょうが、部下連中を見たらびっくりしますよ。前とうしろに〝気をつけて、あたしはまだ人とのつき合い方を勉強中〟とプリントされた派手なベストが必要な連中ばかりなんですから。本人たちは〝スクービー・ギャング〟を自称してますが。バンパイアが主役の子ども向けの番組からとったんでしょう。『恋するバッファロー』とかそんなタイトルの。もっとも、まわりの連中は〝モグラ人間〟と呼んでますが。スカボローの例の男の件はご存じですか？」

「つながりがないと思われていた刺殺事件のことか？」

ポーはうなずいた。「あいつらが歩容解析だけで解決したんです。防犯カメラの映像を調べあげ、三件の事件は同一人物の犯行だと突きとめたんです」

「彼女の手柄だったのか？　そうか、すばらしい仕事ぶりだな、ティリー。たしか犯人は女の恰好をしていたんじゃなかったか？」

「しかも毎回、ちがう女性になりすましていました」ポーは言った。「見事な仕事ぶりでした。似顔絵が作成され、ノース・ヨークシャー警察がその日のうちに逮捕しました」

会話が途切れた。ポーはコーヒーを飲み終え、ふたり分のマグを持っておかわりを注ぎにいった。戻ると、ギャンブルが待っていた。

「今回の件について、きみはどう思う、ポー？　あの女性はやはりエリザベス・キートンか？」

ポーは老警視をしげしげとながめた。すっかり意気消沈しているように見える。目のまわりのしわが、前に会ったときよりも長く、深くなっているからだ。灰色の髪も明るさを増している。退職まであと何年もないはずだ。イモレーション・マン事件で降格したことで、そろそろ退職までのカウントダウンが始まるのだろう。しかし……それでもどこかひらきなおっている感じもする。

そこでポーははたと気づいた。ギャンブルはおれを利用しようとしているのだ。

「本当のところ、なぜおれは呼ばれたんですか、警視？」

ギャンブルはなにも言わなかった。

ポーはつづけた。「リグと電話で話すだけでもよかったはずです。わざわざ北部まで足を運ばせるほどのことではない」

　それでもギャンブルは黙っていた。彼はコーヒーを口に含み、目を閉じた。

「それに、キートンに関するいくつかの逸話をべつにすれば、きょうおれが話したことはどれもファイルにあることばかりです」

　ギャンブルは目をあけ、ポーを見つめた。

「確信していないんですね、ちがいますか？」ポーは言った。

　ギャンブルは小さなため息を長々とついた。体全体がしぼんでいくような音だった。

「どう考えればいいのかわからんのだ、ポー。無駄にあがいているだけかもしれないが、イモレーション・マン事件の際、もっときみの言い分に耳を傾けていたら、結果はちがっていたとわかっているものでね」

　ポーはそれには反応しなかった。ギャンブルは自分に厳しすぎる。イモレーション・マン事件は警察史上、類を見ない犯罪だったのだ。事件が発生した時点で、ギャンブルに勝ち目はなかった。ほかの誰が捜査主任でも結果は同じだったろう。

「フリン警部に電話して、ＳＣＡＳの応援を要請するつもりでいる」ギャンブルは言った。

「おもて向きは、エリザベス・キートン拉致事件の捜査を支援してもらうという理由だが、当時の捜査にきみが大きくかかわっているため、きみをわたしの連絡係にするよう要望する」

「で、裏の理由は？」

「納得したい。あの女性は本当にエリザベス・キートンであると納得したい。警察での最後の仕事が、殺人犯を自由の身にすることなのはごめんなのでね」

ギャンブルは立ちあがった。持っていたマグをテーブルに置き、手を差し出した。ポーがその手を握り、ふたりは握手した。たがいに相手の目をのぞきこんだ。

「きみが納得すれば、わたしも納得する」

## 12

ポーはふたたびオンライン会議に接続した。ギャンブルは部屋に残った。

少し世間話をしただけで、ギャンブルは本題に入った。

「エリザベス・キートンの拉致および不法監禁を捜査するにあたり、SCASの参加を正式に要請する。必要な書類は今夜じゅうにそちらに届ける」

回線の反対側が静まり返った。

ややあってからフリンが言った。「あの、ポーの罪を軽減するためにSCASを利用することはできません」

「そうではないのだ、フリン警部。過ちをおかしたのであれば、その結果がどうであれ、われわれは受け入れる。それはポーも同じ考えのはずだ」

「過ちをおかしたのであれば、とはどういうことでしょう？」フリンは訊いた。「あの女性はエリザベス・キートンなのですか？　ちがうのですか？」

「彼女はまずまちがいなくエリザベス・キートンだ」ポーは答えた。ここでうそをついても仕方がない。

「しかし？」

「しかし、ジャレド・キートンはおれが会ったなかでもっとも頭のいい男だ。こんなことができるやつがいるとしたら、あいつ以外にない」

誇張でもなんでもない。フリンは否定しないかもしれないし、するかもしれない。少し前、キートンについて話し合ったことがあったから——夜も遅い時間に、〝これまで手がけたなかで最悪だった事件〟を披露し合ったのだ——ポーがキートンをどう思っているか、彼女はよくわかっている。

たっぷり三十秒が経過したのち、フリンはふたたび口をひらいた。ポーの予想どおり、彼女は現実的で、あとでどうとでも言い訳できる結論を出した。

「わかりました、警視。赤の他人による拉致はたしかにＳＣＡＳの担当です。そちらが必要とする期間の関与を承認します。とりあえずはポー部長刑事ひとりですが、彼の判断で人員を要請することは可能です」

ふたりはさらにいくつか行政上の問題について話し合ったのち、電話を切った。

ギャンブルはポーに目を向けた。「最初に手をつけるとしたらどれだ？」

「血液です。ＤＮＡ鑑定がそこまで確実なものなのかを確認したい」

「確実なものだと聞いているが」

ポーはうなずいた。彼もそう理解している。他人の血液を投与したからといってＤＮＡは変わらない。そういうものではないのだ。しかし……医学が日々発展していることも承知している。ポーが最後にＤＮＡに関する説明を受けて以来、いろいろと進歩していることだろう。

「とにかく調べます」ポーは言った。「信頼できる答えを出してくれる病理学者に心当たりがあるので」

「あまりうれしそうな顔ではないな。なにか問題でも？」

ポーは大きく息をついた。「とんでもない変わり者なんですよ」

# 第五日

# 13

生物学的証拠はどこの犯罪捜査課の証拠品保管室でも冷蔵庫や冷凍庫で保管できるが、最終的にはカールトン・ホールに集められる。問題の女性の血液——最寄りのペンリス警察署で採血されたもの——もすでにそこに移されていた。ポーとギャンブルは、翌朝九時にカールトン・ホールの前で落ち合うことで話がまとまった。

ギャンブルと別れたときにはもう陽が傾いていたが、それでもシャップ丘陵地にある自宅に戻りたくてたまらなかった。しばらくはカンブリアに滞在することになりそうな雲行きであるし、この数週間、自宅に帰っていないので、住める状態にするため、急いでやらねばならない作業がいくつかあった。発電機はオイルとフィルターを交換しなくてはならず、夏は水位がさがるので井戸のポンプの調整も必要だ。ほかにも手入れをしなくてはならないものがたくさんある。

かなりの作業になりそうだが、あの家が恋しくてたまらないというのが本音だ。あそこは彼の家だ。ローンは一ペニーも組んでいないし、周囲の土地も彼のものだ。イモレーション・マンによって重大犯罪分析課《SCAS》に引き戻される前は、そこでの人生を築いていた。それにエドガーという愛犬のスプリンガースパニエルも恋しかった。ポーが南部に滞在中は、隣人のトマス・ヒュームに預かってもらっているが、最近はいつも一緒にいられる方法はないかと探っているところだ。

けっきょく理性が勝ち、ペンリスの〈ノース・レイクス・ホテル・アンド・スパ〉に部屋を取った。ダブルサイズのベッド、糊のきいた木綿のシーツ、バーでの夜食の魅力には抗しきれなかった。


ポーは証拠品保管室があく十五分前には建物の前に来ていた。五分後、ギャンブルが到着した。新任の本部長――前任者はイモレーション・マン事件を隠蔽しようとしたため、忘却の彼方に追いやられた――との会合から直接来たという。本部長の顔は冴えなかったらしいが、その理由は、日曜なのに仕事をしているせいだけではなかった。

「いちばん大きなテレビカメラの前に立って、当時の捜査を公然と非難するまであと五分という状態だった」ギャンブルは本部長の気分をそう表現した。

「本当にそうするつもりでしょうか?」ポーは訊いた。新しい本部長とは面識がない。ポーがカンブリア州警察にいた時期、彼女は西部で警視の地位にあった。ひじょうに評判がよく、警察犯罪コミッショナーからの覚えもめでたい人物だ。

ギャンブルは首を振った。「それはどうだろうな。彼女はやや政治色が強いが、ここぞというときには部下を擁護してくれるはずだ」

証拠品保管室の管理者でアンジー・モリソンという若い女性が現われ、会話は断ち切られた。彼女はドアの鍵をあけ、ケージのような受付にふたりを案内した。それから自分は中央保管室に入った。ここに来たのは残っている血液のサンプルふたつのうちひとつを受け取るためだと、ギャンブルが説明した。

ポーは受け取りの署名をし、駐車場でギャンブルと別れ、SCASが手配したレンタカー——彼のBMW X1はハンプシャーに置きっぱなしになっている——に乗りこんだ。二分後、M六号線に乗り、その二十分後にはA六九号線をニューカッスル方面に向けて走っていた。

ポーはびくびくした観光客並みの気楽さでニューカッスルの街を運転した。ごみごみした街の中心部は一方通行の道が入り組み、地元民はいつでも鳴らせるようクラクションに手をのせて運転している。ラジオを消してようやく気づいたのだが——ポーは道に迷うといつもラジオを消すのだ——レンタカーにはナビゲーションシステムが搭載されていた。ほどなく正しい道に出て、正しい方向に走りはじめた。

ロイヤル・ヴィクトリア病院の駐車場に入っていくと、ちょうどあいた場所が見つかった。同じようにねらっていた車が怒ってクラクションを鳴らしたが、ポーは気にもとめなかった。

ロイヤル・ヴィクトリア病院はニューカッスル大学の付属施設で、ポーが会いにきた相手は講義室とニューカッスル研究所をかけ持ちしていた。エステル・ドイルはイングランド北東部の常勤病理医であると同時に、法医学における主任講師もつとめている。世界各国の病理医が彼女の講義を受けている。講義をしていないときはたいてい、病院のいちばん奥の部屋にいる。

ポーは駐車料金を払うと、緊張でそわそわしはじめた。エステル・ドイルに会うと思うと、いつもこうなる。

誰の目にも、彼女はずば抜けた才能の持ち主と映る。しかし……エステル・ドイルにはもうひとつ、べつの面がある。

死体を切り刻むことで生計を立てている連中は、陽の当たる場所を歩くことなどめったにないのをポーは知っているが、そんな彼らから見ても、エステル・ドイルはかなりの変人だ。地下二階にある死体安置室に向かいながら、彼女と仕事をした過去に思いをはせた。一度など、子どもの死体をおさめる保冷庫――コミックサンズという野暮ったいフォントで書かれたラベルを見ると、心をふさがれる思いがする――で冷やしてあったワインを勧められたことがある。彼女に言わせると、それがこの病院でもっともいい保冷庫らしい。ポーは丁重に断った。また、太りすぎの男の死体を解剖中、片方の腕を持っていてほしいと頼まれたこともある。「そこの腱を引っ張って」彼女は死体の脇の下を示して、ピンセットを差し出した。ポーは言われたとおりにした。すると、死体の中指がぴんと立った。ポーはぎょっとしてひっくり返った。エステル・ドイルは頬をゆるめもしなかった。

死体安置室のドアの前まで来ると、くもりガラスにA4サイズの紙がセロテープで貼ってあった。それにはこう記されていた――病理学者の患者は最高に冷えてる《クール》。ポーはため息をつくと、大きく息を吸い、ノックをしてなかに入った。

エステル・ドイルは死体に身を乗り出していた。ポーに気づいたそぶりも見せずに言った。「あら、ポー。ちょうどいいところに来た。ねえ、これ、どう？」

ポーはあきれかえり、口をぽかんとあけた。

# 14

解剖台に寝かされた死体は強すぎる光を受け、青白くまだらに見えた。年配の女性だった。やせて肌がたるみ、爪が黄ばんでいる。顔はしわだらけ、目は落ちくぼんでどんよりしている。

エステル・ドイルはその女性の足の爪に色を塗っていた。ひとつひとつ、異なる色合いの紫色に。青白い肌にゴシックな色という組み合わせが殺伐として見える。

ポーは唖然として見つめた。

「今夜、ディナーの約束があるのよ。このうちのどれかにしようと思って。あんたの意見を聞かせて、ポー。どれがいま履いてる靴にぴったり合う？」

彼女は丈の長いタイトスカートの裾を持ちあげ、ハイヒールをのぞかせた。光沢のある黒い靴で、ソール部分があざやかな赤だ。いかにも高そうに見える。

「うーん……それかな」ポーはいちばん手前の爪を指さした。

「なるほど、つや消しのチューリップ。さすがね」唇に笑みが浮かんだ。「で、きょうはなんの用なの、ポー？　あんたが訪ねてくるっていうからとても楽しみにしてたんだけど」

彼女は最後の爪を塗りおえると、死んだ女性の足を持ちあげ、つま先にそっと息を吹きかけた。親密でありながら気味の悪い仕種だった。

これを見せようとして待っていたにちがいない。

彼女は振り返ってポーと向かい合った。上から下まで彼をながめる。舌が下唇を這いまわる。ポーはじっと見つめられて居心地が悪くなった。

こうして見るとエステル・ドイルはすこぶるセクシーで、とてつもなくおそろしい存在だ。ハイヒールを履かなくてもポーと身長は変わらない。濃いブルーの瞳が黒いアイライナーと赤いアイシャドウで縁取られている。パウダーをはたいた顔と深紅色に塗った唇とがくっきり対照をなしている。真っ黒な髪がなめらかなうなじにかかるさまは、インクを流したようだ。頬骨は高く、くっきりしている。両腕とも肩から手首まで、タトゥーをびっしり入れている。

「やせたんじゃないの、ポー。似合ってる」

「大変な一年だったからな」

「新聞で読んだよ。けっきょく、あんたのキャプラスクな性格の勝利ってわけね」

「ええと……なんだって?」エステル・ドイルを前にするたび、まともな答えを返すのに苦労する。

「あんたは永遠の落ちこぼれってこと。それがあんたをかき立て、ほかの人がやらないようなことをやる力になっている」

ポーは反応しなかった。彼女がなにを言わんとしているのか、さっぱり見当がつかなかった。

ドイルはため息をついた。「イモレーション・マン事件は片がついたんだったよね？」

ポーはうなずいた。

「でも、あらたな問題に直面してる」

それに対してもポーはうなずいた。気を取り直すのに少し時間が必要だ。彼はペディキュアをほどこされた死体を指さした。「こんなことをしていいのか？」

ドイルは肩をすくめた。「ここから出す前に、全部同じ色に塗り直すから」

ポーはなにも言わなかった。エステル・ドイルの奇妙さの尺度によれば、そのくらいはたいしたことではないらしい。

ドイルは死んだ女性の腕を持ちあげ、手首の内側をポーに見せた。「よく見て」

ポーはおずおずと顔を近づけた。小さな古くさいタトゥーが見えた。見た覚えのある模様ではなかった――円のなかに迷路が描かれている。「これはなんだ？」

「ヘカテの輪。女神が持つ三つの側面、つまり少女、母親、老女を象徴している」ドイルは言うと、いつくしむように老女の髪をなでた。「この女性はほぼまちがいなくウィッカンね。だから、新しい爪の色も気に入ってくれるはず」

彼女はふたたび死体を見おろした。「彼女がどんな人生を送ってきたか、想像できる？そのタトゥーのせいでどれだけいやがらせを受けたかを」

持ち前の好奇心が頭をもたげ、ポーはタトゥーを念入りにながめた。素人の手によるもののようだ。少なくとも五十年はたっているだろう。「そうとうつらかったろうな」

「さすがはひかえめ表現の達人ね、ポー」ドイルは老女にシーツをかけてやりながら言った。「さてと、きょうはなんの用？」

「ひとつ問題が発生した。しかもそうとうやっかいな問題だ」

「はは一ん、パズルね」ドイルの声には抑揚というものが欠けていた。「パズルは好きよ。さあ、つづきを聞かせて」

ポーの顔が赤くなった。こんな質問をすることになるとは、自分でも信じられない。

「死んだ人間が生き返る方法について教えてほしい」

「あらあら、なにかと思えば、ずいぶんとおもしろそうな話じゃないの」

ポーは事の次第を説明した。ドイルは話をもっと前に戻し、〈バラス＆スロー〉の犯行現場の模様を説明するよう求めた。見積もった失血量から、生存は不可能と判断したと説明した。

「そこからしてまちがってる。わたしの電話番号を知ってるんだから、相談してほしかったな。おたくの科学捜査員はいつも現場の血の量を多めに見積もりがち。とくにキッチンのタイルみたいな、吸水性の低いものにひろがると、たいした量じゃなくても血の海のように見えてしまう。血液がその場になければ、どのくらい流れたかなんて知りようがない。それと反対のことを言う人がいれば、うそをついてるか、単なる無能のどっちかよ。何年か前、それをテーマに論文を書いたわ。目を通してみて」

「そうするよ」ポーは先見の明がなくてファイルのコピーを持ってこなかったことを後悔した。エステル・ドイルに現場写真を見てもらうほうが、病理学者を大勢、現場に入れるよりもずっと役に立つ。

「この娘さんはエリザベス・キートンに似ているのね？」

「そうだ」

「で、エリザベス・キートンは双子じゃないのね？　一卵性か二卵性かに関係なく」

「われわれの知るかぎりでは」

彼女は糸のような眉をあげた。

「いや、彼女は双子じゃないよ、エステル」警察官になってこの方、双子が関与した事件を捜査したことは一度もない。

「採血の現場も見たんでしょうね？」

「じかには見てないが、録画で見たかぎり、証拠保全は完璧だった。監察医も捜査員も証拠保全の重要性は承知しているから、血管から採取されて証拠品袋におさめられるまで、全員の目が注がれていた」

「不正開封防止機能のついた証拠品袋が使われてるんでしょう？」

ポーはうなずいた。

「ラボに届けられたのも同じ袋？」

そう問われ、ポーは肩をすくめた。「確認はするが、そうじゃないとは考えにくい。いつも使ってる配送業者が運んだし、手順もすべて守られている。あのやり方だと不正はむずかしいだろう」

「カンブリア州が使ってるのはどのラボ？」

ポーは答えた。北西部の全警察が利用しているラボだ。

彼女は、それならけっこうというようにうなずいた。「あそこは信頼できる。まかせて安心よ。なにかのはずみで、無関係な人が大勢集まってきて、サンプルを取り違えたなんてことはないわよね」

ポーはそれはないと、首を横に振った。

「それと、彼女の血液を照合するのに使った、もとのＤＮＡの試料だけど、それは信頼できる？」

「できる。おれが採取した」

ドイルはうなずいた。そういうところが彼女のいいところだ。彼女から信頼されていれば、ぐだぐだ弁解する必要はない。

「わたしを頼ってくれてよかった」彼女は自分のオフィスを示した。「ふたつほどやらなきゃいけないことがあるけど、それが終わったらあんたの件に専念する。そこの椅子にすわってて」

ポーはその言葉に従った。がまんの限界まで彼女の仕事ぶりを見ていたが、老女の血管から血栓を抜く段になると顔をそむけた。ドイルのいる死体安置室は研修にも使われているため、アクリル樹脂で仕切った見学席が解剖台を見おろす位置にしつらえてあるが、きょうは日曜なので無人だ。それをべつにすれば、ごくごく普通の死体安置室と言える。いくらかモダンではあるものの、ポーがこれまで足を踏み入れたほかの施設と基本的には同じだ。死体保冷庫が音叉のようにぶうんと音を立てている。そのうちのいくつかは、温度がマイナス二十度、すなわち長期にわたる保管が可能な温度に設定されている。好意的に表現するなら〝熱心〟と言えなくもないエアコンの冷気で、額に浮いた汗が冷やされていく。あたりにはレモンに似た薬品臭がただよっている。不快ではないものの、鼻がつんとし、涙がにじんでくる。流しと配水設備がタイルの壁にぴったりおさめられ、壁にはラミネートされた安全衛生に関する注意事項が貼られている。ここは死者に敬意が払われる場であるが、だからといって、これらの事実を犠牲にしていいわけではない。ポーは死体安置室がどうしようもなく苦手だった。それも昔から。

ようやくドイルがポーのそばにやってきた。彼女はすぐさま本題に入った。

「あんたがわたしにどうしてほしいのか、いろいろ考えてるんだけどね、ポー。口ぶりからすると、なにがあったかはもうわかってるみたいね」

「きみの知恵を借りたいんだ、エステル。ばかげた話に聞こえるだろうけど、他人のDNAを取りこむのは可能だろうか？　それで鑑定をごまかすことはできるだろうか？」

意外なことに、ドイルは笑い飛ばさなかった。眉をあげもしなかった。

「最近、イスラエルの科学者チームが、犯行現場を偽装するのは理屈の上では可能であると証明した。血液のサンプルからDNAのすべての痕跡を除去し、他人のものと入れ替えることに成功した」

ポーは目を見張った。想像のはるか上を行く話だった。

「しかも、科学捜査員の目をあざむけるレベル」彼女はとどめのひとこととしてつけくわえた。

ポーはさらに目を丸くした。国家犯罪対策庁は警察組織のなかでも最先端の機関のはずだ。なのになぜいままでこの話を聞いたことがなかったのか？　ポーはフリンに伝えようとメモを取った。

ドイルは話をつづけた。「それと、充分な設備のととのった分子生物学の研究所なら、そこそこの研究者でもDNAを合成できる」

ポーはしばし考えこんだ。科学が映画『ブレードランナー』で描かれた世界に急速に近づきつつあるのはたしかだが、今回の件にはあてはまらないだろう。「だが、生身の人間に使える技術ではないんだろう？　自然界でDNAを合成することはできないんだよな？」

「いまのところはね。あくまでそういう事例もあるというだけ。血液について理解してもらう必要があるから」

ドイルは無駄に言葉を費やすことはしない。その彼女が血液を理解しろと言うのなら、従うまでだ。

「血液は生命よ。この世に存在するなかで、このうえなく完璧で特殊化した液体。究極の生物工学。わたしたちが必要とするあらゆることをやってくれる。栄養を補給し、わたしたちの体を守ってくれる。体の隅々まで酸素を行き渡らせ、二酸化炭素を取りのぞいてくれる。体温を制御し、生殖を補助する」

ポーは黙って聞いていた。

「赤い色を見るだけで、心臓の鼓動が速くなるわよね。それは、赤い色から血を連想するからだし、血が出るときはよくないことが起こったときだから」

はじめて聞く話だった。自分の体なのに自分ではほとんど制御できないとは、まったく知らなかった。ポーはそう伝えた。

「心配しなくて大丈夫よ、ポー。あまりにたくさん見過ぎると、どこかの時点で、そういう本能的反応を起こさなくなるから。実を言うとね、次の講義では、いまの仮説を披露してみようと思ってる」彼女はペンを手に取り、メモをした。

「エリザベス・キートンの血液を大量に所有している者がいたとして、それをべつの人間に注入するとDNAが変わるというようなことはありうるだろうか？」

ドイルは首を横に振った。「そういうことにはならない。DNAは両親の配偶子の融合でできるものだから」

ポーはため息をついた。ドイルの話を聞くのはブラッドショーの話を聞くのと似ている部分がある——彼女も複雑な話をより複雑にする特異な才能の持ち主だ。ドイルは臨床医学の教授であり、ポーは中学程度の生物学でも落第点を取っている。きょとんとしているのは一目瞭然だったのだろう。

「配偶子というのは人間の生殖細胞のことよ、ポー。あたしたちはそれを……」ポーがぼうっとしているのを見て、ドイルは言葉をのみこんだ。「ねえ、ちょっと。説明はしてあげられても、あんたにかわって理解してあげることはできないのよ」

さっきの言葉は取り消す。ブラッドショーの話を聞くのとまったく同じだ。

「すまん」ポーは集中しなおし、話の内容を理解するべく最大限の努力をした。

「人間の血液は骨髄でつくられるのであって、その逆じゃない。たとえ全血液を輸血されたとしても、DNAは変わらない。しかも、一時間につき一千億個の赤血球細胞と四千億個の白血球細胞がつくり出されるから、高度なDNA鑑定をあざむくには、輸血と同時に採血するしかない」

「つまり……不可能ということか？」

「ほんのわずかな可能性すらない」

ストライク・ワン。

ドイルの話でふと思いついたポーは、まじめに聞いていたところを見せたい気持ちもあって言った。「骨髄移植をした場合はどうだ？　そうすれば血液に細工ができるんじゃないのか？」

「キメラのことを言ってるのね。ひとりの人間が二種類のＤＮＡを持つケース」

「そうなのか？」

「そう。かつての腫瘍学では、たとえばある種の白血病の場合、患者の骨髄を完全に破壊していた。そうすることで、ドナーの骨髄と完全に入れ替わる。理屈の上では、その方法なら血液のＤＮＡ型が変わる可能性がある。でも、血液以外のＤＮＡは変わらない。体のほかの部分は、その人がもとから持っているＤＮＡ型になる」

ポーは目を細くした。核心に迫ってきたのかもしれない。

「でも」ドイルがポーのはやる気持ちに水を差した。「近年のがん治療では、患者の骨髄をすべて破壊する必要がなくなっている。というわけで、キメラというのは自分と他人の

DNAを合わせて持っている人のこと」

ストライク・ツー。

「ということは、問題の女性がエリザベス・キートンと同じ血液なのは、本人だからということか？」

ドイルは肩をすくめた。「どんな可能性だってありうる。いまここに生体ドナーがいて、あんたに見られていなければ、検査をごまかすことはできるかもしれない。でも、あくまで実験室でならという条件がつく」

ポーはため息をついた。「もうひとつ問題がある。ジャレド・キートンが利用できる唯一の生体ドナーは自分の娘であり――」

「――本人がいるのに、なぜそんな茶番をするのか？」

「そのとおり」

ふたりは黙りこんだ。

やがてドイルが沈黙を破ったが、そのときの彼女はこれまでになく鋭かった。「世間話をしに、わざわざ来たわけじゃないんでしょ、ポー？　この程度の問い合わせなら電話ですんだはず。白状なさい。なにが目的？」

ポーはバッグに手を入れ、ふたつのものを取り出した。それをドイルのデスクに置いた。

「なんのおみやげを持ってきてくれたのかしら？」

「ひとつはエリザベス・キートンに関するDNAの報告書。当時の捜査のものだ。三重にチェックしてあるから、彼女のものだと百パーセント自信を持って言える」

「もうひとつは？」

「一週間弱前にペンリス警察署で採血した試料の一部だ。カンブリア州警察のラボがこれを使い、エリザベス・キートンのものと一致するとした」

「で、このふたつをわたしにどうしろと？」

「盲検をしてもらいたい。ニューカッスル研究所では保険適用外の検査をやっていないのは知っている。きみのところのラボで検査してほしい。証拠品袋には名前は書いてない。きみにだけわかるシリアルナンバーがつけてあるだけだ。誰のものかはいっさいわからないようになっている」

それに対しドイルは、ハスキーな声でささやいた。「どうしてわたしがそんなことをしなきゃならないの？」

ポーは前の晩にギャンブルに言われたのと同じことを告げた。「きみがそれをエリザベス・キートンの血だと納得するまでは、おれも納得できないからだよ、エステル」

# 15

カンブリアに戻る途中でポーはギャンブルに電話し、ドイルが超特急でDNA検査をしてくれることになったと報告した。

「三時までにカールトン・ホールに戻ってこれるか？」ギャンブルが訊いた。「戦略会議がある。全員と顔を合わせるいい機会なんだが」

ポーは腕時計に目をやった。まだ正午を少し過ぎたところだ。なにか腹に入れたかったが、また署の食堂で食べるのは気が進まない。運のいいことに、A六九号線は東西に走る幹線道路のひとつで、道中には食事に寄れる店がたくさんある。たしか、ヘクサムにうまいフィッシュ・アンド・チップスの店がある。バタードソーセージが目に浮かび、きんきんに冷えたスプライトで流しこむところを想像した。

「行きます」

　ポーがA会議室に入っていくと、事前会議——階級が上の者が黙れと言うまで噂をひろめつづける場——は最高に盛りあがっていた。誰ひとり、ポーに目を向けなかった。スーツ姿の彼はとくに目を引く存在ではなかった。

　ポーはコーヒーマシンに歩み寄り、自分で注いだ。それを持って会議用テーブルに向かい、知らない女性の隣にすわった。女性はおざなりにほほえむと、それまでおしゃべりに興じていた相手に向きなおった。

「おい、見ろよ」大きな声がした。「国家混沌対策庁がいる」会議室内は一瞬にして静まり返った。

　全員の目がコーヒーに口をつけるポーに注がれた。彼はカップをソーサーにそっと戻し、大声の主をにらみつけた。重たげな目と肉のだぶついた腕を持つずんぐりした男だった。

　その男の隣にリグがすわっていた。長身の刑事はさすがに困惑の表情を浮かべた。

「ここでいったいなにをしてる、ポー？」ずんぐり男は言った。「てっきりくびになったと思ってたんだがな」

　ポーはコーヒーを手にし、ゆっくりと飲みほした。飲み終えると言った。「で、あんたは？」

「いいから質問に答えろ、ポー！　こいつはカンブリア州警察の事件だ。おれの会議室でいったいなにをしてる？」

「おまえの会議室だと、ウォードル主任警部？」ギャンブルの声がした。いつの間にか入ってきたことに、ずんぐり男は気づいていなかった。「それと、おまえにはなんの関係もないことだが、ポー部長刑事がここにいるのはわたしが呼んだからだ」

「その理由をお聞かせ願えますか、警視？」ウォードルの声は抑揚はないものの、不満なのが伝わってくる。

「いや、話すつもりはない」

ウォードルの血色の悪い顔が真っ赤になった。

ギャンブルはポーに顔を向けた。「ウォードル主任警部はキャリア待遇で入ってきた者のひとりでね、ポー部長刑事。ほかの連中が苦労して出世の階段をのぼっているのを忘れることがときどきあるんだよ」

ウォードルが怖い顔でにらんだ。自分はそれなりの功績が認められて主任警部になったのであり、警察学校をへずに採用され、制服巡査として勤務した経験のないキャリア組だからではないと思われたがっているのはあきらかだ。そういう連中はあきれるほど能力が足りず、ポーも過去に一度もまともなやつに出会ったことがなかった。ギャンブルはその事実をおおっぴらにすることで、ポーに用心をうながしたのだった。

「ポー部長刑事と握手をしろ、ウォードル主任警部」ギャンブルは言った。有無を言わせぬ口調だった。

　ウォードルは不承不承ポーに手を差し出した。ポーはそっけなく握った。魚のように湿っぽくてひんやりした手だった。全員が見ている前で、ポーはズボンで手をぬぐった。

「けっこう」ギャンブルが言った。「これで全員、うまくやっていけそうだな。さて、仕事にかかるぞ。予想していたとおり、ジャレド・キートンの弁護団がこの事件を刑事事件《C》再審査《R》委員会《C》に付託した」

　ポーは胃がひっくり返る感覚をおぼえた。ＣＣＲＣは誤審が疑われる事件を調査する権限を持つ独立した組織で、有罪判決を覆す権限はないものの、事件が上訴裁判所に差し戻されれば、法律上、それに従わねばならない。

「それはできないはずです」リグが発言した。「ＣＣＲＣが受けつけるのは控訴を棄却された案件のみです。キートンはまだその段階にありません」

「特別な事情があると主張すれば、可能だ」ポーは言った。

　ギャンブルはうなずいた。「実際、連中はそのとおりのことをした。提出された書類によれば、殺人事件の被害者が存命していることが証明されたため、特別な事情があると判断された。いましがた、ＣＣＲＣのケースワーカーと電話で話したが、その主張を受け入れたそうだ。ＣＣＲＣは独自に確認するだろうが、即時抗告にまわす以外の結論は考えられない」

ポーも同感だった。ＣＣＲＣとしてもほかにどうしようもないのだ。

「現状では、検察は再審でなんの証拠も示さないと思われる」ギャンブルは言葉を切り、いまの発言の意味を全員がのみこむまで待った。しばらくのあいだ、ポーに視線を注いでいた。「ＣＣＲＣのケースワーカーの話では、キートンの再審請求を緊急扱いにするとのことで、おそらく二週間以内に検討されることになるだろう。検察が異議をとなえなければ、その翌週には上訴審がおこなわれる」

リグとポーは顔を見合わせた。リグが小さくうなずいた。ポーもうなずき返した。

「そういうことだ、諸君」ギャンブルは言った。「早ければ三週間後にジャレド・キートンは自由の身になる」

# 16

三週間というのは楽観的だとポーは思った。キートンの弁護団が判事室での審判——判事が内々に検討する保釈申請——を求めるのはほぼ確実だからだ。

数日もすればキートンは〈バラス&スロー〉に戻ってくるかもしれない。

ポーとしては、それまでにやっておかなくてはならないことが山ほどある。アルストン図書館の警官から話を聞いておきたい。警官はときに、あとでばかだと思われないよう、ものによっては手帳に書かずにおくことがある。アルソップ苦情処理担当巡査が、報告せずにいることがあるか確認しなくてはならない。それに監察医にも会っておきたい。女性が保護されたときの当番だったその人物に、医師としての見解をじかに聞きたいのだ。配達業者にサンプルを託した人物からも話を聞きたいし、必要ならば、ラボまで出向き、試料を取り扱った全員の事情聴取もしたい。

証拠保全という連鎖におけるすべてのつなぎ目を、徹底的に洗う必要がある。

しかし、自宅に帰るほうが先だ。時間が差し迫っているなか、やるべきことがあった。

スコットランドにもへんぴな地域はいくつかあるが、それらをべつにすれば、ハードウィック・クロフトはイギリス本土でもっとも人里離れた場所にある。シャップ・フェルという古い湿原に建ち、しかも車で行くのは不可能だ。もっとも近い建物——戦争捕虜となったドイツ兵の収容所として使われたこともあるホテル——でも二マイル以上離れているが、そこの厚意で車を置かせてもらっている。いつもなら、愛車である四輪バギー——頑丈で、起伏に富んだ地面でも難なく走れる——がホテルの駐車場で待っていてくれるが、数週間留守にするとなると、そう厚かましいことはできない。四輪バギーはいま、ハードウィック・クロフトにある。

歩くしかなかった。

ふだんならなんの問題もないし、むしろ歩くのは楽しい。しかし、今回はいくらか食料を調達しなくてはならなかった。自宅の電気は発電機で供給しているため、ちょっとのあいだでも留守にするときは、電気をすべて切っている。生鮮食品はいたんでしまうため、出かける前には必ず、冷蔵庫の中身を——エドガーにあたえて——空にしている。

肉、根菜各種、その他の日用品の入った袋を抱えて二マイル以上もの湿原を歩くのは、肩が抜けそうな思いをしながらの難行苦行で、ハードウィック・クロフト――地面の上に建てたというより地面からにょっきり生えたような地味な建物――に着いたときには、汗びっしょりになっていた。買ってきたものを外のテーブルにどさりと置き、五分ほどかけてこわばった筋肉をほぐした。それが終わると、ドアの鍵をあけてなかに入った。

わが家に帰ってきた。ようやく。

夕暮れ時だったが、ハードウィック・クロフトのなかはむっとして暑かった。すべてのものに埃がうっすら積もっている。ポーは雨戸をあけ、夕方の空気を入れた。掃除は明日にしよう。

生ぬるいスパン・ゴールドを飲みほし、古いショートパンツに着替え、発電機の手入れに取りかかった。ほどなく部品をすべてばらした。パテの一部に腐食の兆候が見られた。あと数週間は漏れないだろうが、予備があったので交換した。フィルターも交換しなくてはいけないが、これはいつものことだ。作業をつづけるうち、思わずポーの顔に笑みがこぼれた。二年前の彼の技術レベルは、紙をたたんでぐらつくテーブルの脚を安定させるのがせいぜいだった。自分で自分の肘をなめることができないのと同じで、発電機の修理などとんでもない話だった。それがいまは、なにも考えなくても勝手に手が動いている。

発電機をもとどおり組み立てると、さっそく始動ボタンを押した。一回で動いた。ブラッドショーに買ってもらったデジタルラジオのスイッチを入れた。まもなくニュース番組が始まる時間だったし、大多数の国民と同じで、彼も暴風雨ウェンディの状況を知りたかった。冷蔵庫に食料を入れながら聴いた。あらたな情報はなかった。暴風雨ウェンディが来るのはたしかだが、いつになるかははっきりしていなかった。BBCラジオ6ミュージック局に切り替えた。ごたまぜにいろいろなものがかかる――パンクロックからモンゴル人が歌う喉歌まで――が、なにかしら好みのものが見つかる局だ。

電気が通じると、次は井戸のポンプにかかった。ハードウィック・クロフトで唯一問題だったのはきれいな水が出るかどうかだったが、ポーはついていた。ボーリングを依頼した会社はすぐに水脈を探しあてた。しかも、あまり深くないため、くみあげるのに高価なポンプも必要なかった。ポーはポンプのモーターを調べた。手で何度かまわしてみたが、緊急に手当てすべきところは見つからなかった。電源ケーブルで発電機とつなぎ、ポンプを作動させた。ほどなく、水が使えるようになった。

最後に、薪ストーブに点火した。暖かくうららかな夜だったが、ストーブには水をあたためるという役目もある。ポーはシャワーを浴びたかった。

エドガーを引き取りにいくのは翌日にまわした。二時間後、ポーは〈シャップ・ウェルズ・ホテル〉のバーにいて、パイで一杯やっていた。ノートPCを持ってきたので、食べ終えるとブラッドショーにメールで最新状況を伝えた。

彼女はすぐに返信をよこした。

いい知らせではなかった。ジャレド・キートンの弁護団はすでに秘密裏に保釈申請をすませたという。ブラッドショーは詳細へのリンクを送ってくれていた。読んでみた。無能、欠陥捜査、前代未聞の誤審といった言葉がとっかえひっかえ、正確さをほとんど無視して使われていた。扇情的な内容だが、意図的にそう書いてあるのだ。こめられているメッセージはあきらかだ。われわれはそちらを追いつめた。協力しないならマスコミに訴える。思ったとおりだ。三週間を期限としたギャンブルは考えが甘すぎた。残された時間は数日しかない。数週間ではなく。

ブラッドショーは既読通知を受け取ったのだろう。ポーが最初のメールを読んだ十分後に、またべつのメールを送ってきた。大丈夫、ポー？

キーを探しては打ち、返信を作成した。慎重に言葉を選んだ。そうしないと彼女は、ポーがこっちにいる期間が長くなればなるほど不安に駆られるからだ。彼女が現場捜査に出たのは一度きりで、そのときにポーの命を助ける結果となった。ポーがひとりでいたり、連絡がとれないとなると心配するだろう。そこで、愉快なことではないが予想していたことだと告げることにした。送信ボタンを押した直後、手のなかのブラックベリーが鳴った。知らない番号だ。

「ワシントン・ポー部長刑事ですか？」男性の声だった。甲高くて中性的で、スコットランドなまりがあった。

「そうだが」

「ミスタ・ポー、ぼくはグラハム・スミスといいます。ジャーナリストをしていまして、今回あかるみに出たあらたな証拠について、ひとことお願いできないかと思い、お電話しました」

ポーはなんとも答えなかった。

「六年前、あなたがへまをしでかしたのは事実ですか、ミスタ・ポー？」

「うるさい！」彼は携帯電話をテーブルに投げつけた。電話は音を立てて、半分残った一パイントのグラスに入った。

ちくしょう。こっちはまだ捜査に手をつけてもいないのに、連中はもうマスコミにリークしやがった。

それにしても、スミスはどうやっておれの電話番号を手に入れたんだ？

# 第六日

# 17

ギャンブルの手配で、苦情処理担当のアルソップ巡査が朝八時にケンダル警察署に来ることになった。ハードウィック・クロフトからもっとも近い署で、前回、そこに出向いたときはとっととうせろと言われたのだった。彼がこれまで引き起こしてきたトラブルと長年にわたる敵対意識――カンブリア州警察に所属していたころの名残だ――とが重なった結果だ。

今回もそのときと大差なかった。一週間前なら歓迎されただろう。なにしろイモレーション・マン事件の真相――警察内の男、女、警察犬から大喝采を受けた真相――を世に知らしめたのだから。

しかし、政治の世界では一週間は長いと言うが、カンブリアではそれ以上に長い。キートン事件の捜査を台なしにしたとあからさまに非難してくる者はいなかったが、応対が異様なほど冷ややかなのはあきらかだった。やがて、ひとりが雰囲気に逆らってコーヒーを淹れてくれた。

数分後、アルソップが到着した。

ポーはすぐにこの巡査が気に入った。まじめで実直な警官だった。無骨で、言われたことはなんでもやる覚悟ができている。ポーは、たいしたこととは思わず、手帳に書きとめなかったことはないかと尋ねた。どんなささいなことでもいいから、と。

わざわざ訊くまでもなかった。アルソップはベテランで、自分には重要と思えないからといって、ほかの人も同じように思うとはかぎらないことくらい、ちゃんとわきまえていた。彼は問題の朝のことを思い返し、一度だけ手帳で確認したのち、すでに話した以上のことはなにもないと答えた。

ポーは国家犯罪対策庁の名刺を渡し、足を運んでくれたことに礼を言った。

女性と話した順番に関係者全員から事情を聞く予定にしていた。次は監察医の番だ。

かつては警察医と呼ばれていた監察医は、百年以上にわたって警察業務の一部として機能してきた。役割は変化してきているが、呼び出されるもっとも一般的な理由には死亡の認定、警察に身柄を拘束されている者の健診と治療、さらには酔って車を運転した者の採血などがある。監察医になるための訓練は多岐にわたっている。法医学、警察刑事証拠法、同意と秘密保持、法廷および検死官に対する証拠の提示の仕方などが含まれる。

専門性の高い仕事ゆえ、カンブリア州では他の小規模な警察と同じく、何人かとフリーランス契約を結んでいる。そういうわけで、フェリシティ・ジェイクマンとは警察署で会うのではなく、ポーのほうから郡の南部、ウルヴァーストンにある彼女の診療所に出向くしかなかった。

ウルヴァーストンはいいところだ。スタン・ローレルの生誕地であり、カンブリア州におけるフェスティバルの都を自称している。大がかりな食の祭典からちょっと毛色の変わったフォークコンサートまで、あちこちから人々が集まってくる。世界でもっとも短く、もっとも幅があり、もっとも深い運河があることで知られ、古い建造物が数多く残り、丸石を敷きつめた通りがうねうねと走っているさまは、迷路を思わせる。

フェリシティ・ジェイクマンは診療所に勤務する八人の医師のひとりだった。ポーは訪問する旨を伝え、彼女が午前中の診察を終えたところで会う段取りをつけた。緊急の呼び出しも遮断するから、正午前後なら自由の身になれるはずとのことだった。

あと一時間つぶさねばならず、ポーは近くにあったデリカフェでコーヒーを飲むことにした。店内に入ったとたん、シナモン、あたたかいキャラメル、焼きたてのクッキーのにおいが鼻を突いた。腹が鳴ったが、食べたい気持ちをこらえた。窓際のテーブルにつき、昔ふうのレースのエプロンを着けた十代とおぼしき娘にアメリカーノを頼んだ。ボーンチャイナのカップで出されたコーヒーはうまかった。こぼれたコップの水で円を描きながら、ウルヴァーストンの街の様子をながめた。

これまでにわかったことを見直した。わかったことは多くなく、けっきょく、すべてはエステル・ドイルに託した血液サンプルの結果次第だった。彼女のラボがカンブリア州警察の結果を裏づければ、ゲームオーバー。ジャレド・キートンは娘を殺していなかったことになる。その場合、ポーは直接会って謝罪するつもりだ。

ドアチャイムがちりんちりんと鳴り、視界がオレンジ色とえび茶色の二色に染まった。瞑想の場として国際的に知られた地元の仏教寺院の尼僧たちが、早めのランチにやってきたのだ。カンブリア州のほかの場所なら、頭を剃りあげ、あざやかな色の僧衣をまとった女性の集団は人目を引くし、疑いの目を向けられることだろうが、ウルヴァーストンでは昔から仏教徒がいるのがあたりまえで、もはや街の名物になっている。

仏教は平和的な宗教に思える。禅の正確な定義など知らないポーだが、テレビのないハードウィック・クロフトで、これまでになく自然と大地と一体化した暮らしをしていると、その境地に達しつつあるように思うことがある。

尼僧のひとりが見られているのに気づいた。彼女はほほえんだ。ポーもほほえみ返した。腕時計に目をやる。フェリシティ・ジェイクマンの診察室に行くまであと十分。カップの底にたまったコーヒーのおり——エスプレッソみたいに濃くてどろどろしていた——を飲みほし、チップとしてテーブルに二ポンド硬貨を一枚置いて、カフェを出た。


ウルヴァーストンは豊かな街で——もっとも近い距離にあり、規模の大きなバロウ＝イン＝ファーネスとくらべれば、それはあきらかだ——そのことがこの待合室の内装にも表われている。落ち着いた色調、植物、雑誌の最新号。椅子は背中の痛くなりそうなプラスチック成形のものではなく、すわり心地のいいものが置かれている。しかも、ウォーターサーバーまであった。

ポーは受付に到着を知らせてから椅子にすわった。午前の診察が終わりに近づいているため、待っている人はごくわずかだった。数席離れたところにすわっている年配女性が、口にハンカチを当てて上品に咳をした。

「ジェイクマン先生がお会いになります、ポー部長刑事」受付係の女性が声をかけた。

「三番の診察室にいます。ウォーターサーバーのすぐ先の部屋です」

ポーは彼女に礼を言った。

フェリシティ・ジェイクマンはジーンズと、前身頃にロンドン大学付属病院のロゴが入った色あせたトレーナーという、カジュアルな恰好をしていた。メイクは薄く、肩までの鳶色の髪を下のほうでポニーテールに結っている。

彼女はすでにランチを食べはじめており、アジアふうサラダを口いっぱいに頬張りながら、話せるのはせいぜい二十分だと告げた。ポーを見てもとくに感心した顔をしなかった。おそらく彼女も〝すべてはポーの責任〟派に属しているのだろう。これから先、数え切れないほどこういう対応をされるにちがいない……。

ごく一般的な総合診療医の診察室だった。実用的な家具、人体図が描かれたポスターが二枚、処方箋用のプリンターが接続されたPCが一台、青いカバーに覆われた診察台。デスクには、彼女がキャットベルズをのぼっている写真が飾ってある。その山の形は特徴的で、見まちがえようがない。キャットベルズはケズィックから近く、ポーはあまり好きではない。オフシーズンでさえ混雑しているからだ。

ポーはデスクのわきにあった椅子に腰をおろした。ジェイクマンは身を乗り出し、全治二週間の診断書を出してほしいと言われたみたいな顔でポーを見つめた。

きれいな女性で、おそらくエステル・ドイルより三、四歳上だろうが、病理医のほうは症状が悪化することのない患者を扱うのに対し、症状が悪化する可能性のある患者を相手にするストレスが、顔にはっきり現われている。すべての医師に共通する疲労の色が刻まれていた。目のまわりにはカラスの足跡が目立ち、髪には白いものが交じっていた。

彼女は口のなかでかんでいたものをのみこみ、ポーを値踏みしつづけた。ほどなく肩をすくめ、うっすらとほほえんだ。ポーは敵ではないと判断したのだろう。

「食べながらでもかまわないでしょう？　十二時間の勤務を終えたあとは、どうしてもテイクアウトのメニューに手がのびてしまうので、昼間はヘルシーな食事を心がけてるの」

「ええ、かまいません。ドクター・ジェイクマン、さっそくですが――」

「お願いだから、フリックと呼んで。ドクター・ジェイクマンと呼ばれると、別れた夫を思い出すから」

ポーはニックネームを好まない――そうやって呼び合うことで生まれるなれなれしさが不快だった――が、いやだと言える状況ではなかった。彼女の左手に目をやった。やらずにはいられなかった。なにしろ、詮索好きのろくでなしであることで給料をもらっている身だ。結婚指輪の跡がはっきり見えたが、そこだけ色がちがうということはなかった。あまり長いことつけていたわけではなさそうだ。せいぜい一年というところか。

「申し訳ない」ポーは思わず言った。

彼女は肩をすくめ、サラダが入っているボウルをおろした。「高校で出会ったのが最高の男じゃなくて、最低の男なのはよくある話よ」

「だから北に移住したんですか？」

「わたしのことを調べてきたようね」彼女は楽しそうに目を輝かせた。

「実は調べたわけじゃなく、ロンドン大学付属病院のトレーナーを着ているのと、地元の人間のイントネーションではないので」

「たしかにロンドンで勤務医をしてたけど、離婚を機に心機一転したくなったの。湖水地方には休日を利用して来たことがあったから、思い切って移住してみたというわけ。越してきて二年になるけど、とても気に入ってるわ。住んでいる人たちも好きだし、景色もいいし」

ポーとしてはこのまま雑談をつづけてもよかった――彼女はなかなか興味深い女性だった――が、あたえられた二十分という時間はすでにカウントダウンを始めていた。「エリザベス・キートンが連れてこられた日のことを話してください」

彼女は腕を組んだ。「彼女のことはもう充分調べたんじゃないの？」

「調べました。今回の件でおれが果たした役割についてはとても申し訳なく思ってます」

フリックはため息をついた。「どんなことを知りたいの？」

「すべてを」ポーは答えた。

フリックに連絡があったのはその日の午前十時半ごろだった。問題の女性が主張する人物の名を聞いても、その重要性には気づかなかったし、少なくとも最初の診察の際には気にしていなかった。相手が誰でも――被害者、目撃者、犯罪者、あるいは警官であっても――同じレベルのケアをしたと思う。彼女のおもな役割は医療なのだ。

その女性は病院に行くのを拒否したが、フリックは警察が長時間にわたって事情を聞くことになると知り、署の医務室で診察した。

「そうとう体が弱っていた。栄養不良だったものの、差し迫った危険はなかった。それと、最悪の事態は脱していたけれど、ヘロインが体から抜ける苦しみを味わっていた。それと、自傷痕を見ればわかるけど、彼女が負った心の傷は治るまでに何年もかかるでしょう」

「ついたばかりの傷もありましたか？」

彼女はうなずいた。「足首、両手、それに顔に切り傷や擦り傷があった。指の爪が二カ所、割れていた。森のなかを無防備に走ったという供述と完全に一致している。点滴をおこない、生理食塩水をひと袋分注入した」

「彼女の話は本当だと思いましたか？」

「それはわたしの仕事じゃない。医療支援をおこなうために呼ばれたんだから」

「採血したのはなぜですか？」

「口腔スワブじゃなくてってこと？」

ポーはうなずいた。

「それがもっともトラウマになりにくいということで、担当刑事さんと合意したの」

「妊娠の有無を確認するためですか？」リグから言われた台詞だった。

「そのとおり。血液検査は九十九パーセントの正確性があるし、妊娠した七日後でも妊娠ホルモンhCGを検知できる」

「だが、彼女は妊娠していなかったんですね？」

「ええ」

「性感染症、あるいはヘロインの静脈注射にともなうウイルスも検出されなかった？」

フリックはうなずいた。「ええ」

「証拠品が入った袋に通常と異なった点もなかった？」

「あの部屋にいる者は全員、やっていいことと悪いことの区別はついていた。録画を見たんでしょう？　証拠保全は完璧にできていた。法廷でそう証言しろと言われたら、喜んで証言する」

「彼女はなぜ病院に行きたがらなかったんでしょうか？　あるいは性暴力相談センターに？」

「どっちもきっぱり断ったのは事実。あとで話してくれたけど、ひとりになりたかっただけみたい。お父さんが釈放されるまでは、自分たちのレストランにも行きたくないと言っていた。あれだけ長い時間警察にいたのは、警察が必要とする情報を確実に提供するためだったんでしょう」

「血中のヘロインの有無を調べるよう指示しましたか？」

「したわ。意味がないのは予想できたけど」

「どうしてです？」

「ヘロインが体内にとどまっているのはせいぜい数時間なの。エリザベスは四日間薬物を摂取していない状態で監禁場所を脱出したから、検査結果は不検出となった。その他の検査もすべて同じ。妊娠してなかったし、感染症にもかかってなかったし、体内にはいかなる薬物も残っていなかった」

ポーはあとでエステル・ドイルに電話すること、と心のなかにメモをした。すべて再検査しておきたかった。フリックがまちがっているとは思っていないし、あらためて検査したところで最初の結果を裏づけるだけに終わるだろうが、それでもいっさい漏れがないようにしておきたかった。

補足の質問をいくつかしたが、ファイルから読み取れる以外のものはなにも得られなかった。フリックに礼を言い、名刺を残した。ポーがドアの前に立つより先に、彼女はインターコムのボタンを押し、次の患者を入れるよう指示していた。

警察官は忙しい仕事だと思っていたが……。

# 18

　ポーはレンタカーまで戻りながらエステル・ドイルに電話をかけた。彼女は四回めの呼び出し音で出た。

「生きてる人間だって、こんなすぐにDNA型はわからないわよ、ポー。わかったら電話する。でも、きょうじゅうには無理」

「そのことで電話したんじゃないんだ。血液はすべて使ってしまったか？」

「そんなわけないでしょ」

「だったらあといくつか、追加で検査をやってもらえるか？」

「料金はカンブリア州警察が喜んで払ってくれるんでしょうね？」

「鋭いな。国家犯罪対策庁に直接請求してほしい。ステファニー・フリン警部あての請求書を書いてくれたら、送り先をメールで教える」

「で、検査項目は？」

ポーはフリック・ジェイグマンが要望したのと同じ項目を並べたてた。

「性感染症、妊娠、それに薬物ね」ドイルは復唱した。「それで全部?」

「ほかになにかあるのか?」

「割高か超割高か」

「超割高というのは?」

「液体クロマトグラフ質量分析法」

ポーはこれまでもずっと、どういう仕組みかを知りたいタイプではなく、それでなにができるかを知りたいタイプだったし、どうせドイルはポーをかりかりさせようと、わざと謎めいた言い方をしているだけだ。そこでこう言って逃げた。「すごい技術なんだろ?」

「そりゃもう最高。試料のなかにあるすべての化学物質を特定できる」

「料金はどのくらいかかる?」

ドイルは答えた。ポーの顔がゆがんだ。とんでもない金額だった。フリンの意見も聞かなくてはなるまい——重大犯罪分析課の部長刑事の一存でこんな多額の支払いは決められない。しかし……フリンはまずまちがいなく、だめと言うだろう。くそ、どうにでもなれ。請求書が彼女のデスクに置かれたら、カンブリア州警察と誤解があったようだととぼけてやる。

「やってくれ」彼は言った。

「大丈夫なの?」

「大丈夫じゃない。それでもとにかくやってくれ」

「なにをしようっていうの、ポー?」

「藁にもすがろうとしてるんだよ、エステル。藁にもね」


ポーはギャンブルに電話をかけ、次に必要とする情報を伝えた。血液サンプルを配送業者に託した警察官の名前だ。ギャンブルはケンダル警察署で話が聞けるよう手配しておくと言った。ポーはその心遣いに感謝したが、ペンリスの配送業者から話を聞くのだから、警官と会うのはペンリス警察署のほうがよかった。

ポーは狭い道路を通ってM六号線に向かった。ようやく自動車専用道路に出たところで、留守中にエドガーの世話をしてもらっている農場主のトマス・ヒュームに電話をかけた。あとで、エドガーを引き取りにいくつもりだった。


一回めの呼び出し音で女性が出た。ヒュームは人づきあいの悪い男で、ポーは自分と同じく、修道僧のような生活を送っているものとばかり思っていた。

「トマスさんをお願いします」

「どちらさまですか？」

ポーは説明した。しばらく間があいた。ようやく電話の相手は言った。「どんなご用件でしょうか？」

「犬を引き取りたいんです。留守中、トマスさんにエドガーを見てもらっているんですが」

「ああ、そうでしたか。そういうことでしたらかまいませんよ。五時以降でいかがでしょう？」

「五時以降なら助かります」ポーは電話を切った。変だ。電話に出た女性は、ポーが名前を告げるととまどったような声になった。犬を引き取りたいだけだと言うと、ほっとしたようだった。とりあえず頭の片隅に置いておこう――いまはそんなことを気にかけている場合ではない。

証拠品保管室担当の警官はジョン・ラングリーという名前だった。膝に障害のある、でっぷりした男だった。彼が椅子から立ちあがったときは、支点と作用点の働きを見る思いがした。椅子を前後に何度も揺らし、充分にいきおいをつけ、頑丈な椅子から立ちあがったのだ。彼は不自由な足でドアのところまで来ると、ポーをなかに入れてくれた。

「昔ラグビーで痛めてね」彼は言った。

ポーはそれはちがうと思った。人間の膝はもともと重さを支えるための蝶番のようなもので、ラングリーは体重がかなり重そうだ。ギャンブルから聞いた話では、膝がよくなるか解雇されるまで限定的な仕事をしてもらっているとのことだった。証拠品保管室に配属されてすでに一年以上が過ぎ、仕事を心得ていた。当然のことながら、事情聴取を受けることを快く思っていなかった。

ポーはそれには頓着しなかった。配送業者への血液の引き渡しは証拠保全という鎖の一部だ。ポーはそこを検証しようとしているにすぎない。その際に誰の機嫌をそこねようが知ったことではない。

「エリザベス・キートン。あんたが彼女の血液を梱包し、配送業者に引き渡したんだね？」

ラングリーは答えなかった。

ポーはじっと待った。

ラングリーは折れた。「調べないとわからない」

「調べてほしい」

ラングリーは足を引きずりながらスリープ中のＰＣまで行き、マウスに触れた。たちまち画面が息を吹き返した。奇しくも、すでに該当のページが立ちあがっていた。

なにが、調べないとわからない、だ。ギャンブルからポーがそっちに向かっていると聞かされてから、ラングリーはずっと不安だったにちがいない。

「ああ、たしかにおれだ」彼は該当のページをプリントアウトして差し出した。ポーはシリアルナンバーを手帳にメモした数字と見くらべた。同じだった。

「どういう手順なのか説明してほしい。はじめから終わりまで、なにひとつ漏らさずに頼む」

ラングリーがキーボードを叩きはじめた。しばらくのあいだ、ポーは指一本でぽつんぽつんと打つ音に耐えなくてはならなかった。ようやく、犯罪捜査にかかわる生体証拠の梱包、分類、輸送に関する警察の方針がPCの画面に現われた。

ラングリーは三十分かけてひとつひとつ説明した。

サンプルをラボに送る必要が生じた場合、権限のある捜査員——この事件ではリグ刑事——が指示を出す。ラングリーは配送業者にメールを送り、引き渡しの時間を設定する。また、ラボにもメールを送り、今後の予定と証拠品袋のシリアルナンバーを伝える。配達員がやってくる十五分前、CSIの保管庫から血液サンプルを請け出す。それを証拠品保管室に持ち帰り、べつの職員がシリアルナンバーが正しいことと袋に細工された痕跡がないことを確認する。発送するのが生体物質であるため、そのあとラングリーは証拠品袋を、さらにべつの袋——ラボから渡された防水性の透明な袋——に入れる。封をし、有害物質であることを示すステッカーを貼る。

到着した配達員はシリアルナンバーを確認し、ラングリーがポリスチレンの箱に試料を入れるのを見守る。箱も封をされ、全面にバイオハザードのステッカーが貼られる。配達員はサインをして箱を受け取る。

「けっこう」話が終わるとポーは言った。「取るべき手順を話してもらったが、実際はどうだったのかを話してもらえないか?」挑発的な質問で、相手もそのように受け取った。

ラングリーは不機嫌な声を出した。「いまのは聞かなかったことにしてやるよ、若造」

ポーはなんの反応も示さなかった。

「おれが働いてるのは証拠品保管室なんだぞ、このぼんくら。上を見ろ」ポーは上を見た。カメラが三台あった。ドアの真上にある一台も含めて。

「今度はあっちを見ろ」ラングリーは奥の壁を指さした。

そこにもカメラが一台あった。

「自分のへまの責任を証拠品保管室におっかぶせようとした警官はおまえが最初じゃない。ギャンブル警視からは問題の時刻の動画をあんたに見せるよう言録画は五年間保存され、われている。ここはラスヴェガスのカジノと同じだ。すべてがカメラの監視のもとでおこなわれる。ミスがあったとしても、おれたちのせいじゃない」

ポーは謝罪した。カンブリア州にはひじょうに優秀な警官がそろっている——当然、使えないやつに主要な証拠品保管室をまかせるはずがない。

ラングリーはべつの画面をひらいて椅子に深く腰かけ、血液サンプルが配送業者によって集荷される模様をポーに見せた。ラングリーが説明したとおりにおこなわれていた。

この線もリストから消えた。

次に目指すのは、カーライルにあるＡＮＬ運送だ。

オフィスと倉庫が並ぶ二百万平方フィートにもおよぶ国防省の旧貯蔵施設であるキングムーア・パークは、ウェブサイトによればカンブリア州でもっとも古いビジネス団地だ。カーライル市の北部に位置しており、ポーは四十四番ジャンクションでＭ六号線を降り、カーライル北部産業道路、あるいはＡ六八九号線（西）として知られる道路に入った。目指すビジネス団地には百以上もの企業が入っており、そのうちのひとつにＡＮＬ運送と呼ばれる地元の配送業者がある。

会社は容易に見つかった。訪問することはあえて告げなかった。無差別に話を聞くという体裁でいくつもりだったのと、国家犯罪対策庁の身分証があれば運転手と話ができるし、発送品追跡システムも見せてもらえるとわかっていたからだ。

支配人代理用のスペースに車をとめ、受付エリアに足を踏み入れた。長身の女性がPCから顔をあげた。ハンズフリーの電話用ヘッドセットを装着し、胸ポケットのところにANL運送の金色のロゴが入った黒いブレザーを着ていた。ANLはプロ集団だというのがポーの第一印象だった。

女性は手の仕種で二分待ってと伝え、電話に戻った。注文を受けているようだ。ポーは椅子に腰をおろし、つやつやした紙を使ったパンフレットをめくった。書かれている内容からすると、ANLは地元愛にあふれた配送業者で地元自治体、北カンブリア大学付属病院、カンブリア州警察、何社もの大規模でない企業などと契約を結んでいるらしい。

受付係が彼を呼んだ。ポーは身分証を見せ、オペレーション管理者と話がしたいと告げた。

すぐさまポーは管理室に案内され、配送業についてポーの好みよりもいささか情熱がありすぎる女性を前にしていた。女性の名はロージーといい、ポーの〝事情聴取〟に積極的に協力する姿勢を見せてくれた。

三分後、ポーは配送業者をリストから除外するのもしかたがないという気持ちになっていた。荷物がどのように扱われるのかを見ることはできなかった。ロージーの説明によれば、この仕事は柔軟な対応を求められるため、運転手は日によって無作為に担当ルートをあてがわれる。荷物が半時間ほど放置されて、第三者の手に渡るようなことはあるのかとポーは訊いてみた。

「ありえます」ロージーは認めた。「ですが、運転手はどの集荷あるいは配達のルートを担当するか、職場に来るまでわからないのです。特定の荷物を集荷するよう工作するのは無理です。当社のシステムはそのような問題が起こらないよう設計されていますので」

ポーは携帯電話を出し、ラングリーが証拠品受け渡しの記録簿に記入したANLの追跡番号を読みあげた。「この荷物を運んだのが誰かはわかりますか？」

「きょういらしたのは検査ではないんですね？」ロージーは訊いた。

「ええ、ちがいます」

彼女はキーボードを叩き、エルゴノミックマウスを動かした。

「マーティン・エヴァンズですね。彼はその日は半日勤務でした。バロウにあるファーネス総合病院の集荷、ランカスターへの配送、最後がそちらの総合科学サービスの荷物ですね」

「その人物はこちらに勤めて長いんでしょうか？」

「少なくとも十年はいます」

「荷物に細工をするような人物でしょうか？」

「マーティン・エヴァンズが？　とんでもない」ロージーは声をあげて笑った。「どう言ったらいいのかしら？　うちの社員は天才というわけじゃありません、ポー部長刑事。性格がよくて、違反歴のない運転免許を持っていれば、誰でもなれます。マーティンには、フィッシュ・アンド・チップスを注文するよりも複雑なことに手を染める知恵はありませんよ」

ポーは心のなかでため息をつき、ＡＮＬ運送を心のなかのリストから消した。

次に行くのは総合科学サービス。終点だ。

しかし、いまはまだ行かない。

そろそろ愛犬を迎えにいく時間だ。

# 19

子どものころ、ポーは犬を飼っていた――父がだまされて押しつけられた関節炎の元牧羊犬だ。友だちとコンカーズ（トチの実にひもを通してぶつけ合う子どもの遊び）に使うトチの実を探しに出るときは、いつもテスを連れていった。地元の公園までの五百ヤードを歩くと、そのあとはずっと暖炉の前で死んだように眠っているような犬だった。

スプリンガースパニエル犬を飼うのはそれとはまったくちがっていた。

こんなエネルギーの塊みたいな生き物ははじめてだった。最初の年のエドガーには三つの状態しかなかった――食べる、寝る、全力疾走する。出かけるときはいつも、必要な距離の五倍もの距離を歩かなくてはならなかった。エドガーがまっすぐ走らないからだ。あっちにこっちに寄り道することもあれば、目的地とは逆方向に何マイルも歩くこともあった。

十二カ月間、ポーはエドガーに腹を立て通しだった。

やがて遅ればせながらもエドガーもおとなしくなり、ポーはようやく、スプリンガースパニエル犬の飼い主が犬に魅せられるわけを理解した。とにかく一緒にいて楽しい相手なのだ。ポーの袖をかみ、どこに行こうがついてくるし、小さな物にも吠えたてる。凍った小川には果敢に飛びこむくせに、風呂には絶対に入ろうとしない。いまのところ食べられないものはなにもないようだが、とくに好きなのはチーズと羊の糞らしい。わずか二分で体じゅうを汚すくせに、なめてきれいにするのには十時間もかかる。トイレの水を飲んではポーの顔にしずくをぽたぽた垂らす。ポーの皿から料理を盗んでおきながら、取り返そうとするとうなり声をあげて威嚇する。

どれも、この犬を飼わなければ経験できないことばかりだ。

直線距離で言えば、トマス・ヒュームの農場はハードウィック・クロフトから三マイル強のところにある。ふだんは自分のBMW　XIを運転して敷地内に入り、気むずかしい老人をわずらわせずにエドガーを引き取るようにしている。シャップ独特の情報網で、ポーがカンブリアに戻ってきたことは彼にも伝わっているだろう。とはいえ、今回はレンタカーで来ているので、フロントガラスを散弾の穴だらけにしたくなかった——ヒュームはささいなことですぐにおびえるし、どこに行くにも十二番径のショットガンを携えている。

ポーはトラクターが通れる程度の通路のへりに車をとめ、あとは歩いた。カーブを曲がったとたん、なにか変だと気がついた。

いつもなら犬が吠え、ニワトリが甲高い声で鳴いてやかましいことこのうえなしの農場が、死んだように静まり返っている。ヒュームのおんぼろメルセデスはいつもの場所にとまっていたが、その隣に車が三台とまっていた。どれも小型で、どれもきれいだ。田舎道を走る車ではなく街乗り用の車だった。カンブリア州の田園部を走る車は泥だらけになりやすく、オフロードを走るだけのパワーがある。

ポーはさっき電話に出た女性を思い出した。彼女は名乗らず、ポーが自分の名を告げたときにはやけに警戒した様子だった。しかも、電話した理由を説明すると、ほっとしていた。ヒュームはなにかトラブルに巻きこまれているのだろうか。ここのところ、丘陵地で農業に従事している連中の稼ぎの少なさを考えれば、おそらくは金の問題だろう。さっき電話に出た女性はヒュームの娘で、ポーを債権者と勘違いしたのかもしれない。

そうだとすれば、こっそり入ってエドガーを連れて帰るのは賢明なやり方とは思えない。ポーはどうするのが最善かわからず、しばらくぐずぐずしていた。ああ、もう知るか。これまでまったくやったことがないことをするつもりはなかった。彼は玄関に向かった。

農場と付属の建物はハードウィック・クロフトと同じ、灰色の斑入りの石で建てられている――カンブリア州のこのあたりの建物は、建築資材がかぎられていることで共通している。鉄骨と波形トタンという現代的な資材でつくられているのは、農場のなかでも比較的新しいもの――羊毛刈り小屋、仕分け小屋、洗羊槽――だけだ。

玄関に呼び鈴はなく、ポーはできるだけひかえめにノックした。応答がなく、なかからなんの音も聞こえてこなかった。ぬくもりのある木の扉に耳を押しあて、もう一度、今度は少し力をこめてノックした。すると、ひそひそ声、忍び泣く声、足音が聞こえた。ポーは一歩さがって待った。

ドアをあけたのは女性だった。彼女は無言でポーを観察した。歳はポーと同じくらいで、顔が濡れ、まだらに赤くなっている。化粧がところどころ崩れ、目が腫れぼったい。いまは泣いていないが、ずっと泣いていたのだろう。

「なにかご用でしょうか？」女性の声は、ロシアの煙草を立てつづけに吸ったみたいにかすれていた。

「ええと……どうも」ポーは感情をあらわにした人を相手にするのが得意ではなかった。「さっき電話した、ワシントン・ポーといいます。留守のあいだ、トマスさんに犬を預けた者です。さっき電話でお話しした方ですか？」

女性はうなずいた。

「トマスさんは在宅ですか？　ちょっとお話しすることは可能でしょうか？」

女性は首を横に振ったが、くわしい説明はしなかった。

「なにか困ったことになっているわけではないんでしょうね？」

ポーは俳優がテレビで泣くのを何度も見てきたが、本物らしかったことは一度もない。人が〝わっと泣きだす〟などということはめったにない。じわじわと感情が高ぶっていくのが普通だ。なにかがあると、〝なんとか正気をたもとうとする〟段階から〝これ以上がまんできない〟段階へと移行する。

いまがまさにそれだ。

女性の鼻の頭が少しずつ赤らんだ。口もとがひきつる。目が大きくなる。涙がひと粒、頬を落ちる。つづいてふた粒。ほどなく、全身が震え、すすり泣きが始まった。

ポーは目をそらした。人が悲しむ姿を盗み見て楽しむ趣味はない。一分後、すすり泣きがおさまり、もう顔をあげてもいいだろうと思った。赤く泣き腫らした目が挑発するようにポーをにらんでいた。彼女がこれからなにを言うのか、ポーにはもうわかっていた。

「父は死にました、ミスタ・ポー」

ポーはうなずいた。「残念です、ミセス……」

「ヒュームです。ヴィクトリア・ヒューム。いちばん上の娘です」

気づまりな沈黙が流れた。

それを破ったのはポーのほうだった。「言葉もありません。ご病気だったんですか？」

「心臓発作です」

「本当に残念です」ポーは繰り返した。犬を返してほしいと言いだすのはためらわれたが、こうしていつまでもとりとめのない話をしているのも迷惑だろう。ブラッドショーがここにいてくれればと思う――彼女ならはっきり言ってくれるだろう。毎年、心臓発作で何人が死んでいるかデータまで披露するはずだ。犬の吠える声がして、ポーはこれ以上気まずい雰囲気を味わわずにすんだ。エドガーが二匹のボーダーコリーを従え、小さな納屋をまわりこむように走ってきた。最後にジャックラッセルが一匹、ほかの犬の二倍の速さで足を動かしながらやってきた。エドガーはポーに気づくといまさっきまで楽しそうに吠えていたのを、耳をつんざくようなキャンキャンという声に変え、心から喜んでいるのを表現した。

まったく雰囲気の読めない犬だ。

ヴィクトリア・ヒュームは弱々しくほほえんだ。「誰かさんはあなたに会えてうれしそうね」

ポーはそこに、声に出さなかった〝少なくとも〟という言葉があるのを感じ取った。まだなにかあるようだ。きのう電話したとき、この女性がやけに用心深かったのを思い出す。話さずにいることは、父親の死とは関係ないことなのだろう。

「あの」いま話を聞き出そうとするのはまずい。「そろそろ失礼します。お父さんのこと、本当にお気の毒でした。トマスさんとは仲良くしてもらっていて、エドガーのことでは本当に世話になりました」

女性はこわばった笑みを浮かべたものの、とくになにも言わなかった。お決まりのやりとりをつづけるつもりもなさそうだ。あとで困るだろうが、いま頼み事をするのはむずかしい。

ポーがすぐに向きを変えて引きあげなかったからだろう、ヴィクトリア・ヒュームはまだなにか用事があると思ったらしい。歯を食いしばって腕を組んだ。顔を見合わせる。

「申し訳ないけど、ミスタ・ポー、もうこれ以上お話しするわけにはいかないんです」

ポーは相手の視線を受けとめた。いったいなにを言っているのか、さっぱり見当がつかない。

「失礼します」女性はそう言うと、家のなかにさがってドアを閉めた。

ポーはしばらく閉ざされたオークのドアを見つめたのち、エドガーの耳をかいてやった。

「なあ、相棒、なんか変だったよな。お茶にするか？」

スプリンガースパニエル犬は顔をあげた。澄んだ茶色の目が光る。ポーの声が聞けてうれしいのだろう。甘えるように、鼻にかかった声を出した。

「おいで。家に帰ろう」

# 第七日

# 20

総合科学サービスはプレストンに本社があった。業務開始は八時で、ポーはいちばんになかに入るつもりでいた。敷地がひろいので、エドガーも連れてきた。選択の余地はなかった。ヴィクトリアに押しつけるわけにはいかない。

最高経営責任者との約束は九時だったが、それまでにいろいろと探っておきたかった。この会社の処理の仕方になにか弱点がないか、確認するつもりだった。

M六号線はふだんより混んでいることもなく、予定していたよりも十五分早く総合科学サービスに到着した。敷地内でエドガーを軽く散歩させた。おかげで施設全体をじっくり観察できた。とくに変わった点はなかった。

最高経営責任者に対する聞き取り戦略を練った。相手はまずまちがいなく守りに入るだろう。警察との契約は総合科学サービスの事業の三十パーセントを占めており、証拠の汚染を招くようなプロセスの不備は会社にとって大惨事と言っていい。最高経営責任者は口を閉ざすわけにも弁護士チームの陰に隠れるわけにもいかない――隠蔽を疑わせるような態度は、実際に隠蔽するのと同じ影響をおよぼす。警察との契約はすべて解除となるだろう。いや、きょうのところは魅力攻勢でくるとポーは読んでいる。自社の長所をアピールし、弱点については触れないようにするだろう。不安はなかった。以前にも企業を捜査したことはある。

携帯電話が鳴った。エステル・ドイルからだった。

「昨夜遅く、頼まれてた結果が出たわよ、ポー」

「で？」

ドイルは間を置いた。いい知らせを告げるときには間を置いたりしないものだ。ポーは口のなかがからからになった。

「詳細な分析結果はメールで送ったけど、残念ながら悪い知らせ。預かったサンプルは比較用サンプルと同じものだった。血液はエリザベス・キートンのものと一致した」

ギャンブルはポーを自分のオフィスに案内した。警視は目をしょぼしょぼさせ、ひげも剃っていなかった。椅子の背にもたれ、首と肩をまわした。

「まちがいないのか？」

「ありません。総合科学サービスにいたときにエステル・ドイルから電話がかかってきましたが、それでも聞き取りは最後までおこないました」

ドイルからの知らせで総合科学サービスの証拠保全状況の査察は無用になったが、それでも最後までやりきった。それによってエステル・ドイルの話が裏づけられただけだった。

総合科学サービスは信頼できるプロ意識の高い会社だ。ポーはギャンブルにそう告げた。

「その逆であったとしても、なんの意味もないがな」ギャンブルは言った。「あの女性はエリザベス・キートンであり、ジャレド・キートンは不当に有罪とされた」

ポーはうなずいた。それ以外に説明のしようがない。

「自分を責めるんじゃないぞ、ポー。こういうことはひとりが負うべきものではない。警察、検察、キートンの弁護団——その全員がしくじったのだ」

たしかにギャンブルの言うとおりだ。ポーは大きな機械の小さな歯車にすぎないが、マスコミはそうは見ない。カンブリア州の一般市民はそうは見ない。ポーの目にもそうは映っていない。

「キートンにはおれから説明します、警視。そうしなくてはいけない義理があります」

ギャンブルはうなずいた。頭がどこかべつのところにあるような顔をしている。彼にしか聞こえない音楽を聴いている感じとでも言おうか。「矯正局はすでに彼をダラムに移送した。いつ釈放されてもおかしくない」

それはわかる。矯正局は可能なかぎり、刑の最後の数日前に、受刑者を釈放地にもっとも近い刑務所に移送する。

「明日、キートンと会えるよう取り計らってある」ギャンブルが話をつづけた。「リグ刑事が同行する」

「おれが依頼するとわかってたんですか？」

「いや、そういうわけじゃない」

「だったら……だったらどうして？」

ギャンブルの目の焦点が合いはじめた。ポーの目をまじろぎもせずにのぞきこむ。「なぜかと言えば、ポー、わたしには理解不能な理由で、ジャレド・キートンがきみとの面会を希望したからだ」

# 第八日

# 21

不思議な睡眠を体験した。眠っているのに、眠っている自分を意識していた。キートンが自分に会いたがっているという言葉が意識と無意識のなかでえんえんと繰り返されていた。見下して嘲笑するのが目的なら、刑務所の面会室に呼ぶのはどうしてだ？　キートンは売名のためならなんでもする男だ――世界じゅうのマスコミの前でポーを辱めるほうが彼のやり方にマッチするだろうに。

理解できない。そのせいでポーは落ち着かなかった。

なぜなら、ジャレド・キートンがやることにはすべて理由があるからだ。

ポーは早くに目が覚め、朝食を流しの上で、フライパンからじかに食べた。エドガーがフライパンをなめてきれいにした。ヒュームが死に、ヒュームの娘に好かれていないいま、ポーは絶対にするまいと心に誓ってきたことをせざるをえなくなった。エドガーをペットホテルに預けることだ。長期的な解決策も考える必要があるが、とりあえずいまはほかに選択肢がない。

建前上はカンブリア州警察が訪問するという形のため、リグが運転した。彼は午前七時、カールトン・ホールの正面玄関の前でポーを乗せた。エンジンは切らなかったし、ポーがドアを閉めるより先に車を出した。

ダラム刑務所は山のなかを走るA六六号線でまっすぐ横断し、A一号線で少し北進したところにある。走りはじめて三十分ほど、ワーコップ陸軍訓練場のわきを過ぎてはじめて、リグは言葉を発し、ポーのほうに顔を向けた。そのときですらポーの質問におざなりに答えただけだった。

「なぜキートンはおれに会うと言いだしたんだろうな?」

リグはなにも言わなかった。歯を食いしばり、顔面をぴくぴくさせただけだった。

「正直に言うと、ちょっとばかり不安なんだよ」

するとリグは小声でなにかつぶやいた。

「悪い、聞こえなかったんだが」

「それはそれはご愁傷さまでしたねと言ったんです」

ポーはリグの反抗的な態度には頓着しなかった。つまるところ、彼の怒りはもっともであるし、自分でもうまく理由を説明できないものの、リグを味方につけておきたかった。おそらく、彼が自分にどこか似ているからかもしれない。


十九世紀に建造され現存している大きな刑務所は数少ないが、ダラム刑務所はそのひとつである。長い歴史のなかで、ここにはイギリスでも悪名高い受刑者が何人も収容されてきた。ローズ・ウエスト、マイラ・ヒンドリー、イアン・ブレイディのような殺人犯、ロニー・クレイ、ジョン・マクヴィカー――この男はその後脱獄した――、フランキー・フレイザーなどのギャングたちがダラムの殺風景な壁のなかで刑期をつとめた。二百年もの時がたったいまも、ここには千人以上が収容されている。狭苦しく、財源が足りず、夏には耐えがたいほど暑くなり、冬には危険なほど寒くなるここは、五十年前に取り壊されていてもおかしくなかった。ダラム刑務所はイギリスの破綻した司法システムのシンボルではないかと、ポーは常日頃思っている。

しかしながら、この刑務所は最近、危険度が高いとされ、最先端のゲートシステムが取りつけられた。身分証を確認され、入所証がプリントアウトされ、細かいところまで徹底的に検査されたのち、公務訪問者用の特別室《スイート》に向かった。両側に薄汚れた小部屋が八つ並んでいる程度のものに〝スイート〟とは大げさすぎる。第三世界のコールセンターにしか見えない。偽の処方薬などを売りつけるたぐいの。壁は透明なパースペックス樹脂で、内装は地味、漂白剤のにおいが強烈にただよっていた。

ふたりは左側の二番め、三番の部屋をあてがわれた。漂白剤と、直前に部屋にいた人間の体臭が混じり合っている。ポーもリグもそのにおいに思わずたじろいだ。四脚の椅子と一卓のテーブルが塗装したコンクリートの床に固定されている。それ以外に家具らしきものは、ブリキでできた安物の灰皿だけだ。

特別室の廊下には両端に出入り口があった。ポーとリグは面会者用の出入り口から入った。もうひとつの出入り口は刑務所の奥へと通じている。ポーはしんとした金属の扉に目が釘づけになった。ほかの面会室は無人なので、次にあそこから出てくるのはジャレド・キートン以外にいない。

がしゃんという音が響いて金属のドアがあき、昨夜の夢に登場した男が見えた。

キートンは三番の部屋の前まで来ると、入るよう言われるより先に入ってきた。あいているふたつの席のうちひとつにすわった。ポーとキートンはしばらくにらみ合った。リグはその場にいないも同然だった。

有罪判決が出たあの日から、ポーはキートンを見ていなかった。公判中のような身なりのきちんとしたスタイリッシュな感じはないものの、刑務所に六年いてもキートンの存在感はまったく衰えていなかった。歯はまぶしいほど白くなく、散髪はセレブ御用達のヘアスタイリストでなく刑務所内の理容師がおこなっているものの、二枚目俳優のような顔立ちは健在だった。完璧に左右対称な顔。くっきりとした頬骨にシャープな顎。わざとのばしている無精ひげ。有名な淡いブルーの瞳。軟弱に見えない程度の無骨さと、誰にでも好かれる繊細さを兼ね備えている。テレビ番組制作会社と出版社が歓心を買おうとしていたのも当然だ。

逮捕前のジャレド・キートンは朝食前に五マイルのジョギングと一時間のジムトレーニングを欠かさなかったし、いまは、エクササイズマシンがなく、たくましかった筋肉もずいぶん衰えたとはいうものの、それでも胸と二の腕のあたりは刑務所支給のトレーナーがぱんぱんになっている。吸わないはずだが煙草のにおいがした。それも当然で、刑務所では誰もが煙草のにおいをさせている。

リグが咳払いをしたが、キートンは片手をあげ、口をひらこうとする彼を制した。リグにいたずらっぽくほほえんだ。週に一度の料理番組で、ごますりタイプのセレブに複雑なテクニックを説明しながらカメラに向けるのと同じほほえみ方だった。好感をあたえると同時にきざったらしい。数え切れないほど多くの雑誌の表紙や見ひらきページを飾ってきた笑顔。とある新聞が〝表彰ものの笑み〟と表した笑顔だ。

キートンはポーに目を向けた。

「まず先に、わたしに言うべきことがあるんじゃないのか、ミスタ・ポー？」過酷な刑務所生活をへても、気取ったフランス風アクセントは変わっていない。

ポーは反応しなかった。計画では、まずは謝罪し、なにを言われてもひたすら耐えるつもりだった。ポーに不当な扱いを受けたのだから、キートンには腹を立てる権利がある。ただの直感にすぎないものを根拠に、ポーはキートンから六年もの歳月を奪い、彼の娘の六年も奪ったのだ。

しかし、どうにもしっくりこない。

キートンは烈火のごとく怒っていてもいいはずだ。隠しきれない怒りが煮えたぎっていてもおかしくない。しかし、そういうそぶりは見せていない。襲いかかろうとするガラガラヘビのように、ポーを見つめるだけだ。

ふたりはしばらくにらみ合い、腹を探り合った。

両者とも口をひらく様子がないのがはっきりすると、リグが話しはじめた。彼は三十分かけ、エリザベス・キートンを拉致した犯人の捜索の状況、誤審かもしれぬ案件の捜査はどこまで進んでいるのか、刑事事件再審査委員会はいつキートンの事件を上訴裁判所にまわすのかを説明した。

キートンは片時もポーから目を離さなかった。

とうとう、リグの蓄積情報――キートンはどれも弁護団から聞いて知っていたにちがいない――が底を突いた。リグはうながすような目でキートンを見たが、話を聞いていたことを示す反応はなにも返ってこなかった。

「ご質問はありますか、キートンさん」リグは訊いた。

リグのほうには一瞥もくれず、キートンは三十分前にしたのと同じ質問を繰り返した。

「まず先に、わたしに言うべきことがあるんじゃないのか、ミスタ・ポー?」

ここはなにか言わなくてはいけない。

「たいへんな経験をされたと理解しています、キートンさん」謝ってはいけないという声がどこかから聞こえる。

キートンは眉をあげ、大きく相好を崩した。

リグは顔をしかめた。「同僚が言わんとするのは、要するに――」

キートンは手をひと振りしてリグを黙らせた。ポーから目を離さずに言った。「きみの同僚の言うとおりだ、リグ刑事。たしかに、わたしはたいへんな経験をした」

リグは唾をのみこんだ。

「殺人の疑いをかけられるのがどういうことか想像がつくか？　友だちから自分の言動を悪くとられることが？　評判が地に落ちることが？　全人生をかけて得たものを失うことが？　それがどんなものか、きみに想像がつくか、リグ刑事？」

リグは首を横に振った。

ポーは魅せられたようにやりとりを見ていた。キートンの人心掌握術は本当に見事だ。数え切れないほど事情聴取をこなしてきた百戦錬磨のベテランであるリグがぴくりとも動けずにいる。口が半開きだ。この状況がまったく信じられない様子だった。

リグはようやく声が出せるようになった。「しかし、さっきからずっとほほえんでいるようですが、キートンさん」

キートンはリグに向きなおった。「そうだったか？」

「ええ、そうです」

「それはきっと気分がいいからだよ、リグ刑事。六年たっていようが、無罪放免は無罪放免だからね」

リグは黙った。

キートンはポーに向きなおり、隠すそぶりすら見せずにウィンクした。

「でなければ、このあとの展開がわかっているからかもしれないな」

# 22

「あなたらしくもなく口数が少ないですね、ポー部長刑事」

ポーでも同じことを言ったかもしれない。いまいるのは来た道を半分ほど戻ったところで、リグが口をひらいたのはこれがはじめてだった。彼は三十分近く、説明を求めるようにポーのほうをちらちら見ていた。Ａ一号線に乗ってからは、ずっと指でハンドルをこつこつ叩いていた。キートンのアルファ・オス的なふるまいに動揺したのだろう。ぶっきらぼうなところは失せ、反省の態度がそれに取って代わっている。その気持ちはポーもよくわかる――はじめてキートンと顔を合わせたとき、彼も同じように感じた。あの男には、どこにいてもその場を牛耳ることができるという不思議な能力がある。どこにいようが、なにをしていようが問題ではない。あの男が有罪判決を受けた殺人犯であることも、リグが経験豊富で手強い警官であることも関係なかった。キートンは手首を軽く動かしただけでリグを邪魔者扱いした。彼のいきおいをそいだのだ。

「あいつのことで気に病むことはないぞ、アンドルー」

ハンドルを握るリグの手に力がこもった。指の関節が白くなった。「気に病むなというのは誰のことです、ポー？」

「キートンだ。あいつのことは考えちゃだめだ。考えたら最後、頭のなかから追い払えなくなる。本当だ」

リグはポーに向きなおった。目を細くしている。

「いったい何様のつもりなんです、ポー？」

ポーは答えなかった。

リグはポーに向かって指を突きつけた。「ぼくの頭のなかにジャレド・キートンなんかいませんよ。わかりましたか？」

「疑いの余地なく」

「あなたの頭のなかにもです」リグはハンドルに手を戻し、ひたと前を見すえた。顎の筋肉がぴくぴく動いている。

「勝手にそう思っていればいい」リグが面子を保ちたいというのなら、自分は当面、サンドバッグになってもかまわない。手帳をひらき、思いついたことを書きとめていった。書き終わって読んでみた。なんとなく引っかかるが、どこがどうおかしいのかわからない。

脳みその端っこをかりかり削られるような感じがする。なにか見落としていないか、もう一度、書いたものを読んだ。それでようやくわかった。見逃していた自分に啞然とした。キートンは隠そうともしていなかったのに。リグに目をやった。まだ怒っているようだが、あとまわしにはできない。

「キートンが娘の様子を尋ねたかどうか、記憶にあるかい?」

リグはポーのほうを向いた。しかし、大声でわめくことはなく、内なる警官があとを引き取った。「いえ、ありません」

キートンがそのような発言をしていないのは絶対にたしかだ。どんな形であれ、いっさいなかった。娘がどうしているのか、彼は尋ねなかった。彼女を拉致した人間の捜査が進行中であるとリグが告げたが、キートンからはそれに関連した質問は出なかった。むしろ、なにもかもうんざりしているように見えた。

「きみは変だとは思わなかったのか?」

「父娘は何日か前、電話で話してます」リグは言った。「それで充分だったんでしょう」

「かもな」

セレブなシェフはサイコパスに人気のある職業の第三位と第九位を兼ねているという説を、ポーは先日、リグとギャンブルに披露したが、あれはキートンの尋常でない精神状態を茶化して説明したにすぎない。ポーの知るかぎり、キートンは正式な診断を受けていないない。彼はあらゆる判決前報告書を拒否したあげく、最低服役期間二十五年という条件のついた終身刑を下された。

もしかしたら、自分の精神状態を知られるのをおそれ、検査を拒否したのかもしれない。しかし、それがどうした？　重大犯罪分析課の捜査員であるポーは、人口の一パーセント近くがその基準に合致しているのを知っているが、ハリウッドがこの病名を私物化し、メンタルヘルスの診断をマーケティング戦略に利用したため、世の中の人々はみな、サイコパスは全員が連続殺人鬼だと思いこんでいる。実際はそうじゃない。大半の患者は法を守る市民であり、地域社会のなかでごく普通に生活し、働いている。

キートンは一般人に交じって生活するサイコパスであり、ポーはそれを動かぬ事実と見なしている。すべてがそれを示している。だからこそ、あれだけの成功をおさめられたのだ——ライバルよりも抜きん出るのに必要な冷酷さが彼にはそなわっている。

しかし……ほしいものをすべて手に入れるため、キートンは病を隠さなくてはならなかった。自分には感じることのできない感情を、完璧にまねなくてはならなかった。色覚異常者は赤という色がわからなくても、いちばん上の信号がとまれを意味するのを知っているが、それと同じで、キートンは人がもともと持っているのと同じレベルになるまで感情表現を訓練したにちがいない。共感というものを理解できなくても、それを表わすべきタイミングは察知できる。ほかの人と同じタイミングで笑うすべを身につけ、子どもの話をされれば耳を傾ける。天気の話もすれば、休暇の予定についても話し合う。おまえなど犬畜生にも劣ると心のなかで思っていることを悟られぬよう、相手の退屈なおしゃべりにつき合うこともする。そんな彼が相手を気遣うことがあるとすれば、それはひとえに、その相手が目的達成に必要な手段だからだ。

キートンはそういうすべにたけており、ポーがこれまで見てきた誰よりもたくみだった。あの男は人がどんなものを見たがり、どんな言葉を聞きたがるかを理解し、それを提供しているのだ。

だからこそ、娘のおそろしい体験に接して共感をよそおうのを忘れるとはどうにも解せない。なぜ、偽の怒りをあらわにしなかったのか？　拉致した犯人に復讐を誓うふりをしなかったのか？　警察による災害級の失態にはあれだけ憤っていたのに。

ずっと仮面を着けていなかったのはなぜなのか？

答えはあきらかだ。本人がそうしたくなかったからだ。

しかし、その理由は？

グローブボックスのなかから、くぐもったぶうんという音が聞こえ、考え事が中断された。入れっぱなしにしていた携帯電話──国家犯罪対策庁と言えど、電話を持って刑務所内には入れない──が振動していた。

番号を確認した。エステル・ドイルからだ。

「ポーだ」彼は言った。

「頼まれてた薬物検査の結果が出たわよ、ポー」ドイルがハスキーな声で告げた。

「それはどうも、ボス」検査結果を二重チェックするようにギャンブルから指示されているのをリグには知られたくない。すでに充分、ポーに腹を立てているのだ。

「いま話せないの?」

「そうなんです」

「いったい、なにをたくらんでるわけ、ポー?」

にやにやしている彼女の顔が目に浮かぶようだ。「で、そちらはなにかわかりましたか、ボス?」

「ヘロインは検出されなかった。体内には数時間しかとどまらないから、意外でもなんでもないけど」

「われわれもそう予測していました。いずれにしろ、お手数を──」

「ポー、ねえ、ちょっと黙っててくれない? ヘロインは検出されなかったけど、被害者が受けたという仕打ちと矛盾するものが見つかったんだから」

ポーは胃がぎゅっと縮むのを感じた。「くわしくお願いします」

「液体クロマトグラフ質量分析法以外の方法だったら、とらえられなかったと思う。でも、国家犯罪対策庁は四千ポンドの料金をぽんと払ってくれるという話なので――」そこまで金がかかるのをすっかり忘れていたポーは息をのんだ。「――説明のつかないものを見つけることができた。最初、テトラ《T》ヒドロ《H》カンナビノール《C》に似ていると思ったのよ。それなら聞いた話と矛盾しないだろうから」

「矛盾しないというと？」

「ＴＨＣは大麻に微量に含まれるもので、大麻はヘロインよりも体内に長くとどまると考えられている。なんらかの薬物が検出されるとしたら、それだろうとは思ってた」

「しかし、そうでは……なかった？」

「そうではなかったのよ、ポー。二流の病理学者なら気づかなかったかもしれないけど、これまでにもさんざん言われてるとおり、わたしは二流の病理学者じゃない。検出されたのはＴＨＣではなく、まったくべつのものだった。その物質を分離して再度、分析をしたところ、なんと、夏トリュフにしか存在しない化学物質だった」

「夏トリュフ？」リグが聞き耳を立てていたとしても、どうでもいい。どうせ、なんのことだかわかりはしない。

「黒い夏トリュフよ、ポー。同じ重量で比較すると、金《きん》よりも価値がある」

「つまり、その意味は――」

「どういう意味かはもうわかってるでしょ、ポー。エリザベス・キートンはアルストン図書館に現われる前、世界でもそうとう高価な食材のひとつを食べていた」

# 23

ポーはリグの前ではどうにか平静をたもった。と同時に、一方通行の会話につとめた。どうやればいいのか、自信がなかった。

エリザベス・キートンがアルストン図書館を訪ねる前にトリュフを食べたのなら、考えうる説明はふたつしかない。世界でも一、二を争う食通に監禁されていた、あるいは……そもそも監禁などされていなかった。

食通があの女性を監禁していたとは考えにくい。キートンが娘の状況を尋ねなかったわけがこれではっきりした。彼女がどこにいるのか、ちゃんとわかっていたからだ。

この親にして、この娘あり……。

しかし、拉致されていなかったのなら、あの父娘はいったいなにをたくらんでいるのか？　人生の六年を犠牲にしたのはなぜなのか？　ふたりにどんな動機があるのか？

そして、このおれはどういう位置を占めているのか？　どういう理由かはわからないが、キートンはおれを苦しめるためにやっているようだ。おれとの面会を求め、謎めいた警告を発した。おれはなにを見落としているんだろう？　おれにはどのパズルのピースが見えてないんだ？

エリザベス・キートンと話をしなくてはいけない。そうリグに告げた。

「どうしてです？」

うその言い訳はすでに用意してあった。「大変な思いをさせてしまったことを謝りたい。それと、キートンが娘の様子を尋ねなかった理由について、なにかヒントが得られないかという気持ちもある」

リグは認めてくれまい、エリザベスは精神的ショックが大きく、六年も地獄を見る原因をつくった男と話せる状態じゃないと反論されるものと、ボーはなかば予期していた。

しかし、リグはだめとは言わなかった。

言えなかったのだ。

「彼女の行方がわかりません」

「行方がわからないとはどういうことだ？」

「エリザベス・キートンと連絡が取れないんです。最後の事情聴取のあと、被害者連絡係の警官を帰らせ、そのあとの被害者支援団体との約束の場に現われなかったそうです。〈バラス&スロー〉の家族が使う部屋にも行ってません。残念ですが、ポー、彼女がどこにいるのかわからないんです」

リグはさらに説明をつづけたが、ポーはその声を頭から閉め出した。わけがわからない。なぜエリザベス・キートンはまたも行方をくらましたのか？　まさか……まさか、これもキートンがほのめかしていたことの一部なのか？　それでもやはり筋が通らない。しかし、これは少なくとも六年をかけた計画なのだ――それをそう簡単に突きとめられるはずがないのでは？

しかし、ひとつだけたしかなことがある。敵がなにをたくらんでいるにせよ、ポーにとってはいい終わり方にはなるまい。泥水に沈むワニのように、脅威がすぐそこまで迫っている――いまは見えていないだけだ。

アルストンで見つかる前にエリザベスがトリュフを食べていたのがわかったのは運がよかった。おそらく彼女のうっかりミスだろう。しかし、ささいなミスであるし、法的にはなんの意味も持たない。キートンは娘の殺害で有罪になったのであり、その彼女はあきらかに生きている。実際には拉致されていなかったとしても、どうということはない。キートンが彼女を殺さなかったのはあきらかなのだから。

キートンは釈放されるだろう。そうなったらポーはまずい立場に立たされる。それだけはたしかだ。

やるべきことはわかっている。よけいなことに時間を使うのはやめよう。奥の手を使うしかない。最終兵器を。ブラックベリーのロックを解除し、短いメッセージを作成し、サイバー空間に向けて送信した。

キートンの計画にはなかったメッセージを。ティリー、大変なことになった。

# 24

まずは振り出しに戻る必要がある。ジャレド・キートンのことは前にも捜査したが、今度は重大犯罪分析課の目で徹底的に調べてやる。深く掘りさげる。完璧なプロファイリングをおこなう。あの男の正体を突きとめる。彼を犯罪に駆り立てたものはなんなのか。料理界のスターにのぼりつめる途中、誰を傷つけてきたのか。そういう人たちに、ほかでは聞けない話をしてもらおう。

娘についても同様だ。前回のエリザベスへの捜査は、被害者としておこなわれ、共犯者としてではなかった。ポーの口癖のひとつに〝誰もが秘密を抱えている〟というのがあるが、エリザベスにも秘密のひとつやふたつはあるにちがいない。

これでいったいなにがあきらかになるのだろう。

ハードウィック・クロフトまで戻る道すがら、ブラッドショーが何時ごろに到着するか計算した。来てくれないとは一瞬たりとも思わなかった。いまは午後二時で、メッセージを送ったのは三十分前だ。受信してすぐ読んだとしたら――彼女は携帯を肌身離さず持っているから、その可能性は高い――翌日の夕方あたりには到着するだろう。いまの彼女は身軽に出かけられる立場にない。まずは抱えている仕事をほかの人に頼まなくてはいけない。だから、向こうを出られるのは早くても明日の正午前後だろう――となれば、妙なパンと変なにおいのするお茶を買いこむ時間はたっぷりある。

ペットホテルでエドガーを引き取り、自宅に向かった。カールトン・ホールを出る前にもとのファイル――最初の会合の際にリグが参照していたファイルのコピーを取った。コピー機を使うための暗証番号はギャンブルから教わっていた。コピーするものを片っ端からハードディスクに記録するタイプかどうかはわからなかった。べつにどうでもよかった。最悪の場合、ポーはデータ流出容疑で逮捕されるだろうが、そうなったほうがいいかもしれない。ブラッドショーが到着するまでの時間を使い、前回の捜査について復習しておくつもりだった。

ハードウィック・クロフトに戻ったときには四時を少し過ぎていた。自分用に目玉焼きのサンドイッチを、残りの卵を全部使ってエドガーにスクランブルエッグをこしらえた。消費期限が迫っていたのだ。

暴風雨ウェンディの気配はまったくなかった。よく晴れた午後はそのまま気持ちのいい夜に変わり、空気は夏のにおいでむせかえるようだった。こんな夜はめったになく、ポーは外で仕事をすることに決めた。明かりがもっとも確保できる位置にテーブルと椅子を置いてすわった。加圧処理木材を使ったどっしり重いこのアウトドア家具は、買ったときはナチュラルな淡い緑色だったが、二年近くも太陽光や風雨にさらされたいまは、流木のような光沢のある美しい灰色に変わっている。

文鎮代わりの石を使って、ファイルの中身をテーブルにひろげていった。エドガーがのそのそと這い出てきて、あちこちをぶらぶらしはじめた。近くにいる羊が警戒のまなざしを向けてくる。

ポーは袖で読書眼鏡を拭き、ファイルの中身を選別しはじめた。犯行現場の写真は興味深いが、仕組まれたものだとわかっているので、そこにたっぷり時間をかけたい気持ちを必死でこらえた。確認のため一度だけ目をやっただけで、わきにのけた。

現場で見つかった血痕に関する病理学者の報告書は無視した。拉致事件の線で捜査していたときは失血死を引き起こすほどの量ではないとの見解だったが、緊急性の高い行方不明事件が殺人事件に変わったとたん、てのひらを返して逆の見解を述べたのだ。警察の期待に添ったことしか言わない病理学者の見解に費やす時間などない。現場に呼ばれたのがエステル・ドイルだったら、あらたに浮かびあがってくる仮説と合致しようがおかまいなしに、見たままの事実を述べただろう。

エリザベスの失踪前一週間の天気状況を斜め読みした。あとでブラッドショーに再確認してもらうつもりだ。父娘がどんな計画を立てていたかはわからないが、いずれにせよ、問題の晩は思ったとおりにいかなかったとポーは見ており、厳しい寒波がその一因となった可能性はある。

さらにふたつの書類を〝要確認〟の山にくわえた。キートンが書いた骨取り用のナイフ、肉切り包丁二本、骨切りノコの注文票と、タイムラインの矛盾に関するものだ。キートンがわざとまちがえたとも考えられるが、それについてもポーはブラッドショーに調べさせるつもりでいた。古い事件を新しい目で見ても悪いことにはなるまい。

本当に興味があるのは目撃者の証言だ。そこにこそ金脈が眠っている。誰から話を聞いたのか。誰から聞かなかったのか。的はずれな質問をされたのは誰か。正しい質問に誤った答えを返したのは誰か。

ファイルから具体的ななにかが見つかるとは思っていない――なにかあれば、六年前に気づいたはずだ――が話を聞きたい相手のリストが得られるとは思っている。

ファイルの中身を、当面は無視していい書類、あとでもう一度読みたい書類、すでに内容を頭に叩きこんだ書類に分けおえると、ポーは最後の書類の山に目を通しはじめた。これまで読んだことのない書類だ。

大半は判決後のものだった。真っ先に読んだのが、複数機関による（終身刑囚の）リスク評価委員会――ＭＡＬＲＡＰと略されることが一般的だ――の議事録だった。委員会はキートンに終身刑が言い渡されてほどなくひらかれた。開催場所はダラム刑務所で、顔ぶれはそれまでに事件にかかわってきた者および、今後かかわることになる者たちで構成されていた。知っている名前もあれば、知らない名前もあった。ポーはキートンを担当していた刑務所職員の名前を話を聞く相手のリストにくわえた。ダラムは厳重な警備を必要とする受刑者のための刑務所で、キートンはそこに長くは収容されなかったが、担当職員からは、有罪判決を受けた受刑者としての最初の数日間の様子を聞けるだろう。キートンの刑務所での記録を入手することとメモをした。この六年のあいだに誰が面会に来たかがわかれば、きっと参考になる。

ポーは読めるだけ読んだが、とうとう目が疲れてきた。休憩を取るしかなくなった。ばらばらにしたファイルをそのままにして、ハードウィック・クロフトのなかに入り、エドガーの餌用ボウルにドッグフードをいっぱいに入れてやり、自分にはグラスにビールを注いだ。

外の椅子に腰をおろし、日が暮れていくのをながめた。太陽が低くなり、昼の光が薄れるにつれ、空がしだいにザクロのようなピンク色に染まっていく。ポーは葉巻に火をつけた。ハードウィック・クロフトのこういうところがポーは好きだ。のどかさと、この土地特有の空気感が。こんな夜はまさに命の薬と言える。完璧に丸い太陽が、ポーが故郷と呼ぶ古い湿原によって二分されるのを見ながら、悪いオオカミに餌をあたえるのはやめようと誓った。自己憐憫にひたることなど母は望まないだろうし、それでは母が払った犠牲も浮かばれない。

葉巻の火が消え、空が薪ストーブの中心部のような色から、なだらかに起伏する湿原のシルエット以外すべてを覆い隠す暗色に変わると、ファイルをすべてかき集め、家のなかに移動した。

チーズトーストで手早く夕食をすませ、ソファに寝そべり、重要だと思って印をつけたいくつかの書類を再読した。エドガーが隣に飛び乗ってきて、三回向きを変えたあげく、クッションの上に寝転んだ。ほどなくスパニエル犬はいびきをかきはじめた。

「まったくおまえはいいよな」ポーはつぶやいた。もっとも、エドガーを責めたわけではない。ポー自身もまぶたが重くなってきていた。日付が変わるころになると、うとうとしはじめた。卓上スタンドを消した。エドガーを起こしたくないし、二階にあがるのは億劫だ。歯を磨くのも明日の朝でいい。

眠るための条件はそろいすぎるほどそろっていた。あけた雨戸から入る穏やかな風、エドガーの静かないびき、心地のよいソファ。目を閉じると、頭が混乱していたにもかかわらず、一瞬にして眠りに落ちた。

三時間後、エドガーがうなり声をあげた。


カンブリアの田園地帯で押し込み強盗を働くのは容易なことではない。理屈のうえでは容易なはずだ。どの家も人里離れている。警察署から一時間以上かかる家もある。誰でも人知れず近づくことができる。現代的な防犯対策をほどこしている家はほとんどない。鍵をかけていない家すらある。

それでも、問題がふたつある。

まず第一に犬の存在だ。

田園地帯の住宅の大半は、少なくとも犬を一匹飼っており、田舎では都市部よりも音が伝わるのが速いため、窓をこじあけるころには、家の者が弾をこめた銃を持って待っているという具合なのだ。

カンブリアの田園地帯で押し込み強盗を働くうえでの問題その二がそれだ。家の主の多くは登録された散弾銃を所持している。

そんな家にうっかり侵入したら、尻に散弾を山ほど食らい、ボーダーコリー犬に足首をかまれるのがオチだ。

もっとも、エドガーは有能な番犬とは言えない。番犬として有能なスプリンガースパニエル犬はめったにいない。ドーベルマンやジャーマンシェパードのような犬はもともと獣を攻撃し、追い払うようしつけられている。スパニエル犬は獲物である鳥を飛び立たせ、回収するようにしつけられている。小柄ですばしこく、狼や熊にとっては脅威でもなんでもない。しかし、その点はどうでもいい——防衛本能に欠けるエドガーだが、なんにでも鼻を突っこんでくる性格がそれを補ってあまりある。

エドガーのうなり声で起こされたのは、それこそ数え切れないほどある。たいていの場合、原因は羊だ。警告するように何度か吠えるものの、ソファあるいは寝床を離れることはめったにない。ここは自分の縄張りだとはっきりさせられればそれで充分なのだ。

しかし今回ポーが目を覚ましてみると、エドガーは直立不動で立っていた。低い声でしきりにうなりながら、ドアをじっと見つめている。耳をぴんと立て、尻尾を高くあげている。毛を逆立て、歯をむき出している。こんなエドガーをポーはいままで見たことがない。

ポーは思わず武者震いした。

外に誰かいる。

「誰なんだ、エドガー？」

スパニエル犬はほんの一瞬振り返ったが、すぐにまたドアをにらみはじめた。

ポーはそろそろと立ちあがった。目が覚めているのを悟られたくないので、キッチンまで手探りで移動した。夕食のときにチーズを切るのに使ったナイフが流しに置いてあった。足音を忍ばせてドアの前まで行った。あいているほうの手をおろし、エドガーの頭にのせた。スパニエル犬はすぐにうなるのをやめた。

ポーは呼吸を整えようとした。ドアの向こう側にいる人間がどこまで近づいているかは見当もつかない——エドガーの聴覚は嗅覚と同じくらい鋭い。ドアの前にいるのかもしれないし、半マイル先にいるのかもしれない。

なんの前触れもなくエドガーが首をかしげ、小さくくうんと鳴いた。鼻を上に向け、あちこちくんくんとにおいを嗅ぐ。尻尾を振りはじめた。彼が知っている人間ということだ。

ポーは腕時計に目をやった。夜中の三時に訪ねてくるとはいったい誰だ？　トマス・ヒュームがこの世を去ったいま、カンブリア州でエドガーが見知っている顔といえばギャンブルだ。あるいはヒュームの娘のヴィクトリアか。どっちもちがう。ポーはそう思った。

そのとき、かたんという音がした。文鎮がわりの石がひとつ、椅子の上に落ちたような音だった。ドアの向こうにいる人間がテーブルにぶつかったのだ。

「痛っ」

おいおい、まさか……？

ポーの顔がほころんだ。エドガーがスパニエル犬特有の動きで喜びを表現した。ぐるりとひとまわりし、頭のねじがはずれたみたいに吠えはじめた。

「ポー？　ポー？　起きてる、ポー？」

エドガーの吠える声がいっそう大きくなった。

一瞬声が途切れた。

「ハイ、エドガー。おやつを持ってきたよ」

ブラッドショーがポーの予想より十五時間も早く到着した。

# 25

「こんばんは、ポー。メッセージ、受け取ったよ」ブラッドショーはおずおずとしながらも、顔が輝いていた。

ポーはドアの横の電気のスイッチを入れた。ブラッドショーは目の上に手をかざした。身につけているのは、いつものカーゴパンツにスニーカー。新しく買ったらしきフリースの下に、おなじみのスーパーヒーローのTシャツが隠れている。国家犯罪対策庁で働きはじめたときに、フリンから服装規定について説明を受けた。ブラッドショーはそんなのはくだらないと思い、正直にそう言った。

世の中には、あえて議論しなくてもいいものがある。フリンは賢明にも、そう判断した。ブラッドショーを雇ったのは他人とのコミュニケーション能力があるからでも、身なりがちゃんとしているからでもない――この国でトップクラスのプロファイラーであり、余人を持って代えがたいレベルの仕事ができるからだ。

人材によって管理方法は柔軟に変えるべきだ。

ブラッドショーは懐中電灯を持ち、地図を透明なプラスチックケースに入れていた。大きなリュックサックを背負い、ウールの帽子をかぶっている。髪はおさげに結ってあった。

ポーが呆然と立ちつくしていると、エドガーがブラッドショーに飛びついた。

彼女は歓喜の声をあげながら膝をつき、エドガーの首に腕をまわして抱きしめた。フリースのポケットに手を入れ、ローハイドの犬用ガムを出してやる。「ずっと会いたかったよ、エドガー!」

「ここでなにをしてるんだ、ティリー……?」

ブラッドショーは笑みを引っこめた。「あたしに来てほしくなかった?」

「来てほしかったに決まってるじゃないか。だが、夜中の三時だぞ。外は真っ暗だ。暗いなか、このあたりを歩くとは、いったいなにを考えてる?」ポーはこのあたりの地形は感覚でわかっている。地図が頭のなかに入っているから、下り坂も危険な穴もひとつひとつの岩の形もわかっている。湿原は昼間でもあぶないが、夜にはより多くの危険がひそんでいる。「おれだって暗い時間帯には歩きまわったりしないんだぞ、ティリー」

「うそばっかり」彼女はけらけらと笑った。「暗いなか、歩いて帰ってきてるくせに。しかもその半分は酔っ払ってる」

まったく、よく覚えてやがる。

「だが、おれは道を知ってる。きみはそうじゃない」ポーは言い返した。「迷ったらどうするつもりだったんだ？」

彼女は例の表情でポーを見た。懐中電灯と地図を持ちあげ、ポケットに手を入れてコンパスを出した。「あたしだってばかじゃないよ、ポー」

おいおい、冗談だよな、これは。地図とコンパス？　カンブリア州の丘陵地帯では、地図とコンパスだけを持って出かけた人々が何百人と命を落としている。天候が急変する、転落する、道に迷う……ふと思いついた。「いつから地図を読めるようになったんだ、ティリー？」

彼女はにっこりと笑った。「きょうの午後から。どうすればいいかグーグルで調べて、来る途中でコンパスを買ったの。懐中電灯はもともと持ってた。車を買ったときについてきたから」

ポーはため息をついた。コンパスと無敵感だけで、イギリスでもっとも厳しい自然環境に人々を送りこんでくる、この世のすべてのアウトドアショップと恥知らずの店員を心のなかでののしった。

「ほう、そうか」ブラッドショーの知能指数は亡くなったスティーヴン・ホーキング博士よりも高く、それゆえ、インターネットで地図の見方を覚えられる人間がいるとしたら、彼女くらいだろう。彼女はポーへの絶対的忠誠心から、ときどき必要のない危険な状況に飛びこんでしまうことがある。

「うん、そうだよ、ポー。それと、文句を言われる前に言っておくけど、地図の見方を覚えたのは、万が一にそなえてだから。ずっと前にハードウィック・クロフトにジオタグをつけてあって、ここまでこれたのは携帯電話のおかげ。地図は関係ない」

「携帯電話？」

「そうだよ、ポー、あたしの携帯電話。行ったところは全部ジオタグをつけてたでしょ。覚えてる？」

ポーはかぶりを振った。ジオタグがどういうものか知っていたとしても、それをうまく利用するだけのスキルは自分にはない。

「必要でもないのに地図を持ってきたのはどうしてなんだ？」

ブラッドショーがなにか隠しているような表情になった。「なんとなく」

隠していることがあるとぴんときたが、しつこく訊くのはやめておいた。言い争っても無駄だ――徹底的に理詰めでくるブラッドショーがいつも勝つ。彼女のほうがまちがっている場合でも。

「怒ってないよね？　できるだけ早く来たつもりなんだけど。ホテルにチェックインして、そのまま歩いてきたんだよ」

　ポーは怒ってなどいなかった。怒れるわけがない。彼が助けを求め、彼女はすべてを放り出してやってきた。とは言うものの、腹を立てている人間がいるのもたしかだ。どうやらブラッドショーは荷物をまとめてすぐに飛び出してきたようだ。フリンはかんかんになり、きっとポーを責めることだろう。ポーはそう説明した。

「ステファニー・フリン警部は研修に行ってるから、ポーがあたしの助けを必要としてるとメッセージを残してきた」

「しかし、そんなふうに……」

「それでいいって言ってたよ、ポー。帽子を買ってるときに電話がかかってきた」

「本当か？」ポーは驚いた。ブラッドショーはフリンの部下のなかでもいちばんの戦力だ――課が取り組んでいる事件のほとんどで欠かせない存在となっている。

「えっと、実際に言ったのは〝カンブリア州まで行って、うちの部長刑事をS・H・I・Tから引きずり出してやってちょうだい、ティリー〟だった。あ、汚い言葉はあたしみたくアルファベットで言わなかったけど」

　それならわかる。おそらくブラッドショーはフリンにほとんど選択肢をあたえなかったのだろうし、服装規定のときと同じで、戦っても意味のない戦いもある。ブラッドショーがこうと決めたらどうしようもない。彼女はこっちの言うことなど聞かないし、こっちは彼女をどうしつけたらいいのか決めかねるという問題を抱えるだけだ。ふと気づくと、ふたりは五分近くも外で立っていた。

「とにかくなかに入ろう、無鉄砲娘。お湯を沸かすよ。自分が飲むお茶は持ってきたんだろうな。明日になるまで来ないと思ってたから、まだ買い物に行ってないんだ」

「どうして？」

「うーん……とにかく行けなかったんだ。この前来たときの残りがあるとは思うが。見つけるのに少し時間が――」

「そうじゃなくて。どうしてあたしが明日になるまで来ないと思ったの？　きょうの午後にメッセージを受信したのに」

「先に片づけなきゃいけない仕事があると思ったんだ」

ブラッドショーは唇を左右に引き、ぶーっと口を鳴らした。「あたしがあのメッセージを送ったら、ポーはすぐに出発しないの？」

ブラッドショーの言うとおりだ。立場が逆なら、出発したあとにフリンに連絡すればまだいいほうだろう。ブラッドショーはポーのいちばんの友だちだ――なのに、自分が彼女のいちばんの友だちであるのを、つい忘れてしまうのだ。

「それで？」ポーは訊いた。

「なにがそれで、なの？」

「例の、変なにおいがするティーバッグを持ってきてるのか？」

ブラッドショーはにんまりと笑った。「持ってきたよ、ポー。お湯が沸くまでのあいだ、なにがあったのか聞かせて」


ポーは刑務所での面会と、ジャレド・キートンが発した謎のコメントの話をブラッドショーに聞かせた。エステル・ドイルがおこなった薬物検査で腑に落ちない点が見つかったことも伝えた。エリザベス・キートンがふたたび行方不明になったことも。

ブラッドショーは話の腰を折るまねはしなかった。ひたすら耳を傾け、リュックサックから出したノートPCでメモを取った。一度も反論を述べなかった。それが彼女の情報処理の第一段階なのをポーは知っていた。集められるだけデータを集めることが。

それぞれのマグカップに飲み物を入れ直し、午前四時に下す決断は最悪のものになるという考えにもとづいて、この時間はブラッドショーの機器の設置にあてたほうがいいということで意見が一致した。

「そのなかになにが入っているんだ、ティリー？　ずいぶんと重そうだ」

ブラッドショーはほくほく顔でリュックサックをあけた。あらたに二台のノートPCを出し、色や太さが異なるケーブルを何本かと、小型のプロジェクターのようなものを出した。それらをキッチンの長椅子に並べ、またもリュックサックに手を入れた。「あ！　あった！」

彼女はソファの隣のテーブルに、濃い青色をした小さくてひらたい箱を置いた。ポーの読書灯のスイッチを入れ、ポーにもよく見えるようにした。目が興奮で輝いている。「じゃ、じゃーん！」

ポーは反応しなかった。

「ねえ、どう？」

ポーは困惑顔でその箱を見つめた。スチール製でケーブルがつなげられるようになっており、上部には深さ一インチの冷却用通風口がついている。このあと一日かけて、あれこれ考えたとしても、箱の用途を探りあてるのは到底無理だろう。色がオリーブグリーンならば、ロイヤル・ハイランド連隊にいた当時、通信隊員が使う軍用無線機クランズマン用に携行していた予備バッテリーにいくらか似ているというところだ。一対のアンテナ――ひとつは大きく、もうひとつは泡立て器のような形をしている――を見せられ、ますますわからなくなった。肩をすくめるのがせいぜいだった。

ブラッドショーが唖然となった。「これがなんだかわからないの？」

「ああ、わからん」

ブラッドショーがくすくす笑いだし、ポーはからかわれているのだと悟った。見当もつかないのがばれていた。

「この前、ここで仕事をしたとき、いちばんの問題だったものは？」

「青い色の箱がなかったことか？」

ブラッドショーはうなずいた。「そのとおり！　これは携帯電話用のシグナルブースター。携帯電話の基地局にもっとも近い建物の外に置くと、シグナルを拾ってこのリピーターアンプに送られてくるの」彼女はそこでべつの装置をかかげた。「その結果、ここにいるあいだ、あたしの携帯電話のシグナルが増幅されるというわけ」

「そうなのか？」ポーはほかの連中が披露する専門知識を高く評価している。自分が身につけなくてもいいということだからだ。

「そうだよ、ポー」

「これ全部でいくらかかった？」

「全部合わせて六百ポンド弱ってところ」

「いい買い物をしたな」

「でしょ？」

「で、なんでこいつが必要なんだ？」

彼女は首を振った。「あたしを呼んだのは人間関係の処理をさせるためじゃないんでしょ、ポー」

青い箱はインターネット接続をするためのものだった。前回、ハードウィック・クロフトで仕事をしたとき、彼女は〝テザリング〟という方法を使った――どうやるのかよくわからないが、とにかく携帯電話をアクセスポイントにしてPCをインターネットに接続していた。しかし、回線速度が極端に遅く――ハードウィック・クロフトのあたりは高速帯域ではないらしい――ただのテキストファイルよりも容量の大きなものを送らなくてはならなくなると、〈シャップ・ウェルズ・ホテル〉まで行って、そこの無料Ｗｉ‐Ｆｉを使うしかなかった。

「つまり、ここで仕事ができるってことよ、ポー。プリンターとかほかのものはホテルに置いてきたけど、とりあえず始めるにはこれで充分。さっき、朝まで待とうと言われたけど、よくよく考えたらもう朝よ」彼女は自分の携帯電話で確認した。「四時二十二分」

彼女がメールを受信したのが午後の二時前。およそ十三時間後にハードウィック・クロフトに現われた。その十三時間のあいだに、いま取り組んでいる事件を他に割り振り、なんだかよくわからない電子機器とサバイバル用品を購入し、地図の読み方を覚え、三百五十マイル北まで車を飛ばした。おまけに、リュックサックに荷物を詰め、起伏の激しい危険な湿原を二マイルも歩いてきた。

それも夜に。

しかも、いますぐ仕事に取りかかろうとしている。

信じられない。

覚悟しろよ、キートン父娘。

# 第九日

# 26

「ポー……ポー……ポーったら……」

夢のなかに声が飛びこんできた。しつこく何度も聞こえてくる。しばらく前から聞こえていた気がする。眠気の取れない目をあけると、ぼんやりした人影が上からのぞきこんでいた。

ブラッドショーの顔が六インチと離れていないところにあった。ポーが驚いて顔をのけぞらせると、彼女も体を起こした。

「いったいなんの……？」

「起きて、いつまでもぐずぐず寝てないで」ブラッドショーはソファで寝ているポーの隣に腰をおろした。ポーは邪魔にならぬよう、脚をそろえた。エドガーが飛び乗ってきてブラッドショーの首に鼻を押しつけた。

「ティリー……いま何時だ？」ブラッドショーが使う予定のデータベースの診断テストと接続の検証をおこなうのを、ソファに腰をおろしてながめていたのは覚えている。ほどなくふたりは例によって一方通行の会話を始め、ポーはがんばって起きている以外、することがなかった。しかし、あきらかにしくじったらしい。どのくらい眠っていたのだろう。刃のような太陽光が木製の鎧戸の細い隙間から射しこんでいる。家のなかの半分が舞台のように明るい光に照らされている。いまは夏の盛りで、ここの標高だと日の出の時間が早い。

「五時三十六分だよ、ポー」

ポーはうめいた。一時間も寝ていない。

ブラッドショーはさっぱりした顔をしていた。「定義可能なパターンとルールのことをずっと考えてたんだけどね」

「そりゃそうだろう」

「現時点での問題は、データはあるけどそれが不適切なデータである点ね」

「勘弁してくれよ、ティリー。目を覚ましてコーヒーを飲む時間くらいくれ」

ブラッドショーが目を丸くし、ポーは謝った。眠りこんでしまったのは彼女のせいじゃない。

「気にしないで、ポー。精神的にすごく疲れてるんだよね」ブラッドショーは手をのばし、ぎこちなくポーの頭を軽く叩いた。

「まあ……そうだな、うん」

「コーヒーが飲みたいだろうと思って、淹れておいた」

彼女はマグを差し出した。なみなみと注がれ、湯気が立ちのぼっている。

「うれしいよ、ティリー」彼女はコーヒーを飲まないから、濃さの見当などつかないはずだが、完璧な出来だった。舌を火傷しそうなコーヒーをちびちび飲みながら、さっきのブラッドショーの言葉を心のなかで翻訳した。不適切なデータがどうのこうのという話だった。どういう意味かと尋ねようとしたが、次に彼女の発したひとことでうんざりした気分に襲われた。

「十一時にステファニー・フリン警部とオンライン会議をするよう手配したからね、ポー」

「なにをしたって？」

「だから、十一時にステファニー・フリン警部と――」

「なんでそんなことをした？」朝いちばんにフリンに電話し、事情を説明するつもりでいたのだ。しかし、これでは、ポーがフリンを避けていたように思われてしまう。

「ステファニー・フリン警部からそういう条件が出てるの。毎日、報告しなきゃだめだって。あたしたちがSCASのプロトコルから逸脱してないか確認するため、捜査のパラメーターを観察する必要があるんだって」

ポーは黙りこんだ。フリンではなく、ブラッドショーの言葉そのものに聞こえる。「実際にはあいつはなんて言ったんだ、ティリー？」

ブラッドショーは顔を赤くした。

「ポーが大人の目の届かないところで好き勝手にやってるようなら、そのタコな考えをあらためさせろって」

「あいつは本当にそう言ったのか？」

「うん。タコじゃなくて、もっと汚い言葉だったけど」

「失礼なやつだ」

「もう始められる？」

「いいとも、ティリー。岩をいくつかひっくり返し、敵が見つけられたくないと思っているものを見つけてやろう」

ブラッドショーはうなずいた。「その言い方、かっこいいね、ポー」

ふたりで紅茶とトーストの食事をとりながら、ポーはブラッドショーがやってきて以来、ずっと訊く勇気のなかった質問をした。

「お母さんはきみの居場所を知ってるのか？」間が抜けた気がするが、訊くしかなかった――ミセス・ブラッドショーは彼の電話番号を知っているのだ。ブラッドショーはポーよりもいくつか年下なだけだが、娘は学問の世界を去るべきではなかったし、国家犯罪対策庁に就職などするべきではなかったというのが母親の意見だ。

「知ってる」

その言い方からすると、いつ終わるかわからない仕事のため、ひとり娘がまたも北部に駆けつけることを母親は了承していないようだ。前回のカンブリアでの仕事は……必要以上にスリルに富んだものになった。ブラッドショーは燃えさかる建物からポーを引きずり出してくれたのだった。その結果、ふたりともけがを負った。

「で？」

「いい顔をしなかった」

「正確になんて言ったんだい？」

「ポーにはそんなことを頼む権利はないし、またポーのせいで危険な目にあうって」

「お父さんはなんて?」

「すげえ……じゃない、すごいじゃないかって」ブラッドショーは答えた。「そしたら汚い言葉を使ったってママに怒られた」

ポーはほほえんだ。ブラッドショーの父親とは一度だけ会ったことがある。溶接工。根っからの労働者階級。気持ちのいい人だ。妻と娘を愛している。自分とミセス・ブラッドショーの遺伝子の結合によって、いまハードウィック・クロフトにいるこの人物がどうして生まれたのか、さっぱりわかっていない。

けれども、ブラッドショーは変わった。はじめて会ったとき、ひと目見ただけでお互いに反感を抱いた。ポーはテクノロジーがきらいで、ブラッドショーは頭でっかちときている。しかし……その組み合わせがうまくはまった。その結果、ふたりの態度がやわらいだ。ブラッドショーはポーが数学的あるいは科学的なものに無関心でもいらいらしなくなったし、ポーのほうは彼女の世間知らずなところをいちいち正そうとするのをやめた。それどころか、そういうところを楽しむまでになった。ほほえましいところも迷惑なところも、すべてひっくるめて彼女なのだ。いまは、そのままの彼女でいいと思っている。

また、ブラッドショーの困った癖も少し改善された。いまは人と話すときに相手を必要以上にじっと見つめることはなく、自分の便通の話を頻繁にすることもなく、どんな話をする場合でも〝なぞなぞを出すよ、ポー〟で始めるのもやめた。ひとりでしゃべりまくっているると、ポーの目がとろんとしてくるのに気づくようにもなっていた。

以前は、居眠りしてしまったポーが目を覚ますと、ブラッドショーがまだ話しかけていたということもあったのだ。

# 27

　ブラッドショーは持ってきたノートPCを三台ともひらいていた。一台は国家犯罪対策庁のイントラネットにログインし、一台は画面を二分割してグーグルのホームページと彼女が作成したメモを表示させ、最後の一台はポーの知らないあやしげなサーチエンジンが表示されていた。おそらく、ダークウェブを検索するのに使うのだろう。ポーは発電機の燃料を補充することと、心のなかにメモをした。ブラッドショーがあいているソケットを全部使っているし、暴風雨ウェンディが接近中だ。

「ステファニー・フリン警部と話をする前に、すでにわかっていることをまとめたらどうかな、ポー？」

「そうしよう」上司の前で口論するより、いまここでしておいたほうがずっといい。

「ジャレドとエリザベスのキートン父娘はなにかたくらんでると思う？」

「思うが、以前はまちがっていた」

「その計画の一環として、ふたりはエリザベスの死を偽装した」

　ポーはうなずいた。

「でも、不測の事態によってジャレド・キートンは殺人罪で有罪になった」

　ポーは肩をすくめた。「おれも裁判の場にいた。やつは自分が刑務所に入ることになるとはまったく思っていなかった」

「なのに、どうしてかはわからないけれど、エリザベスが現われて、自分は殺されてないと主張するまで六年も待った」

　ポーは黙っていた。こうして話していると、ますますありそうにない話に思えてくる。

「そして彼女はまたいなくなった」ブラッドショーは言った。

「そうらしい」

「で、それは血液に不審な点が見つかる前なんだよね？」

　ポーはうなずいた。

　ブラッドショーは彼を見つめた。「だったらそろそろ始めたほうがいい。調べなきゃいけないことがたくさんある」

「というと？」

「疑問点よ、ポー。疑問点がたくさんある」

ブラッドショーの言うとおりだった。疑問点に対しデータ検索をおこなう。正しいデータさえあれば、ブラッドショーがどんな疑問に対する答えもほぼ見つけてくれる。

「あたしが思うに、主な疑問点が五つに、副次的な疑問点がいくつかある。いずれも、必要とする情報を手に入れるには直接ルートと間接ルートがある。いますぐ入手できるものもあるし、許可が必要なものもある。それに、こっちから出かけていって手に入れなきゃいけないものもある」

ポーは手帳を手にすわり直した。「話してくれ」

ブラッドショーは指を一本立てた。「エリザベス・キートンがこの六年間、どこにいたかを突きとめなきゃいけない」

「同感だ」

彼女はそこで指を二本立てた。「いま彼女がどこにいるのかも突きとめる必要がある。同じ場所にいるのか、場所を変えたのか」

六年間も人知れず隠れることができた場所なら、あと数日隠れるくらいどうということはないとポーは思ったが、口をはさまなかった。

「その三。キートンはもともとポーに恨みがあったのかどうか。つまり、事件以前に出会ってたってことはない？」

その線を考えたことはなかった。前に会ったことはないはずだが、その可能性を除外するわけにはいかない。これまでの歳月で、彼はたくさんの人間を怒らせてきた。そのなかのひとりにジャレド・キートンがいたかもしれない。

ブラッドショーは指を四本立てた。「ふたり合わせて十二年もどぶに捨てるまねをするほど大事なこととはなにか」

「五番めは？」

「ほかにも関与してる人はいるのか」

ポーはうなずいた。すでに、キートン父娘以外が関与しているとにらんでいる。エリザベスが刑務所にいる父親にメッセージを渡す行為は危険をはらんでいる。電話は録音されるし、手紙は検閲がある。第三者が連絡係として動くほうがはるかに安全だ。

「刑務所の記録が必要だな」ポーは言った。「誰が面会に訪れたか。誰があいつと話したか。誰と同房だったか」

「けど、それらの情報にアクセスするのは無理」ブラッドショーが言った。「そもそも許可がないと」

「だからこそ、ステフとオンライン会議をするんだ」

ブラッドショーはうなずいた。

〝ティリー、大変なことになった〟というメッセージを受け取って数分とたたぬうちに、ブラッドショーはオンライン会議、電子メール、ショートメッセージからすでにわかっていることをまとめ、それらすべてをすぐれた頭脳に詰めこんだにちがいない。いくつもの筋書きと、それぞれにともなう行動計画もすでにできあがっているはずだ。

だからこそ、ブラッドショーは早いタイミングでのオンライン会議を望んだのだ。行動計画にはキートンの刑務所記録にアクセスすることも当然含まれるにちがいない。それを情報源として利用するとなると、データ量は膨大だ。イギリス刑務局は巨大な組織だ。キートンが収容されていたどの刑務所でもいくつもの記録が作成されている。各棟の担当職員、個別担当職員、規律担当、警備、教育担当、エクササイズ、刑務作業、受刑者の財務状況、犯罪者管理、医療――ときりがない。処理する情報が多すぎる。

しかし、ブラッドショーは大量のデータと見ると目を輝かせる。データ量が多ければ多いほど、分析の精度が増すからだ。以前、彼女はこう言っていた。ちゃんとしたデータをたくさんくれれば、パターンは必ず見つけられる。べつに大口を叩いているわけではない。ポーはその手腕を間近で見ている。

しかも、ほかの誰もやっていないのだから、手垢がついていない。ほかの連中はみな、いまもキートンの言葉を鵜呑みにしている。そのほうがいい。使える情報さえ見つかれば、誰かに邪魔される前に行動が取れるからだ。

　ブラッドショーはハンプシャーを出発するまでにほかになにをしてきたのだろう。すでにポーよりも多くの仕事をこなしてきている。

　ポーはふとひらめいた。ブラッドショーには気づけないたぐいのことだ。「もうひとつ、考慮すべき点がある」

　彼女は眼鏡を押しあげ、期待に満ちた目で待った。

「ジャレド・キートンのエゴが持つ、ひじょうに大きな抵抗因子だ」

　ブラッドショーはあらたなファイルをひらき、〝エゴ〟と入力した。

「キートンの思考回路は他の人間とはちがう。あいつの場合、勝つこととは相手に負けを悟らせることだ。だから、あんなふうにほのめかさずにはいられないんだろう。あいつのエゴにこそ、おれたちが勝つ鍵がある」

　ブラッドショーはなんだかよくわからないソフトウェアに数字と文字をいくつも入力した。彼女の眼鏡にプログラム文字が映っているのが見えた。

「そういうのをはずれ値というのよ、ポー」

「おれが言わんとしたのはまさにそれだ」

ブラッドショーはにやりとした。

朝早くブラッドショーにたたき起こされたおかげで、午後にやる予定だった仕事——すなわち、暴風雨ウェンディと、変わり者のベジタリアンな客を迎える準備をすること——を午前中に終えられた。

出だしは上々だった。少なくともブラッドショーはそう思っていた。すでにみずから作成したプログラムに異常とも言える量のデータを記録させていた。彼女はＨＯＬＭＥＳ２——内務省大規模捜査システム《ＨＯＬＭＥＳ》の第二バージョン——という、複雑な事件を管理する目的ですべての警察が使用しているソフトウェアを使おうとしなかった。「分析も予測もできない巨大データベースなんか持ってる意味ある？」というのが彼女の言い分だった。ＨＯＬＭＥＳ２を使えば分析と予測が可能であると彼女が指摘を受けたとき、ポーもその場に居合わせた。それを聞いて彼女はせせら笑い、ＨＯＬＭＥＳ２担当の技術者は泣きだした。

ブラッドショーによれば、彼女が作成したプログラムの実行には九十分ほどかかり、そのあとはキートンの刑務所記録が必要になるとのことだった。ポーは、買い物に出かけてもフリンとのオンライン会議までに戻ってこれると判断した。買うつもりのものをブラッドショーに見せ、リストにないもので必要なものがあれば書き足してほしいと告げた。

ブラッドショーは書き足した。それも挙動不審なほど時間をかけて。

ポーは四輪バギーで〈シャップ・ウェルズ・ホテル〉まで行き、そこでレンタカーに乗り換え、ケンダルにある〈ブース〉というスーパーマーケットに向かった。ふだんならシャップの村にある青果店と精肉店で買い物をするのだが、ブラッドショーの買い物リストを見て、もう少しミドルクラス向けの店でないとだめだと気がついた。それにくわえ、行きつけの青果店にザクロだのキンカンだのといった気取った果物が書かれているリストを渡す気にもなれなかった。

〈ブース〉の青果コーナーは屋台のような造りになっており、ポーはタトゥーを入れた店員に、なにがどこにあるのか尋ねた。ブラッドショーに頼まれた果物が見つかると、ポーはル・ピュイ産レンズ豆、オーガニックの全粒粉パスタ、それに豆腐などはどこにあるかと訪ねた。けっきょく、買い物リストをふたつに分け、ブラッドショーの分を店員に渡し、奥の精肉コーナーで待っていると告げた。

店員はリストに目を通し、薄ら笑いを浮かべた。「この誰かさんはそうとうの甘ったれですね」

「いいからリストに書いてあるものをカゴに入れろ、わかったか？」ポーはむっとして言った。すっかり不機嫌になっていた。しかも、ブラッドショーのリストは腸の健康によさそうなものばかりだった。絶対に好きになれそうにない。

　精肉コーナーはすばらしく、ポーの気分は上向いた。自分へのご褒美として、サシがうっとりするほど美しいリブロース肉を一枚購入し、切らしているベーコン、ブラッドソーセージ、カンバーランド・ソーセージも買った。タトゥーの店員がポーにはなにがなんだかわからない食料であふれんばかりになった枝編み細工のカゴを持って戻ってきた。ポーは二ポンド硬貨を一枚渡し、ぶしつけな態度を取ったことを詫びた。

「気にしないでください、お客さん」店員は食物繊維たっぷりの食材でいっぱいのカゴに目をやり、すぐにポーに視線を戻した。「トイレットペーパーはあちらに……」

　ハードウィック・クロフトに戻ってみると、ブラッドショーはキーボードを叩くのをやめていて、足を高くしてすわり、緑茶を飲んでいた。ユーチューブで料理番組を見ていた。正確に言うなら、ジャレド・キートンの料理番組だった。

# 28

〈バラス&スロー〉は二〇〇八年にオープンし、批評家たちから高い評価を受けたが、ジャレド・キートンはそのはるか昔から料理界の王として君臨していた。ティーンエイジャーのときに大きな賞をとると、その後ほどなく、権威ある雑誌が彼をイギリスが生んだたぐいまれなる才能を持つ料理人ともてはやした。ロンドン市内にあるいくつもの厨房から声をかけられたものの、フランスのリヨンに渡ってまわりを驚かせた。そこで著名なシェフ、ジル・ガルニエの指導のもと、料理人としての修業をつづけた。若きジャレド・キートンはフランス料理の技法をいとも軽々と習得し、ほどなくガルニエの副シェフとして働くようになった。店の看板メニューのうちふたつが、キートンが考案した料理に取って代わった。フランス語を流暢にあやつれるようになり、ソーヌ川のほとりにあるフラットを借りた。

その後、店を辞めた。

二冊の自叙伝のうち最初の一冊には、ある朝目覚めたら、もう料理するのが楽しいとは思えなくなっていたと書いてある。本当の理由はどうであれ、次に姿を現わしたジャレド・キートンは、若い娘と結婚し、高名なシェフ、エレーネ・ジェガドが所有するパリのレストランにいた。その店で、食べ物への愛を再発見したのだという。レストランは十年でミシュランの星ゼロから念願の三つ星を獲得するまでになった。ジャレド・キートンとエレーネ・ジェガドは大の親友になった。パリからロンドンに移り住んだものの、そう長くはとどまらなかった。テレビ番組のインタビューで彼は、首都の料理は保守的にすぎると主張した。窮屈なロンドンの料理業界から抜け出して好きなようにやりたいと。

それが〈バラス＆スロー〉だった。エレーネ・ジェガドからのローンを元手に、カンブリア州のコートヒルという小さな村から一マイル離れた場所にある崩れかけた水車小屋を手に入れた。

ひとつめのミシュランの星を獲得すると、毎週土曜の朝に放送の料理番組に出演するようになった。ふたつめの星を獲得したときには、自分の名前がついたテレビ番組を持つことができた。そして〈バラス＆スロー〉が世界でもトップクラスの三つ星レストランの仲間入りを果たすと、ゲストシェフとして世界じゅうをまわり、ギャラは言い値となった。

そこで引退することもできた。金は充分にある。〈バラス＆スロー〉の経営がうまくいっていなかったとしても、テレビ出演だけで毎年七桁の収入があった。本の印税もほぼ同じだった。

しかし、ジャレド・キートンは料理を愛していた。

一人前二百ポンドのテイスティングメニューを実際に調理したのが、ドアに名前を出しているシェフから作り方を教わった料理人から作り方を教わった、これまたべつの料理人であるかもしれない時代に、〈バラス&スロー〉はずっと良心的だった。ジャレド・キートン本人が調理していない場合でも、少なくとも、出される料理を途中でチェックしていたのだから。


「なにかわかったか？」

ブラッドショーは口の前に指を立てた。静かにしてほしいらしい。すでにささやかな巣ができあがっていた。家具を動かし、ＰＣのモニター群に朝陽があたらぬようにしてあった。作業スペースは三日月形に配置されている。その真ん中にすわる姿は、エンタープライズ号のブリッジにいるカーク船長を思わせる。ブラッドショーはユーチューブを見ながら、腹の上にのせた携帯用キーボードを叩いていた。書いているものが左のノートＰＣに映し出される。ブラッドショーは一度としてそちらに目をやらなかった。一部を読んだポーは、打ち間違いがひとつもなく、書式も完璧であることに気がついた。ブラッドショーの右にあるノートPCは、音声再生ソフトのグラフィックイコライザーによって、あざやかな色の弾むような曲線が画面いっぱいに描かれている。一九八〇年代後半にはやった最高級の高品質オーディオシステムに使われていたのと同じものだ。

ブラッドショーが一時停止ボタンを押し、すべてがとまった。

「ポーの言うとおりだった。この人は教科書に出てくるような典型的なサイコパス。もっと正確に言うならナルシストのサイコパス。〝わたしは〟とか〝わたしに〟とか〝わたしの〟という言葉がやたらと多い。ゲストとのからみはほとんどない。話してても、彼は全然聞いてなくて、次に自分がしゃべる番を待ってるだけって感じ」

「だが、あくまで料理番組だからな。自分をアピールしなきゃいけないってことを考慮したほうがいい。自分でも制御しきれないくらい、エゴが肥大していたかもしれない」べつにキートンを擁護したいわけではなく、一方的な決めつけは慎みたいだけだ。

ブラッドショーはすでにその要素も織り込み済みだった。

「あたしが使ってるテキスト解析ツールは、言語学者が言うところの〝機能語〟に焦点を絞れるようになってる。機能語っていうのは、あたしたちが無意識に使ってる言葉のこと。脚本の部分を全部除外すると、ジャレド・キートンの言語パターンは〝わたしは〟〝わたしに〝わたしの〟という代名詞の使用率が、ほかのシェフよりも高いとわかった。一般市民よりもはるかに高い」

「では、おれの考えもあながちまちがってたわけじゃないんだな」ポーはつぶやいた。このときまで、キートンをサイコパスと見破ったのは彼だけだった。「なにか新しくわかったことはあるかい？」

「刑務所記録が手に入るまでは手をつけられないんだけど……ひとつ興味深い部分があった」ブラッドショーはユーチューブに戻り、べつの動画を選んだ。再生ボタンを押す。少女時代のエリザベス・キートンが画面に現われた。十五歳前後で、父親の番組に出演しているところだった。もうひとりのシェフも娘と一緒だった。料理コンテストかなにかなのだろう、娘たちは父親の料理を目隠しで味見していた。

ポーはそれまでエリザベス・キートンを写真でしか見たことがなかった。べつのノートPCで音声プログラムが動いているのに気がついた。ユーチューブの下の動画進行バーが、全部で二十七分あると示している。ブラッドショーは再生をとめた。

「見るのはあとでいいから、彼女のしゃべり方を聞いて」

しばらく音を流したのち、ブラッドショーはまた再生を停止した。

「彼女のしゃべり方には父親のナルシスト的な特徴がないでしょ」

「そうか？」

「その形跡は全然ない」

「娘のほうはまだ若い。そういうのは歳を重ねるにつれて顕著になっていくものじゃないのか？」

「話し方に関してはまったく逆。子どもは本当の自分を隠すすべを学んでないから、話し方をごまかせず、素のままの自分が出る」

ポーがなにか言うより先に、中央のノートPCからけたたましい音があがった。ブラッドショーがボタンを押すと、ステファニー・フリンの顔が画面に表示された。

夜更かしや飲み過ぎからくる疲労というものがある。その場合、朝起きるのがつらいが、消え去るのは早い。翌日、八時間たっぷり眠れば治る――もう二十一歳ではないのだと体が諭してくれているのだろう。

べつの種類の疲労もある。どっしりしたコートをはおったような、骨が痛くなるタイプの疲労。睡眠時間の長短に関係なく、エネルギーが常に流れ出ている感じの疲労。だからいつも疲れが抜けない。

フリンはそういう疲労に襲われているように見えた。白目が二日酔いの朝の小便のような色をしているし、姿勢が悪く前かがみになっている。着ているものはよれよれで、車のなかで寝たようなありさまだ。この一カ月ほど、ずっとそんな様子だ。

「おはようございます、ステファニー・フリン警部」ブラッドショーがあいさつをした。

フリンはすぐさま質問を浴びせた。ブラッドショーに向けて。

「彼はどこまでくそに浸かってるの？」

ブラッドショーは顔を赤くした。

「まだなんともわかりません、ステファニー・フリン警部。理屈の上では、それと、カンブリア州警察から送られてきたものを見るかぎり、先方の解釈は正確と言えます。血液サンプルの証拠保全に関するポーの報告書は詳細で、言ってることにうそはない。採血も運搬も分析も問題なくおこなわれてる。なので、エリザベス・キートンは生存してて、ミスタ・キートンは彼女を殺してません」

「でも……？」

「でも、ポーからひとつ報告があるということなので」ブラッドショーはポーに目を向けた。

ポーはエリザベスの血中から微量ながらトリュフの成分が検出されたことをフリンに説明した。請求書がもうじきフリンのデスクに置かれることは言わなかった。

「誘拐犯がトリュフをあたえたとは考えられないの？　緊張状態に置かれた犯罪者がなにをしでかすか、根拠もなしにあれこれ言っても無意味だと、いつも言ってるくせに」

「たしかにその可能性はある」ポーは認めた。しかし、そんなことはないと思っている。エリザベス・キートンは生い立ちを考えれば当然と言えば当然だが、舌が肥えていて高級食材を好み、逃亡生活のあいだもがまんできずについ食べてしまったというのが、説明としてもっとも妥当だ。

　フリンは黙っていた。納得していないのはあきらかだ。

「わかってるのはそれだけ？」

　ポーがそうだと認めるより先に、ブラッドショーが割って入った。

「それだけじゃないんです、ステファニー・フリン警部。エリザベス・キートンがこの六年間、監禁されていたとする場所がわかってません。それもポーの仮説を裏づけてる」

「拉致されたという主張を信じてないの？」フリンが訊いた。

「それにも不審な点があるように思います」

「というと？」

「警察のデスクが置かれるのが三・二九パーセントの確率でしかないアルストン図書館に彼女が姿を現わした偶然はとりあえずおくとして、いちばん問題なのは彼女が徒歩でそこまで行ったと主張してること。きのうの夜、ポーの家までどのくらい時間がかかるか計って、それをエリザベス・キートンの説明にあてはめてみました」

ポーはブラッドショーをぽかんと見つめた。なにかあるとは思っていた。迅速なスタートを切る以外にも、エリザベス・キートンが夜間にどのくらいの速度で歩けるか見極めるという目的まであったとは。

「彼女は四日間、なにも食べてなかったそうなので、かわりにあたしは九キロの重さのリュックを背負ってみた。漸近展開理論のひとつを使い、必要な調整もおこないました」

フリンが腕を組み、怖い顔をした。

ブラッドショーの頭のなかにあるものを、ふたりが理解できる言葉に簡単に言い換えられないことがときどきある。NCAに入る前の彼女は、上位数パーセントの知能指数の持ち主たちとしか働いてこなかった。つまり、純粋に科学的な説明が理解でき、またそれを求める人たちだ。彼女は異なるタイプの同僚に対し、無作法にも慇懃無礼にもならずに説明する気配りというものを持ち合わせておらず、ポーがそれとなく人づきあいの仕方を指南——彼の得意とするところではないものの——しているが、かなりの茨の道だ。

「おれにわかるよう説明してくれないかな、ティリー?」ポーはうながした。

彼女はため息をついた。「彼女がどのくらいの距離を歩けるか計算して、地図に円を描いたの」

「ああ、『逃亡者』でやってたのと同じだな」ポーはうなずいた。

「こんなの基礎統計学なのに。そんなんでよく仕事ができるね」ブラッドショーはぼそぼそと文句を言った。

「それで？」フリンが先をうながした。

「計算結果をアルストンと周辺地域の衛星写真上にプロットしました」ブラッドショーは言った。「すごく田舎で、近くにこれといったものが全然ない場所。本当にどこかの建物から脱出したのなら、もうとっくに警察がその場所を見つけているはずなのに」

フリンは指を尖塔の形に組んだ。「もしかして、わたしたちの理解は正反対だったってこと？　エリザベスはなにかの理由で父親をこらしめようとしたのかしら？　死んだように見せかけて、父親の身に降りかかる災難を見て楽しんでたとか？」

ポーもその可能性は考えた。理屈の上ではそう考えれば筋が通る。たしかに不可解な点がぐんと減る。

「それはありうると思うよ、ボス」彼は言った。

「でも、あなたの考えはちがうのね？」

「うん、まあ」

「どうして？」

「キートンが腹を立てていないからだ。エリザベスの話すらほとんどしてない。すべて彼女が仕組んだことなら、あの男が娘に対する怒りを隠し通せるはずがない。なのに、あいつが見せるのはおれに対する敵意だけだ」

「わかった」フリンは言った。「あなたはその場にいたけど、わたしたちはそうじゃない」

フリンがここまでいい警部になれた理由のひとつは、細かいことに口を出したり、後知恵で批判したりしない点だ。信用できる部下である以上、信用するという態度を貫いている。

「ひとりずつ答えて。どういうことがあったと思う？」

「父娘で計画した」ポーは答えた。

「あたしも同じ意見です、ステファニー・フリン警部」

フリンは考えこんだ。「もう、くそみたいに《ファッキング》最悪」

「あたしもそう思います、ステファニー警部。本当に……めちゃくちゃ《フリッピング》最悪」

「で、なにが必要？」フリンは訊いた。

「ジャレド・キートンとエリザベス・キートンの完全なプロファイリング」ポーは答えた。

「キートンは六年前にプロファイリングされてないの？」

「されているが、担当したやつはなにをやっているかわかってなかった」

「なるほどね」

「今後、こっちで解析する情報が出てくると思われる」

「だから……？」

「ティリーにはしばらくこっちにいてもらいたい」

驚いたことにフリンは同意した。さらに驚いたことに、自分もそっちに行って協力すると言い出さなかった。友人であるポーが困ったことになっている——てっきり朝一番の列車に乗るものとばかり思っていた。フリンはいったいどうしちまったんだ……？

「それからキートンの刑務所記録もほしい」ポーは言った。「収監されて以降の様子はほとんどわかってない。面会に訪れた者は誰か。弁護人は誰なのか。ダラム刑務所以外に、どの刑務所に入れられていたのかさえわかっていない」

フリンはメモを取った。「午前中にやっておく。ほかには？」

「特定のデータベースにアクセスするための、臨時の許可がほしいです、ステファニー・フリン警部」ブラッドショーが言った。

「リストにして送って」フリンは言った。「次の行動は？」

「通常の警察の捜査をやる」ポーは言った。「TIE捜査を進め、使える情報を収集する」

現時点でポーたちにできることはそれ以外にほとんどない。TIE捜査――追跡《Trace》、事情聴取《Interview》、除外《Eliminate》――は刑事のあらゆる活動の根幹だ。話を聞く相手を特定して居場所を突きとめ、できるかぎりの情報を彼らから引き出し、それが有益かどうかを決定する。揺らめくプールの波紋のように、TIE捜査は必然的にさらなるTIE捜査を生む。

フリンは了解したというようにうなずいた。「ティリー、刑務所の記録とデータベースへのアクセス許可以外、現時点で必要なものはある？」

ブラッドショーは首を横に振った。「あたしはポーを信頼してるから、ステファニー・フリン警部。捜査が始まれば、やるべきことはポーが教えてくれる」

「わたしもそう思うわ、ティリー。さてと、おふたりさん、よく聞いて。わたしはしばらく、こっちを離れられないから、ふたりだけでやってもらうしかない。頼むから、わたし、あるいはNCAに恥をかかせるまねだけは絶対にしないでちょうだいよ」

一瞬、ポーもブラッドショーも反応しなかった。

やがてポーが口をひらいた。「なんでおれのほうを見ながら言ったんだ？」

フリンは鼻先で笑った。「自分でもよくわかってるくせに」彼女が身を乗り出してボタンを押すと、ブラッドショーのノートPCの画面に国家犯罪対策庁のNCAのロゴが表示された。

# 29

フリンは約束をきっちり守ってくれた。三十分とたたぬうちに、圧縮ファイルがブラッドショーの電子メール経由で届きはじめた。それとはべつに、P-NOMISというコンピュータプログラムへのリンクも送られてきた。受刑者管理情報システムの略と思われる。刑務所および保護観察事務所から提供される生のデータベースだ。刑事司法の場で使われているあらゆる略語に通じているらしきブラッドショーによれば、最初のPは刑務所《Prison》のPだそうだ。

ブラッドショーはプリンターを起動させ、大量の用紙を次から次へとセットした。ポーは昼食をこしらえた。グリーンレンズ豆のことはよく知らないが、これを使えばそこその味の豆のカレーができるはずだ。豆を煮て、スパイスをから煎りし、それをとろみのついた豆にくわえる。充分に火が通るのを待つあいだ、自分用の白パンを二枚、ブラッドショー用のスペルト小麦で焼いたパンを二枚用意し、冷水を水差しに満たした。それらを外に運び、新鮮な空気を肺いっぱいに吸いこんだ。

目を細くして、空を見あげた。太陽はトウモロコシのような黄色に輝き、抜けるような青空に飛行機雲が一筋、ひっかき傷のようにのびている。さんざん注意が呼びかけられているものの、暴風雨ウェンディが近々襲ってくる気配はない。

おまけに暑い。羊たちには酷な暑さだ。ハードウィック種は何千年も前から棲息している北欧系の品種だから、もっと涼しいところへ場所を変えていた。いずれにしても、この高さでは餌になるものなどなにもない。芝生は色が淡いうえに発育が悪く、ヘザーは灰色でもろい。これでは羊たちも太れまい。

しかし、湿原は心を奪われるほど美しい。美しいが、どこまでもつづいている。エドガーが一週間ぶっつづけで走ったとしても、居場所がわからなくなることはないだろう。花崗岩を積みあげたドライストーン・ウォールが、かつてはここに人間が住んでいたことを示す唯一の証だ。

ポーはなにかが動いているのに気がついた。四輪バギーにしまってある双眼鏡を出して、じっくり観察したが、平床式トラックが採石場から出ていくところだった。そうとう大量に積んでおり、石をどこに持っていくのかポーは気になった。振り返って自分のハードウィック・クロフトに目をやった。この家を建てるのに使われた石はセイント・パンクラス駅やアルバート記念碑に使われたのと同じものだ。この国の大切な遺産と言うべきものとつながっていると思うと、誇らしい気持ちで胸がいっぱいになる。

このときはじめて、家が物理的な場所以上の存在になった。ある音楽を聴くと幸せな気分になり、べつの音楽だと憂鬱な気分になるのはなぜかという問いに答えられないのと同じで、理由はうまく説明できない。とにかく、ここに戻るたび、離れるのがどんどんつらくなる。ハンプシャーにいると、丘陵地帯や霧をなつかしく思い出している。羊たちのことも、この静けさも思い出している。自分がいないときのこの場所のリズムが恋しくなる。都市部での生活はもう性に合わない。季節の変化が感じられない場所では暮らしたくなかった。自分が生命のサイクルのどこにいるかがわからないような場所では。

いつだったか、壁の修理をするトマス・ヒュームを手伝っていたら、老人からヘフティングとはなにか知っているかと尋ねられた。ポーは知らなかった。ヒュームの説明によれば、ドライストーン・ウォールなどなくても羊たちを丘陵地帯の特定の場所にとどめておく、古くからある放牧のテクニックだそうだ。種を明かせば、毎晩同じエリアに餌を置くことで、夕方になると群れがそのあたりに集まるよううながすのだと彼はポーに説明した。そうすれば夜間も、翌日の昼間も群れはあまり遠くまで行かない。それが異なる世代にも認知されると、その群れはヘフトした、すなわち定住したと見なされる。いまのポーが感じているのはまさしくそれだ。彼はハードウィック・クロフトに定住したのだ。もう二度と離れたくなかった。

「大丈夫、ポー？」

ブラッドショーも外に出てきていた。紙の束を抱えている。

「なんでもないよ、ティリー」

「なにを見てたの？」

「いや、べつに。離れているときは、ここをなつかしく思い出すんだ」

これまでの人生をずっと屋内で過ごしてきたブラッドショーは、ポーが見ているほうに目を向けた。おもしろいものを見逃したんじゃないかというように顔をしかめ、首をのばした。けっきょくあきらめた。「ミスタ・キートンの面会者をプリントアウトしたよ。これを見て、喜んでもらえるか、がっかりされるか、わからないけど」

ブラッドショーはリストを、職務上の面会と家族による面会のふたつに分けていた。職務上の面会者のリスト——受刑者に法律上のアドバイスをする立場の者たちばかりだった——には、意外な名前は含まれていなかった。弁護団は判決が出た直後に何度も面会に訪れているが、これは判決を受けて上訴するかどうかを話し合うためだろう。また、エリザベス・キートンが戻ってきたあと面会に訪れたのは、刑事事件再審査委員会に簡潔な声明を出すつもりだからだろう。その連中については対象外とした。弁護士が違法な活動のパイプ役をつとめたケースがないわけではないが、この弁護士たちが所属している法律事務所はかなりの大手で、世間から一目置かれており、あやしいことにかかわるとは思えない。得るものが少ない半面、失うものが多すぎる。キートンはまた、年に一度、保護観察官とも面会していた。意外でもなんでもない——その保護観察官の女性は毎年、終身刑囚に関する調査をおこなっているのだから。この女性について調べること、とメモをしたが、彼女が関与しているとは思えない。ほかに数人の面会者がいたが、どれも重要性が低いと判断した。先日、ポーに電話をしてきたジャーナリストのグラハム・スミスが職務上の面会を申しこんだものの却下されているのに目がとまった。キートンは人生ではじめて、無料の宣伝を断ったようだ。

家族による面会のリスト——受刑者からの要請が必要となる——の長さを見たとき、ショックを受けると同時に意外とも思わなかった。かなり少なかった。

ひとりの名前しかなかった。

実子殺しで有罪になったキートンは当然のことながら嫌われ者になったが、どの程度嫌われたか、ポーは知らなかった。人気絶頂期には誰もが彼をもてはやした。大物映画スターが彼の店で食事をし、一緒に自撮り写真におさまり、政府の閣僚は〈バラス＆スロー〉で食事をするため、近隣に日帰りの日程を組み、王室のメンバーですらバルモラル城へ移動する際には、カンブリアに立ち寄らずにはいられなかった。ジャレド・キートンのほうから面会したい相手がいる場合、面会要請を出しさえすればよく、判決前は彼を支えた大勢のシェフたちも、陪審が有罪の評決を出したときにはひそかに喜んだだろうが、それでも味方のひとりやふたりはいるものとポーは考えていた。しかし、その読みははずれた。

サイコパスであることの呪いだろう。連中に友だちはいない。

そういうわけで、リストの名前はひとつしかなかった。クローフォード・バニー。

ブラッドショーはその名前でグーグル検索し、結果をいくつか添付してくれていた。ふたりでレンズ豆のカレーを食べながら、ポーはそれを斜め読みした。

エディンバラ生まれのクローフォード・バニーは創業時から〈バラス＆スロー〉に勤めている。野菜の下ごしらえを担当したのち、ソース担当に配置換えになった。キートンはその男に光るものを感じたのだろう。三年とたたぬうちに、クローフォード・バニーは副シェフ――実質的にキートンの右腕的存在――に指名された。《カーライル・リビング》誌のインタビューでバニーは、キートンが有罪判決を受けたことに当惑したと言い、いつの日か真実があきらかになると信じており、その日が来るまで〈バラス＆スロー〉のことで約束をしたと述べていた。

ポーはその約束とはなんなのか突きとめること、とメモをした。ブラッドショーによれば、キートンはいまも〈バラス&スロー〉の単独オーナーだ。

ポーはべつの書類の束に取りかかった。キートンの通話記録だった。イギリスの刑務所では違法な電話が横行しており、データとしてはあまり使えない。リストにあるのはどれも同じ法律事務所だったが、番号だけで、相手の名前はなかった。キートンは定期的にクローフォード・バニーから連絡を受けており、その一部は録音されたのち、書き起こされていた。〈バラス&スロー〉が使っている魚介類の納入業者とのいざこざに関する会話を読んでいると、ビーッという音に邪魔をされた。

ブラッドショーが腕時計を確認した。スマートウォッチだ。おそらく彼女のスマートフォンと連動しているのだろう。彼女は水の入ったグラスを持ちあげ、ごくごくと音を立てて飲みほした。飲み終わると、スマートフォンの画面をタップした。

「どうかした?」ポーに見られているのに気づき、ブラッドショーは言った。

「なんでもない。からすぎるようならカレーにクリームを少し混ぜてやろうか?」本当はそんなことはできなかった。クリームなど買っていなかった。そもそも、クリームを買うなど、はなから頭になかった。

「あたしは一日にお水をコップに六杯飲むことにしてるの。ポーもそうしたほうがいいよ」

「おれだって水をたっぷり飲んでいる」

「そんなのうそ。きのうあたしがここに着いてから、ポーが飲んだのはお茶を四杯とコーヒーを七杯とビールを二パイントだった。それに、お肉もたくさん買ってあるよね。徳用サイズのソーセージが冷蔵庫に入ってた。ああいうのは体によくないよ、ポー」

ポーは顔が熱くなった。自分の食生活がかなり問題を抱えているのは承知しているし、どんどん積みあがる健康問題を先送りしているだけなのもわかっているが、なにしろ……上等なカンバーランド・ソーセージは極上の味わいなのだ。食べるのをやめるくらいなら死んだほうがましだ。

「今度薬局の近くに行く機会があったら、コレステロール検査キットを買ってきてあげる」ブラッドショーは肉中心の食事をおさめた棺に最初の釘を打ちこんだ。

「そうか、それはありがたい」ポーは言った。ここで言い返したところで意味がない。

「ここで待っててね、ミスタ」ブラッドショーは言った。「プリンに添えるフルーツサラダをふたり分、作ってくる」

ポーはため息をつき、べつの紙束を手に取り、また読みはじめた。しばらくすると、彼の顔に笑みがひろがった。世話を焼いてもらうのもたまにはいいものだ。

ふたりは夕方まで作業をつづけた。ポーは屋外で資料を読んだが、絶好の日和にもかかわらず、ブラッドショーは外で仕事をしようとしなかった――陽射しがまぶしすぎてノートPCの画面が見えづらいというのが理由だった。ポーはブラッドショーに渡されたクローフォード・バニーに関する追加資料にも目を通したが、あらたにわかったことはなかった。すべてを二度読み、ノートに疑問点、感想、やるべきことを山ほど書きこんだところで、なかにいるブラッドショーのところへ行った。バニーとジャレド・キートンのつながりはまだ見つかっていなかった。けれども、ブラッドショーにあきらめるつもりはまったくなく、アクセスしたいデータベースのあらたなリストをフリンに送ったところだった。

ポーは休憩にしようと声をかけ、ふたりは出来合いのトマトとバジルのソースをかけた全粒粉の茶色いパスタで簡単にすませた。ポーは自分の分にはベーコンを足したが、それでもとんでもなくまずかった。

「このあとエリザベス・キートンのプロファイリングに取りかかる」ブラッドショーは言った。

ポーはうなずいた。重大犯罪分析課がおこなうプロファイリングは、当初の捜査では考慮されなかったエリザベスの生活について検証する。ブラッドショーはまた、被害者のファイルから情報を抽出し、べつの視点からデータベースで調べる予定だ。

ブラッドショーはさっそく取りかかった。ポーお得意の、キーをひとつひとつ探し出しては打つテクニックとは対照的に、彼女の指は目にもとまらぬ速さでキーボード上を動き、目は一瞬たりとも画面から離れなかった。「結果が出るまでしばらく時間がかかる。今夜はここまでにして、ホテルであたしがつづきをやっておくってことにしない？　増幅器も中継器も問題ないけど、きちんとやるにはもっと速い回線のほうがいいし。いますぐ出れば、明日の作業に必要なものくらいは用意できる」

たしかにそうだ。それに、ポーは疲れていた。ブラッドショーよりは寝ていたのでなにか言うつもりはなかったが、目がまたごろごろしはじめていた。早めに切りあげたほうが、ふたりのためになる。

「だったら、ぐずぐずするな。必要なものを取ってこい。向こうまで送っていくよ」

ホテルのバーは人でいっぱいで、旅行客に対するポーの姿勢はウィリアム・ワーズワースと同じ――〝ならば美を汚すことなかれ〟――だったが、〈シャップ・ウェルズ・ホテル〉に集う旅行客のことはあまり気にしていなかった。夏の盛りでも、カンブリアのこのあたりを訪れるのは、本格的に山歩きをする人たちにかぎられる。絵はがきのように美しい国立公園はない。湖もなければそびえるような山々もなく、かわいらしい村も幅の狭いレールを走る蒸気機関車もない――要するに二十一世紀の観光客が楽しめるようなものはひとつもない。シャップ・フェルは木の一本も生えていない斜面、花崗岩に覆われた丘陵、ぬかるんだ窪地ばかりの荒涼とした風景がひろがっている。何万頭もの羊と何十人という人間が暮らすこの土地はマムシと同じ意味で見事だ。見るだけなら美しいが、不注意な者にとっては危険きわまりない。いまはいい天気だが、一年でもこの時期は、ものの数分で急変する。

ポーはカーライル醸造会社が製造しているモルトが強くてホップがきいているスパン・ゴールドというビールを一パイント買い、ブラッドショーにはソフトドリンク、エドガーにはポテトチップスをひと袋買った。

一気に半分を飲み、もう一杯注文しようか考えていると、ブラッドショーが訊いた。

「どうして恋人がいないの、ポー？」

おいおい……。

外界から隔絶した生活を送ってきたことを考えれば、ブラッドショーの性格の多くは納得がいくが、すべての説明がつくわけではない。やけに単刀直入なところがある理由にはならない。たとえば、黙って仕事をしているときなど、いきなり、"あたしはあなたが好きよ、〝ポー〟というようなことを口走り、おかしな行動など取っていないというように、それまでやっていた作業に戻るということがときどきある。友情以上の感情をつのらせているのなら、とっくにそう言ってきているはずだ。

ならば、なぜそんなことを知りたがる?

そして、おれはどう答えるのがいいのか?

本当のことを話すわけにはいかない。相手が誰であっても話せない。母親に捨てられたと思いこんでいたため、あらゆる人間関係に支障を来していたことを。女性と出会った瞬間から、うまくいかない理由を並べはじめていたことを。なにかしらよくないところを見つけては思いつめ、くよくよ考えたあげく、当然の結果が訪れ、ポーから電話するのをやめてしまう。もっとも長くつづいた相手でも六カ月で、しかもそのうちの四カ月はポーは潜入捜査についていた。

母は彼を捨てたのではない、それどころか、彼のためにすべてを犠牲にしたとわかったいま、また女性とつき合ってもいいと思いはじめていることをブラッドショーにどう伝えたらいいのか。恐るべきエステル・ドイル、離婚歴のあるセクシーなフリック・ジェイクマン、そして悲しみに暮れるヴィクトリア・ヒューム——この数日でポーの心に残った三人だ。

「ティリー?」

「なあに、ポー?」

「以前、気配りについて話し合ったのを覚えてるかい?」

「覚えてるよ、ポー。iPadにメモしてあるし。取ってこようか? 部屋に置いてあるけど」

ポーはほほえんで首を横に振った。ビールの残りを飲みほした。「いつかまた、読んでくれればいい」

「今夜読む」やっと気がついたようだ。「そっか、ごめんなさい、ポー」

「ティリー、べつに謝らなくていいんだ。前にもそう言ったろ? さてと、もう一杯飲むかい? おれは一杯もらうが」

ブラッドショーは腕時計で時間を確認した。「ううん、やめておく。歯を磨くときに少し水を飲むけど、おしっこが……」しだいに声が小さくなった。「ううん、もう充分」

ポーはほほえんだ。ちゃんと抑えられるようになってえらいと思った。一年前の彼女なら、膀胱が満タンな状態で寝たくないと答えたはずだ。しかしポーのほうは、夜中に一度も目が覚めずに眠れた日々が遠い過去となった年齢に達していたので、もっと飲んでもかまわないだろうと考えた。バーカウンターに歩み寄り、もう一パイント、ビールを注文した。

「ステファニー・フリン警部をデートに誘ったらどう、ポー」戻ってきたポーにブラッドショーは言った。

「なんだってまた、そんなことを考えついたんだ、ティリー？」

「彼女がさびしそうにしてるから」

ポーはうなずいた。たしかにフリンはなにか悩んでいる様子だ。ほかにも気づいた者がいてよかった。しかも、ブラッドショー――彼女の非言語コミュニケーションは、発展途上であるとしか言いようがない――が気づいたのなら、ほかにも気づいた者がいるはずだ。タイミングを見計らって聞き出してみよう。立場が逆なら、フリンも同じようにしてくれるはずだ。

「それにポーもさびしそうだし。そうじゃないふりをしてるけど、あたしにはわかる。イモレーション・マン事件からずっとそう」

ブラッドショーに隠し事をしたくはないが、これはまだ話せない。どうしたいのか、自分の気持ちがはっきりするまでは。自分にできることがあるかどうかもわかっていないのだ。

「おれはなんともないよ」

「ポーとステファニー・フリン警部はお互いに好き合ってるんでしょ。そのうち、一緒に映画にでも行けばいいのに」

ポーはビールを飲みほした。

「フリン警部が同性愛者なのは知ってるよな、ティリー」秘密ではないので、フリンの信頼を裏切ったことにはならない。「かれこれ十五年近くもつき合ってるパートナーがいて、ふたりとも相手に満足している。元気がないからといって、元気づけるためにデートに誘うなんて気はないよ」

「そうだったの」ブラッドショーの頬が真っ赤になった。

ブラッドショーが顔を赤らめるところは、いままで見たことがなかった。恥ずかしいことがあっても、気にしたことがなかったのに。

「だが、きみの言うとおりだ――あいつはなにかで悩んでいるらしい」

ブラッドショーはしばらくなにも言わなかった。「ポーが過去にしたことが原因だよね」

「だろうな」

ふたりはこぶしをぶつけ合った。

「とにかく、きみにはエリザベス・キートンについて調べるという仕事があり、おれは少し眠らなきゃならない。明日の朝、七時ぴったりにここに迎えにくるよ」

「あたしのほうからポーの家まで行かなくていいの？」

「明日はその必要はないんだ、ティリー。現地調査に出かけるから」

ブラッドショーは眉をあげた。「いったいどこに行くの、ポー？」

ポーはすぐには答えなかったが、行き先はとっくに決まっていた。ダラム刑務所をあとにしたときから。蛾が炎に引き寄せられるように、そこに行くしかなかった。

「〈バラス＆スロー〉だ」

# 30

目が覚めるとサバ雲の空がひろがっていた。魚のうろこを思わせる斑紋状の雲が列をなしていた。ポーは羊飼いではないし、天気を予言する魔法の力もそなわっていないが、それなりの期間、この丘陵地帯に暮らしており、天気が変わるタイミングはわかる。まだしばらく雨は降らないだろうが、この雲は天気の崩れを示唆している。暴風雨ウェンディが接近しつつあるのだ。流しに身を乗り出してトーストを少し食べ、シャワーを浴び、服を着替えた。出かけているあいだ、トマス・ヒュームにエドガーを見てもらえなくなったので、連れていくことにした。〈バラス＆スロー〉はカンブリア州北部の片田舎にある。仕事のあと、走りまわらせてやる場所くらいあるだろう。

四輪バギーで〈シャップ・ウェルズ・ホテル〉に向かった。レンタルした車のわきで、ブラッドショーが待っていた。小さなリュックサックを持ち、ワンダーウーマンのTシャツらしきものを着ている。少年時代に見た記憶のある数少ないスーパーヒーローのひとり覚えている。物語はさっぱり思い出せないが、主演のリンダ・カーターに淡い恋心を抱いたことはだ。

ポーは四十二番ジャンクションでM六号線をおり、ウェセラル・ロードを進み、カムウィントンの村に入ると右に曲がった。ほどなく、メルセデスベンツに牽引されたトレーラーハウスのうしろについてしまった。彼は注意散漫の旅行者のもたついた運転に、思わず悪態をついた。

「カンブリアへようこそ」とつぶやいた。「時速二十マイルの運転を心がけ、百ヤードごとに写真撮影で停車するのをお忘れなく」トレーラーハウスのうしろにぴったりついて、クラクションを鳴らした。そうこうするうち、前の車は待避所に入り、ポーを先に行かせた。アクセルを踏みこみ、ずっとのろのろ走っていたレンタカーのスピードをあげた。

「大丈夫、ポー?」ブラッドショーが訊いた。助手席側のドアの取っ手をきつく握りしめている。

ポーはブレーキを軽く踏んで、速度をゆるめた。いらいらしていたが、どうしてかはわからない。〈バラス&スロー〉を再訪するからだとは思えない――あそこを訪れたのは一度だけで、しかも行くのが怖い気持ちはまったくない。

また、これまで手がけたなかでもっとも不可解な事件だからでもない。具体的にこれと名指しできないからこそ、よけいに不安がつのる。

カーブを曲がり、コートヒル——白漆喰塗りの家々がもたれ合うように建ち並ぶ小さな集落——に入っていきながら、ポーは心のなかで武者震いした。心配するのはあとだ。もう来てしまったのだから。

〈バラス&スロー〉は集落のはずれにあった。水車小屋を改装した建物はイギリスの歴史的重要建造物リストの第二級指定を受けている。しかもひじょうに古い。〈バラス&スロー〉のウェブサイトによれば、ドゥームズデー・ブック（一〇八六年にウィリアム一世の命によりおこなわれたイングランドの検地の結果を記録した土地台帳の通称）のころには、コートヒルのはずれに水車があったとのことだ。たしかに、イギリスの豊かな歴史の一片と言うにふさわしい建物で、のちのちまで残すために建物を建てていた時代を象徴する造りだった。建っているのはイーデン川に流れこむ支流の岸辺だ。水車小屋の近くは水車がまわるよう川幅をひろげ、川底を深く掘ってあるが、現在では水車は単なる飾りとなっている。

もともとは長方形の二階建て——一階は製粉機を動かす場所、二階はトウモロコシの保管場所——の建物だったが、長い歳月のあいだに何度となく建て増しされ、巨大で不恰好な複合施設になってしまった。外壁はポーの自宅と同じ斑入りの灰色の石でできている。外梁は数え切れないほど何度も冬にさらされ、厳しい夏の陽射しに灼かれてきた。無垢の木材はひびが入ってたわみ、つや消しの鉄のように固くなっている。

キートン家が二階を家族のリビングスペースとして使い、一階は店の厨房、食品庫、ショップなどになっていた。かつての水車室がレストランとして使われているが、建物が第二級指定を受けていることから手を入れられる範囲に制限があり、もとからある木のシャフト、平歯車、歯車装置、回転石臼はそのまま残っている。

駐車場は道路をはさんだ反対側にあった。ポーは車を降りてのびをした。近くの野原までエドガーを連れていき、五分ほど放してやってから車に戻した。車は木の下にとめたが、ウィンドウは四つともあけた。

「行けるか？」ブラッドショーに声をかけた。

「行ける」彼女は眼鏡を押しあげ、結わえた髪のゴムをきつくし、リュックサックをかつぎあげた。なにが入っているか見たわけではないが、当ててみろと言われたら、最初の十個はすべて〝コンピュータ〟と答えるだろう。

ポーは道路を渡り、大きな入り口のドアには向かわず、建物の裏にまわった。舗装した小さな駐車場があった。そこにバンが一台、とまっている。ドアがあいていて、野菜が山盛り状態で積まれているのが見えた。緑色のつなぎ服姿の男がニンジンの入った木箱を抱え、勝手口に向かっていた。ポーは小走りして勝手口のドアをあけてやった。配達員の男は感謝の印に会釈し、なかに消えた。

ポーはドアを押さえたまま、こっちへ来いとブラッドショーに合図した。捜索令状と身分証を用意し、ふたりそろって〈バラス&スロー〉に足を踏み入れた。

# 31

「おい、ジャガイモはどうした？」早口のスコットランドなまりの大声が飛んだ。

ポーとブラッドショーは誰にも呼びとめられることなく厨房に向かった。途中、さっきの野菜の配達員とすれちがったが、それをべつにすれば、誰も見かけなかった。ふたりは声がしたほうに向かって、貯蔵棚、白いリネンだけが置いてある部屋、〝ワイン・セラー〟とエッチングされた扉の前を通りすぎた。やがて、〝主厨房〟とプラスチックに刻印されたプレートがついている現代風のドアが見えてきた。

ポーはドアをあけ、なかに入った。

水車小屋は築何世紀にもなるが、〈バラス＆スロー〉の厨房は現代的であか抜け、ひろびろしていた。ステンレスの作業台にはあきれるほどたくさんの道具が並んでいる。ナイフスタンドとまな板があちこちに置かれており、一見雑然としているが、誰もがどこになにがあるか把握しているようだ。野菜が山盛りになったプラスチック容器、金属の棚に何列にも並んだハーブおよびその他百種類もの材料。ドミノのように三口ずつが二列に並んだ六口コンロは、油が音を立てているフライパンと湯気のあがる銅鍋が占めている。天井から吊りさげたフックにかかった調理器具。白いタイル張りの壁。どれもしみひとつない。

前回ポーがこの厨房に足を踏み入れてから六年が経過しているが、記憶にあるとおりで、なにひとつ変わっていなかった。

例外は暑さだ。この前訪れたのは真冬で、しかも誰も調理していなかった。いまとはまったくちがう。まだ朝の八時を過ぎたばかりだが、厨房内はすでに目のまわるような忙しさだった。レストランがいちばん忙しいのはお金を払ってくれる客でいっぱいのときだとばかり思っていたが、どうやらそうではないらしい。数えてみると、十人のシェフが必死に働いていた。

そのうちのひとりは慣れた手つきでサーモンのうろこを落として三枚におろし、半分に切ったレモンをモスリンで包み、上にリボンを結んだ。べつのシェフは肉——見た感じからアヒルか鳩だろう——を透明なビニール袋に入れ、いかついズボンプレッサーのような機械に入れた。しゅーっという音がしたのち、シェフは肉の袋を取り出した。袋は真空パックされていた。シェフはそれを湯煎器にそっと入れた。温度を確認しタイマーをセットすると、同じ手順を繰り返した。

「すごい」ブラッドショーがつぶやいた。

「まったくだ」厨房はまるでスイス時計のようだった。効率がよく、スムーズで、無駄というものがまったくない。ポーは襟に指を這わせた。すでにぐっしょり濡れている。来る日も来る日も、こんな環境で仕事ができるものだろうか。ベリーズのジャングルでさえ、ここまで蒸し暑くはない。

「そこのふたりは誰だ？　わたしの厨房でいったいなにをしている？」

スコットランドなまりの声がふたたび飛んだ。さっき、ジャガイモはどこにあると尋ねた声だ。

ポーは振り返った。雑誌の記事で見たのでクローフォード・バニーだとすぐにわかった。彼はジーンズとTシャツ姿だった。背が高く、ひょろりとしており、猿のような腕は白く、毛深く、不釣り合いに長い。鳥のくちばしのような鼻は大きな毛穴がやけに目立つ。頭を剃りあげているが、壮年性脱毛症――てっぺんがつるつるで、両サイドに剃り跡が残っている――なのがはっきりわかり、頬の静脈が浮いて見える。ぎらぎらと油断のない目をしていた。

「クローフォード・バニーさん？」ポーは尋ねた。

バニーはそうだというように、ポーに向かって顎をつんとあげた。「そういうそちらは？」

　ポーは身分証を差し出した。

　バニーはそれをじっくりながめたのち、肩をすくめた。「どういったご用件で？」

「ちょっとお話をうかがいたくて」

「わたしは逮捕されるんですか？」

「そんなことはありません」

「そういうことなら、最悪の日を選びましたね」バニーはカウンターに向きなおった。

「ジャガイモはどうしたと、訊いてるんだぞ」

「すぐお持ちします、シェフ」遠くから返事があった。

「ごらんのとおり、きょうはシェフがふたり足りない状態なもので、このわたしがソース作りと野菜の下ごしらえをしないといけないんです。手を休める余裕がないので、作業をしながら話をするか、明日出直してもらうかしてもらわないと」

　ポーとしてはいま話を聞くほうが都合がいい。忙しいと人は警戒心がゆるむものだ。

　若い女性が泥だらけのジャガイモが入った木箱を持って駆け寄った。シェフの白い上着に、青と白のチェック柄のズボンを穿いている。ブロンドの髪が汗で額に貼りついていた。

彼女はポーとブラッドショーにちらりと目をやり、名乗る余裕のない人たちのご多分に漏れず、あいまいにほほえんだ。

「なんだ、これは？」バニーはきつい声を出した。「洗ってこい。わたしは総料理長だぞ。プロンジュールなんかじゃない！」

ポーは隣にいるブラッドショーがもぞもぞ動いているのを感じた。携帯電話になにやら入力しているようだ。

「この部屋は電波が入りにくいよ、お嬢さん」バニーはブラッドショーに言った。「外に出ないと」

「プロンジュールとはなんですか、バニー料理長。ゆうべ、厨房用語を頭に入れてきましたけど、その言葉は見た記憶がなくて」

「皿洗いだ」バニーは口をぎゅっと引き結ぶと、ブロンドのシェフが流しに急ぎ、ジャガイモをこすり洗いしはじめるのをじっと見ていた。その間も、いくつもの指示を大声で飛ばした。いずれもフランス語で、ポーにはさっぱりわからなかった。そしてどの指示にも、威勢のいい〝はい《ウィ》、シェフ！〟という返事が返ってきた。

「申し訳ない」バニーはポーたちに向きなおった。「最近の若いシェフはみんな、基本を身につけようとしなくてね。テレビに出ることばかり考えている」彼はしゃべりながらTシャツを頭から脱ぎ、洗濯かごに放り入れ、白いシェフコートをはおった。ボタンをすべてとめおえたところへ、さっきのブロンドのシェフが戻ってきた。ジャガイモはきれいになっていた。バニーはそのうちの一個を手に取り、ポーがニンジンの皮むきに要する程度の時間で、七つの面がある完璧な樽の形に切った。それを水を張ったボウルに投げ入れ、次の一個を手に取った。ほどなく、ボウルは寸分たがわぬ形と大きさのジャガイモでいっぱいになった。機械のように正確にナイフを動かしながらも、目は絶えず厨房内を監視していた。

バニーはポーに見られているのに気づき、顔をしかめた。「うちには、野菜の皮をきちんと手早くむけるシェフがひとりしかいない。たったのひとりだ。わたしがここで働きはじめたとき、キートン・シェフの命令で、何袋ものジャガイモをむかされたものですけどね。それこそ、指から血が出るまで」

ポーは困惑した様子で目をこらした。見たところ、ジャガイモのほとんどは切りくずとなって流しにたまっている。しかし、いい話のきっかけだと思って尋ねた。「ならば、そんなことをしなくてもいいのでは?」

バニーはばかにしたように笑った。「表向きの理由と裏の理由、どっちが聞きたいですか?」

「表向きのほうを」

「大きさをそろえることですよ。均一に火が通るし、この形だとフライパンのなかで転がしやすいので、どの面も同じように色づくんです」

「では、裏の理由は？」

「昔からやっていることだからです。ミシュランの調査員に片面しか色がついてないジャガイモを出したら、星をひとつ落とすことになります」

「それでも、おたくは三つ星をずっと維持している」ポーは言った。「キートンが有罪判決を受けたあとは、店の水準が落ちると誰もが思ったはずなのに」

バニーが聞き取りにくい声でぼそぼそと言った。

「よく聞こえませんが」ポーは言った。

「わたしは彼に恩義がある、と言ったんです」

「キートンにですか？」

「ええ、キートン・シェフに」バニーはため息をついてナイフをおろすと、タオルでうなじの汗をぬぐった。「いいですか、この仕事は生活のすべてを取られるんです。わたしはキートン・シェフの副シェフとして週七十時間働いていた。総料理長となったいまはそれよりもっと長く働いてますが、そんなに働けるとは思ってませんでしたよ。五万ポンドの給料をもらっていますが、仕事時間で割ったら、最低賃金にもならないでしょうね」

バニーはナイフを手に取り、またジャガイモをむきはじめた。「ほぼ毎日、朝七時に仕事を始め、日付が変わる前に終わることはありません。きょうはカニが入ってくるので、仕分けをしてさばく仕事が待っています。そのあと、キートン・シェフの秋の新メニュー開発を話し合う会議があり、さらには、うちで使っている肉の納入業者が商売をやめたと、ついさっきわかったので、きょうのどこかで時間を作って新しい業者を探さなくてはなりません」

すでにあふれんばかりになっているボウルに、あらたなジャガイモがひとつ放りこまれた。シェフが駆け寄ってボウルを運び出した。バニーはまた同じ作業に取りかかった。ポーは新メニューの内容と、キートンがいまも店にかかわっている理由を聞き出したかったが、とりあえずいまはバニーに好きなようにしゃべらせたほうがいいと判断した。

ブラッドショーが話が途切れた隙に口をはさんだ。「あたしだったらそこまで一生懸命働く気にはなれないけど。どうしてそこまでできるんですか？」

バニーの頬がたちまちゆるんだ。「一種の依存症みたいなものでしょう。こういうのは好ききらいが分かれるところですが、わたしはこの仕事が心底、好きなんです。この土地で採れる新鮮な食材に惚れこんでいるから、毎日それらを使って仕事できるのは実にありがたいことです」彼は両腕を大きく振った。「しかも、彼らと一緒に働ける。レストランの厨房で働いた経験がない人には、同僚との距離の近さを説明するのはむずかしい。目のまわるような忙しさと、仕事への熱い思いがあいまって、同僚は家族同然になってしまうんです。妻よりも彼らといる時間のほうが長いくらいですし」

ブラッドショーは熱っぽくうなずいた。そろそろ統計の出番らしい。

「なるほど。働く親がわが子と過ごす時間は、平均で一日あたりたったの三十四分。世間の人が週に三十ないし三十八時間働くとして、あなたの時間外労働時間を外挿すると、国の平均の半分以下しか家族との時間を持てていないと計算できます」

彼女は期待に目を輝かせた。彼女が数字にしか興味を持たないのはわかっている。数カ月前にくらべれば他人の気持ちを考えられるようになっているが、人間という視点よりも科学が先に来るのはあいかわらずだ。

バニーが戸惑いの表情を浮かべた。

ポーは説明した。「彼女は人とはちがった思考回路の持ち主なんです。気にしないでください」

バニーは肩をすくめた。「まあ、彼女の言うこともあながちまちがってるわけじゃない。妻の顔を見るのは朝食のときと、たまのオフのときくらいですから。子どもがいなくてよかったですよ」

「なら、必要以上に責任を背負いこんでいるのはどうしてなんでしょう?」ポーは訊いた。

「あなたはミシュランの星を獲得した厨房に長年勤めてきている。ならばよその、プレッシャーがさほどきつくない店に移ることも可能でしょうに」

「さっきも言ったように、キートン・シェフに恩義があるんです」

「というと?」

「彼のレストランのドアを叩いたときのわたしは、ニキビだらけの十七歳でした。人生でなにをしたいのか、さっぱりわかっていなかった。キートン・シェフはそんなわたしを受け入れ、プロンジュールの仕事をあたえ、スタッフ用の寮に入れてくれた。わたしの経歴を調べてきたんでしょうから、わたしが彼の指導のもと、皿洗いから始め、野菜の下ごしらえ担当をへて、最終的に副シェフにのぼりつめたことはご存じでしょう。その間にためこんだのは火傷の痕だけじゃない――アイデンティティだ。まともなレストランに行ってキートン・シェフの副シェフは誰かと訊いてみてください。みんなわたしの名前を知っている」

「そうは言っても――」

「そんなわたしが、彼のために〈バラス&スロー〉を存続させようとするのは当然じゃないですか。それに彼がいずれ戻ってきて、みんなをびっくりさせてくれると信じてますし。

この店の者はみな、彼がエリザベスを殺したなんて思ってませんよ」

ポーは少し間をおいた。これまでのところ、バニーが言ったことにうそはなさそうだ。最後の部分はやや薄っぺらい感じがした。あらかじめ練習していたようにしか聞こえなかった。この男の本心がどこにあるのか、ポーは気になった。

バニーはジャガイモの下ごしらえを終え、湯煎器に歩み寄った。肉の袋を金属のトングで取り出し、人差し指で押した。近くで見ると、真空パックのなかの肉はアヒルでも鳩でもなく、豚の三枚肉だった。バニーはぶつぶつつぶやきながら、袋をまた湯煎に戻した。

「袋ごとゆでているんですね?」ポーはバニーをしゃべらせようとして尋ねた。

「真空調理法です。こうすると肉全体に均等に火が通り、外側だけ焼けすぎるという心配がありません。しかも、しっとりと仕上がる。このままこうしておき、出す直前に焦がしたリンゴ酢ときび砂糖と一緒にコンロでキャラメリゼします。さっきむいたジャガイモを添えて出します」バニーは湯煎器を手振りで示した。「全部で六台あります。この厨房内でもっとも稼働率の高い器具ですね。まさに天からの恵みです。こちらのこれは――」彼はもっとも大きな湯煎器を示した。「――いちばんの働きものです。容量は五十六リットルで、なかに攪拌のための羽根がついているし、なかの水が直接排水管に入るよう配管してあるので、動かす必要もありません」

ポーはうなずいたが、べつになんとも思わなかった。前回もこの大きな湯煎器があったのは覚えている。CSIが調べたが、なにも出てこなかった。

バニーは豚の三枚肉の下ごしらえをしているシェフにうなずいてから、大鍋に近づいた。上着からスプーンを出し、鍋の中身を味見した。容器に手をのばし、ポーが一週間に使うよりもたくさんの塩を投入した。バニーはポーの視線に気づいてほほえんだ。

「ひとつ秘密を教えましょう。健康で長生きしたいなら、塩の摂取量を減らすことです。おいしい料理のある人生を送りたいなら、もっと使うことです。家庭料理とレストランの料理のいちばんの違いは塩なんですよ、ポー部長刑事。われわれは、料理が塩辛くならないぎりぎりの量を入れます。そうすることで材料本来の風味が引き出せるんです」

ポーはブラッドショーに顔を向けた。「ほら、おれの言ったとおりだろ」

バニーの携帯電話が鳴った。彼は相手の話に耳を傾けていたが、突然、怒鳴った。

「〈バラス＆スロー〉は地元産の子羊以外は絶対に使わない。スコットランドから買いつけるなどありえない」そこでいったん口をつぐんだ。「なにをばかなことを言ってるんだ。カンブリア産でなければならないし、ハードウィック種の羊でなければだめだ」

バニーは電話を切った。「ちょっと失礼しても？　過去の取引先のリストを取ってこないといけないので。この問題が解決できないと、メニュー全体を変更することになるかもしれません」

「われわれのことはどうかおかまいなく」ポーは言った。「もうしばらくここにいても？」

バニーはうなずいた。「仲間の邪魔をしないでくれれば。みんな仕事を山ほど抱えていますので」

バニーはすっかり機嫌を直して戻ってきた。あらたな納入業者が決まったのだろう、いまは厨房内をせわしなく歩きまわり、指示をあたえ、励ましの言葉をかけている。彼は頻繁に味見をした。足をとめるたび、そこでつくられているものにスプーンを差し入れる。それも二回ずつ。「こうやって味つけを確認します」彼は説明した。味見のあとはたいていなにかくわえるが、ときには、これでいいと言うようにうなずくだけのこともある。バニーが味見をするあいだ、シェフたちは緊張で硬くなっていた。しかし、厨房はうまくまわっており、担当する野菜の下ごしらえが終わったせいか、バニーはいくらか緊張を解いていた。

ポーはジャレド・キートンについて質問した。

バニーはにらむような顔をした。「来週、出所すると聞いてます。本人に直接訊けばいいのでは？」

「とにかく答えてもらえませんか」

「やめておきます。彼はわたしの雇い主ですし、警察が面子のために嗅ぎまわっているとなれば、わたしにとってまずい結果になるだけです」

「われわれは嗅ぎまわっているわけではありません、バニーさん」ポーは心にもないことを言った。「今回のような過ちが今後二度と起こらないよう、全体像をつかみたいだけです」

バニーはしばらくなにも言わなかった。「レストランで小金を稼ぐもっとも簡単な方法は、巨額の資金をもとに始めることだと言われているのはご存じでしょう？」

「ええ、知っています」ポーは答えた。本当は聞いたことなどなかった。

「それが、九十九パーセントのレストランが失敗する理由です。次も予約しようと思わせるほどの感銘をお客にあたえてないんです。よそと大差ない料理を出しておきながら、異なる結果を期待しているからだめなんです。キートン・シェフは、この業界で成功するには調理と創作の違いを知らなくてはだめだとわかっています。調理はレシピとおりにつくることです。もちろん、鍋のなかの変化に気づき、塩をくわえるタイミングや酸味をくわえるタイミングがわかるようになるには、それなりのスキルが必要ですが、その程度のことは誰でも訓練で身につけられます」

ポーはそれはちがうだろうと、心のなかで反論した。これまで何度も、簡単なレシピどおりにつくろうとして失敗しているのだ。いまはもう、フライパンで焼きつけるか、食パンではさむか、ホットクッカーで十時間煮込む以外の調理法を知りたいとも思わない。

バニーは話をつづけた。「創作とは、思いついた料理を実現するため、異なる風味、食感、温度、テクニックを組み合わせ、それぞれを単純に合計した以上のものを生み出すことです」

「キートンにはそれができたと？」ポーはどうしても、彼の名前の下に〝シェフ〟をつける気になれなかった。

「キートン・シェフにはそれができました。彼はまた、専用の食材を求める最初の料理人であり、分子美食学を活用した最初の料理人であり、その朝に入荷した食材を見てからメニューを決めることにした最初の料理人です。当店はまた、メニューのないお食事を提案した最初の店でもあるんです」

〈バラス＆スロー〉にメニューがないのはポーも知っている。食べられるものに制限がある人はべつにして、すべての客が同じものを提供される。九品からなるコースの場合もあれば、二十品以上が並ぶこともある。それが斬新なのか、単に奇をてらっているだけなのか、ポーにはわからない。おそらく後者だろうと思うものの、この方面に関して自分がやや世事にうといのはよく承知している。

「長いこと〈バラス&スロー〉はイギリスでもっともエキサイティングな食の場として君臨してきました。キートン・シェフは大陸が採用しロンドンが追従した様式、すなわち、シェフの天才的な創造性が客の喜びよりも優先されるというやり方には見向きもしませんでした。彼はお客にリラックスして食事を楽しんでもらいたいと考えているんです。そのため、当店では、どの席もひと晩につきひと組しか受け入れていません。六時に来店したら十一時までいていただいてかまいません。とにかく、その席はひと晩、あなたのものです。よその店は〝ルールを決めるのはシェフで客はそれに従え〟という横柄な態度を取るようですが、当店ではいっさいそれはありません。だからこそ、〈バラス&スロー〉はいまもこの世界のトップでいられるのです」

ここまでバニーはシェフとしてのキートンについて熱っぽく語ってきた。しかし、まだ雇い主としてのキートン、あるいはひとりの人間としてのキートンについてはなにも語っていない。ポーはその点を尋ねた。

「厳しい人です」バニーは正直に答えた。

「でも、公平である」ブラッドショーが締めくくった。役に立ててうれしそうだった。

バニーは苦笑した。「そうじゃないんです。厳しいだけの人です」彼はズボンの裾をあげ、むこうずねについた銀色の傷を見せた。「レードルでついたものです。当時、当店は星ふたつを維持するのに必死で、すさまじいほどのプレッシャーがかかっていました。神経がすり減っていたんでしょう。わたしがピスタチオ入りパン粉でへまをやりましてね――使うナッツをまちがえてしまったんですが、それを使ったラム肉料理が受け渡し口に行くまで誰もミスに気づかなかった。それでキートン・シェフの怒りが爆発したというわけです」

「ひどいですね」ポーは言った。

「しかし、以来、一度もナッツをまちがえてません」

「そうは言っても……」

「このくらい、どうってことはありませんよ。星がひとつ落とされるかどうかの瀬戸際で、ひとつのミスも許されない状態でしたから」

「なにが原因で星を落とされそうになったんですか?」

「初歩的なミスです」バニーは答えた。「四品めにサバのグラブラックスを出したところ、ミシュランの調査員の皿だけ小骨が一本残ってしまったんです」

「そんなのは大騒ぎするほどのことじゃないでしょうに」ポーは骨が一本もない魚など食

べたことがなかった。

「このレベルになるとそういうわけにはいかないんです」

「しかし、星は落とされずにすんだのでは？」ポーは確認のためブラッドショーのほうを向いた。

彼女はうなずいた。「うん、そうよ、ポー」

バニーは急にあいまいな表情を浮かべた。この会話から抜け出す言い訳を探すように、厨房内をきょろきょろ見まわした。

「バニー・シェフ」ポーは長身のスコットランド人の目が自分に向くまで待った。「なにがあったんですか？〈バラス＆スロー〉はどうやって星を維持したんです？」

バニーはもごもごとつぶやいた。

「申し訳ない、聞こえません」ポーは言った。

「キートン・シェフの奥さんが自動車事故で亡くなったため、三カ月の猶予があたえられたんです」

ひらきなおった態度だった。

と同時に、決まり悪そうでもあった。

# 32

「猶予をもらっていた？」ポーは訊き返した。フリンに事故報告書のコピーを手配してもらうこと、と心のなかにメモをした。自動車事故だったという以外、ローレン・キートンの死についてはなにもつかんでいなかった。

「そんなようなものです」バニーは認めた。「奥さんが亡くなったばかりで、さすがに星を落とすわけにはいかなかったんでしょう。と言っても、一時的なものですよ。キートン・シェフはあらためて調査がおこなわれるのを承知していましたし、だからこそわれわれはそうとうなプレッシャーにさらされていたんです」

「その結果、星を落とさずにすんだわけですね」ポーは言った。妻の死をキートンが利用したと知っても意外とは思わなかった。冷酷で、機を見るに敏であるあの男らしい。

「そうではありません、ポー部長刑事。星を増やしたんです。奥さんの死にわれわれ全員が打ちのめされましたが、キートン・シェフはそれをパワーに変え、さらなる高みを目指しました。メニューを刷新し、あらたな納入業者を見つけ、娘さんを接客担当にしたんです」

ポーは、戻ってきたエリザベスと話をした者はいるのかとバニーに尋ねた。

「お嬢さんはこちらに戻ってきてませんので。おそらく警察が用意したホテルに泊まっているのでしょう。しかし、二階の部屋はそのままになっていますから、戻ってくればすぐ使えるようになっています。すでにシーツを替え、換気もしました」

「それでも、ここのみなさんは大喜びしているんでしょう?」

バニーは首を横に振った。「まだ知らせていません。キートン・シェフがまもなく戻ってくるというだけでもてんやわんやですからね。彼らには、あらたな証拠によって身の潔白が証明されたとだけ説明しています。娘さんの件はシェフから話してもらうつもりです」

ブラッドショーは話を先に進めたがった。ノートをめくりながら言った。「これまで三十六回、刑務所のキートン・シェフと面会してるけど、これはどうして?」

バニーは顔をしかめた。「契約でそう決まっているからです。総料理長の地位につくかわりに、季節以外の要因でメニューを大幅に変える際は、必ず彼のもとを訪れると、事前に合意していたので。また四半期ごとに経営状況の報告もしなくてはなりませんでしたし」

「一カ月に三回、面会したときもあるけど」ブラッドショーはノートには目もくれずに言った。「場所はペントンヴィル刑務所。これはどうして？」

いい質問だった。カーライルからロンドンへの移動は、はっきり言って骨が折れる。いくらキートンに恩義を感じていると言っても、月に三度は多すぎる。

バニーはしばらく考えていた。「それはおそらく、彼が刺されたあとのことではないですか？」

ポーとブラッドショーは顔を見合わせた。刑務所の記録には、刺されたという記載はなかった。

「たしかですか？」ポーは訊いた。

「一カ月近く、入院していました」

ポーは言った。「ちょっと失礼」

彼はブラッドショーの耳に口を近づけ、小声で指示した。「今夜、フリン警部とオンライン会議をするから手配してくれ。キートンが刺された件が刑務所の記録に記載されていない理由を調べてもらえ。ついでに、キートンの妻の事故報告書も手に入れるよう言ってほしい」

「確実に電波を拾いたいから、外に行くね。車のキーを貸してくれたら、外にいるあいだだけエドガーを出してあげるけど」

ブラッドショーが出ていくと、ポーはバニーに向きなおった。「話のつづきを」

「それについては、つけくわえることはとくに。刺されて入院したのを機に、少し時間をかけて店のことを検討できるのではと考えたんです。契約を変更し、わたしにいくらかの裁量権をあたえてもらいたくて。例のトリュフの木の場所も教えてもらいたかったですし」

ポーは両方の眉をあげた。トリュフの話題が出たのはこれで二度めだ。

「すべての料理に使うので、莫大なコストがかかるんです。利益も飛んでしまうほど。以前はキートン・シェフがみずから採ってきていたのですが、どうしても場所を教えてくれないんです。それも無理はありませんがね。そういうものが採れる場所はめったにないわけですし」

「あなたは金を出して買っているんですか？」

「ばか高いやつを。重さで比較したら、金よりも高価ですよ」

「そう聞いています」

バニーはおや、というように首をかしげたが、ポーはくわしく説明しなかった。キートトンのような都会育ちがトリュフの木を見つけたいきさつについても尋ねたい気もするが、ここは刺傷事件に集中すべきだろう。あらたな情報であり、そこをもっと掘りさげておきたい。

「入院して少し弱気になったのでは？」

「まったく逆です。すごく前向きでしたよ。その一ヵ月前にアルトコース刑務所で面会したときは、ひどく落ちこんでいましたけどね。控訴の申し立てがまた却下され、二十五年の刑期をまるまるつとめあげるしかないと観念したんでしょう。新メニューを承認する際、ひと皿あたりの利益を尋ねなかったくらいですから」

「刺されたことで元気になったと？」それはありえない。

「いえ、刺傷事件より前に気分は上向いていました。正確に言うと、ペントンヴィル刑務所にはじめて面会に行ったときですね。生き生きしてましたよ。湖水地方の中心部にあらたなレストランをひらく計画を再検討したり、ロンドン進出まで考えてましたから。その両方をわたしにまかせたい感じでした。大声で笑ったり、冗談を言ったり。すごく違和感がありました」

「その後、刺された？」

「その後、刺されました」

「それでも、彼の気分が変わることはなかったんですか？」

「ええ、全然。病院で二度、面会しましたが、いずれも上機嫌でした」

バニーがアルトコース刑務所に最後に面会に行ったときから、ペントンヴィル刑務所にはじめて面会に行くまでの期間を調べるよう、フリンに頼むとしよう。刺されても変わらないほど機嫌がよかった理由を突きとめるのだ。

ブラッドショーが戻ってきた。「オンライン会議は今夜七時からになったよ、ポー」

バニーは会話が途切れたのを見逃さず、またも大声で指示を飛ばしはじめた。そろそろ時間切れだ。こんなにも忙しい厨房で、ここまで話が聞けたのは運がよかったと言うしかない。ポーは最後にもうひとつ、質問をこころみた。

「エリザベスさんのことを話してくれませんか。よくご存じのようですが」

バニーは首を振った。「ご期待に添えるほどのことはなにも。彼女は接客担当で、わたしは厨房。これだけの規模のレストランでは、両者が接する機会はそうはないんですよ」

「しかし、仕事のあとなら、当然……？」

「キートン・シェフは娘さんに対し極端なほど過保護でしたので。まあ、それもしかたない面もあるんです。あの人もこの業界に長いですから、職人連中、とくにスタッフ用の寮で暮らしてる連中は、休みとなるとひどく羽目をはずしがちなのをよくわかってますから」

「セックスとか？」

「それにドラッグ。プレッシャーのきつい職場なので、キートン・シェフも目をつぶるときを心得てます。仕事に差し支えないかぎり、仕事が終わったあとになにをしようが気にしていませんでした」

「差し支えあるような事態があったんですか？」

ポーたちが訪れて以来はじめて、バニーは気まずい顔をした。「わたしはなにも目にしてません」

そつのない答えだ。イエスでもなく、ノーでもない。具体的なことはなにも言っていない。

「ほかに、話をうかがえる方はいませんか？」

「申し訳ないが、そろそろ料理を出す頃合いなので。本当に仕事に戻らなくては」

ポーはバニーの手を握った。「早めのランチをいただいていきたいんですが、ふたり分の席はありますか？」

バニーはうしろを振り返った。「ジェン！」と大声で怒鳴った。

「ウィ、シェフ？」

「ランチの入りはどうなってる？　満席か？」

「ウィ、シェフ」

「あとふたり、入れられるか？」

わずかな間。「ウィ、シェフ。四人掛けをふたり掛けふたつにすれば」

「四人がすわれるテーブルにふたり客を割り当ててあったようです」バニーは説明した。

「テーブルをふたつに分けて、おふたりにすわっていただきます」

まだ〈バラス&スロー〉を去らなくてもよくなり、ポーはうなずいた。バニーのことはどうも気になる。この大男のシェフにはまだ話したいことがあるようだが、話していいものか迷っている感じだ。あわただしい厨房では口にできないことなのだろう。ランチタイムが終わったら、ほかに人のいないところで聞いてみるとしよう。

「十二時までに来られますか？　品数が多いので」

ポーは腕時計に目をやった。あと一時間半つぶさなくてはならない。森林委員会が管理する土地が近くにあるので、エドガーを連れて森を散歩するのもいい。普通の木というものを教えてやらなくては。シャップ・フェル一帯にわずかながら生えている木は、どれも背が低く、右に傾いている。

# 33

〈バラス&スロー〉に戻ってきたふたりは、今度は正面入り口からなかに入った。女性がひとり、背が高くて天板が薄いデスクを前にして立っていた。ＰＣの光が顔にあたっている。ふたりが名前を告げると、小さな待合スペースに案内された。

糊のきいたワイシャツに黒いジャケット、〈バラス&スロー〉のネクタイ姿の男性がそばにすわった。革のフォルダーを手にしていた。

「給仕長《メートル・ドテル》のジョー・ダグラスと申します。当店でお食事されたことはございますか？」ないとふたりが答えると、ダグラスは店のシステムについて説明した。「本日は十四品を召しあがっていただきます。料理は十二分ごとに出され、お食事を体験するのに約三時間を要します」

ポーにははじめてのことだった。食事をとるのではなく、体験する、とは。しかも一食のために三時間もかける――これもまたはじめてだ。食事はデスク、車のなか、あるいは流しに身を乗り出すようにして食べるものだ。しかし、どうしてもキートンの頭のなかに入りたかった。彼の考案した料理を食べるのは、そう悪い考えではない。

「ソムリエとご相談されますか、それともワインのペアリングに関してはわたしどもにおまかせいただけますか？」

〝ペアリング〟とは具体的にどうすればいいか、ポーにはよくわからなかった。しかし、べつにどうでもいい——ワインは好みではないからだ。「ビターを一パイント頼む」

「あたしは発泡水をお願いします」ブラッドショーが言った。

ダグラスはぎくしゃくとお辞儀をし、革のフォルダーからｉＰａｄミニを出した。画面をタップし、飲み物のオーダーを入力した。「食材に関してなにか配慮が必要でしたら、バニー・シェフにお伝えしますが？」

ブラッドショーがベジタリアンだと告げた。

ダグラスはまたｉＰａｄをタップした。「それについては問題なさそうですね。では、こちらへどうぞ。テーブルにご案内いたします」

〈バラス&スロー〉のダイニングルームには余分なものがなにひとつなかった。床はもとのフラッグストーンが残され、煉瓦の壁がむき出しになっていた。製粉装置は残されているが、それをのぞけば、食事客の目を楽しませるものはひとつもなかった。絵も写真も、カーテンすらなかった。

テーブルについても、ミニマリスト精神は終わらなかった。木のテーブルに置かれているのは、ぱりっと糊のきいた赤いナプキン、特注のカトラリー、緑青の浮いた真鍮の花瓶にいけた白バラ一輪のみ。塩とコショウの容器すらない。ポーは自分たちのテーブルだけかとあたりを見まわしたが、どの客も勝手に味をつけることを許されていないようだった。

正午をまわったばかりでも店内は満席だった。静かで、敬意に満ちた雰囲気が流れている。きちんとアイロンをかけた黒い制服に白いネクタイ姿のウェイターとウェイトレスが、三人ひと組になって音もなく動きまわっている。ひとりはトレイを持ち、もうひとりは料理を客の前に置き、最後のひとりはこれから食べてもらうものの説明をする役だ。ソムリエがひとり、グラスにワインを注ぐタイミングを見逃すまいと、鋭い目であたりをうかがっていた。

〈バラス&スロー〉の店内はひろびろしていたから、ポーも無理を言って入れてもらったという感じは持たなかったが、それでも、エディンバラ出身のひょろっとしたシェフはなぜああも協力的なのかと不思議に思った。そこまでする必要はなかった。〈バラス&スロー〉はもともと満席だったのだから、無理だと断ってもなんの問題もなかったはずだ。なのに、バニーは断らなかった。これは〈バラス&スロー〉が常々心がけている卓越したサービスの一環なのか、それともほかになにか理由があってのことなのか。

赤毛のウェイトレスがパンの入ったバスケットを手に現われた。彼女は装飾の入ったトングでそれぞれの皿に丸パンを一個ずつのせた。べつのウェイトレスがクリーム状のバターがたっぷり入った石の容器をテーブルの中央に置いた。

三人めがさんざん稽古したスピーチを始めた。「本日の手作りパンは、バニー・シェフによる野生のタイム入りのオーガニック・サワードウブレッドでございます。バターは当店で手作りしたもので、原料の牛乳はカンブリア州内の酪農場から仕入れたものでございます」イエス・キリストがみずからつくったバターだといわんばかりの口ぶりだった。

何事にも斜にかまえる性格のポーだが、温かいパンの香りは人生の楽しみのひとつであり、それを深々と吸いこんだ。ブラッドショーもまねをした。ポーは丸パンをふたつに割り、バターをたっぷり塗ってかぶりついた。満足のため息が漏れる。実にうまい。

べつのウェイター三人組がひと品めを持ってきた。思っていたとおりの内容だった。小さくて、目に美しく、信じられないほど複雑だった。

「こちらはバニー・シェフ流サラダ・ニソワースになります」三人めのウェイターが説明した。「使われておりますのは刺身用のクロマグロ、塩漬けした卵黄、トマトのソルベ、つぶしたオリーブでございます」

若干異なる料理がブラッドショーの前に置かれた。マグロのかわりにゆでた豆腐を使っているというウェイターの説明が終わったときには、ポーは自分の分を食べ終えていた。ふた口半といったところか、と彼は結論づけた。うまいが、よさがわからない。もう一度これを食べるために、二カ月前から予約を入れる気にはなれない。カンバーランド・ソーセージよりもうまいとはどうしても思えなかった。

ブラッドショーはじっくり味わって食べていた。ひとつひとつの材料をちびちびかんだのち、フォークひとすくい分を口に運んだ。「おいしかった」食べ終えると彼女は言った。

次に運ばれてきた料理はベジタリアン用のひと品だったから、ふたりは同じものを食べた。ソンブレロくらい大きな白いボウルの中央に、ラビオリがひとつだけ入っていた。大きさは名刺程度で、へりにひだがつけてあった。上から唾のようなものがかかっている。

「こちらは野生のマッシュルームのラビオリでございます。つけ合わせはニンニクのフォームとおろした熟成パルメザンチーズ、仕上げに粉末トリュフを使っております」

皿から豊かな香りが立ちのぼり、ポーは時間をかけて食べるよう心がけた。そのおかげですばらしく新鮮な、白い具入りショートパスタを味わうことができた。フォームは見た目こそ不快だが、パスタにぴったり合っており、トリュフの素朴な風味が塩気の強いチーズと見事に釣り合っている。

「なるほど……なかなかうまい」彼は正直に認めた。高級料理店で食べるのはこれがはじめてで、場違いな感じがしていた。気おくれというものを知らないブラッドショーは、そんなポーの居心地の悪さにはまったく気づいていない。

小ぶりだが繊細な料理がぞくぞくと供され、出てくるたび複雑さが増していた。ポーが食べたのを後悔したウニは、それが入っていた殻が器がわりに使われていた。カスタードの食感と生牡蠣の塩気とがミックスした味わいだった。ポーがそれを口に運ぶたび、ブラッドショーが「おえっ」と声を漏らした。ニンジンの真髄と名づけられたひと皿――ニンジンのピューレ、ニンジンの淡雪、ニンジンのグラニータからなっていた――は〝できるからといって必ずしもやるべきではない〟ということわざの好例だった。生の状態のものがもっともおいしかった。ニンジン料理の次に出てきたのは鹿肉のタルタルで、その下には塩味のするタイヤ痕模様のものが敷かれていた。

次の料理はチキンナゲットのように見えた。ポーは怪訝な顔で見あげた。「子羊のパン粉焼きに野生のニンニクを使ったアイオリソースとビターレモンを使ったシロップを添えてございます」ウェイターが説明した。

ポーはブラッドショーの前に置かれた料理を見やり、「ハハハ」と笑った。べつの野菜

ィ豆は全体がピンク色で、赤い筋が入っている――が、ポーが食べるのは子羊のフライだ。を使った真髄料理。今回はボーロッティ豆だった。色のきれいなひと皿だ――ボーロッテ

息をのむほどのうまさだった。のみこんだあとも、繊細な味わいが口のなかに長く残った。牛乳に漬けてから、パン粉をまぶして揚げ焼きしたようだ。三つ星レストランで出すわりにはややかみでがあるが、味わいがそれを補ってあまりある。子羊は肉のなかでもいちばん好きで、パン粉をつけて揚げ焼きするのはいちばん好きな調理法だから、驚いたというほどではなかった。

ブラッドショーのほうが先に食べ終えた。ポーが全部たいらげるのをじっと見ている。唇に妙な笑みを浮かべながら。言いたいことがあるようだ。

「どうした、ティリー？」ポーは皿を指でぐるりと拭い、残ったソースをすくい取った。

「子羊のパン粉焼きってなんだかわかってるよね、ポー？」

「子羊にパン粉をつけて焼いたものだろう？」ブラッドショーの笑みがいっそう大きくなったのを見て、ポーは確信が持てなくなった。「ちがうのか？」

「合ってることは合ってるけど」彼女は自分の携帯電話をひらき、電波を受信するのを待った。ようやくなにか入力し、ポーのほうによこした。

彼は子羊のフライに関するウィキペディアの説明を読み、さっききれいになめた指と、

それに輪をかけてきれいな皿に目をやった。「冗談だと言ってくれ」

「冗談なんかじゃないってば。材料は羊の睾丸」ブラッドショーの笑みはますます大きくなった。

「メニューをもらう」ポーは手をあげ、給仕長がテーブルにやってきた。

「なにかございましたでしょうか、お客さま？」給仕長の声はこわばっていた。

「メニューをくれ」ポーは言った。「なにかわからないものを食わされるのはごめんだ」

「お客さまには三番めのデザートのあと、サイン入りのメニューを差しあげております」

ポーは相手をにらんだ。

「ですが、特別にご用意できるか、バニー・シェフにうかがってまいります」

「そうしてくれ」

「ここのお料理って、ちょっと奇をてらいすぎだと思わない、ポー？」給仕長がいなくなるとブラッドショーが言った。

ポーはひと声小さくうなった。〈バラス&スロー〉の料理はウニの味があやしすぎるのと同じ意味で奇をてらいすぎている。

給仕長が戻ってきた。厚紙のメニューを二枚、手にしている。彼はふたりに一枚ずつ渡した。

「助かるよ」ポーは言った。

給仕長はお辞儀をして立ち去った。

ポーはメニューをひらいた。小さな封筒がテーブルに落ちた。ふたりは顔を見合わせた。ポーはあたりを見まわし、誰も見ていないのを確認してから、バターナイフで封を切った。出てきたのは一枚のインデックスカードだった。ポーはそこに書かれた内容をブラッドショーに読んで聞かせた。「ここに名を記した男は〝時間にルーズすぎる〟とされ解雇されました。おそらく本人の考えは異なるかと思われます」

ポーはカードを裏返した。裏には名前が書かれていた――ジェファーソン・ブラック。カードをブラッドショーのほうに滑らせた。彼女はそれを見るなり、すぐさま携帯電話で検索を始めた。

ジェファーソン・ブラック？　事件の記録にはない名前だ。どうしてないのか。元従業員は、ときに憎悪に満ちていることもあるが、いい情報源となりうる。もちろん、聞いた話はすべてふるいにかけ、偏見と思い込みを取りのぞかなくてはならないが。

「電波が切れちゃった」ブラッドショーは電話を振りながら言った。彼女は片手をあげた。ウェイターがテーブルにやってきた。「ここのＷｉ－Ｆｉのパスワードを教えてもらえる？」

「お客さま、当店はミシュランの三つ星レストランでございます」

ブラッドショーは入力しはじめた。「それ、全部小文字？」

ポーは苦笑した。「その男はフリンに見つけてもらおう、ティリー。帰る途中で電話すればいい。いまは残りの料理を楽しもう」

「わかった、ポー」彼女は電話をポケットに戻した。ウェイターはあっけに取られた顔で立ち去った。

次の料理を待ちながら、ポーは考えていた。バニーはなぜ、ジェファーソン・ブラックから話を聞くといいと考えたのか。他人の目のある厨房では話せないと思うほど大事なこととはなんなのか？　これといった答えは浮かんでこなかった。

なんとなくメニューを手に取り、次はなにかと確認した。今度も肉料理だ。野生のブラックベリーのコンポートを添えたノロジカの頬肉の蒸し煮。メニューを見ているだけでいらいらしてくる。不必要なほど複雑な調理法、動物のあらぬ部位の肉、〝産地直送〟だの〝地元産〟だの〝新解釈〟だのという大仰な説明。〝野生〟という単語など、ほぼすべての料理の説明に登場している。

しかもバニーの言うとおりだ。トリュフがメニューの目玉になっていた――十四品の料理のうち六品に滑稽なほど高価なキノコが使われている。キートンが採取していた場所をバニーが切実なほど知りたがるのも無理はない。

「ティリー、あとで少し時間ができたら、トリュフに関する資料をまとめてくれないか？　レストランではどんな種類を使っているのか、イギリス国内ではどんなものが採れるのか、どこに生えているのか——そういうことを」

「わかった」彼女はメニューから顔をあげた。「今夜、やっておく」

ポーは礼を言った。キートンがどのようにしてトリュフの木を見つけたのかが気になってしかたなかった。

ブラッドショーがメニューを滑らせてよこした。いちばん下の小さな活字体の文字を指さした。ポーは顔をしかめて読書眼鏡をかけ、彼女の指が示しているところを読んだ。

レストランで使用している納入業者の一覧だった。メニューよりも小さく、薄い色の文字で書かれている。〈バラス＆スロー〉で使っている紙にあらかじめ印刷されているものらしい。メニューのほうは毎日変わる。

リストに指を滑らせていってようやく、ブラッドショーがなにを発見したのかわかった。心臓の鼓動が速くなった。ずっと目の前にあったのだ。バニーが大声で怒鳴っていたではないか。

トマス・ヒュームが〈バラス＆スロー〉に子羊を納入していた。

# 34

残りの食事はほとんど記憶に残らなかった。ポーは請求書を受け取っても不満すら漏らさなかった。いつもならば、昼食に四百ポンドも請求されたら、烈火のごとく怒る。このときは、なにも言わずに支払った。

もっとも近くに住む隣人が、捜査対象であるレストランに肉を納入していた。トマスはこの世を去ったが、娘のヴィクトリアは生きている。しかも彼女はすでに二度、ポーを避けるような態度を取っている。一度は電話したとき、そして、エドガーを引き取りにいったときも。犬を引き取りにきただけだと伝えたときの彼女の声の響きはいまも覚えている。表情からもうかがえた……ほっとした様子が。彼女はこの件にかかわっているのだろうか？　たしかなことはわからないが、絶対になにかある。真相を探らなくてはいけないなにかが。

〈シャップ・ウェルズ・ホテル〉には思ったよりも早く着いたが、それでもふたりで四輪バギーにまたがり、ハードウィック・クロフトを目指したのはもうすぐ六時になるころだった。エドガーも道中ずっと、バギーと併走した。昼のあいだ、犬を預かってもらうところをあらたに探さなくてはいけない。きょうはたまたまその問題を回避できただけだ。

ポーはエスプレッソ用のポットをコンロにかけ、濃いコーヒーを淹れた。マグにハーブティーのティーバッグを放りこみ、沸かしたての湯を注ぎ入れた。ハーブティーが入るのを待つあいだ、ブラッドショーがオンライン会議の準備をした。

七時ぴったりにノートPCの画面が息を吹き返し、あいかわらず疲れた顔のフリンがふたりをにらみつけた。「ヴァン・ジル部長もあとから参加する。いまちょうど、カンブリア州警察の本部長と電話中」

「そうか」ポーは言った。「なんの用事かわかるか？」

フリンは肩をすくめた。「正直なところ、わからない。部長本人も用件がなにかわかってなかったみたいだし。電話が終わったら会議に飛び入り参加していいか訊いてきただけ」

「ポーったらね、睾丸を食べたの！」ブラッドショーがいきなり大声を出した。フリンに教えたくてうずうずしていたらしい。

「本当に？」

「本当よ、ステファニー・フリン警部。お皿までなめたんだから。あたしがけらけら笑ったら、ポーはメニューを見せろってウェイターさんに文句言ってた」

フリンは口を手で覆い、笑いそうになるのをこらえた。数週間ぶりに見る本物の笑顔だった。まあ、いいか。どんな形であれ、チームに貢献できたのなら。

「この会議はあなたの要請だったわよね、ポー」フリンは言った。「なにがあったの?」

ポーは〈バラス&スロー〉に出向いたこと、クローフォード・バニーがジェファーソン・ブラックという名前をこっそり教えてくれたこと、ブラッドショーが現時点で使えるデータベースで検索したが、最新の住所がわからなかったことをフリンに伝えた。フリンはメモを取り、対処すると返答した。

またポーは、トマス・ヒュームが〈バラス&スロー〉に子羊肉と豚肉を納入していたことと、娘のヴィクトリアの様子に不審な点があることも伝えた。

「ねえ、ヒューム父娘のことはどの程度知ってるの?」

ポーはすぐには答えなかった。トマス・ヒュームのことでおれが知っていることはなんだろう? ほとんど知らないにひとしかった。子どもがいることすら知らなかったのだ。出会ったその日にヒュームはハードウィック・クロフトを売ってくれた。地元当局が、人里離れた場所にぽつんと建つ建物に固定資産税を課そうとしていると言って。いまのところ、ポーのもとに固定資産税の通知は来ていないが、時間の問題だろう――いずれポーの存在を突きとめるに決まっている。

「いや、とくには」彼は認めた。

「それについてはわたしのほうで調べてみる。ほかになにか？」

ポーは、ないと言いかけたが、キートンの妻が思ってもみないタイミングで交通事故死したのを思い出した。それで〈バラス＆スロー〉は星をひとつ落とさずにすんだだけでなく、もうひとつ得る時間が稼げたのだ。事故報告書を手に入れられるか、フリンに尋ねた。

「以上かしら？」

「いまのところは」

「彼が刺された件はいいの、ポー？」ブラッドショーが訊いた。

そうだった。ジェファーソン・ブラックの住所と、ヒュームの線を知るほうに躍起になっていたせいで、オンライン会議のそもそもの目的をすっかり忘れていた。ポーはバニーから聞いた話を、キートンが刺されたことと、その後も高揚した気分はしぼまなかったことをフリンに説明した。

「法務省に話を聞けそうな人がいる」フリンはメモを取りながら答えた。「調べてもらうよう頼んでみる」

彼女のうしろのドアがあき、国家犯罪対策庁情報部長のエドワード・ヴァン・ジルの巨体がフリンの隣におさまった。がんの告知をする医師のように厳しい表情をしている。

「大変なことになった、ポー」彼は言った。

思ったとおりだ、とポーは心のなかでつぶやいた。その科白がすっかりおれの人生のBGMになった……。

# 35

「いましがたカンブリア州警察の本部長との電話を終えた」ヴァン・ジルは言った。「だが、その話をする前に、そっちの状況を報告してもらおう」

フリンがこれまでの出来事を詳細かつ正確に伝えた。メモに目をやったのはたったの一度で、自信が持てない点があるとポーとブラッドショーに発言を求めた。

報告が終わっても、ヴァン・ジルはなかなか口をひらかなかった。

「ポー」とようやく言った。「明日の午後三時、デュランヒル警察署に出向き、そこで正式な事情聴取を受けたまえ」彼は手にした紙切れに目をやった。「きみの階級を考慮し、ウォードル主任警部が担当する。彼のことは知っているか？」

ポーはうなずいた。ダラム刑務所でキートンからそれとなく脅されて以来、こんなことになるような気がしていたが、それでも愕然とした。「本部長は理由を言ってましたか、部長？」

「言わなかった。必要なら、いくらか時間稼ぎをしてやれる。代理人の手配に二日ほどかかると言ってやってもいい。なんならかけ直し、わたしの部下から話を聞きたいなら、なににについてかをわたしに言ってからにしろと言ってやってもいい。礼儀知らずにもほどがある、とな」

「いえ、けっこうです。出向きます。おれはかまいません」

「なぜだね？」

「いっさいの質問におれが〝ノーコメント〟を通したとしても、向こうはつかんだ情報をおれに提示しなきゃなりません。情報収集というのは双方向ですから、キートンの出方に関する情報も得られます」

「さすがだな」

ヴァン・ジルもすでに同じ結論に達していたのだろう。本気で事情聴取をやめさせたければ、とっくにそうしていたはずだ。

「しかし、ひとつ忠告しておくぞ、ポー。うまく立ちまわれ。席を蹴ったり、こざかしいことを言ったりするのは厳禁だ。その場に身を置き、連中がつかんでいる情報を突きとめたのちに、そこをあとにしろ。明日、逮捕することはないと本部長は明言しているが、発言が少なければ少ないほど、あとで言葉尻をとらえられることも少なくなる」

「行儀よくしますよ、部長」

「けっこう。ところで、ウォードル主任警部とはいったい何者だ？　そうとうきみのことを気にしているようだが」

「過去にちょっとした行き違いがあった相手です、部長」

ヴァン・ジルは目をこすり、両腕を首のうしろにのばしてあくびをした。「どうしてそんなに敵を作るのか、わたしにはさっぱりわからん」

「ポーだからですよ、部長」フリンは言った。「そういう人と友だちになりやすいんです」

オンライン会議のあと、ポーもブラッドショーも早く休むつもりがなかったので、ともに仕事に取りかかった。ポーは鼻の頭に読書眼鏡をのせ、ふたたび刑務所記録を調べはじめた。

今度はキートンが刺されたというバニーの証言を裏づけるものを探すのが目的だ。ほどなく見つかった。ジャレド・キートンの行動が受刑者管理情報システムに記入されていない期間が三週間あったのだ。キートンを担当する刑務官はそのときまでまめに彼の行動を記録していたが、それらはおもに監房での出来事であり、キートンが刑務所にいなければ

——たとえば、病院にいる場合——記録するものはなくなる。それに、本当に刺されたのだとして、キートンも正式なルートを通じて苦情を申し立てるほどばかではない——刑務所では密告者のラベルを貼られるほうが変態のラベルを貼られるよりも悲惨なのだ。すべてが内々で処理され、その結果、アクセスできる記録はひとつもない。医療記録にはなにかあるだろうが、フリンもそれは入手できなかった——しごく当然のことながら、患者に関する守秘義務は刑務所にいる者にも適用される。担当刑務官の記録からは、それまでにもキートンが何度となく病棟に入ったことがわかるが、その理由については書かれていない。一般の囚人から離れるため、仮病を使ったのではないかというのがポーの受けた印象だ。気が弱く、おびえた囚人にはよくあることだ。病棟のほうが安全であるし、〈バラス&スロー〉では最高権力者だったキートンも、成人用の刑務所では粉砂糖を振りかけて生計を立てているだけの男にすぎない。財産があり、ああいう罪をおかした彼は標的になりやすい。

ポーは携帯電話でフリンにメッセージを送り、キートンの記録に空白の期間があったことを伝えた。担当刑務官が受刑者管理情報システムになにも記録していない日付が、キートンが前向きになった理由を突きとめる役に立つかもしれないと。

ブラッドショーに目を向ける。彼女らしくもなく静かだ。いつもならば、仕事時間中もいろいろな話題が一方通行で次々と入ってくる。この二日間でポーは、俳優のマイケル・J・フォックスにはアンドルーというミドルネームがあること、一枚の紙を四十二回折ると月に達すること、ジャングルに棲息する動物の七十パーセントは生きていくためにイチジクを食べていることを知った。知る必要のない情報だが、一生忘れることはないだろう。

しかし、いまはちがう。

彼女はノートPCをにらんでいた。ポーが見ていると、眼鏡をはずし、いつも手もとに置いている専用の布で拭いた。突然、身を乗り出してつぶやいた。「うっそ」

しばらく、表示されたページを読んでいたが、ひとつうなずき、椅子の向きを変えた。ポーが見ているのに気づき、びっくりした顔をした。

「どうした、ティリー？」

「報告することがあるの、ポー」

「ほかの人ならわざわざ報告するまでもない内容か？」

「笑える。でも、本当に大事なこと」

ポーは隣の椅子に腰をおろした。彼女が見ていたウェブサイトは不動産登記に関するもののようだった。ケンダルの住所が表示されていた。

「ジャレド・キートンはこの店舗を購入しようとしてたの、ポー。湖水地方の真ん中に支店を出すつもりだったみたい」

「このサイトはどういうものなんだ？」

ブラッドショーは答えず、ポーは無理に聞き出さないことにした。知らないでおいたほうがいいものもある。ノートPCに向きなおった。この通りなら知っている。ケンダルでも悪くない地域だ。郊外だが、町の中心部にもほど近い。

「で、これがどうかしたのか？」ポーは訊いた。

「売買はほぼ成立してたけど、所有者が最後の最後で引っこめた。コメント欄によれば、考え方の不一致が原因だって。所有者はキートン側が社会的企業の側面を持つレストランを開業すると聞かされてたらしいけど、そうじゃないとわかったうえ、条件についても説明が不正確だったとして、市場から引っこめたというわけ」

「なるほど……しかし、それがおれとどう関係あるんだ？」

「店の所有者がお父さんだからよ、ポー」


頭が宙返りした感じがした。あやうく、どっちの父親のことかと訊きそうになった――愛情をこめて育ててくれたほうか、母をレイプしたほうか。すぐに心のなかで首を横に振った――母親のことを知る者はごくわずかで、ブラッドショーはそのひとりではない。

「それはありえないな、ティリー」ポーは言った。「おれの親父は店など持ってない。なにしろ世界一のヒッピー野郎だ。ものは持たない主義だ。ついでに言うなら、消臭剤の効果も信じていない」

ブラッドショーは一枚の書類をプリントアウトして渡した。ポーは信じられない思いでそれを読んだ。父親は店舗を一軒、所有しているだけではなかった。数軒の店舗を所有していた。それに住宅も。数えてみた。全部で十四軒。ケズィックに二軒、ウィンダミアに三軒、アンブルサイドに一軒。残りはすべてケンダルにある。資産総額は数百万にもおよぶ。毎年の家賃収入は六桁にのぼっている。

ポーはブラッドショーを見た。「しかし、どうやって?」

彼女は肩をすくめた。「受け取った家賃は倫理的な運用をおこなっているファンドに入っている。それ以上のことはわからない」

言葉が出なかった。ビート族の父親が目端のきく裕福な実業家であるうえ、キートンと不動産をめぐって対立していたと聞かされても、にわかには信じがたい。父がああいう暮らしをするための金をどうやって得ているのか、ときどき不思議に思うことはあったが、どこへ行くにもヒッチハイクし、船でなにがしかの仕事をしたり、行く先々で仕事をしながら地球上をめぐっているものだとばかり思っていた。あの父親がビジネスクラスで旅しているかもしれないとは、一度として考えたことはなかった。

一時間後、ポーはなにひとつ成果をあげていなかった。ずっと父親のことばかり考えていた。父は大金持ちだ。少なくとも、書類の上では。母は知っていたのだろうか。知っていたのだろう。そしておそらく、意に介していなかったのだろう。

ようやくポーは過去から戻った。なにかちがう。耳をすましてみたが、三台のノートPCのファンの音をのぞけば、室内はしんとしている。そこで、それだと気がついた。この一時間ほど、プリンターがずっと動いていた。いまはとまっている。

ポーはとくに声をかけることなく、やかんを火にかけ、お茶を淹れた。色が充分に出ると、ふたつのマグを運んだ。

「ありがとう、ポー」ブラッドショーはうれしそうに言い、湯気を吹いてひとくち飲んだ。

ポーはプリントアウトの山の最初の何枚かをめくった。どれもソーシャルメディアのプロフィールだった。めくってもめくっても写真、コメント、投稿が並んでいる。大半が若い女性のアカウントだ。ポーはわけがわからず、顔をあげた。

「女性の七十六パーセントおよび、十八歳から二十九歳までの八十二パーセントがソーシャルメディアを毎日利用してる。二十四パーセントはのべつまくなしに利用してる。エリザベス・キートンがこの間ずっと生きてたのなら、ソーシャルメディアと完全に無縁だったとは統計的に考えにくい」

「しかし、彼女のアカウントにはなんの動きもないぞ」ポーは言った。「きみがまず最初に確認したじゃないか」

「それはそうなんだけど、お友だちのほうはそうじゃない。お友だちを調べ、どの学校を出た人が多いかにもとづいて、そこからでっちあげたプロフィールで友だちリクエストを送ってみた」

「誰か承認してくれたのか？」

「全員がしてくれたよ、ポー」

ポーは顔をしかめた。いまのティーンエイジャーはなにをするにもソーシャルメディアに吐き出さないと気がすまず、〝いいね〟をもらったり投稿を〝シェア〟されることのほうが自分の素性を守るよりも大事らしいが、それでも、全員がブラッドショーの友だちリクエストを承認するとは考えにくい。とは言うものの、彼女はこの道のプロなのだから、それほど考えにくいことではないのかもしれない。彼女は天才レベルの知性をそなえ、コンピュータにくわしく、すぐに使えるプロフィールを山ほど持っている。ブラッドショーはそれらを時間をかけて築きあげてきた。それぞれのアカウントに趣味があり友人がいる。

それぞれのアカウントがいろいろな投稿をする。グループに参加する。現実の人たちと交わる。要するに、現実に存在していたらするようなことをすべてしているのだ。ソーシャルメディアを捜査のツールとして使うのは、彼女が率いるチームの仕事の核と言える。

プリントアウトされているのは、新しい友だちのプロフィールだけではない。なかには個人間のやりとりや参加者限定のグループのものもあった。彼女にはアクセスできないはずのものだ。

「これをどうやって手に入れたんだ、ティリー？」

彼女はやましそうな顔をした。

「ティーーリー？」名前を引きのばすようにして問いただした。「いったいなにをした？」

「怒らないって約束してくれる、ポー？」

彼は腕を組んだ。

「〝もしもわたしがハラビー校の先生だったら〟という性格診断クイズをつくったの」

「なんだ、それは？」

「あたしが自分で考えたクイズ。全員がハラビー校に通ってたから、そこの生徒だったように見えるアカウントから送ったわけ」

その学校の生徒だったとしか思えないアカウントから送ったという意味だろう。

「それなりの理由があってのことなんだろうな？」

ブラッドショーは首がもげそうなほど力をこめてうなずいた。

「見せてくれ」

ブラッドショーはPCのファイルをひらいた。厳重に暗号化されていたが、シンプルなテキストデータがいくつか読めた。クイズの設問だった。幼稚ではあるが、ソーシャルメディア上の若い人たちが反応したくなるようなものだった。


最初に飼ったペットの名前は学生時代のあなたのニックネーム‥

お母さんの旧姓はクラスで飼っていたアレチネズミの名前‥

好きな食べ物はスカーフについた染み‥

出生地はクラスの遠足の行き先‥


それがえんえんとつづいている。

ポーはなにも書いていない紙を取り、自分の答えを書いた。顔をしかめる。どれもどこかで見たような気がする。「この設問は――」

「ユーザーのパスワードを再発行するのに必要な秘密の質問として、ごく一般的なものへの答え」

「法的に問題はないのか？」

ブラッドショーは聞こえないふりをした。

「ティリー」ポーはもっと大きな声で呼んだ。「法的に問題ないのか？」どうやってやったのかはわからない。ブラッドショーは若い女性の秘密の質問を入手し、アカウントに侵入したのだ。

「グレーゾーンだと思う」彼女は白状した。

ポーはその返答に、しばし考えこんだ。グレーゾーンということは、極端に濃いグレーだろうと結論づけた。あまりに濃いため、ひねくれた者なら黒だと思うかもしれない。

ポーはそう告げた。

「ポーはいま大変なことになってるんだよ」ブラッドショーの声は冷静そのものだった。

「ポーを守るためならあたしはなんでもする。それをわかってほしい。で、話を進めていい？　あたしが突きとめたことを知りたいの、知りたくないの？」

ポーは折れた。どうせ誰に知られるわけじゃない。ブラッドショーなら、なんの痕跡も残さずに出入りできる。

「なにを突きとめたんだ？」

「それが変なの、ポー。なにひとつないの。行方がわからなくなって以来、どの大手のSNSプラットフォームにも投稿してない。それだけじゃなく、友だちの様子をのぞきにも訪れてない。友だちが立ちあげてくれた追悼のページすら訪問してなかった」

「それはまた……辛抱強いな」

「そうとうだよね、ポー。いろんな調査結果からすると、ソーシャルメディアはエリザベスの生活にうんと深く浸透していて、そこから完全に手を引くのはほぼ無理だってことなのに」

「失踪前の彼女はソーシャルメディア上でどんなだったんだ？　なにかこれといったものはあったか？」

「なんにもなかった。どれもこれも、あたりまえの内容。友だち関係の書き込みがたくさんと、〈バラス＆スロー〉に関する書き込みがたくさん。政治的な傾向を示すものはこれといってなかった」

ポーはブラッドショーがプリントアウトした写真をざっと見た。どの写真でもエリザベス・キートンは笑顔で、社交的で幸せいっぱいのティーンエイジャーと誰もが表現する風貌だった。パーティで撮ったものもあれば、クラブやパブで撮ったものもある。仕事中の彼女をとらえたものもあった。いつだかわからないが、友だちと休暇旅行に出かけたのだろう。つけられているタグを信じるなら、旅行先はポルトガル領のマデイラ島だ。マデイラ島は火山島で、そのため、ビキニ姿の写真はビーチではなくコンクリートの堤防の上で撮られていた。

ポーは顔をしかめた。どうもしっくりこない。念のため、写真を二度、確認した。

「ティリー、きみはビーチに行くのになにを着ていく？」

ブラッドショーはきょとんとした。ジムに行くのになにを着ていくかと訊くのとどっこいどっこいの質問だった。

「忘れてくれ」ポーは言った。「この写真を見てくれないか。気がついたことがあったら言ってほしい」

ブラッドショーはマデイラ島の写真をつぶさにながめた。ほどなく、わかったという表情が浮かんだ。「ビキニの上を着てないわ、ポー。お友だちはみんな着てるのに、彼女はいつも長袖のTシャツかブラウスをはおってる」

「正解だ。おそらく自傷行為の痕を隠してるんだろう」

ポーはブラッドショーにエリザベスが十五歳のときに撮られた写真を示した。これも休暇旅行の一枚だ。こっちにはタグはなにもついていないが、見たところ、カンブリア州西部のアロンビーのようだ。めったにない天気のいい日に撮影されている。思ったとおり、このときの写真では、彼女はビキニを着ていた。

「自傷行為はこのふたつの休暇旅行のあいだに始まったにちがいない」

いったいなにが原因だろうか。おそらく、母親の死と思われる。ジャレド・キートンはこの事実を知っていたのだろうか？　知っていたら、人前に出るときは傷を隠すよう命じたのはまちがいない。自傷癖のある娘の存在は、彼が打ち出したいイメージにそぐわない。

ポーは写真をおろした。ビキニ姿の若い娘たちをいつまでも見ていたら、ブラッドショーになにか言われてばつが悪くなるに決まっている。

彼女のノートPCの一台が警告のブザー音を鳴らした。彼女は椅子をぐるりとまわし、新着の電子メールを読んだ。

「ステファニー・フリン警部からよ、ポー。ジェファーソン・ブラックの住所はまだ突きとめられないけど、明日どこに現われるかはわかったって」

「どこだ？」

ブラッドショーは答えた。

答えてほしくなかった。

# 第十一日

# 36

どの都市にもボッチャーゲートのような地域がある。カーライルがオリンピック開催都市に立候補するようなことがあれば、ライバル都市はカーライルの夜間の経済活動の中心地を撮影したビデオを選考委員会に見せるだけでいい。通りはパブ、ナイトクラブ、持ち帰り専用の店、使うのに手数料を取られるATMが隙間なく並んでいる。ここはカーライルのなかでも、パウンド・ショット、アルコール度数が八パーセントのラガービール、ずしんずしんと響くダンス音楽程度のもので満足できる連中の欲求を満たすための場所だ。金曜と土曜の夜、ボッチャーゲートには常時、警官が詰めている。

その中央に、王のくそのようにおさまっているのが、〈コヨーテ〉という名の小汚いパブだ。カンブリア州内のちっぽけな組織犯罪の拠点となっている。売春婦はポン引きに金を払い、売人がクスリを売り、故買屋が盗品をさばく。この国全体の平均寿命をさげる要因となっている場所だ。

カーライルでは〈コヨーテ〉は〈ドッグ〉という名で知られている。そうとうのワルでもこの店には近寄らない。

ポーは店の前に立ち、列車の駅のほうを見あげた。上着から身分証を出し、高くかかげた。

「なにしてるの、ポー？」

「この道路の高くなったところに、白くて高いポールが立っているのが見えるだろ？」

「見えるよ、ポー」

「あれは新しい監視カメラなんだ、ティリー。おれがなかに入るのを、オペレーターに見ておいてもらおうと思ってね」

「でも、二百メートルは離れてるよ」

ポーは苦笑した。たしかに二百メートル離れている。それでも問題ない――カメラの性能は抜群によく、オペレーターはポーの腕時計が示す時刻だって読めるはずだ。まだ早い時間だが、誰かが〈ドッグ〉の入り口に目を光らせているのはわかっている。それがあのカメラのデフォルト設定だ。手を高くあげたまま二分待った。警官がひとり〈ドッグ〉に入っていくとオペレーターが理解するのに充分な時間だ。パトロールカーを近くに待機させるのにも充分な時間だ。

がっしりした体格の男がふたりを押しのけ、転がるようになかに入っていった。よし、いいぞ。これから警官が入ってくると、全員に知らせるつもりだろう。つまり、ポーはあからさまな犯罪に目を光らせる必要がないということだ。麻薬や盗品は見えないところに移される。そうであってもらいたい。〈ドッグ〉ではどんなものに出くわすか、わかったものじゃない。

なかに入ろうとすると、ドアが乱暴にあき、ミニドレス姿の女がひとり、よろよろと出てきた。彼女は舗道に盛大に嘔吐した。ブラッドショーが飛沫をよけようと飛びのいた。女は振り返り、詫びるように小さくほほえんだ。手の甲で口をぬぐうと言った。「あの野郎、口のなかで出さないって言ったくせに」

ブラッドショーは相手に合わせてほほえんだが、幸いにもいまのはどういう意味かと訊かなかった。女はよろける足でなかに戻っていった。

「心の準備はいいか？」ポーは訊いた。

ブラッドショーはしばしためらってから言った。「いいよ、ポー」

「心配するようなことはないよ」彼は言った。「向こうに戻ったときに、モグラ連中にいいみやげ話を聞かせてやれる」

「それってスクービー・ドゥーの仲間たちのことだよね、ポー」

「そう言ったろ」

ポーはドアを押しあけ、なかに足を踏み入れた。鼻が曲がりそうになった。〈ドッグ〉はトイレよりもひどいにおいがした。本当のトイレがどんなにおいかは知りたくもない。店内は暑くて煙ですすけ、うんざりするほどきつい大麻のにおいで満ちていた。窓も天井もニコチンで黄色くなっている。でっぷりしたアオバエが、すり切れたカーペットの上にある、ぐっしょりとした有機物というごちそうにありついている。ポーが金を置いた場所には血がたまっていた。つい最近ついたとおぼしき頭の傷から出る血を自分のＴシャツでせきとめようとしている、上半身裸の男のものらしい。けがをしているくせに、さっきから酒を飲み、隣席の男と雑談に興じている。

ここはそういう場所だ。

「うそみたい」ブラッドショーが小声でつぶやいた。

ポーはべたべたした床に落ちているバンドエイドや煙草の吸いさしをよけながら、カウンターに歩み寄った。バーメイドは反対の端にいるやせこけた男の相手をしていた——接客という、本来の意味だ。ポーは振り返り、客を観察しながら待った。

まだ午前十時になったばかりだというのに、〈ドッグ〉はすでにトラックスーツとタンクトップ姿の、悪運と無縁でない連中でふくれあがっていた。死亡証明書に〝ごみ箱火災で焼死〟と書かれそうな社会集団に属しているタイプばかりだ。

女が大声でわめき、〝福祉事務所のろくでなし〟に手当をとめられそうで、〝生活のために便所掃除をしなきゃなんないなんて最低〟と文句を言っている。サングラスをかけた男はMI5の工作員みたいに、何度もこそこそと携帯電話を確認している。前の晩からずっと飲んでいたような男はあきらかに小便を漏らしていた。若者ふたりがダーツに興じているが、ダーツの的が見えなかった。もしかしたら、そんなものはないのかもしれない。ビリヤード台はあるが、汚れた緑色のフェルトの上で、男が眠りこけている。しかもどういうわけか、上からポテトチップスをたっぷりかけられていた。

二匹のピットブル――どちらも違法な種類だ――がうなり合い、リードをぐいぐい引っ張っている。さっきのミニドレスの女がすぐそばを通ったものだから、一匹が彼女の足首をかんだ。全員がそれまでやっていたことをとめ、笑いだした。

バーメイドがべつの客の相手を終えたので、ポーは目顔で呼んだ。バーメイドはポーを無視した。警察バッジをちらつかせると、渋々やってきた。着ているのは半ズボンと薄汚れたTシャツ。がりがりにやせていて、腕でもっとも大きい部位が肘という状態だった。

代にも見える。

左手に絆創膏を巻いている。手入れをしっかりやってきた六十代にも、苦労だらけの四十
バーメイドはポーがなにか言うのを待った。

「ジェファーソン・ブラック。どこにいる？」

ブラッドショーがブラックの古い写真を見つけてくれたおかげで、見た目のだいたいの感じはつかんでおり、まだ〈ドッグ〉に現われていないのはわかっていた。

「飲み物を買うのが先」バーメイドは文句を言った。

〈ドッグ〉には強い男にあこがれる連中があふれており、バーメイドの言葉に従ったら最後、あちこちからグラスが飛んでくるにちがいない。ポーは彼女を無視し、常連客に向きなおった。

「おれの名前はワシントン・ポー。ジェファーソン・ブラックがどこにいるか話してもらえないなら、やつを見つけるまで毎日でもここに通う。冗談でなく、本当に毎日だからな」

それで客の目がポーに向けられた。すでにスーツ姿でブリーフケースを持った男が、ポーがカウンターのところに立っているのに気づくなり、まわれ右をして店をあとにしていた。手に入れたいものを確実に手にするには、相手の商売の脅威になればいい。

うしろでドアがあく音がした。安堵のため息が一斉に漏れ、〈ドッグ〉全体にひろがった。

ポーは振り返った。

問題解決。ジェファーソン・ブラックが到着した。

# 37

シェフになる前、ジェファーソン・ブラックは落下傘部隊に所属していた。いまも歩き方でそれがわかる。ぴんとのばした背筋、大きな歩幅、自信満々の身のこなし。歳は三十代前半、短く刈りこんだ砂色の髪、ボクサーのように曲がった鼻、鉄床のような顎。ゆったりしたフランネルの半ズボンに落下傘連隊第一大隊のフードつきパーカを合わせ、陰気な表情を浮かべている。

彼は誰もいない隅に向かってねばつくカーペットを大股で突っ切り、腰をおろした。通路の両側にいた人たちがもそもそと場所をあけた。〈ドッグ〉の常連客も必死に目を合わせまいとしている。なにも頼まないうちから、バーメイドがラガーとチェイサーがわりのブランデーを持って近づいた。彼は礼も言わずに受け取った。ブラックはエリート軍人だったころの動きで周囲を見まわし、すぐさまポーに目をとめた。

ポーは目をそらさなかった。ブラックはいくらかいぶかしそうな顔になった。ポーは近づいていって、隣に腰をおろした。ブラッドショーはふたりの向かいのスツールにちょこんと腰をのせ、不安そうにあたりを見まわした。

「ここに来れば会えると聞いたもので」ポーは言った。

ブラックはポーを見つめた。口もとにかすかな笑みを浮かべている。

ポーはポケットに手を入れた。ブラックはわずかに体を硬くした。ポーは身分証を出し、ひろげてテーブルに置いた。ブラックはさっと目をやった。

「で、こうして会えたってわけだ」

ポーは腕時計で時間を確認した。「腹は減ってませんか？　ラガーをそのままにしてもいいなら、ブランチをおごります。ここの様子からして、誰も手を出さないでしょうし」

「もう食った」ブラックは答えた。「毎日、朝はまともな食事をすることにしてるんでね。バンク・ストリートによく行く店がある。昔ながらのコーヒーハウスだ。その店のシェフはまっとうな卵料理をつくる」

ポーも知っている店だった。〈ジョン・ワッツ〉という店で、世界じゅうから取り寄せたコーヒー豆を売っている。ポーもよくそこで買っている。

「一日の仕事を始める前にそこで食べることにしている」ブラックは言った。

「仕事というと？」

「腕自慢だよ」

それに対しポーはなにも言わなかった。軽々しいコメントではなかった。ふと見ると、ブラックは汗をかいている。ここにいる全員がある程度は汗をかいている――暑い日であり、〈ドッグ〉は混んでくるとペトリ皿も同然になる――が、ブラックは汗だくだった。うなじがてかり、鼻から汗をしたたらせている。ブラックはポーが見ているのに気づいたが、いっさい説明しなかった。

「さて、国家犯罪対策庁のポー部長刑事、おれになんの用だ？」

ポーは自分も軍にいたとブラックに告げたほうがいいか迷った。絆を深めてみるべきかと。そんなことをしても意味がないと気がついた。ブラックが所属していたのは落下傘部隊で、小豆色のベレー帽をかぶっていないということは落伍者の烙印を押されて放逐されたのだろう。ポーがもっとも恐れられたスコットランドの歩兵連隊のひとつ、ブラック・ウォッチに所属していたことなど、なんの意味もないだろう。ブラックは力になってくれるかもしれないし、なってくれないかもしれない。率直に尋ねるほうがいい。

「いま、ジャレド・キートンについて調べています」

ブラックの鼻の穴がひろがり、口がきつく結ばれた。ラガーのグラスを持つ手に力がこもった。呼吸が速くなった。

「どういうことだ、それは?」不機嫌な声で言った。「あの人でなしが今度はなにをした?」

ポーは額にしわを寄せた。キートンの保釈が迫っていることはおおやけになっているが、どうやらブラックは知らないようだ。ふたりのあいだになにがあったのかを突きとめるまでは、知らせないほうがよさそうだ。

「事件の背景にあるものを調べていまして」ポーは慎重に言った。うっかりなにか言ったら、ブラックは怒りを爆発させそうな印象だった。

「これが見えるか?」ブラックは吐き捨てるように言い、手の甲で額を拭うと、汗をふたりに見せた。「ジャレド・キートンの野郎のせいでこうなった」

ジャレド・キートンがジェファーソン・ブラックの極度の多汗の原因となったいきさつを説明するのは容易だが、理解するのはややむずかしい。キートンが殺人罪で有罪になった一年後、ブラックは三箱のパラセタモールをひと瓶のウォッカで流しこんだ。自殺は失敗に終わっただけでなく、後天的脳損傷という後遺症に悩む結果となった。そのひとつが二次多汗症で、視床下部の損傷が原因で体温調節ができなくなる症状だ。ほかにも衝撃制御能力のいちじるしい低下——元落下傘部隊だった彼はもともとその能力がかなり欠けていたと思われる――と、心的外傷後ストレス障害の再発がある。〈ドッグ〉の変人連中でさえ遠巻きにするのも道理だ。元落下傘部隊員であり、脳に損傷を受けていっそう攻撃的になっているとなれば、おそろしさに拍車がかかる。

　彼が人生に終止符を打とうとした理由は、ポーが思っていたのとちがっていた。厨房での不当な扱いや、サディスティックなシェフによってみじめな人生を歩まされたという説明を聞かされるものと思っていたが、それは間違いだった。あるいは分割勤務や長時間労働が原因だと。麻薬の使用とセックスが原因だと。

　そういう話もいくらかはあった。ブラックはまた、キートンが利益率をあげようとして使ったいくつかの手段についても説明した。そのなかには胃が痛くなるようなものもあった。とくに、前日、その店で食べたふたりにとっては。まかない料理にかびの生えた食材を使う。食べごろを過ぎた魚介類を塩とレモンをくわえた水ですすぎ、においをごまかす。食べ残しを再利用する。

「レストランでスープは絶対に飲むなというのがおれからの助言だね」彼は言った。「黒いジェリー・ベイビー（赤ん坊の形をしたグミのような菓子）を食べるようなものだ。つまり、工場の床を掃いて集めたやつだよ。規格外のものが全部入ってる」

　このあたりの話はどれもポーが予想していたものだった。

しかし、ラブストーリーを聞かされることになるとは思っていなかった。これらすべてを耐えてきたのはエリザベス・キートンのそばを離れたくなかったからだという話が飛び出すとは、予想すらしていなかった。

# 38

「ジャレド・キートンはどれほどささいな侮辱であっても、いつまでも根に持つ男だ」ブラックは説明した。「そしておれが浴びせた侮辱は、やつの想像を絶するものだった」

「どんなことをしたの？」ブラッドショーが訊いた。

ブラックは彼女のほうを向いた。「あの男の娘に恋をした」

ポーは大きく息を吐いた。元落下傘部隊員とサイコパスの娘。いい結果になるはずがない。「その恋は成就したの？」

ブラックはラガーの入ったグラスについた水滴で円を描いた。その中央にグラスを置いた。「そう思っている」彼は深々と息を吸いこんだ。「そう信じている」

ブラッドショーは身を乗り出した。〈ドッグ〉に入店して以来ずっと黙っていた――このパブは五感に負荷がかかりすぎる――が、話の流れに興味を引かれたようだ。「簡単にはいかなかったのよね、ブラックさん？」

「まわりに悟られないようにしてたよ」ブラックは答えた。「少なくとも、できる範囲で。エリザベスはキートンになにを言われるかとおびえてたし、おれも副シェフの顔をつぶしたくなかった」

「クローフォード・バニーのことですか？」ポーは訊いた。

「そのとおり。いい人だよ。楽しいことがきらいな、典型的なスコットランド人だが、まっとうだ。おれたちを強くあと押ししてくれた」

ブラックはラガーを飲みほし、もう一杯持ってくるよう合図した。最初の一杯の代金を払うところを、ポーはまだ目にしていなかった。

「ふたりで会うのは、誰にも見られる心配がないと確信できるときだけだった」ブラックはつづけた。「といっても、簡単なことじゃなかった。エリザベスは接客の仕事をしてたし、お母さんが亡くなったあとは会計の仕事も引き継いだから、休める時間は限られていた。互いの休みが合ったとしても、なにかしらあることが多かった。キートンがシェフたちに新しいテクニックを学ばせようとしたり、マスコミの仕事でエリザベスが同行することになったり」

「彼女は責任感に燃えていた？」ポーは訊いた。

ブラックは一瞬、言葉につまった。「親父さんの成功を望んでいたし、そのためには自分を犠牲にするしかないのもわかっていた。接客の管理は生やさしい仕事じゃない。接客担当は高い水準を求められる仕事だが、給料はいちばん安い。そんな彼らに不満を抱かせないようにするのは簡単ではないはずだが、トラブルらしきものは一度も発生していない」

「厳格だった？」

ブラックは首を横に振った。「いや。本当にやさしい娘だった。彼女をきらうなんてありえない」

そこまでやさしいわけじゃない……とポーは心のなかでつぶやいた。六年にもわたって拉致事件をよそおっていたのだから。「関係はいつ終わったんですか？」

「終わってない」ブラックはぽつりと答えた。

「しかし、あなたは解雇されています」ポーは手帳に目をやったが、記憶を呼び起こしたのではなく、べつの人の言葉であるのをブラックに示すためだった。「〝時間にルーズすぎる〟という理由で」

ブラックはせせら笑った。「ああ、おれもそう言われた。でも、おれは、落下傘部隊にいたんだ、ミスタ・ポー」

その説明だけで充分だった。

「閲兵の五分前を心がけよ」ポーはつぶやいた。

「あんたも軍に？」

「ブラック・ウォッチ隊。ずいぶん昔の話ですが」

「ならわかるよな」

ポーはうなずいた。決められた時間より五分早く行動するのは兵士にとって習性になっている。いまでもポーは時計を実際の時間よりも五分進めている。

「解雇は仕組まれたものだと思ってるんですね？」ポーは訊いた。

バーメイドがブラックの二杯めのラガーを運んできたため、会話は一瞬途切れた。彼がそれを長々と飲むのをポーたちはひたすら待った。ねばつくテーブルにグラスが置かれたときには、中身は半分も残っていなかった。ブラックは煙草に火をつけ、煙をもうもうとあげた。煙はゆらゆらと渦を巻きながら、天井近くにただようニコチンの雲に吸収された。ポーはブラッドショーの前腕に手を置いた。ここで禁煙法についてこんこんと説教するのはやめておけ、というように。

「ミシュランの星を誇る厨房のシェフというのは過酷な仕事だ」ようやく口をひらいたブラックは、目がべつの時と場所を見ているようだった。「シェフなら誰でもそこで働きたいと思うが、昇進するチャンスはほとんどなく、しかも競争は熾烈だ」

彼はまたラガーに口をつけた。煙草を深々と吸う。

「あざとい野郎がいた」彼は歯を食いしばりながら言った。「スコッティと呼ばれていた卑怯者だ。おれとそいつは同じ時期に〈バラス&スロー〉に入ったせいか、担当はちがったものの、ライバルみたいな関係だった。ある晩、そいつはエリザベスとおれがお休みのキスをしてるところを目撃した。衝動的にそんなことをしてしまい、後悔してもしれない。やつは、これで競争相手がひとり減るとほくそえんだにちがいない」

「キートンに告げ口したわけですか?」

ブラックはうなずいた。「最初、やつはそんなことはしていないと否定したが、脾臓を破裂させてやったら……」

これで、クローフォード・バニーがブラックの名前をおもてだって言おうとしなかったわけがわかった。ポーが話を聞いていたとき、そのスコッティという男はほぼまちがいなく厨房にいたのだ。すでにあの朝はシェフがふたり欠けていた——さらにひとり、怖じ気づかせるようなまねはしたくなかったのだろう。

「あなたは解雇された」ポーは言った。

「そういう言い方もできるけどな」ブラックは吐き捨てた。「ひとりの人間がべつの人間にあそこまで屈辱的な思いをさせる例は、ほかになかなか見当たらないだろうよ。キートンはスタッフミーティングを招集した。全員が呼ばれた。接客担当、厨房担当、たまたまやってきた配達の人間まで。おれたちは、とうとう念願の三つ星を獲得したと知らされるものとばかり思っていた。そうではなく、十五分近くにもわたり、あの男はおれを辱めた。おれに向かってわめきちらした。この店始まって以来、最低のシェフだとなじった。食材を盗んだとか、他人のチップを横取りしたと言って非難した。遅刻の話など一度も出なかった」

「ひどいな」ポーは言った。

「おれが荷物をまとめて出ていったあと、イングランド北部とスコットランド南部にあるすべてのレストランに連絡し、おれを料理界にいられないようにした。そうすれば南部に行くしか選択の余地はないと思ったんだろう」

当時の捜査でジェファーソン・ブラックの名前が出てこなかった理由がこれでわかった。キートンはブラックがロンドンに向かい、娘の人生から姿を消したと考えていたのだろう。しかもここまで話を聞いた感じでは、ブラックは軽い気持ちで自尊心を踏みにじっていい相手とは思えない。レストランのスタッフ連中は、元落下傘部隊員に関しては、みんなで忘れたことにするのが無難と判断したのだろう。

「その後も会いつづけたと、推察しますが」ポーは言った。

　腰をおろしてからはじめて、ブラックの顔に笑みが浮かんだ。「そのとおり。おれにはシェフという仕事よりも彼女のほうが大切だったから、この地にとどまった。なんとか仕事も見つけた。一緒にいられるなら、それでよかった」

「エリザベスさんの受けとめ方はどうでしたか？」

「彼女は親父さんを愛していたが、この仕打ちには頭にきていた。それこそかんかんになって怒っていた。三カ月も親父さんと口をきかなかったくらいだ」

「ふたりで会うのはますますむずかしくなったのでは？」

「実は、簡単になった。おれのほうは毎日行く仕事じゃなくなったから、エリザベスの休みに合わせられるようになった。少なくとも週に二度は会ってたよ。しかしそれも……」

「彼女の失踪で終わった」

　ブラックはうなずいた。わずかに残ったラガーをじっと見つめた。中身が底でまわるようにグラスを揺らし、ひと息に飲んだ。手をわずかにあげた。バーメイドがおかわりを注ぎはじめた。

「そのあとはどうなったんですか？」

「これさ」彼は側頭部を乱暴に叩きはじめた。「アフガニスタンのヘルマンドでのことがよみがえるようになった。エリザベスの身になにがあったか誰にもわからなかった時期は、まだ対処できた。夜中に叫び声をあげて目覚めることが何度かあった程度だ。アフガン戦争で見た最悪の出来事がいくつかよみがえっただけだ。死んだ同僚、失った手脚。前日には協力的だった通訳が、翌日には自爆テロを起こすかもしれない恐怖」

ポーは顔をしかめた。彼が軍にいた時分はアフガニスタンには行っていない。いまの兵士たちがどんな状況をくぐり抜けているのか、想像すらつかない。

ブラックの話はつづいた。「だが、キートンが彼女の殺害で有罪になったあとのおれは正気を失った。出口がまったく見えない状態だった。すべてを終わらせようとした。それすらもまともにできなかった。以前にもまして頭のなかは混沌としている。自分の体をコントロールすることもできなくなっている」彼は小豆色のフードつきパーカを着た腕をあげ、脇の下の黒々とした汗染みを見せた。

どう反応すればいいのだろう。ポーにはわからなかった。ブラッドショーもわからなかった。目が涙で潤んでいる。ブラックの話に心を動かされたのだ。それはポーも同じだったが、彼にはやるべき仕事がある。

エリザベスがこの六年間、姿を消していた理由はなんだろうかと、それとなく聞き出すにはどうしたらいいか考えていた。彼女が死んでいないと告げずにその目的を達する方法など、まったく思いつかなかった。

生け贄がふたり登場したおかげで、ポーは性急な判断をせずにすんだ。

# 39

その連中のことはすでに目の端でとらえていた。反対側の奥にグループでかたまっているなかの一部だった。想像するに、彼らは故買屋で、ポーがいるせいで商売ができずにいたのだろう。グループから離れたふたりがカウンターで強い酒を飲んでいた。代表でメッセージを伝えろと強要され、酒のいきおいを借りているようだった。

永遠とも思える時間がたったのち、ようやくふたりは自分たちのパブをもとの状態に戻そうと決断した。

肩で風を切るような歩き方を気取っていたが、ふたりとも心底おびえ、ここでないどこかに行きたそうな顔をしていた。ひとりは太っていて、もうひとりはやせていた。ふたりともタンクトップ姿で下は灰色のスエットパンツ、革靴のように見えるスニーカーを合わせていた。見栄えはよくないが、カーライルの下層階級はこういうのがいいと思っているらしい。でぶっちょは首にタトゥーを入れていた。やせっぽちは手の甲に入れていた。

「二羽の雌鶏よろしく、なにをわめきにきた?」ブラックは顔もあげずに訊いた。

でぶっちょは助けを求めるようにやせっぽちに目を向けた。やせっぽちはあと押しするようにうなずいた。

「ここでサッと話をするのは御法度だぜ、ブラック」でぶっちょは言った。声が震えているせいで、言葉のすごみが伝わらなかった。

ポーはため息をついた。自分のいまの年齢では、逃げるという選択肢はない。ブラッドショーの盾になるよう、椅子にすわったまま位置を変えた。喧嘩が始まるようなら、できるだけ早く彼女を外に出し、それからなかに戻ってブラックに手を貸そう。

ブラックはゆっくりとラガーのグラスを下に置いた。箱から煙草を一本出して火をつけた。でぶっちょの顔に向かって煙を吐き出したが、なにも言わなかった。

ハエが飛び交う音をべつにすれば、〈ドッグ〉は静かだった。全員がこのあとどうなるのか、固唾をのんで見守っていた。

ブラックは男ふたりをにらみつけた。彼は落ち着いていた。不気味なほど落ち着いていた。

でぶっちょとやせっぽちはみるみるうちに威勢を失った。やせっぽちはまだひとことも発していないが、喉ぼとけが魚釣りの浮きのように上下している。でぶっちょはブラックと、命令してきたグループとのあいだで目を行ったり来たりさせていたが、仲間のほうは全員が自分たちの飲み物のほうに関心があるらしい。

いまここで立ち去れば、ブラックがふたりを追うことはないだろう。なのにふたりは立ち去らなかった。その程度のこともわからないほど愚かだった。

でぶっちょのひとことでふたりの運命は決定的になった。

なまりがきつく、しわがれた声だったので、ブラッドショーにはひとことも理解できなかったはずだが、とにかくでぶっちょはこう言った。「で、そこの眼鏡をかけた変な女は誰だ？　サツには見えないぜ」

そこでブラックはもうたくさんだと思ったらしい――先手を取り、落下傘部隊が何万ポンドもの金をかけた訓練の成果を披露した。

敵に暴力で立ち向かった。

その後起こったことは、厳密に言うなら喧嘩とはちがう。喧嘩とは複数の人間が関与するものをいう。混乱と無秩序をイメージさせる乱闘と呼ぶのともちがう。

〈ドッグ〉にいた客が見せられたのは、アンソニー・バージェスが言うところの〝ウルトラバイオレンス〟だった。

ブラックは相手を威嚇もしなければ、警告もしなかった。椅子から立ちあがるなり襲いかかった。やせっぽちのほうが近くにいたため、最初に攻撃をくらったのは彼だった。ブラックはやせっぽちの髪をつかみ、火のついた煙草を目に押しつけた。やせっぽちが悲鳴をあげる間もなく、ブラックはその頭を下に引っぱり、いきおいよく上昇する膝にぶつけた。胸の悪くなるような、ぼきっという音がした。やせっぽちは一度だけごぼっと音をさせたが、すぐにおとなしくなった。意識を失い、大の字にのびた。

でぶっちょは逃げようとしたが、見た目どおりの動きしかできなかった。ブラックが脚を払うと、でぶっちょは見るからに不潔そうなカーペットに倒れこんだ。立ちあがろうとしたものの、肉がたっぷりついた肋骨を一発蹴られてまた倒れこんだ。あおむけになってのたうっていると、ブラックが脚のあいだに立って、股間を踏みつけた。ポーは思わず眉をしかめた。ブラックは泣きわめく男にまたがり、タンクトップをつかんで引っぱりあげ、相手の鼻筋に自分の額を力いっぱいぶつけた。でぶっちょの鼻の穴から血が二筋、いきおいよく噴き出した。ブラックはタンクトップから手を放し、でぶっちょはそのまま床に倒れた。顔の中心部がまったいらになっていた。

残虐で、すさまじい光景だった。所要時間はものの数秒。ポーが割って入ろうにも、そんな余裕すらなかった。

ほんの三十分前には、犬にかまれた女性を笑っていた〈ドッグ〉の客は、全員が押し黙っていた。血の気のない顔でそれぞれのテーブルを見おろしていた。

ブラックはでぶっちょとやせっぽちの体を横向きにすると、何事もなかったかのように椅子に腰をおろした。新しい煙草に火をつけた。

「すまなかった」彼は言った。「で、なんの話だったかな？」

# 40

「ああ、そうだった。おれがすべてを、あらたな仕事とおれを愛してくれる娘を手に入れたことを話してたんだったな。それがいまのおれはどうだ。いまみたいなことでもなきゃ、生きてる実感が得られないありさまだ」ブラックは気を失っているふたりのほうを示した。

「たいへん！」ブラッドショーが大声をあげた。床にのびているふたりに目が釘づけになっている。彼女は急いで立ちあがった。「お医者さまはいませんか？」

ポーはなにがどうなっているのかわからなかったが、ひとつだけわかっていることがある。〈ドッグ〉に医者はいない。

「すわってろ、ティリー」ポーはやさしく声をかけた。「ふたりとも大丈夫だ。ちゃんと気道が確保できるよう、回復体位をとらせてある」

「でも――」

「こいつらのことは心配いらないよ」ブラックも請け合った。

とりあえずブラッドショーは緊張を解いた。彼女が発した、医者はいないかという発言に何人かの客が忍び笑いを漏らした。やがて店内のあちらこちらから笑い声があがりはじめた。

大騒ぎのなか、頭の傷にTシャツをあてがっていた男が叫んだ。「医者がいるんなら、次はおれを診てくれよ！」

〈ドッグ〉はいつもの状態に戻った。でぶっちょとやせっぽちは自分たちを送りこんだグループのメンバーによって引きずられていった。メンバーのひとりがブラックと目を合わせ、すまなかったなというようにうなずいた。

ブラッドショーはあいかわらず心配そうな顔をしていた。ショックが大きすぎたのだろう、注意をべつに向けてやったほうがよさそうだ。

「ティリー、ソーシャルメディアで入手した記録をブラックさんに見せてやってくれないか？」

一瞬の間ののち、ブラッドショーは言った。「わかった」彼女はバッグをあけてiPadを出した。慣れた動作をしたことで、少し気持ちが落ち着いたらしい。いくつか画面をスワイプしていき、目的のものにたどり着いた。彼女からiPadを渡されたブラックは画像に目をこらした。それからポーとブラッドショーをいぶかしそうに見つめた。

「これはなんだ?」

ポーは聞こえなかったふりをした。「彼女の最近の写真には、友だちと同じ恰好をしているものが一枚もありません」いまブラックが見ているのは、ビキニ姿の十五歳のエリザベスであることは言わないほうがいいと判断した。「彼女は十七歳前後から両腕を見せなくなっていたようです——自傷の痕を隠すためではないかと推測します」

ブラックはブラッドショーのiPadに表示された写真にじっと見入っていた。「エリザベスは自傷なんかしてない」

ポーはそれはちがうと言おうとしたが、思いとどまった。ブラックはiPadからほんの一瞬も目を離さず、声も震えていない。事実を言ったにすぎないのだ。

「たしかですか?」

ブラックはうなずいた。「彼女が自傷していたとする根拠はなんだ?」

ポーは答えなかった。ブラックの言うとおりなら、エリザベスの自傷癖は失踪後に始まったことになる。しかし、それなら、ビキニを着るような気候でも長袖のTシャツを着ていたのはなぜだろう?

「彼女が見つかったのか?」ブラックは訊いた。

ポーは答えなかった。

「見つかったのか？」今度はすごむような声を出した。

ブラッドショーが身をすくめた。ポーも。〈ドッグ〉はまたも静寂に包まれた。ポーはブラックから目をそらさなかった。この状況をおさめるには正直に話すのがいちばんなのはわかっている。その一方、ブラックはエリザベスが生きて見つかったのかと尋ねているのではなく、遺体があがったのかと訊いているように思える。

「いや、ジェファーソン、まだ見つかっていない」ポーは言った。まったくのうそというわけではない。ついさっきあんなところを見せられたが、それでもジェファーソン・ブラックに好感を抱いていた。

「だったらなぜ……」ブラックの目が潤んだ。「なにを隠してる？　なぜ彼女が自傷してたと思った？」

「それについては言えないんです」ポーは言った。「いまのところはまだ。しかし、言えるようになったらすぐにお話しすると約束します」

ブラックはポーが言ったことを思い返した。「Tシャツの件は重要なのか？」

ポーは肩をすくめた。「だと思われます」

ふたりはブラックが決心するのを待った。彼はいきなりフードつきパーカを脱いだ。贅肉のない上半身が汗で光った。肩の上のほうに落下傘部隊のタトゥーを入れていた。ワシが鉤爪をひろげ、鋭い声を発しながら気の毒な獲物に襲いかかる柄だ。その上には〝第一大隊：天より死が舞いおりる〟の文字が彫られている。

ブラックは向きを変え、ポーに反対側の肩を見せた。

そこにはべつの、もっと素朴なタトゥーがあった。ジグソーパズルのピースが一枚だけ彫られていた。大きさはおよそ一・五平方インチほど。赤で縁取られたピースは、より大きな絵の一部として描かれているのではなく、単語がひとつ書かれていた。エリザベス、と。

ポーは心臓が激しく鼓動するのを感じながら、タトゥーに見入った。理解するのに少し時間がかかった。おれが思ってるとおりの意味なのか？　だとしたら、あらゆることが変わってくる。

あらゆることが。

ポーはできるかぎり冷静な声をたもち、肝心と思える質問をひとつだけした。「エリザベスもおそろいのタトゥーを入れてるんですか、ジェファーソン？」

ブラックの目から涙がひと粒こぼれ落ちた。「ふたりで一緒に入れた。ピースはぴったりはまる形に描いてもらった。彼女のピースのなかにはおれの名前が彫られている。これを知ったらキートンが激怒するのはわかってたし、エリザベスはあいつとイベントに出るときには肩の出る服を着ることが多かったから、人目につきにくい場所に入れなきゃいけなかった。彼女のは右の腰の上に入ってる」

ブラッドショーはｉＰａｄを手にし、すでにポーが知っている情報を探しはじめた。フリック・ジェイクマンは検査をした際、タトゥーについてはひとことも触れていない。数分後、ブラッドショーは困惑したように顔をあげた。

「これはどういうこと、ポー？」

ポーはあと少しでわからないと答えるところだったが、その言葉は喉に貼りついて出てこなかった。

わかったような気がしたからだ。

ふたりはブラックに礼を言い、まだ飲みつづける彼を残して席を立った。店の外に出るなりポーはフリック・ジェイクマンに電話をかけた。あの医師は仕事ができそうだったが、それでも再確認しておきたかった。

「もしもし？」

「ジェイクマン先生、ポー部長刑事です。突然のことで申し訳ありませんが、エリザベス・キートンにタトゥーがあったかどうか、記憶はありますか？」

相手はすぐには答えなかった。「なかったと思うけど、メモを確認しないといけないわ。どうしてそんなことを訊くの？」

「ちょっと気になったもので」ポーはそう答え、具体的なことはいっさい言わなかった。証人を誘導したと弁護士から批判されかねないため、なにを探しているのか伝えたくなかった。「メモは手もとにありますか？」

「いまは診療所にいるのよ、ポー部長刑事。自宅のパソコンにコピーがあるけど、少し待ってちょうだい。悪いけど。大事なことなの？」

「かもしれません」

「いまかけてきた番号にかければ出るのね？」

「出ます」

「なら、戻りしだい電話する」

ポーはジェイクマンとの会話の内容をブラッドショーに伝えた。

「その人が好きなんでしょ、ポー？」

彼は肩をすくめた。「いい人だよ」

ブラッドショーはほほえんだが、それ以上はなにも言わなかった。

ポーは地下のワインセラーを改装したレストランまで車を走らせた。燻製肉と肉のグリルの店だが、ポーはブラッドショーと同じサラダを頼んだ——もっと体にいいものを食べなければだめだという彼女の小言が身にしみたわけではなく、ウォードルに事情聴取されるあいだ、体が重く感じるのを避けたかったのだ。

料理を待つあいだ、ブラッドショーは電子メールをひらいてほほえんだ。「ステファニー・フリン警部が、頼んであった情報を全部送ってくれた、ポー」

彼女は持っていたiPadを差し出した。メールは二通来ていた。いちばん上のタイトルは〈ローレン・キートン：事故報告書〉だった。もう一通のほうは〈ジャレド・キートン：刺傷事件〉。ポーはそれを先にひらいた。

短く簡潔にまとまっていた。ジャレド・キートンは刺されたが、襲撃者を訴えなかったため、医療記録には事故として記載されていた。暴行事件は刑務所の評価に傷がつくため、べつの形で記録できる場合はできるだけそうしているのだ。キートンは膀胱を刺され、一カ月近くを病棟で過ごした。

ポーは刺した人物に関する情報はないかと探したが、記録にはなにも残っていなかった。まったく知らない相手にやられたか、キートンがその人物を極端に恐れたか、あるいは密告したらもっと痛い目にあうとわかっていたかだろう。

クロフォード・バニーによれば、キートンが前向きだったのは刺される前からのことで、しかも負傷してもなお、意気消沈することはなかったという。キートンが前向きになった原因はなんなのか、どうしても突きとめる必要がある。そこに鍵があるような気がした。

フリンにショートメッセージを送り、もう少し突っこんで調べてくれるように頼んだ。タトゥーのことには触れなかった。すぐさま了解したという、ぶっきらぼうな返事が来た。フリンはまた、ウォードル主任警部による事情聴取が予定されているのを忘れないようにと念を押してきた。

サラダが運ばれてくると、ポーは読むのをやめて食べるのに専念した。食事を終えたところで、もう一通のメールをひらいた。フリンの要約のほうが、添付された事故報告書よりも興味深かった。ある雨の日、キートンが運転する車はカーブで制御できず、木に正面衝突した。道路に泥が点々と落ちていた。カンブリアではよくあることだ。キートンはステアリングコラムで胸を強打したが、運転席側のエアバッグのおかげで重傷を負わずにすんだ。ローレン・キートンはそこまで運に恵まれなかった。彼女の側のエアバッグがひらかなかったのだ。ローレンは前日、車に乗りきれるだけの子どもたちを乗せ、地元の劇場で上演された『アラジン』を見に連れていったが、そのときにエアバッグが作動しないように切っていたのが捜査の結果、わかった。助手席の子どもはチャイルドシートにすわっており、当時の慣例ではエアバッグは子どもにとってデメリットのほうが大きいということになっていた。報告書はローレンがエアバッグを作動状態に戻すのを忘れたのだろうと結論づけていた。検死官もそれに同意し、事故死と記録した。ポーは専門的な報告書にも目を通したが、導かれた結論は正しいと判断した。ローレン・キートンの死はジャレドに利益をもたらしたかもしれないが、本当に事故だったのだ。

ふたりは紅茶を頼み、黙って飲んだ。

考えることが山ほどあった。これまで、みずからの鉄則――なにが起こっているかわかっていると思うのは、実際にはわかっていないなによりの証拠だ――を無視してきたような気がしてすっかり気が滅入っていた。タトゥーは事件の混迷ぶりに拍車をかけただけだが、答えのほとんどはもう手もとにあるような気がした――ならば、質問の仕方を変えるだけでいい。そのためには、ハードウィック・クロフトに戻らなくてはならない。

その前に、くそ野郎と一戦交えなくては。

# 41

「遅かったな、ポー部長刑事」ウォードルはとがめた。

ポーは聞き流した。

「なにをしていた?」

「警察の仕事を」ポーはそっけなく答えた。

事情聴取は険悪な雰囲気で始まり、そこから坂道を転がるように悪化していった。ウォードルはポーを逮捕したかったが許可がおりなかったのだろう。エリザベス・キートンの捜査はカンブリア州警察の管轄だが、わざわざ国家犯罪対策庁と喧嘩しようと思う者などいない。

だからだろうか、ウォードルはポーを取り調べ室の外で十五分も待たせた。

ウォードルはスーツ姿でにやけた笑みを浮かべていた。スーツはあつらえたものではなく、脚が短いのでズボンの裾がたるんでいる。もともと半眼気味の目が、この前に見たときよりもいっそう重たげになっている。この事情聴取にそなえ、徹夜して準備したのだろう。この男にしてはたいしたものだ。ここは気を引き締めていかないといけない。ウォードルは大ばか野郎だが、出世第一主義でもあり、このふたつが組み合わさると危険だ。

彼は向かい側の椅子にすわるよう手振りで示し、録音機の録音ボタンを押した。リグ刑事も同席しているが、事情聴取に立ち会う以外の役目は負っていないらしい。いずれにしても、規則上、彼は質問できない。ポーは部長刑事で、リグは平刑事だ。

「おれは逮捕されるのか？」全員が席につくとポーは訊いた。

「逮捕されないのは承知しているだろうに、ポー部長刑事」ウォードルは答えた。

「だったら、その装置をとめろ」

「断る」ウォードルは答えた。

「だったら、これで失礼する」

これでもまだましなほうだった。

ウォードルは録音機をとめ、まともな答えが返ってこないとわかっていながら次々に質問を繰り出した。

「きょう、〈ドッグ〉に行ったのはどういうわけだ？」

「暑かったんでね。なにか飲もうと思った」

「〈ドッグ〉で？」

「あそこが気に入ってるんだよ。なかなかいいパブだぞ」ヴァン・ジルの助言に従い、すべて〝ノーコメント〟で通すつもりでいたが、その前にウォードルの筋書きをぶち壊しにしてやらなくてはならない。

人は頭にくるとミスをおかす。

ウォードルはポーが話をつづけるのを待った。うまくいかなかった。長年にわたり犯罪者の事情聴取をおこなってきたポーには、ウォードルの使う手口はすべてお見通しだった。ところがウォードルのほうは、ポーが知りつくしているすべての手口を知っているわけではない。

ウォードルの脚本をきちんと読みこめば、このあと彼はポーを怒らせようとするはずだ。思ったとおり、主任警部はリグのほうを向いて言った。「一緒にいた頭のとろそうな女はどう言うだろうな？　彼女を連れてきて言い分を聞いてみようじゃないか」

リグは無言だった。ポーはブラッドショーを呼ぶというウォードルの考えに苦笑した。それが本当に名案だと思っているなら、ウォードルは自分のやっていることがまったくわかっていないことになる。ウォードルではブラッドショーに太刀打ちできるはずがない。

彼女は警察刑事証拠法を丸暗記している——へたをすればウォードドルは職を失うことになる。

「なぜおれを呼んだのか、いいかげん教えてくれないか、ウォードドル？」ポーは言った。

思ったとおり、ウォードドルは顔をしかめた。この男にとって階級がすべてだ。

「ウォードドル主任警部だ」

「ああ、そうだった」ポーは言った。「なぜおれを呼んだのか、いいかげん教えてくれないか？」

ウォードドルは言った。「これほどまでに反権威的な傾向の者が、階級を重んずるのを旨とする職業を選んだのか、不思議でならないね」

ポーは言い返さなかった。自分もずっと同じように不思議に思っているからだ。

「わたしの階級に敬意を払わないのなら、こっちもおまえの階級に敬意を払うつもりはない」ウォードドルは言った。

ほう、そうか。

ウォードドルはマニラフォルダーに手を入れ、一枚の書類を出した。それをポーに渡した。

「これがなにかわかるか？」

携帯基地局の解析報告書だった。ポーは去年のイモレーション・マン事件の捜査でこの鉄塔の存在に気がついていた。ハードウィック・クロフトにもっとも近い電波塔だ。書かれている電話番号はぴんとこなかったが、ぴんときたらそのほうが驚きだ――なにしろ、自分の携帯の番号すら覚えていないのだ。ウォードルらがとめるより先に、携帯電話を起動させ、書類の写真を撮った。

ウォードルは怒りで青い顔がますます青くなったが、どうすることもできなかった――ポーのブラックベリーは国家犯罪対策庁用に暗号化されたものであり、彼はその組織の一員だ。ウォードルは書類をわしづかみにし、旅行のみやげのようにしっかり握った。ポーはテーブルの上に自分の携帯電話を置き、見せられたものはすべて撮影するという意思を明確にした。

「この携帯基地局の電波塔に見覚えはあるか、ポー?」ウォードルは照会番号を指さした。

ポーは答えなかった。まだ、展開が読めないからだ。

「見覚えがないのか?」ウォードルは携帯番号を示した。「そうか、なら教えてやろう。七日前、この番号の携帯電話がおまえの自宅付近にあったことが、この電波塔によって証明された。誰の番号かわかるか?」

ポーは腕を組んで待った。

だんまりをつづけるポーを見て、ウォードルはにやりとした。「いいか、おつにすましてないでよく聞け。これは被害者支援団体がエリザベス・キートンに渡した電話だ」

一瞬にして、すべてがはっきりした。

なにかあるとは思っていたが、それでもキートンの大胆な計画はボディブローのようにきいた。胃がひきつれ、全身がこわばった。

ウォードルははじめての勝利に酔いしれ、笑みを漏らした。

ポーは気にしなかった。これからどうなるかはわかっており、ウォードルはそこには関係してこない。このへんで少し反撃をしておくか。屈服するつもりはないし、すべてを甘んじて受け入れないところを示すためにも。

「三角法を使ったとは言わなかったように思うが」ポーは言った。

「なんの話だ?」

「さっき、問題の携帯電話が七日前、ハードウィック・クロフトの〝近くにあった〟と言ったろ? 三角法で位置を特定したと言わなかったのはなぜだ?」

ウォードルはすわったままそわそわと体を動かした。

「ならおれが説明してやろう」ポーは言った。「位置を特定するには少なくとも電波塔が三本必要で、数ヤードの誤差で特定したいならそれ以上が必要になるが、おれが住んでるあたりにはこの一本しかないからだ。この電波塔は広大な範囲をカバーしている。つまり、あんたは〝近く〟という表現を使ったが、実際には、問題の電話は電波塔から半径七マイルの範囲のどこかにあったということだ」

ウォードルは黙っていた。

「さて、おれはマチルダ・ブラッドショーのような天才じゃないが、そんなおれでも円の面積は半径の二乗に円周率をかけたものだと知っている。七かける七は四十九だ。円周率の正確な値は知らないが、小数点以下を切り捨てて三としよう。ご両人のうちどっちでもいいが、電卓を持ってないか？」

「百四十七です」リグが言った。

ウォードルは部下をにらみつけた。

リグは肩をすくめた。「彼の言うとおりですよ、ボス」

「じゃあ、ここでまとめさせてくれ」ポーは言った。「問題の電話がおれの自宅がある百四十七平方マイルのどこかで位置情報を発したからといって、それがなにかの証明になると思ってるのか？　すばらしい仕事ぶりだな、ウォードル。高速昇進過程でそう教わったのか？　いまここでおれに手錠をかけるつもりか？　それともおれが自分でやろうか？」

ポーは手首を高くして両手を差し出した。

ウォードルの顔に浮かんだ怒りの表情は滑稽だったが、突きつめて考えればむなしいだけだった。エリザベス・キートンは七日前に失踪し、警察はポーがその答えを知っていると考えている。

しかも携帯基地局の解析報告書は出発点にすぎない。キートンはポーを、自分の娘の死体なき殺人事件の容疑者に仕立てるつもりだ。

ポーはそれをとめる手立てを思いつかなかった。


ウォードルは、失踪直前のエリザベス・キートンの行動をくわしく説明しはじめた。さきほどの失敗に懲りたのだろう、読んでいる文書にポーを近づけさせなかった。ポーは意識を集中させた。全部頭に叩きこんでおく必要がある。

ダラム刑務所からの帰り道にリグから聞いたとおりの内容だった。エリザベスは警察の事情聴取に応じたが、その後、行方がわからなくなった。居場所は杳として知れなかった。最後に彼女の携帯電話が基地局に電波を発したのが、ハードウィック・クロフト周辺だった。その後は電源が切られたか、壊されたかしたと見られている。

「その晩、どこにいたか教えてもらえないか、ポー？」

まずいことになった。問題の夜は、彼がカンブリアに到着し、〈ノース・レイクス・ホテル・アンド・スパ〉に宿泊した夜だ。バーで一杯やって、すぐに寝てしまった。翌朝まで、彼を見かけた者はいない。想像力のない人間には、ポーがアリバイ工作をしていたように聞こえるだろう。これといった理由もなく自宅を留守にするのは、陪審員に合理的な疑いという障壁を越えさせる行為だ。

少なくとも、検察側はそう主張する。

包囲網がせばまりつつある。ポーに残された時間はかなり限られてきた。自分にはどうにもできないものに時間を無駄にする余裕はない。ハードウィック・クロフトに戻り、消えたタトゥーを調べなくては。

ポーはひとことも言わず、部屋をあとにした。

# 42

理想としては、このままハードウィック・クロフトに戻り、すぐにエリザベス・キートンの事情聴取のビデオを見たいところだった。急速にふくらみつつある疑念をフリック・ジェイクマンが裏づけてくれた場合にそなえておきたかった。

しかし、先にやらなくてはならない仕事があった。

ヴィクトリア・ヒュームだ。

この事件によって奇妙なつながりが次々とあきらかになった。ジャレド・キートンとポーの父親とのつながり、トマス・ヒュームと〈バラス&スローー〉とのつながり。ポーの父の線はあとまわしでいいが、ヴィクトリアの線はそういうわけにはいかない。彼女が関与しているのなら、いますぐ知っておきたい。

ポーがヒュームの農場まで出かけているあいだ、ブラッドショーはハードウィック・クロフトで待つことで話がまとまった。自宅まであと五百ヤードのところまで来たとき、ブラッドショーに肩を叩かれた。ポーは四輪バギーを停止させた。エドガーが飛び降り、においを追いはじめた。ほどなく、小さな狩猟鳥がやかましく鳴きはじめ、空に飛び立った。

ポーはシートにすわったまま体の向きを変えた。「どうした、ティリー?」

彼女はハードウィック・クロフトを指さした。「誰か待ってる、ポー」

ポーは陽射しに目を細めたが、シルエットしかわからなかった。四輪バギーの物入れに手を入れ、双眼鏡を目にあてた。

いったい何事……?

ヴィクトリア・ヒュームだった。

ポーとブラッドショーがきのう作業に使ったテーブルに図々しくもついている。ポーの文鎮がわりの石を並べ替えている。

彼女がポーに会いにきた。

しかし、いったいなぜ?

暑くてじめじめした天気だったが、ヴィクトリアはジーンズにちくちくしそうなカーディガンという恰好だった。化粧はしておらず、髪を雑なポニーテールに結っている。彼女は父親の四輪バギーのうちの一台に乗って、ハードウィック・クロフトまでやってきていた。

ポーは自分のバギーを降りた。

「ミセス・ヒューム、どのようなご用件でしょう?」

彼の口ぶりに驚いたようだった。

彼女はしどろもどろになりながら、最初の言葉を発した。「ミセスではなくミスです。よろしければヴィクトリアと呼んでください。う――うかがったのは先日はたいへん失礼なことを申しあげたからです。あれは――」

「ご用件はなんです?　キートンとはどういう関係ですか?」状況は深刻で、無駄な時間を割く余裕はない。

「キートン……?」ヴィクトリアは困惑の表情を浮かべた。「まさかあの……自分の娘を手にかけた、例のシェフのことじゃないでしょうね」

ポーは相手の視線を真正面から受けとめた。「どんな関係があるんです?」と質問を繰り返した。

とまどいが怒りに変わった。

「いったいなんの話?」彼女は語気鋭く言い返した。「なんのつながりもないわよ――」

「あなたのお父さんは、ミス・ヒューム、〈バラス&スロー〉に唯一子羊をおさめていた業者だった」

「〈バラス&スロー〉がなんなのか見当もつかないわ。なにをばかなことを言ってるの?」

ポーはせせら笑いを浮かべた。「本当ですかね? カンブリア州で唯一の三つ星レストランの存在を知らないと? それはにわかには信じがたい」

ヴィクトリア・ヒュームは両手をこぶしに握り、腕を胸の前できつく組んだ。食いしばった歯のあいだから言った。「あなたがなにを信じてなにを信じまいとどうでもいい。でも、いちおう言っておくけど、わたしはこの十二年間、デヴォン州に住んでいたの」

ポーは口をつぐんだままだった。

「なんなのよ、えらそうに!」彼女は怒鳴った。「父がその〈バラス&スロー〉とかいう店におろしていたかどうかは知らないけど、これだけははっきり言える。父はハードウィック種の羊の繁殖にかけては、カンブリア州でも一、二を争うほどだった。だから、その店におろしていたというなら、実際、そうだったんでしょう。食肉加工の業者と取引して、レストランや精肉店にじかに肉をおろしてた。年に千頭以上の子羊を育て、それをすべて売っていた。カンブリア州に父が肉をおろしてないレストランがあったら、そのほうが驚きよ!」

ポーは思わずたじろいだ。彼女がうそをついているようには思えず、父親についての話が本当なら、〈バラス&スロー〉とのつながりは単なる偶然ということになる。それでも……彼女がまだ話していないなにかが絶対にある。

「ジャレド・キートンとつながりがないなら、なぜおれを訪ねてきたんです？」

ヴィクトリアは顔をゆがめ、すすり泣きをはじめた。ブラッドショーがポーに紙のハンカチを渡した。ポーはそれを差し出したが、ヴィクトリアは手を出さず、ハンカチはそのまま地面に落ちた。そよ風でハンカチが宙に浮いた。遊びだと思ったのだろう、エドガーが甲高い声で吠えながら、追いかけはじめた。

「どうして訪ねてきた理由を言わないんです？」ポーは繰り返したが、さっきよりは穏やかな声だった。

顔をあげると、悲しみの色はもう消えていた。細めた目でふてぶてしくにらんでいる。

「うるさいわね」

彼女は後方を確認することもなく、四輪バギーにまたがり、走り去った。

湿原地帯は静寂に包まれた。音といったら、ヴィクトリアが噴かすエンジンの音と、ポー自身のバギーのエンジンが冷えていく、かちっ、かちっという音だけだ。

ポーはブラッドショーに向きなおった。「上々だったな」

ブラッドショーはうなずいた。

エドガーが戻ってきた。口に紙のハンカチをくわえている。ポーが取りあげようとすると、低くうなった。ポーはあきらめた。

「さて、事情聴取のビデオを見よう」

なかに入る間もなく、ポーの携帯電話が鳴った。知らない番号からだったが、地域コードは〇一二二九、すなわちバロウ＝イン＝ファーネスとウルヴァーストン。まずまちがいなく、監察医のフリック・ジェイクマンだ。

当たりだった。ポーはスピーカーモードに切り替えた。

「ポー部長刑事」彼女はなんのあいさつもなく、切り出した。「自分のメモを二度読み返したけど、タトゥーについてはひとことも書いてなかった」

「腰か、その少し上なんですが」ポーは言った。

「なら、まちがいない。エリザベスの性器を徹底的に調べたから。腰にあったら絶対に気がついた」

ポーはフリックに礼を言って電話を切った。

「ジェファーソン・ブラックはどうして、ありもしないタトゥーがエリザベスにあったなんて言ったのかな、ポー？」ブラッドショーは訊いた。「うそをついたんだと思う？　そうじゃないといいけど」

ポーはひと呼吸おいてから答えた。「そうじゃないよ、ティリー。ジェファーソンはうそなんかついていなかった」

「だったら、どういうこと？」

「ビデオを見なきゃだめだってことだ」

# 43

エリザベス・キートンの事情聴取は、ポーたちが正式に捜査チームにくわわったときにギャンブルから教わったリンクで、すべて見ることができた。ブラッドショーが設定し、ふたりは画面の前に腰をすえた。彼女が再生ボタンを押すと、エリザベス・キートンが画面に現われた。

前回、この映像を見たとき、ポーは意識してエリザベスの証言に耳を傾けた。〈バラス&スロー〉の厨房で襲われたこと。バンに乗せられ、どこかの地下室に連れていかれたこと。脱出したときの模様を語る言葉もしっかりと聞いた。

そうやって、数え切れないほどのメモを取った。どれひとつをとっても矛盾しておらず、すべてに信憑性があった。

しかし今回は、彼女の受け答えには関心がない。音声をミュートにし、彼女の動きだけを観察した。

最後のビデオを見るころには、ポーは自分の読みが正しいのを確信した。なにもかもが途方もないものだった。気が遠くなるほど複雑でありながら、ひじょうに単純でもある。驚異的だ。

このPCに映っているものをフリンが自分のPCで見られる形のオンライン会議を設定できるかと、ブラッドショーに訊いた。

彼女は鼻で笑った。「そのくらい、八歳のときにできたよ、ポー」

フリンはハンプシャーの会議室にいた。情報部長のヴァン・ジルも同席している。オンライン会議用のモニターを立ちあげ、ミラーリングしたPCにも目をやっていた。ポーとブラッドショーがハードウィック・クロフトでおこなっていることはすべて、フリンとヴァン・ジルの側でも見られるようになっている。

ポーはブラッドショーに、どのように見せるかを説明した。彼女が了解の印にうなずくと、ポーは報告を始めた。

自分がもっとも理解しやすい順番で説明した。

ブラッドショーが、エリザベス・キートンがアルストン図書館に入ってくるところの映像を呼び出した。

「彼女はレギンス、ウールの帽子、長袖という恰好をしていた」ポーは画面を示しながら説明した。ポーが指で示す場所に、ブラッドショーがカーソルを移動させる。南のミラーリングしたPCでも見やすいよう、彼女はその部分を拡大した。

つづいて、静止画像と、苦情処理担当のアルソップの手帳を写した写真を見せた。一時間前、ポーがアルソップと話したところ、相手は喜んで協力すると言ったのだった。

「当日は暑く、彼女は六年間も地下室に閉じこめられていたし、一週間の大半を飲まず食わずで過ごしている」ポーは説明した。「それなのに、飲み物でもどうかと言われ、それを断っている。手を触れもしなかった」

フリンもヴァン・ジルもなにも質問しなかった。

つづいてリグがエリザベス・キートンに対しておこなった事情聴取の映像に移った。

「録画された四つのファイルをすべて見てもらおうとは思ってないが、いかなる時点においても、彼女はなにひとつ触れなかった。それについてはおれとティリーの言葉を信じてほしい。飲み物にも、勧められたマーズ・バーにも。押しやりもせず、もともとの場所にそのまま置きっぱなしにしていた」

フリンとヴァン・ジルはすばやく顔を見合わせたが、考えを述べるのはひかえた。

「しかも、室内は暑かった。彼女の前に置かれた水のグラスを見てもらえればわかるように、側面についた水滴が落ちていくのが見える。しかし――」彼は場面を示し、ブラッドショーがカーソルを置くのを待った。「――彼女の服装を見てくれ。ウールの帽子、フードつきのパーカ、ジーンズだ。気絶寸前だったんじゃないかと推察する」

その情報がしっかり伝わるまで、少し間を置いた。

「ここから時をさかのぼる」ポーは言った。「六年前にまで。ティリー、ボスとヴァン・ジル部長に、エリザベスのソーシャルメディアのページできみが見つけたものを説明してくれないか？」

ブラッドショーは十五分かけ、エリザベスのプロフィールを設定し、彼女のオンラインの社交サークルにもぐりこむまでを説明した。つづいて、若い女性がいかにソーシャルメディアに依存しているかをブラッドショー流に報告した。十分たったところでポーがやめさせた。

「ティリーが言おうとしてるのは、ソーシャルメディアを積極的に使う若い女性が利用を完全にやめるのはまれだということだ。ジャレド・キートンが娘の失踪を届けた晩以降、彼女はソーシャルメディアに発信していない。なんにもだ。どのアカウントにもログインしておらず、コメントも残していないし、おまけに友だちのページを閲覧してもいない。電子メールは一通も送信していないし、読んでもいない。電話もまったくかけていない。

彼女とコンタクトを取ったと言う友だちはひとりもおらず、それは男友だちについても同じだ」

「いまの説明は、拉致はでっちあげだという説を根底からくつがえすものであることには気づいているんだろうね、ポー?」ヴァン・ジルが言った。「ミス・ブラッドショーの言うとおりだ。わたしには十代の娘がふたりいるからこれだけは言える。あの子たちが六年間もかくれんぼをしたとしても、ソーシャルメディアに近づかずにいるのはまず無理だろう」

「いまはもう、彼女が拉致を偽装したとは思ってません、部長」ポーは答えた。「ですが、もう少しお付き合い願います。さらに時間をさかのぼります」

ブラッドショーはフェイスブックとツイッターで入手した、時期の異なる写真を呼び出した。エリザベスがビキニとへそ出しTシャツ姿で写っているものと、もっとおとなしい恰好を始めたころのものだ。その変化が起こった時期と、ジェファーソン・ブラックから聞いた内容をふたりに説明した。

「彼女はタトゥーを入れていた」ポーはさりげなく言った。「それをどの写真でも隠している」

ヴァン・ジルは顔をしかめた。「きみがなにを言わんとしているのかわからないのだが、ポー。わたしは娘たちが化粧をするのもおもしろく思っていないくらいだ。どちらかひとりでもタトゥーを入れようものなら、激怒するだろうよ」

ポーはうなずいた。「同感です、部長。エリザベスとジェファーソン・ブラックはそろいのタトゥーを入れたものの、部長がいま言ったような反応があるのを恐れ、父親には見せないようにしてたんです」

「で……？」

ポーは椅子の背にもたれ、首をまわした。「この事件は最初から悪夢だった。おれたちは無駄な努力をつづけてきた。血液サンプルの受け渡しに関して改ざんがおこなわれていないことが確認でき、それによって、この六年間の居場所についてエリザベスがした説明が裏づけられた。誰もがその説明を額面どおりに受け取った。その後、彼女の血液からトリュフの微量成分が見つかった。それによって、彼女が拉致を偽装した可能性が出てきた。しかし、どちらの出来事が本当なのか？　彼女は本当に拉致されたのか、それとも、はるかに狡猾なシナリオの一部なのか」

「きみはすでに答えを出しているように思うが？」

ポーはうなずいた。「ジェファーソン・ブラックがティリーとおれにタトゥーの存在を教えてくれたとき、すべてが変わった。答えはずっと目の前にあったのに、それでは筋が通らなかったのは、われわれの質問がまちがってたからだ」

冗談を言っているのではない。これほど多くの証拠が同じ方向を示したことはこれまで一度もなかった。すべてをロールシャッハ・テストのように見てはじめて——あっちにこっちに向きを変え、いままで見ていなかった方向から見ることではじめて、なにが起こっているのかが突きとめられたのだ。

「大事な質問がふたつあります、部長」ポーは話をつづけた。「ひとつはいまなら答えられ、もうひとつには答えられません」

「きみが答えられるほうを先に頼む、ポー」ヴァン・ジルは指示した。カメラに身を乗り出しすぎ、フリンの姿が見えなくなった。

「わかりました。質問はこうです。監察医はなぜ、検査をしたときにエリザベスのタトゥーに気づかなかったのか」

どちらの部屋も静寂に包まれた。

「どうして、ポー」とうとうブラッドショーが訊いた。「なぜジェイクマン先生はタトゥーに気づかなかったの？」

フリンが咳払いをして言った。「タトゥーに気づかなかったのは、エリザベスがタトゥーを入れていることをジャレド・キートンが知らなかったから」

「それじゃわかんない——」

「エリザベスは死んでいるのよ、ティリー。六年前、ジャレド・キートンが殺した。画面に映っているその女性は偽者よ」

# 44

「事情聴取のあいだなにも触れず、なにも飲まなかったのは、DNAあるいは指紋が付着するのを避けるためだ」ポーは説明した。

「長袖と帽子は髪の毛あるいは皮膚片をあとに残さないためだった」フリンがつけくわえる。

「言うまでもなく、エリザベスをよく知る人間と顔を合わせるわけにはいかなかった。〈バラス&スロー〉に向かわなかったのはそれが理由だ。アルストン図書館に現われ、警察署で必要な芝居を打ち、また行方をくらました」

「ソーシャルメディアで誰ともコンタクトを取らなかったのもそれで説明がつくね」ブラッドショーが言った。「だって彼女は……ああ、なんてこと……かわいそうすぎるよ、ポー」

ヴァン・ジルが会議室を出ていった。ショートメッセージを受信し、電話をかける必要があったのだ。フリンはそのまま残り、今後打つ手を調整した。キートンの釈放を阻止するには、まだ証拠が充分ではなかった。

「なにか仮説はあるの、ポー」

「いくつかある。ただし、完璧に説明のつくものはひとつもない。どれも血液の問題が解決できない」

いまだ納得のいく説明がつかないのがそれだった。血液はエリザベス・キートンのものにまちがいないが、それでも、それはありえない。何人もに話を聞き、自分でもいろいろ調べたが、その結果からわかったのは、ひとりの人間の体内に他人の血液が存在することはありえないということだった。科学的に不可能なのだ。しかも、血液サンプルの証拠の保全については、ポーみずからひとつひとつ確認している。すり替えはおこなわれていないのだ。

人生ではじめて、ポーは〝二重思考〟を理解できた。お気に入りの小説、ジョージ・オーウェルの『一九八四年』で生まれた表現だ。ふたつの相反する意見を持ちながら、その両方を信奉するという意味だ。エリザベス・キートンは生きている――血液検査の結果がそれを証明している。しかし、エリザベス・キートンは死んでもいる――ポーはそう確信している。

「この偽者が何者かを突きとめないといけないわね」フリンが言った。「彼女が見つかれば、説明のつかない血液のことも含め、すべてどうでもよくなる」

しかも、〝エリザベスがハードウィック・クロフトにいるあいだにふたたび失踪した〟という手がかりを追うつもりのウォードルに、待ったをかけられる。

フリンが先をつづける。「この件の黒幕はキートンだと考えざるをえないことから、刑務所で上機嫌だったことがより重要な意味を持ってくる。彼が最後に抑鬱状態だったときから、やけにハイテンションになったとされる最初のときまでのあいだの期間を調べてみる。キートンがなんらかの方法でこの女性と会っていると考えれば、探すべきものははっきりしている。たぶん、なにか見落としているんだわ。適切に記録されなかった面会者とか」

「あるいは、共犯者の娘とか。彼女がべつの囚人の面会に来たときに顔を合わせたのかもしれない」ポーは指摘した。

フリンはうなずいたが、メモは取らなかった。すでに彼女も同じ結論に達していたのだろう。

ヴァン・ジルが会議室に戻ってきた。表情がけわしい。「ギャンブル警視からだった。自宅待機を命じられたとのことで、このまま退職に追いこまれると本人は考えている。いずれにしろ年末で終わりの予定だが。ウォードル主任警部が昇進して大役を引き継ぎ、現在、彼がエリザベス・キートンの拉致、帰還、再失踪事件を担当している。われわれにも知らせておこうと思ったらしい」

「退職を余儀なくされる理由を警視はご存じなんですか？」フリンは訊いた。

「断言はできないものの、ポーを公式に連行するよう圧力をかけられていたらしい。逮捕しろとまで言われていたのかもしれない。本部長に電話してみたが、それについてはっきりした答えが得られなかった。携帯の基地局の情報では弱いし、状況証拠がせいぜいというところなのは向こうも承知しているようだが、きみの所在を常に把握しておくよう求められたよ、ポー」

ばかばかしい。ただでさえ時間が迫っているし、エリザベス・キートンによく似た女にあやつられていると言ったところでウォードルがそれを認めるはずがない。

「残念ながら、それだけにとどまらない」ヴァン・ジルはつづけた。「ＳＣＡＳへの協力要請は正式に撤回された。われわれが今後、この事件にかかわることはない」

実際のところ、それはさほど影響がない。ウォードルはエリザベス・キートンと認識している女性の死体を捜している。いずれ、キートンがでっちあげの証拠をさらに用意する。やがて彼はポーを逮捕する許可を得る。一方、ポーはエリザベス・キートンでないとわかっている女性を捜し、ウォードルが小出しにしてきた情報がどれも誤りであると立証する。それゆえ、これ以上、意見交換をしないにこしたことはない。

ブラッドショーは黙っていた。これといってすることがなかった。問題の女性の捜索は当面、フリンの仕事だ。キートンはこの計画を刑務所の監房で思いついたのだから、答えはそこで見つかるはずだ。

「あたしはなにを手伝えばいいの、ポー？」彼女は訊いた。

「血液だ、ティリー。血液についてはどうしても説明がつかない。誰に訊いても、血液を変えることはできないという答えが返ってくる」

ブラッドショーのまなざしは、いつも以上に真剣だった。

「どうやったのかを突きとめてくれ、ティリー。専門家の言うことは間違いで、この女性の体内にエリザベス・キートンの血液が流れていたのはどういうわけかを突きとめてくれ。それをやってくれれば、これからは果物も食べるようにすると約束する」

彼女の顎がこわばった。ひさしぶりに見る表情を浮かべている。ポーはその表情が意味するところを知っている。彼女がこれまでやってきたのは能力の範囲内のことばかりだった。決まり切った内容と言ってもいい。キートン家とポーの父親との関係を見つけ、十代の女の子たちのソーシャルメディアのアカウントに無断で侵入する——これらは彼女にとってはむずかしくもなんともない。

しかし……ある人物が生きていると同時に死んでもいるということがどうすれば可能かを突きとめるのは……まったくちがっている。難問中の難問だった。

# 第十二日

# 45

イギリスでひじょうに雨の多い地域に住んでいながら、ポーは雨が好きではない。雨が降ったところでうれしいとは思わず、心が癒やされることもない。それでも、カンブリア人である彼は、雨が降ったくらいでいちいち気にとめない。皮膚が水を通すことはないし、衣類は乾かせばいい。

オンライン会議の翌朝はスレートの屋根をぽつぽつと叩く雨音で始まり、やがて叩きつけるような土砂降りに変わった。予報ほどの荒天ではなかったものの、気象学者の読みは正しいようだ。ポーはラジオのスイッチを入れ、気象庁がダンフリーズ・アンド・ガロウェイ、カンブリアおよびランカシャーに警報を出したのを知った。今後四十八時間で局地的な洪水と電力網の混乱が予想されるという。警報というのは、自分とまわりの人の命を守るために必要な行動を取ることを意味する。ポーはろくに聞いていなかった。ハードウィック・クロフトは気象庁ができるはるか前からここシャップ・フェルに建っており、国の機関である気象庁が緊縮財政のあおりを食って閉鎖されたあとも残るだろう。

ドアをあけ、流れの速い雲を見あげた。どの雲も低く、黒く、しかも大きくふくらんでいる。きょうは雨戸を閉め、家ごもりしたほうがよさそうだ。どうせ、事件関係でやることはなにもない。やれることはすべてやっている。フリンが刑務所の記録にあたり、キートンが問題の女性と刑務所内で会っていないか調べているし、ブラッドショーは矛盾する血液検査の結果について夜を徹して調べていた。日付が変わるころ彼女は電話で、なにも見つからなかったと報告した。

「でも、なにも見つからなくても失敗じゃないよ、ポー。これだってりっぱな科学的発見で、つまりすでにあたしは、それはありえないってことを十三通りに証明できるんだから」

ポーにとってそれはりっぱな失敗だったが、彼になにがわかる？　ブラッドショーは十代のころからいくつもの研究助成金を受けてきたが、ポーのほうは化学の授業中に自分の手に火をつけてしまうレベルなのだ。

しかし、なにもせずに漫然と過ごしているわけにはいかない。悪天候だろうとなんだろ

う と、前に進みつづけなくては。分厚い防水性の上着をはおって外に出た。ジェット水流のシャワーの下に立っているようだった。片手を出してみると、すぐに雨にかき消されて見えなくなった。乾ききった大地がスポンジのように水を吸収していく。発育の悪かった芝がすでに緑色を取り戻しつつある。そのうち、ハードウィック種の羊たちが新芽を食みにやってくるにちがいない。ポーは口笛を吹いてエドガーを呼んだ。愛犬はぐしょぐしょに濡れていた。尾をいきおいよく振り、期待に胸を躍らせているのだろう、甘えたような声でせがんでくる。エドガーは雨が大好きだ。ポーが四輪バギーにまたがると、エドガーはうしろに飛び乗った。

数ヤード先も見えないほど視界が悪かったが、ポーはほどなく〈シャップ・ウェルズ・ホテル〉に到着した。エドガーとともにレンタカーに飛び乗り、ケンダルに向かって出発した。

きょうはどうしてもやることがある。

前回、パークサイド墓地を訪れたときは、連続殺人犯のあらたな被害者の遺体が見つかった。きょうはここに、トマス・ヒュームが埋葬されることになっている。彼の娘には不審の念しかないが、父親のほうにはきちんとお別れが言いたかった。なにかにつけ手を貸してくれたり、助言をくれたり、いつも喜んでエドガーを預かってくれたりと、本当にポーによくしてくれた。

ポーが到着したときは墓前での式はすでに始まっていた。彼は後方で冥福を祈った。ヴィクトリア・ヒュームの姿が見えた。黒のパンツスーツ姿で、よく似た顔立ちの女性ふたりと並んで立っている。ヒュームのほかの娘にちがいない。教区牧師がトマスの亡骸を大地に委ねると、ヴィクトリアが顔をあげ、ポーに見られているのに気がついた。一瞬、体を硬くしたが、すぐにショックから立ち直った。汚いものを見るような目を向けてくるかわりに、彼女は手を三度、握ったりひらいたりしたのち、その手を口もとに持っていった。飲むことを意味する世界共通のジェスチャー。十五分後に一杯やろうと言っている。

意外だな……。

ポーが近くの〈ブルーベル・イン〉を示すと、彼女はうなずいた。すぐに父の埋葬に戻った。ポーは最初のぐっしょり濡れた土が塗装されていない棺に落とされるのを確認したところで、その場をあとにしパブに向かった。

彼女がやってきたのは四十五分近くたってからだった。十五分というのは見通しが甘いのではないかと思っていたので――式が終わったあと、顔を合わせなくてはならない人がいるはずだからだ――いずれにしても多めに時間を見積もっていた。ふたりはカウンターに行き、ポーは一杯おごると申し出た。

「ジンをカロリーオフのトニックで割ったものをお願い」

ポーは彼女のジントニックをダブルで、自分にはビールを一パイント注文した。ふたりは飲み物を持ってテーブルに移動した。ヴィクトリアはひとくち含み、ポーに礼を言った。両手が震えていた。

「あの、おれはただ――」ポーは言いかけた。

「ごめんなさい――」

ポーは先に彼女の話を聞くことにした。なにか言いたいことがあるように感じたからだ。

「父はいい人だったわ、ミスタ・ポー」彼女は言った。「すぐれた生産者だったし、父親としてもすばらしかった。でも……経営の才覚にすぐれていたとは言えないの」

経営の才覚にすぐれている農家などまれだ、とポーは心のなかでつぶやいた。しかも欧州連合《EU》の助成金がまもなくなくなるとなれば、状況はさらに悪化するだけだろう。そのため、政府はなにかにつけ、農家に多角化するよう求めている。それでも、ヒュームの商売はそこそこよかったのではないだろうか。何千頭という羊を飼っても、経費は微々たるものだ――利益率が三十パーセントあればましという家畜にくらべ、羊の利益率はほぼ百パーセントだ。

「そのため、ふと気づいたら多額の借金を抱えていた」ヴィクトリアはつづけた。「最後に父を訪ねたとき、おそろしい話を聞かされた。あなたにも関係のある話よ」

ポーは悪い知らせを告げられると覚悟した。

「ひとつ訊いてもいい？」彼女は言った。

「もちろん」

「固定資産税の請求は来てる？」

ポーは顔をしかめた。いままで来たことはない。トマス・ヒュームがハードウィック・クロフトをポーに売ったのは、百年前に人が住んでいたのだから、いまも住んでいると当局が決定したためだ。住める状態ではなくても関係なかった。ポーは建物と周辺の土地を、両者にとって納得のいく価格で引き取った。ポーは金をかけて住み心地のいい自給自足の家に改装したが、固定資産税の通知はいまだ受け取っていない。ポーがそこに住んでいることを把握していないわけではない。地元選挙の投票券などは届いているからだ。

ポーは来ていないと断言した。「そのうち延滞金を請求されることになるかもな」

ヴィクトリアはため息をつき、首を左右に振った。「いいえ、ミスタ・ポー、それはないわ」

ポーは唾をのみこんだ。

「ハードウィック・クロフトは現在、湖水地方国立公園の南拡張区域内にあるのはご存じ?」

ポーは知らなかった。商業的理由から、国立公園の境界線はケンダル地域を除外する形で引かれている。彼はそう言った。

「それが拡張になって、いまはハードウィック・クロフトもそのなかに入っているの」ヴィクトリアは取り乱しているように見えた。「固定資産税を請求されたと言ったのは父のうそだったのよ、ミスタ・ポー。二年前、父は資金調達のため、地元の許可窓口を通じ、あの家の用途変更を申請した。計画許可が事前承認されていると売るのが格段に楽になるの。それに対し父が受け取った返答は〝シャップおよび周辺地域の開発は現在、地元当局の事業計画となっていない〟だった。国立公園が拡張されるまえに申請していれば、通っていたけれど」

「で……?」ポーはいやな予感がした。

「それで父は、破廉恥な行動に出たのよ、ミスタ・ポー。地元当局の決定に不満を訴えているところへ、あなたと出会い、作り話を聞かせた。問題の土地をあなたが買うように仕向けたの。もちろん、さかのぼって計画許可を申請することはできる。なんなら支援の手紙を書いて、父のやったことを説明してもいいけど、国立公園はユネスコの世界遺産に登録されてしまったから、うまくいく可能性はゼロより低いかもしれない」

ポーは胃が飛び出しそうになるのを感じた。この一年半、いろいろなことがあったが、ハードウィック・クロフトだけはずっと変わらなかった。いまそこは彼にとって家と呼べる場所であり、なにがあっても離れたくない。現代的な快適さを廃し、よりシンプルな暮らしを信奉してきた。母の身に起こった悲劇を知ったときも、わずかばかりの心の平和をあたえてくれた家。

いま、それはすべて幻想にすぎなかったと、ヴィクトリアから聞かされている。ハードウィック・クロフトのような建物はポーのような人間のためにあるわけではないのだと。観光客のために存在しているのだと。その地域の特色を失うようならば――簡単に言えば、すべてがベアトリクス・ポッターの時代と同じにたもたれないなら――不要だということだ。

「これからどうなるんだ?」

「ハードウィック・クロフトも土地もあなたのものよ」彼女は言った。「そこは変わらない。ちゃんと法的手続きをへて買ったのだから」

「しかし……?」

「そのうち、あなたが現代的な設備を取りつける前の状態に戻すよう、当局から指導が入る。あそこに住みつづけるのは無理でしょうね」

「だから、おれをずっと避けてたんだね？」

彼女はここでもうなずいた。「あなたに知られたんだと思ったの。計画担当の人からすでに接触があったんだと。いずれ話さなきゃいけないとは思ってたけど、なにしろ父が死んだばかりで、まだ心の準備ができていなくて」

「つまり、きみは本当に〈バラス＆スロー〉となんの関係もないんだね？」

「あなたがなにを調べているのか知らないけど、ミスタ・ポー、それにはいっさいかかわりがないと断言できる」

ポーは大きく息を吸い、自分が使うなかでもっとも不愉快な警句を思い出していた。渋る部下を意のままに従わせるときに使った言葉だ。しかし、いまのこの状況にはぴったりに思える。目の前のことを優先するあまり、重要なことをあとまわしにするな……。

自宅が置かれた状況も切羽詰まっているものの、ハードウィック・クロフトのことはあとまわしにできる。残念なニュースではあるが、チャンスととらえることもできる。今後数日間は、キートンによる包囲網がじわじわせばまっていくだろうから、ポーとしてはフットワークを軽くしておきたい。レンタカーに置いてきた濡れて異臭を放つ犬が、足手まといになりそうだ。エドガーを数日どこかに預けられれば、心配事がひとつ減る。ヴィクトリアに打診したところ、彼女はほっとしたように言った。「喜んで預かるわ、ミスタ・ポー」

「ワシントンでけっこう。みんなからはそう呼ばれているので」

ふたりは心地よい沈黙を楽しみながら、それぞれの飲み物を飲み終えた。どちらも長居はできなかった。ヴィクトリアは埋葬後の会食があり、ポーは戻ってブラッドショーがなにか見つけたか確認しておきたい。ふたりは駐車場で別れた。ポーはエドガーをヴィクトリアのひとまわり小さい車に乗せ替え、できるだけ早く迎えにいくと約束した。

〈シャップ・ウェルズ・ホテル〉に戻る途中、郵便局に寄ってちょっとした保険になるものを買った。ひとつづりの切手とクッション封筒一枚。これを使わずにすめばいいが。

ホテルに戻ってみると、いつもとめる場所に車がとまっていた。

BMW　XI。

ポーの車だ。

きのうまではハンプシャーにあったはずだ。

それからわかることはひとつだけ。

ステファニー・フリンが来ている。

# 46

フリンとブラッドショーは緑色の部屋にいた。ダークグリーンの革に覆われた背の高い椅子が並ぶ、贅沢なバーエリアだ。バーはめったに人がおらず、たいてい静かだった。Wi‐Fiが不安定なので、ブラッドショーはここを使うのを好まない。ふたりは動画を見ていたが、ストリーミング再生でないのはポーにもわかった――ブラッドショーのノートPCの側面にメモリースティックが挿してあった。フリンが持参したものだろう。

ふたりが顔をあげた。フリンが立ちあがってほほえんだ。「ポー」

あいかわらず疲れた顔をしているが、暗澹とした雰囲気は消えてなくなった感じだ。ポーもフリンも、身体接触を好むタイプには属していないが、彼女のほうが軽く抱きしめてきたのでポーは驚き、両腕をだらりとさせたまま動かせなかった。

「やあね、もう」彼女はポーの腕を叩いた。

「じゃあ、少しは気分がよくなったんだな？」

フリンはうなずいたが、くわしい話はしなかった。

「車を持ってきてくれてありがとな」

フリンはポーにキーを投げた。「もっと早く来たかったけど……向こうで処理しなくてはいけないことがあって。一刻を争うことだったの。状況はティリーから聞いた」

ポーとフリンは単なる上司と部下の関係ではない——ふたりは同志だ。そのうち時間を取って、彼女がこんなにも沈んだ顔をしている理由を突きとめなくてはなるまい。彼女とは長いつき合いだが、そう簡単にストレスに負けるはずがない。

しかし、まずは彼女が持ってきてくれたものを見ておきたかった。ポーはノートPCに顎をしゃくった。「なにか見つかったか？」

「これといってなにも」フリンは正直に答えた。「クローフォード・バニーから教わった時期の刑務所記録をすべて確認したけど、キートンが前向きになった明白な理由は見当らなかった」

ポーはモニターに顔を近づけ、しばらくじっと見ていた。

「で、いま映ってるこれはなんだ？」監房棟の監視カメラの静止画像なのはわかる。鮮明で、色もついている。棟内の囚人の半数がそれぞれの監房を出て、交流会のようなものをやっているように見える。ビリヤードに興じている者がふたりいる。残りは立ち話をしたり、煙草を吸ったりしている。

「二年ほど前にペントンヴィル刑務所で暴動があったのを覚えている？」フリンが訊いた。

覚えていた。なんとなくだが。たしか全国ニュースにもなったし、囚人たちが屋根にのぼってしまったことから、生中継もされたはずだ。ある意味、マスコミによって作られた事件と言える。けっきょく、トルネード隊――専用の武器を持ち訓練を受けた看守たちからなる――が近隣から招集され、一時間後、刑務所は秩序を取り戻した。

「ここに映ってるのは、その当時、キートンがいた監房棟」フリンは言った。「暴動が起こったのはここことはべつの棟だけど――」彼女はブラッドショーの前に身を乗り出し、再生ボタンをクリックした。「――なにが起こるかよく見ていて」

ポーは画面をじっと見つめた。問題の棟を引きで映したものだった。全員がおさまっているが、特定の誰かの顔がわかるほど寄ってはいない。しかし、彼女が見せたいものはこれではなかった。

音声はなく、ポーは先の展開を読むのに集中できた。囚人全員が同じほうを振り向いた。動揺の時間がつづく。囚人のなかには不安そうな顔を見せはじめた者もいれば、興奮した顔の者もいた。そのほとんどが各自の監房に引きあげていく。わずかながら突っ立ったままの者もいる。

「監房に戻るよう言われたときの映像よ」フリンが説明した。「しかも、自由時間のさなかのことだったので、長くいる連中はなにかあったと察した」

見ていると、看守たちが駆けこんできて、ぐずぐずしている連中を監房に追いやりはじめた。やがて監房棟は落ち着き、看守たちは出ていった。問題が起こっている棟に向かうのだろう。ポーは顔をしかめた。同じ刑務所とはいえ、べつの場所で起こった暴動が関係あるとは思えない。

フリンはポーが困惑しているのに気づき、肩をすくめた。「いつもとちがっているものをと、自分で言ったじゃないの。これがそれ。これしかなかった」

「で、この間、キートンはどこにいたんだ？」

ブラッドショーがノートPCをなにやら操作した。画面が大きくなり、キートンの姿が見えた。彼はひとりで立っていた。刑務所の監視カメラごしでも、うちひしがれている様子なのがはっきりとわかる。一ヵ月たったスイセンみたいにうなだれている。自分の監房に戻るよう放送があったとき、彼はおびえた様子の囚人たちのなかにいた。あたふたとあたりを見まわしている。自分の監房があるとおぼしき方向に歩いていこうとするものの、ほかの囚人が殺到したため、壁に押しつけられる恰好となった。ようやく自由に動けるようになったときには、看守が到着し、彼はすぐ隣にあった監房に押しこまれた。

「あれは誰の監房なんだ、ティリー？」

ブラッドショーは扉の上の番号を拡大した――B２‐42。それを呼び出したリストと照らし合わせた。

「リチャード・ブロクスウィッチという人が入ってる独居房よ、ポー。ジャレド・キートンの監房はB２‐14。彼がいるのはふたり用の監房」

「ブロクスウィッチについてなにかわかってることは？」

ブラッドショーは首を横に振ったが、指が目にもとまらぬ速さでキーボード上を動いた。眉間にしわが寄る。「変ね……その人についてはなにも報道されてない」

「開示が制限されているのか？」

ブラッドショーはうなずいたとも、肩をすくめたともとれる動きをした。「そうかも。でも、刑務所の記録にはアクセスできる」文書を一枚プリントアウトし、ポーに差し出した。記録の要約だった。ポーは目を通しもせずにフリンに渡した。彼女が来たからには、責任者はポーではない。

フリンは声に出して読んだ。「リチャード・ブロクスウィッチ。不正経理の罪で懲役七年」

「なんだそれは？」ポーは訊いた。「そいつは悪徳会計士なのか？」

フリンはポーのうしろに目をやった。なにも言わずに、文書をジーンズの尻ポケットに突っこんだ。「パソコンを切って、ティリー」

ブラッドショーがなにか押し、画面が黒くなった。

ポーは振り返った。

制服と私服の警官の一団がホテルのロビーに集まっている。そのうちのひとりが緑の部屋をのぞいて大声を出した。「いました、主任警部」

ウォードルが大股で入ってきた。オリンピックの聖火のように、紙を一枚かかげている。「ワシントン・ポー」彼は勝ち誇った笑みを浮かべていた。「この令状により、おまえの車および自宅を捜索させてもらう」

# 47

「ポー、いま、BMWのキーを渡したよね？」ブラッドショーが言った。「ウォードル主任警部はポーがこっちで使ってる車のキーがほしかったんだと思うけど」

「うっかりしてたよ」

「そっか」ブラッドショーは笑いをかみ殺しながら言った。「わざとちがうほうのキーを渡したんだ」

「おれがそんなことをするわけがないだろ、ティリー」ささやかな勝利ではあったが、ひじょうに重要な勝利でもあった。BMWからなにか見つかったなら、でっちあげだと証明できる。ポーもウォードルがそこまで腐っているとは微塵も思っていないが、キートンは何年もかけて計画を練ってきたのだ。あの男が次にどんな手でくるか、わかったものじゃない。

しかも、乗りまわせる車がまだあるのが心強い。

フリンは、あってはならないことが起こらないよう、ウォードルとともにハードウィック・クロフトに向けて出発していた。ポーの同行は認めなかった。

「ティリー、ちょっと頼まれてくれないか？」

「もちろん、いいよ」

彼女はいつもこうだ。なにをするのかわからなくても、イエスと答える。

ポーはいくらか金を渡した。「これで未登録のプリペイド式携帯電話を三台、買ってきてくれないか？」

「使い捨て携帯？」

「そうだ。そろそろ捜査も大詰めで、できるかぎり連絡を取り合いたい」

「どこで買えばいいの、ポー？」

ポーはしばし検討した。規模が小さく監視カメラが設置されていない一方、携帯電話を販売する店があるくらいの規模のところがいい。また、あまりたくさんの自動車ナンバー自動読取装置《ANPR》にひっかからないルートで行ってもらわなくてはならない。

「セドバーグ」ポーはようやく答えた。「ここから遠くないし、M六号線を使わなければ、ANPRのカメラのほとんどをパスできる」

「いますぐ行ったほうがいい？」

「そうしてくれ、ティリー」ウォードルがハードウィック・クロフトでなにを見つけるのかさっぱりわからないが、家宅捜索をおこなっているという事実は包囲網が狭まっている証拠だ。

「それとカーナビじゃなく、持ってきた地図を使え」ポーはつけくわえた。カーナビの目的地は復元される可能性があり、ポーとしてはできるかぎりブラッドショーの動きを隠しておきたかった。いずれ、購入店も使い捨て携帯の番号も突きとめられるだろうが、なにもわざわざ手がかりを教えることもあるまい。そうこうする一方、ポーは買い物袋をあけ、さきほど買ったクッション封筒とひとつづりの切手を出した。自分のブラックベリーのスイッチを切らずに封筒に入れた。必要以上に切手を貼り、アウター・ヘブリディーズのストーノウェイにある家の住所を書いた。その家はいま無人で、所有者は国家犯罪対策庁の女性職員で、彼女はそこを別荘として使っている。

スコットランドの片田舎の郵便事情はわからないが、迅速ではないだろう。ウォードルがポーの携帯を追跡しているなら、北に向かっているように見せられるはずだ。それで数時間は稼げる。

これからは、時間がひじょうに貴重なものになりそうだ。

誰もが忙しく、ハードウィック・クロフトに帰ってもフリンにいやがられそうなので、ポーはもう一度腰を落ち着けて動画を見ることにした。今度はリチャード・ブロクスウィッチを探すためだ。前回見たときには見当たらなかったので、おそらく監房を出て交流の輪にくわわっていなかったと思われる。つまり緊急事態のあいだ、彼とキートンは同じ監房にいるしかなかった。

ポーは興味のある動画の一部をあらためて見たが、フリンの言うとおりだ。とくにぴんとひらめくものはなかった。巻き戻しボタンを押そうとしたとき、またウォードルが緑の部屋に入ってくるのが見えた。

「犬をどこにやった、ポー？」ウォードルはきつい口調で問い詰めた。

「犬？」

「このくそったれな犬だ！」ウォードルはポーが一枚だけ持っているエドガーの写真を手にしていた。

ポーは愛想よくほほえんだ。「それしか見つからなかったのか、ウォードル？　フォトスタンドにもともと入ってたフリー素材の写真じゃないか」

「おまえも一緒に写っているぞ！」

ポーはウォードルの手のなかにある写真に、わざとらしく目をやった。「ちがうな。おれには似ても似つかない」ポーは椅子の背にもたれてほほえんだ。ウォードルにエドガーの居場所を知られるわけにはいかない。ヴィクトリアはただでさえ大変なのに、こんな下劣な野郎を訪問させるわけにはいかない。

「実を言うとな、ポー、切り札はこれだけではない」

ポーは見下したような目をウォードルに向けた。「さっさと言ったらどうだ」

「おまえのトレーラーだよ。濡れていた。最近、洗車したみたいにな」

ポーは立ちあがった。ウォードルがあとずさった。

「空に大きな黒い雲が出てるのが見えないのか、ウォードル？」ポーは窓を指さした。

「きのうの夜から朝まで土砂降りの雨だった。ハードウィック・クロフトには二台分のガレージしかないのに気づいたか？　気づいてない？　だからトレーラーは外に置きっぱなしなんだよ。びしょびしょに濡れてて当然だろうが」

「それについては調べておこう」ウォードルはこわばった声で言った。「わたしが昇進したのはもう聞いているだろう？」

「誰も話題にしてないけどな」

ウォードルのうしろで、リグがにやりとしそうになるのをどうにかこらえた。

「たしかに、わたしの出世は流星並みのスピードだったかもしれん」ウォードルは言った。「しかし、自分の仕事を心得ていないなどと、一瞬たりとも考えないほうがいい。おまえが自宅と呼んでいるあの場所からエリザベスの失踪と結びつくものが見つかったら、おまえはこの先死ぬまで刑務所で過ごすことになる」

ポーはあくびをし、両腕をのばした。「上にあがるのなら、流星ではなく小惑星だ。流星は成層圏に突入し、火の玉となって地球に落下する。暗示的だな」ブラッドショーから教わった雑学を披露するのは、これがはじめてだった。

ウォードルはフグのように顔をふくらませた。額が急速に赤らみ、血管がどくどくいっている。

「とにかく、いつでも連絡が取れるようにしておけ、ポー。また呼び出すことがあるかもしれない」

「どこでも駆けつけるさ」

「くだらんことを言うな」ウォードルはつぶやき、大股でバーから出ていった。

ずっとうしろにひかえていたリグはあとに残った。むすっとした顔をしている。

「ぼくになにか言いたいことはないですか、ポー部長刑事？」挑発するような質問ではなかった。むしろ、歩み寄るきっかけを差し出しているようだ。へたな作戦だ。ウォードルの下心は見え見えだ。昇進して得た地位を手放したくないのだ。そんなやつのもとで働いている連中も信用できない。

「いや、なにもない。さっさと帰れ」

リグは動かなかった。決まりが悪そうな顔をしたのはえらかった。ポーは態度をやわらげた。ほんの少しだけ。

「ひとつ教えてやろう、リグ刑事。この捜査に本気で取り組むつもりがあるなら、まずは、きみが事情聴取した女性になぜタトゥーがなかったのかを自問することだな」

リグは目を細くした。「彼女にはタトゥーがあるはずだということですか？」

「そうじゃない。おれが言ってるのは、ウォードルの腰ぎんちゃくになるんじゃなく、警官らしく仕事をしろってことだ」

ポーはノートPCに視線を戻した。しばらくののち、リグがバーを出ていく音が聞こえた。

ウォードルが押しかけてきたときに一時停止ボタンを押すのを忘れたため、動画はブラッドショーとフリンとともに見ていたところからさらに先に進んでいた。監房棟のレクリエーション・エリアは無人だった。受刑者はまだそれぞれ監房のなかで、看守はべつの場所に配置されている。ポーは好奇心から、閉じこめられていた時間を確認しようと、早送りした。暴動が継続していようがいまいが、いずれ食事のため、出さなくてはいけないはずだ。

警報が鳴ったのは午前十一時十五分だった。その七時間後、監房の鍵が解除された。ぽつりぽつりと囚人たちが出はじめ、棟の外へと向かっていく。夕食の時間なのだろう。ポーはキートンとブロクスウィッチが監房から出てくるのを待った。キートンは看守が通り過ぎるまでじっと動かずにいた。それから看守のうしろにくっつくようにして歩き、監視カメラの範囲から消えた。

さきほどまでの絶望した顔は消えていた。にやけていた。

ブロクスウィッチはまだ出てこない。棟内が無人になり、看守が誰もいないのを確認するまでポーは動画を見つづけた。ブロクスウィッチは監房にいなかったのだ。会計士はいったいどこに消えたのかと首をかしげつつ、ポーは囚人たちが戻ってくるところまで動画を早送りした。今度はブロクスウィッチもそのなかにいた。警報が鳴ったときには、棟のなかにはいなかったのだろう。ブロクスウィッチはまっすぐ自分の監房に向かい、なかに入って扉を閉めた。キートンも自分の監房に戻り、同じようにした。

復活した尊大な態度のまま。

ブロクスウィッチの監房でなにかがあった。ポーはそう確信した。

あのなかに、キートンはひとりで七時間もいた。

そして、そこを出たときには、にやにや笑っていた。

# 48

キートンがブロクスウィッチの監房に入ったのはあれがはじめてだったのか、たしかめる必要がある。幸いにも、メモリースティックに入っていた動画は暴動当日のものだけではなかった。ポーは一週間前までさかのぼって確認した。

その期間だけでも三回あり、ふたりはとくに親しいわけではなさそうだが、知り合いではあった。ときどき、本を交換しているようだった。

ポーは大きいほうのバーに歩いていき、コーヒーをポット一杯分注文した。それを持ってテーブルに戻った。今度は動画を先に、暴動によるロックダウンがあった数日後から数週間後まで進めた。

あとでブラッドショーに確認してもらうが、ぱっと見ただけでも、キートンがブロクスウィッチの監房を訪れるのは、暴動前よりも暴動後のほうが断然多いとわかった。しかし、ふたりの交流がとくに増えたわけではない。ブロクスウィッチはときおりキートンの監房に本を置いていくが、キートンのほうは監房を訪れる回数が増えただけで、本を置いていく様子はなかった。キートンのほうがブロクスウィッチの監房に勝手に押しかけているようにしか見えなかった。

そういう状態がキートンがいなくなるまでつづいた。

手帳で確認すると、キートンが入院した日付と一致していた。しつこくされるのに嫌気が差し、ブロクスウィッチがキートンを刺したのだろうか？　しかし、そういうことをしそうなタイプには見えない。正直に言うなら彼は典型的な会計士そのものだった。眼鏡、ひ弱そうな体つき、てかてかに光る禿頭。金を払って誰かにやらせたのかもしれない。やってくれる者を見つけるのはむずかしくないはずだ。少年のような顔立ち、えらそうな態度、八桁にもおよぶ銀行預金。キートンは塀のなかに入った瞬間から反感を持たれたことだろう。彼ができるかぎり長い期間、病棟に身を隠そうとしたのも、それが理由と思われる。

重大犯罪分析課のオフィスに問い合わせると、ブロクスウィッチはいまもペントンヴィルにいると確認できた。ポーは特別面会係に電話をかけ、翌日午後の枠で調整した。出向くのに時間はかかるし、おそらく実りのないものに終わるだろうが、ほかにどうしようもない——事件に導かれた結果だ。

車で南まで行くにはどのルートがいいか検討していると、フリンが戻ってきた。

「まったく、ばかも休み休み言ってほしいわ」彼女はポーの隣に腰をおろした。

「ウォードルはどこだ？」ポーは訊いた。

「ティリーはどこ？」フリンは質問に質問で返した。

「おれの用事をやってもらってる」

フリンは怖い顔で彼をにらんだ。

いまは上司である彼女に隠し事をすべきではない。ブラッドショーになにを買いにいってもらっているか、ブラックベリーをどうするつもりかを正直に話した。

意外にも、フリンはわかったと言うようにうなずいた。

「なにが起こっているのかわかってるふりはしないけど、現在、徹底した鑑識作業がおこなわれている。CSIがあらゆるものをぬぐってサンプルを採っているから、あなたをはめようと計画し、エリザベス・キートンがあなたの自宅にいた証拠をわざと残した者がいるなら、ヴァン・ジルとしても、彼女を拉致した容疑であなたが告発されるのを阻止することは無理だと思う」

「いずれは彼女の殺害でも告発される」

フリンはうなずいた。「いずれは彼女の殺害でも告発される」彼女は決然とした表情で立ちあがった。「そうね。飲み物を注文してくる。なにか具体的なものが見つかるまで、ここで粘るわよ」

「もう一回、説明して。どうしてウォードル主任警部にあたしたちが突きとめたことを話しちゃいけないの？」ブラッドショーが訊いた。

ポーはやさしくほほえみかけた。ブラッドショーは、正直に言うことが逆効果になるという概念がなかなか理解できずにいた。

「なんの証拠もないんだよ、ティリー」彼は説明した。「ウォードルからすれば――と言っても、あいつがおれたちと同じように見なきゃいけない道理はどこにもないし、そんなことをしたらギャンブル警視と同じ目にあう――おれたちは問題をややこしくしようとしてるとしか見えないだろう。おれが告発された場合にそなえ、早期防御を始めているにすぎないと」

「早期防御？」

「一連の出来事のべつの解釈だよ。検察側の主張に、ほかの可能性も考えられるとなれば、陪審が合理的な疑いを持つ可能性がぐんと高くなる」

「それに、あの女性の血液がエリザベス・キートンのものと一致した理由をいまも説明できていないのだから、現時点ではその主張では勝てないの」フリンがつけくわえた。「こっちにあるのは推測だけで、敵は事実を握っている」

ブラッドショーは傷ついたようだった。科学の発見とは単に、うまくいかないものをうまくいくまで記録する過程にすぎないとわかっていながらも、すっかりしょげ返っていた。ポーは彼女の協力を必要とし、彼女はここまでなんとかがんばってきてくれた。ブラッドショーは眼鏡を押しあげ、ノートPCをひらき、仕事に没頭した。

フリンとポーは、事件に関する話し合いを小声でつづけた。

「血液の問題を説明できないなら、取れる手はひとつしかないわ」とフリンが言った。

ポーはうなずいた。「あの女性を見つけるしかない。彼女が見つかれば、キートンの計画があきらかになる」

女性の名前がわかっただけでは、さして役には立たない。そんなのは詭弁だと、キートンの弁護団はそう主張するだろう。事情聴取を受けたのはエリザベス・キートンであると証明するDNA鑑定の結果を振りかざしながら。なんとしてもあの女性を見つけ、どのようにして血液を偽装したのか説明させる必要がある。それ以外はなにをしたところで、キートンの得点になるだけだ。

「明日、ペントンヴィル刑務所に行ってくる」ポーは言った。

フリンは顔をしかめた。「どうして？」

ポーは刑務所内の監視カメラの動画を流しているときに見つけたものを説明した。フリンも同じものを見たのち、うなずいた。

「たしかに機嫌ががらりと変わってる」彼女は同意した。「わたしも同行しま――」

フリンの電話が鳴り、会話が中断された。彼女はポーに画面を見せた。見覚えのない番号だ。

「フリン警部です」彼女は電話に出た。

ポーからは一方向の会話しか聞こえないが、それでもフリンがおもしろく思っていないのはあきらかだった。かけてきた相手にスピーカーモードにすると断った。ポーは名乗った。ブラッドショーはPCから顔をあげもしなかった。

「バーバラ・スティーヴンズ主任警部です」金属的な響きの声が言った。ジョーディーなまりがうっすら感じられる。ほんのちょっとのあいだでも愛する街を離れなくてはならなかったニューカッスル住民が身につけた、比較的耳ざわりのいいジョーディなまりだ。

「わたしもNCA所属です。ポー部長刑事にうかがいます。リチャード・ブロクスウィッチとの面会を予約されていますね。なぜ彼に関心をお持ちなのかうかがっても？」

「カンブリアの事件で彼の名前が浮上したもので」

「それは考えにくいわね。リチャードはわたしの知るかぎり、そちらとのつながりはまったくないはずです」

「彼はジャレド・キートンと接触しています」ポーは言った。

「なるほど。娘を殺したシェフね。その事件のことでなにかあったとは聞いています。でも、こちらもかかわっているとは知らなかったわ。てっきり、そちらで解決するものとばかり」

ポーはなにをしようとしているか説明した。

果てしなく感じられる時間ののち、スティーヴンズは言った。「そちらの要望もわからないではないけど、ポー部長刑事、面会を認めるわけにはいきません」

彼女はNCAでの所属を告げた。ブロクスウィッチが起こした事件について開示が制限されている理由がそれでわかった。自分たちのほうが優先順位が高いと主張することすらできなかった——そうでないのはほぼあきらかだった。NCAが関与する事件はすべて特別なのだ。

なかには超がつくほど特別なものもある。

「でも、なにを知りたいのか言ってくれれば」スティーヴンズは言った。「わたしが面会に出向きます。そちらの力になれることがあるか、確認してきましょう」

ポーの暗い気分が軽くなった。むしろ、こうなってよかったかもしれない。スティーヴンズはすでにブロクスウィッチと関係を築いており、なにかを見つけるとしたら彼女のほうがより適している。ポーは刑務所内の監視カメラで見たものを説明した。スティーヴンズは確認して折り返すと言った。

ブラッドショーが動画を圧縮ファイルにしてスティーヴンズにメールで送信した。三人は落ち着かない気持ちで三十分間待った。誰もしゃべらないなか、フリンの電話がようやく鳴ったときには、三人ともぎくりとした。フリンはまたスピーカーモードに切り替えた。

「あなたたちの言うとおりだった」スティーヴンズは言った。「あなたたちのターゲットはブロクスウィッチの監房でなにかを見たように見える。でも、変ね。あそこには持ち込みを禁止されているものなど、なにもないのに」

「なぜそこまで断言できるんです？」ポーは訊いた。受刑者はものを隠す能力に関しては学者並みの知識がある。だからこそ、携帯電話があれだけ問題になるのだ。

「わたしが断言できると言っているからです」反論を許さない口調だった。

ポーは相手はなにを秘密にしようとしているのかといぶかった。スティーヴンズはブロクスウィッチを軽視するような発言をしていた。どこにでもいる、不正を働いた会計士というだけ。彼女はそう言った。だが、どうにも腑に落ちない。悪徳会計士が刑務所内で注意を引くようなことはそうあることではない。過密状態の刑務所で独房をあたえられることもない。ひょっとすると、この男は大きな詐欺事件に関与していたのかもしれない。ひょっとすると、大きな詐欺事件の証人になったのかもしれない。

しかし、くだくだ考えても無駄だ。国家犯罪対策庁は縦割りで、セキュリティー・クリアランスも異なっている。巨大な組織のなかで、重大犯罪分析課はほぼ底辺に位置している。ヴァン・ジルでさえ、スティーヴンズの課がどんな仕事をしているか知らないかもしれない。

「このあと夫のトレヴァーとロンドンで会う約束があるの」彼女はつづけた。「そのあとリチャードのところに寄って、明日、報告します」

「今夜でお願いします」フリンは言った。「寝ないで待っていますから」

「わかった、また夜に」

# 49

スティーヴンズは約束を守った。電話がかかってきたのは午後十一時近くだったが、ポーたちはまだ全員が起きていた。八時に夕食をとり、その後も仕事をつづけていた。

ブラッドショーはしだいにカリカリしてきていた。問題をあたえられながら、それが解けそうにもないからだ。車のキーをなくした人のように、ひとりぶつぶつ言っていた。

「なんでこんなことが可能なのよ、まったく」表情がけわしかった。「最先端の人工血液ですら法医学者をだませないのに」

ちくしょう。誰に訊いても同じことを言われたが、それでもポーはブラッドショーなら見つけてくれると思っていた。しかしその彼女もほかの人たちと同じ意見のようだ。ほかの人の言うことは信じていないが、ブラッドショーの言葉は信じるしかなかった。

それでも、自分がまちがっているとは思っていない。

二重思考。

そういうわけで、スティーヴンズから電話がかかってきたときは、ほっとした。最高に突拍子もない問題から、一時的に待避できた。

「残念だけど、役に立ちそうな情報はなかった。リチャードはキートンを知っていたけれど、友だちではないそうよ。ふたりとも読書家で、好みはちがっていたものの、刑務所内の図書室の蔵書はかぎられている。だからそれぞれ手持ちの本を貸し借りしていた」

「ロックダウンの日以降、キートンが訪ねてくる回数が増えたことは言ってましたか？」

「言っていた。理由はわからないそうよ」

「彼の監房で違法なものをキートンが見つけた可能性は？」

「断じてありません」

またも行きどまりか……。

もしかしたら……もしかしたら、おれたちは誤った方向から見てるんじゃないだろうか？　自分たちが捜しているのは若い娘であり、違法ではないが、それでも受刑者が隠すものにポーはひとつだけ心あたりがあった。

家族の写真だ。ほかの受刑者に見られないように隠すことはよくある。子どもや若い女性の写真ならとくに。もっとも近しく、もっともいとしい存在が、他人の自慰のお供にされてもいいと思うやつなどいない。

「彼の監房に入ったことは？」ポーは訊いた。

「家族の写真は隠してありましたか、それとも見えるところに飾っていましたか？」

「あります」

長い間があいた。

「ああ、なるほどね」彼女は言った。

「そういうことです」とポー。

「たしかに彼には娘がひとりいる。名前はクロエ。二十代前半のはず」

「彼が写真を隠しているのを確認するのに、どのくらいかかるでしょうか、主任警部？」

フリンが訊いた。「とても大事なことなので」

「たいしてかからないでしょう。隠し場所はローテクでありきたりなところだと思います。本人がすぐ出せるところのはず」

スティーヴンズは明日、刑務所があいたらすぐに捜すと約束してくれた。写真があったら、朝いちばんにコピーを送ってくれるという。ポーは礼を言ったが、そんな必要はないと思っていた。名前が手に入ったいまは、ブラッドショーがソーシャルメディア上でクロエ・ブロクスウィッチを見つけてくれる。

何人かいるだろうが、ポーたちには強みがある。彼女の顔かたちがわかっている。死んだ女性になりすまし、カンブリアに現われたのは、クロエだったのかもしれない……。

ブラッドショーがウェブ上で人捜しをするあいだ、ポーとフリンはブラッドショーが買ってきた三台の使い捨て携帯電話の設定をした。どれも安物で趣味が悪いが、機能的には充分だった。ポーが姿をくらますことになった場合、誰にも聞かれず、あるいは携帯基地局を利用した方法で居場所を特定されることなく、会話することが可能だ。

ブラッドショーは検索をつづけるかたわら、危険を回避するのに必要な行動をふたりに説明した。

「留守電にメッセージを残すのも、ショートメッセージを送り合うのもだめ。どっちも復元される」ブラッドショーは画面から目を離すことなく言った。「相手にこの電話の存在を知られてないから、いちいち電源をオフにしてバッテリーを抜かなきゃいけない理由はない……でも、ショートメッセージを受信したら、このうちの一台、あるいは全部の存在がばれると思ってて。そのときはバッテリーを抜いて、破壊して」

「で、この部分に向かって話せばいいんだな?」ポーが使い捨て携帯電話のマイクを示しながら訊いた。

「ちょっと、なに言ってんの……!」ブラッドショーはポーの顔に気づいた。「やだ、からかってるのね。やめてよ、もう」

「からからうんじゃないの」フリンはポーが留守電機能がどこかわからずさわりまくっていた電話をひったくった。必要でないものはすべて機能をオフにし、三台とも近くの壁のコンセントに挿しこんだ。

「いよいよとなった場合、どこか行くあてはある？」フリンは訊いた。「むずかしく考えないで。行方のわからなくなった性犯罪者を追っていたときの経験から、シンプルなのがいちばんだと学んだの。いままで一度も行ったことがない場所を選んで。そこから動かないこと。道路は使わないこと」

ポーは答えなかった。フリンが言った〝シンプルなのがいちばん〟という言葉が、スティーヴンズが言ったなにかと共鳴しあった。ブロクスウィッチが家族の写真を隠していそうな場所を、〝ローテクな場所〟と表現していた。

ローテク……。

血液をめぐる難問を解こうとするこころみはすべてハイテクなものだった。遺伝子組み換えだの人工血液ということばかり考えていた。ずっとそこにこだわってきたが、いいかげん、専門家の意見に耳を傾けるべきかもしれない――人間の血を交換するハイテクな方法など存在しないと。

あるわけがない。

キートンは一連の計画を刑務所内で練ったのだし、彼は科学者ではない。料理人だ。たしかに天才だが、〝刑務所の監房にいながら人間のゲノムを書き換えられる〟レベルの天才ではない。

ここはローテクな答えを探すべきだ。

ポーがあらたな検索パラメーターをブラッドショーに指示しようとしたとき、彼女がめずらしいことをした。汚いののしり言葉を発したのだ。

「ばっかじゃないの、こいつ」

フリンもポーも身を乗り出し、PCの画面に見入った。ブラッドショーはフェイスブックとピンタレストにログインしていたが、問題の女性が見つかったのはインスタグラムだった。クロエ・ブロクスウィッチは自分のデジタルフットプリントを減らす努力をしていたものの、ほかの人が自分のアカウントでアップロードしたものは削除したくても無理だった。

撮影されたのは夜のパブのなかだった。写っている全員の目が真っ赤だ。酔っ払いの夜。べつにかまわない。画像はパスポートの写真並みにきれいだった。

前列の真ん中にいるクロエは同じくらいの歳の青年に両腕をまわしている。青年の名前はネッドで、写真を投稿したのは彼のアカウントだった。下に簡単なコメントがついている――〝おれはこの女をくっそ愛してる！〟

アルストン図書館に現われた女性を何時間もかけて精査していたため、ポーは彼女がすぐにわかった。絶対にまちがいない。警察で事情聴取を受けていたときと同じように、首をちょっとかしげている。左の耳に髪をかけている。

ポーはノートPCをじっと見つめた――エリザベス・キートンになりすましている若い女性を。

ジャレド・キートンを救い、ついでにポーの人生をめちゃくちゃにしようとしている娘。

まるで天使のようだった。

# 50

一歩進んで二歩さがる。朝食のさなか、三人が恐れていた電話がフリンのもとにかかってきたときの気持ちは、まさしくそれだった。

ギャンブルからだった。ポーに電話しようとしたのだが、彼の携帯電話はサイレントモードにして、クッション封筒におさまっている。

フリンは相手をさえぎることなく話に聞き入っていたが、しだいに顔がこわばっていった。最後にこう言った。「ありがとうございます、イアン」

彼女は通話を終え、ポーとブラッドショーに向きなおった。「ギャンブル警視はいまも警察内に友だちがいるらしいわね。ＣＳＩがあなたの四輪バギーのトレーラーに少量の血液がついてるのを見つけたそうよ。いま超特急でＤＮＡを調べているけど、ウォードルはこれからケンダルの治安判事裁判所に出向いて保釈なしの逮捕令状を請求するらしい」

「保釈なし？」ポーは訊いた。「それはいくらなんでも無理だろう。少量の血液以上の証拠がないかぎり。ちゃんと調べれば、どんなものにも血ぐらいついている」

「ウォードルの主張によれば、血を拭おうとした痕跡があるそうよ」

「ずっと雨が降っていたし、トレーラーは外に出しっぱなしだった！　そう言ったはずだ」

フリンが片手をあげたのを見て、ポーの怒りはいきおいを失った。彼女が悪いわけじゃない。それにウォードルもこれまでやってきたとおりのことをしているだけだ。必要な証拠を確実に手に入れるため、先に令状を請求したにすぎない。

くそ。

もっと時間に余裕があると思っていた。警官の逮捕は通常、場所や時刻を指定しておこなわれる。特定の時間に、弁護士を連れて警察署におもむくのだ。ひと波乱も大騒動もなく、さらに大事なのは、一般の裁判所で保釈なしの逮捕令状を申請する必要もない。ああいう場所では、退屈した裁判所担当の記者がスキャンダルはないかと手ぐすね引いている。保釈なしの逮捕令状が警官に対し発行されれば、一時間とたたぬうちにインターネット上をニュースが駆けまわり、全地元紙の夕刊の一面を飾ることになるだろう。

もちろん、ウォードルはそれをねらっている。

見つかった血液が誰のものか、ポーにはわからないし、エドガーのものだろうとは思うが——喧嘩好きなスパニエル犬はしょっちゅうどこかしらけがをしている——エリザベス・キートンのものである可能性も否定できない。ありえないことながらクロエ・ブロクスウィッチの血管内に存在していた以上、彼のトレーラーに存在してもおかしくない。

そして、はっきりするまでぼんやり待っているわけにはいかないのだ。

フリンに選択肢はなかった。ヴァン・ジル部長にも知らせなくてはならない。ブラッドショーがまたオンライン会議を設定した。

「なにがあった？」ヴァン・ジルはいきなり尋ねた。

フリンは説明した。

部長は黙りこんだ。考えなくてはならないことをたくさん抱えているのはポーも知っている。国家犯罪対策庁がもっとも威力を発揮するのは、国民および他の機関から信頼されているときだ。ヴァン・ジルはポーを裏切るまねはしないだろうが、彼にできることには限りがある。

「きみたちが突きとめた事実を突きつけても、ウォードル主任警部の決意は変わらないと見ているようだな」彼はようやくそれだけを言った。

「そうです、部長」フリンは答えた。「それに、そうすればこちらの手の内を知られてしまいますし。われわれがクロエ・ブロクスウィッチの存在をつかんでいることをキートンに知られれば、彼女を見つけるのは無理ではないかと」

ヴァン・ジルは顎をさすった。ひげを剃る時間がなかったらしく、一日分の無精ひげが立てるサンドペーパーのような音がスピーカーを通して聞こえた。

「しかもウォードルはここにすべてを賭けてます」フリンはつづけた。「ギャンブル警視のあとがまにすわるつもりですから、ポーが関与しているという説を引っこめれば本人にとって命取りでしょう」

「しかも本部長のところにはマスコミが大勢集まっている」ヴァン・ジルが言った。「保釈なしの逮捕令状が出たというニュースがおおやけになっても、彼女はそれを無効にする立場にない。ウォードルがここまでおおっぴらに進めているのは、それが理由だろう。あの男は本部長を道連れにするつもりだ」

「たしかに」フリンは言った。「ウォードルは一度に全部のカードを使っているかもしれませんが、強い手を持っているのはたしかです」

「どうしたらいいだろう、フリン警部？　これはどうがんばっても、われわれの有利に運ばないように思うが」

「表向き、われわれはこれについて知らないことになっています。ギャンブル警視はポーの無実を信じているから話してくれたにすぎません。ウォードルにしてみれば、保釈なしの逮捕令状はいまも大きな秘密のはずです。われわれはなにも知らないふりをしてやっていくしかないでしょう。表向き、知らないことになっているんですから」

「で、問題の女性を見つけられると考えているのだね？」

「はい、部長」フリンはうなずいた。「彼女はＮＣＡの他の課が捜査中の事件につながっていますので、引き出せる情報はすでにあるかと」

ヴァン・ジルはＮＣＡの他の課とはどこだとは尋ねなかった。当然ながら、バーバラ・スティーヴンズを知っているのだろう。ポーは意外とは思わなかった。ヴァン・ジルがいまいる地位にのぼりつめるには、運だけでは無理だ。

「血液の件はどうなっている？」ヴァン・ジルは訊いた。「クロエ・ブロクスウィッチを見つけられなければ、どうやって入れ替わったのか、説明する必要があると思うが」彼はブラッドショーのほうを向いた。「ミス・ブラッドショー、科学的にそれは不可能と聞いているが」

ブラッドショーは階級に敬意を払うという考えが理解できない。科学が争点になっている場合はとくに。

彼女は皮肉をこめ、ブーイングのような声を出した。「科学は結果がすべてというわけじゃないわ、エドワード・ヴァン・ジル部長。努力することも科学です。発見は結果にすぎないの——科学は過程であり、理論であり、仮説なんです」

ヴァン・ジルはなにも言わなかった。ブーイングのあとで科学に関するちんぷんかんぷんな反論を聞かされれば、誰だって口を閉じるしかない。

ブラッドショーはつづけた。「メタデータは科学的にありえないという結論を出してきてるけど、メタデータには入手可能な情報がすべて入ってるわけじゃないし」

「そうなのか？」ヴァン・ジルは訊いた。

ブラッドショーは力をこめてうなずいた。「そうです。だって、クロエ・ブロクスウィッチのなかにはエリザベス・キートンの血が実際に流れてたんだから。科学的に可能というだけじゃなく、実際に採血して検査できるレベルの血が。どう考えても——とにかくそれは事実。どうやったのか、絶対に突きとめてみせます、エドワード・ヴァン・ジル部長。あたしはポーをがっかりさせたりしない」

「そうか……ならけっこう。がんばってくれ」ヴァン・ジルの顔には、〝ブラッドショー漬け〟になったあと、誰もが浮かべる困惑の表情が浮かんでいた。

ポーは、いいぞというように、両手の親指を立てた。いまこの瞬間、背後をまかせられるとしたら、彼女しかいないという気持ちだった。

ヴァン・ジルは結論を下した。「ポー部長刑事に逮捕令状が出たと正式に連絡が来た場合、NCAは当然のことながら、カンブリア州警察の仲間たちを全面的に支援することになる。それまではこちらからは連絡しないことにする」

フリンはうなずいた。

「それから、この件にポーを関与させてはならない、フリン警部」ヴァン・ジルはつけくわえた。「きみとブラッドショーには彼なしでがんばってもらう。ポー、きみの仕事は、とにかくウォードル主任警部と会わないようにすることだ。そんな指示は聞きたくなかったろうが、これについて反論は受けつけない」

ポーはPCの画面をにらみつけた。

「なんの問題もないと思うが、ポー？」

ポーは答えなかった。

フリンは疲れた顔で部長にほほえんだ。「あったとしても、部長、彼は言葉にはしませんよ」

「くそ笑えるよ、ステフ」ポーはぼそりとつぶやいた。

「では、異論はないいな、ポー？」ヴァン・ジルは訊いた。

ポーは黙っていた。

「ポー？」ヴァン・ジルはうながした。

「ありません、部長」

「ありませんとは？」

「フリン警部とティリーにあとの仕事をまかせることに異論はありません」

「けっこう」

## 51

　十分後、ポーは車を走らせていた。雨はやんでいたが、かえって雲が低くたれこめていた。小型のレンタカー――ウォードルに存在を知られていない車――に乗り、防犯カメラで監視されていないとわかっているなかで、もっとも近いポストに行き、梱包したブラックベリーを投函した。偽の足跡も残したほうがいいだろう。ポーはそこでUターンし、ハードウィック・クロフトのほうに引き返しはじめた。もっとも、向かう先は自宅ではない。地元のどこかに拠点を置く必要があり、彼に借りのある人物に心あたりがあった。

　フリンが道路わきで待っていた。ポーが身を寄せる場所がどの程度人目につきにくいか、確認するためだ。それに、なにかあったときにそなえ、駆けつける場合の行き方も知っておく必要がある。使い捨て携帯電話は持ってきたが、仕事用の携帯はブラッドショーに預けてきた。ジェイソン・ボーンの映画にでも出ている気分だ。ここまで事態が深刻でなければ、楽しめたことだろう。

ポーはフリンの車を追い越し、二台の車は彼の先導でぬかるんだ農道を進んだ。ポーが車をとめて降りた。フリンも同じようにした。

前回、ここに来たときは、全部で四台の車がとまっていた。いまは二台しかない。トマス・ヒュームのメルセデスと赤いフォード・フォーカスだ。

ポーがドアをノックした。フリンはその横に立った。

ヴィクトリア・ヒュームが応対に出た。掃除の最中だったらしい。髪をひとつにまとめ、袖をまくりあげ、黄色いゴム手袋をはめている。

「ワシントン」彼女は言った。「エドガーを引き取りにいらしたの？」

フリンは眉をあげてポーを振り向いた。「ワシントン？」

ポーは肩をすくめ、かすかに顔を赤らめた。ポーが自分の名前の由来を知ったことをフリンは知らない。彼がいまもその名前をきらっていると思いこんでいるのだ。

ヴィクトリアは不安そうにフリンのほうに目をやった。ポーはそのわけをすぐに察した。父親がポーをだまし、そのポーがピンストライプのスーツ姿で、どこから見ても事務弁護士にしか見えない女性を連れてきているのだから。

「助けてほしい」ポーは言った。

紹介を終えると、ポーは人知れず滞在できる場所が必要だと説明した。べつに違法なことをさせるわけではなく、出ていってほしければいつでもそう言ってくれてかまわない、と。

ヴィクトリアはなかに入るようにふたりをうながし、キッチンに案内した。ひろびろしていて、アーガ社のオーブンの熱で暖かかった。ガレージのドアほどの大きさがあるオークのテーブルが空間のほとんどを占拠していた。すでにポットにお茶が淹れてあり、彼女はそれをカップ三つに注いだ。

ヴィクトリアは十以上もの当を得た質問をし、ポーたちはそのうちのいくつかに答え、いくつかには答えられなかった。ポーは最後に、気が乗らないのなら、無理に協力しなくてもかまわないと言った。

「状況を考えれば、せめてそのくらいはしなくてはね」ヴィクトリアは言った。

このときもまた、フリンはきょとんとした顔でポーを見た——彼が住居問題を抱えることになったのも、彼女は知らないのだ。

「助かります」フリンは言った。

「好きなだけいてもらってかまいません。ちゃんとした方のようなので」

「ええ、まあ、それはこの人をまだよく知らないからですよ」

ポーは言い返そうとしたが、フリンの電話が鳴って口を閉じた。思わず身をこわばらせたが、鳴っているのは使い捨て携帯電話であり、かけてきたのはブラッドショー以外にありえないとわかって肩の力を抜いた。

フリンは相手の話に耳を傾けていた。しばらくすると顔をくもらせた。

「ティリーから」フリンは電話をわずかに下におろした。「頼まれてた報告書をメールで送ったと言ってる」

「なんの報告書だ?」すでに受け取ったもの以外に、なにか頼んだ覚えはなかった。

「なんの報告書なの、ティリー?」フリンは言ってから、ポーに視線を戻した。「トリュフに関するもの?」

そうだった。キートンがどうやってトリュフの生える木を見つけたのか、ずっと気になっていたのに、のっぴきならぬ事態になってすっかり忘れていた。

「時間ができたら読むと伝えてくれ」

フリンは言われたとおりに繰り返した。顔をしかめ、〝なんでわたしが〟という顔でポーをにらんだ。「ええ、ティリー」とため息をつく。「もう電話を切ってもいいわ」

フリンが帰ると、ヴィクトリアは有無を言わせずポーを部屋に案内した。古い離れのなかの一室だった。最低限のものしかないが、居心地は悪くなさそうだった。ダブルサイズのベッド、ナイトテーブル、それに洋服箪笥。母屋とは壁でつながっているが、べつの入り口を使わないと入れない。おそらく、農場で働く作業員用に建てられたものだろう。眠るための部屋であって、それ以上でもそれ以下でもなかった。

「エドガーを連れてきてあげるわ」

興奮しすぎのスパニエル犬を連れて戻ってきた彼女は、紙切れを一枚差し出した。「Ｗｉ‐Ｆｉのセキュリティーキー」ヴィクトリアは隣と接している壁に触れた。「これを通り抜けられるくらい信号は強いはず」

ポーは礼を言った。

ポーはブラッドショーに借りたタブレットを起動させた。すでにポーが使うように設定済みだ。Ｗｉ‐Ｆｉのセキュリティーキーを入力する。信号は充分に強く、ブラッドショーの電子メールを立ちどころにダウンロードできた。

問題がひとつあった。

刑事になって長いポーは、ちょっと呼び出されただけのつもりが、そのまま七十二時間ぶっつづけで帰宅できなくなることが往々にしてあるのを充分承知している。重大犯罪分析課のペースはゆったりしているとはいえ、緊急出動用の荷物を常に用意しておく習性はいまも変わっていない。カンブリアに来るとすぐにそれを用意し、レンタカーのトランクに入れてあった。問題は、無意識に荷造りしたことだ。ペットボトルの水、保存のきく食品、替えの衣類、懐中電灯と乾電池、犯罪捜査用の手袋など。犯罪現場に長く足止めされた場合に必要なものばかりだ。長年にわたり荷造りの際に入れてきたものばかりだった。

しかし、読書眼鏡は荷物に入れていなかった。そういうものが必要ない生活が長かったからだ。ジャケットの胸ポケットを調べたが、そこに入っていないのはわかっていた。〈シャップ・ウェルズ・ホテル〉の緑の部屋を出るときに、テーブルに置きっぱなしにしたのを思い出した。

ちくしょう。

文字が小さすぎて読めず、ブラッドショーが以前指を使ってやっていたのをまねて〝ピンチアウト〟という操作をやってみたが、なにも起こらなかった。いらだちのあまりタブレットをベッドに放り投げた。

壁の反対側からかすかな音が聞こえ、ここにいるのは自分ひとりではないのを思い出した。ヴィクトリアに頼んでブラッドショーのメールをプリントアウトしてもらえば、Ａ４サイズくらいなら目を細くしてなんとか読み通せるはずだ。

しかし、シャワーを浴びるのが先だ。

ポーがノックしてキッチンに入っていくと、ヴィクトリアはほほえんだ。掃除を終え、いまは料理の段階に入ったらしい。

「ちょっと早いけど、ランチを一緒にどうか、うかがおうと思ってたところなの、ワシントン。昨晩の残り物のテイティーポットをオーブンで温めなおしているんだけど」

ポーは朝食を食べてまだそれほど時間がたっていないと言おうとしたが、胃が頭をねじ伏せた。テイティーポットはひさしく食べていない。

「それはもう喜んで、ヴィクトリア。ありがとう」

ポーがテーブルにつくと、ヴィクトリアはたっぷりよそってくれた。身を乗り出すようにして陶然とするにおいを吸いこんだ。天にものぼる幸福感に包まれた。てらてらとした子羊肉、濃厚な味のブラッドソーセージ、金色に輝くジャガイモのスライスをスプーンに取り、口に運んだ。目を閉じて、ため息を漏らす。舌がとろけそうだ――〈バラス&スロー〉で出されたどの料理よりもはるかにうまい。ほどなくポーの皿は空になり、ヴィクトリアがおかわりをよそってくれた。

ポーは三杯食べてようやく満足した。ヴィクトリアがお茶の入ったカップを渡し、自分にも一杯注いだ。ふたりは打ち解けた雰囲気のなか、黙ってお茶を飲んだ。

ようやくポーは口をひらいた。「この家にはプリンターはあるだろうか、ヴィクトリア？　タブレットの文書を読みたいんだが」

「いいえ、ここにはないわ。Wi-Fiがあるのは、父が農場の口座を管理するためなの」

まいったな。

ヴィクトリアはポーががっかりしたのに気がついた。「でも、あとでケンダルの街に出かけるから、そこでプリントアウトしてもらってきてもいいけど」

ポーは首を横に振りながらも礼を言った。トリュフに関する報告書だ。どの程度、重要なんだろう？

ふたりは黙りこんだ。しばらくして、ポーは言った。「きみはおれのことをいろいろ知っている——少なくとも、住居の問題が迫っていることを——が、おれのほうはきみのことをなにも知らないにひとしい」

「実際、話すほどのことなどないもの」

ポーはすわり心地のよさそうな椅子に身を沈め、ヴィクトリアが語る農場での子ども時代の話に聞き入った。彼女だけでなく姉妹全員が湿原での農業という、昔ながらの家業を継がないことを知ったトマスがどれほど落胆したことか。最後に家を出たのはヴィクトリアだったが、いちばん遠い地に行ったのも彼女だった。デヴォン州のチャドリーで、彼女は教師の職を得た。

「向こうもいいところだけど、こうして戻ってきてみると、なんだか離れがたい気がする。当時、湿原での農業には心を引かれなかったけど、いまのわたしはあのころよりも歳を取った。やってみてもいいんじゃないかという気がする。父が遺したものを引き継いでみようかと」

ポーには彼女の言いたいことがよくわかった。ほかの地域とはちがい、カンブリア魂というものが人々の血液にまで入りこんでいる。若さあふれる時期が過ぎると、人生の優先順位が変わってくるものだ。

「それはとにかく」彼女は言った。「プリントアウトしたい文書とはどういうもの？」

ポーは報告書のことと、読書眼鏡がなくて困っていることを説明した。

「午後にでも買ってきてあげてもいいわよ。でも、父のデスクトップパソコンがあるの。その文書をメールで送ってくれれば、大きな画面で読めるわ」

ポーはためらった。地中海産のキノコに関する報告書に機密情報がわずかなりとも含まれているとは思えないが、暗号化されたファイルを安全が確認されていないネットワークに送信することは禁じられている。一度、その理由をブラッドショーが説明してくれたことがある。トロイの木馬がどうのこうのという話らしかった。説明が終わるはるか手前でうとうとしはじめたため、なぜギリシャ神話に登場する戦術がメールを転送できない理由になるのかはわからずじまいだったが、彼女はちゃんとわかって言っていたのだろう。

「申し訳ないが、それはできない」そのとき、ふと思いつき、ポーは顔を輝かせた。「しかし、あなたに読んでもらうのはかまわない」

# 52

文書を読みはじめたヴィクトリアが怪訝そうに顔をあげた。「トリュフに関する報告書なのね」

トリュフに関する報告書なのはわかっている。ポーが依頼したのだから。「なんと書いてある?」

彼女はタブレットのページをめくった。「デイヴィッド・アッテンボロー（自然に関するドキュメンタリーを数多く手がけている動物学者）のドキュメンタリー風に読みましょうか?」

「いいね」ポーはにやりとした。ヴィクトリア・ヒュームは興味深い女性だ。

「チューバー・エスティブム、またの名を夏トリュフ、またの名をブラックサマートリュフはイギリス原産である。これは宿主の木の根と菌根共生の関係を構築する」

ポーは顔をしかめた。「菌根共生?」

「ほら、サメの表面に吸いついて、せっせとお掃除してあげる魚がいるでしょう?」

ポーはうなずいた。

「菌根共生というのは基本的にそれと同じだけど、植物にかぎった話。ここに名前のある……ええっと」ヴィクトリアは末尾までスワイプした。「……ミス・マチルダ・ブラッドショーによれば……うわあ、博士号がこんなにたくさん……このトリュフは植物からはがれ落ちた細胞から栄養を摂取している」彼女はまた少し読んだ。「つまり、トリュフは土壌と根の状態をととのえ、それによって宿主である木を丈夫にしているわけね。トリュフが生える木は生えない木よりも多くの水と養分を吸収できる」

「どこでそんなことを知ったんです?」

「わたしは生物学の教師なの」

ポーは額をぴしゃりと叩きたくなった。さっき彼女は教師をしていると言ったのに、なんの科目を教えているのか、または何年生を教えているのかといったことをポーはなにも訊かなかった。もう長いこと、女性とごく普通の会話を交わしていないせいだ……。

「訊けばよかったな」ポーは言った。

「父はあなたにハードウィック・クロフトの件を正直に言えばよかった」ヴィクトリアはそうやり返した。それから報告書の読みあげに戻った。「ブラックサマートリュフは南向きのナラ、カバ、あるいはブナの木を好む。乾燥した水はけのいい土壌と海抜百フィート以上の高さを必要とする。ここ北部よりは南部でよく見られる」

ポーはしばらく、トリュフについて調べるよう頼んだときのまとまりのない考えを思い出していた。キートンが自力でトリュフが生えている木を見つけたとは考えにくい。なのにバニーは見つけたと主張している。どうにも腑に落ちない。

しかし、長期的な見地に立った場合、これは本当に重要なことなのだろうか？

クロエ・ブロクスウィッチを見つけることは重要だ。

血液がどのようにして入れ替えられたのかを突きとめることも重要だ。

一生を刑務所で過ごすことにならないようにすることも重要だ。

キートンがどこでトリュフを入手していたかは重要とは言えない。

「そのトリュフは貴重なものなのかな？」彼は訊いた。

「ここに書いてあることによれば、一キロあたり二千ないし二千五百ポンドというところ」

ポーは口笛を吹いた。そう簡単に人に教えられるものじゃない。キートンがクローフォード・バニーに場所を教えなかったのも当然だ。ひと財産に相当すると言ってもいいのだから。

「国家犯罪対策庁というのはこういうことをしているのね。これって――トリュフ窃盗団でも捜査しているの？」

「カーライル育ちの人間がトリュフの生えている木をどのようにして見つけたのか、突きとめようとしてるだけだ」

ヴィクトリアの笑みが消えた。「重大な捜査なのね？」

ポーはうなずいた。「かなり重大な捜査だ」

ヴィクトリアは椅子の背にもたれ、マグの中身を飲みほした。ポーのマグを指さした。

「おかわりは？」

「いただこう」

湯を注ぎながらヴィクトリアは訊いた。「このあいだ話していたレストランに関係あるの？」

ポーはそのときのことを思い出して顔をしかめた。あれは本当に最低だった。「そうだ」

「あのね、この商売を始めたばかりのころの父は、ほかの農家と同じようにせりに出してたんだけど、購入するのは食肉加工の業者だけだったから、その人たちがいいように価格を操作していたの。父が育てた羊は本当にいいものだったけど、ほかのものと一緒くたにされていた。父は経営者としての才覚に欠けていたかもしれないけど、それでも中間業者がいないほうがいい値段をつけられるくらいはわかっていた。食肉にするところまでは業者に適切にやってもらったけど、売るのは自分でやることにしたの。当時は客のリストなんかなかったから、どうしたかわかる？」

ポーは首を横に振った。

「カンブリア州内のまっとうなレストランと食肉店にサンプルを持っていったのよ。価格表を渡し、供給できるものとできないものを伝えた。ほどなく、肉がすべて売れるようになった。需要に供給が追いつかなくなるのもあっという間だった」

そういうことか。

「つまり……いまの話は、トリュフが生える木を見つけたのはキートン自身ではないだろうということか。見つけたのはほかの人間で、その場所を売ってもらったか、供給を受けながら、自分で採取したふりをしていたってことだな」

ヴィクトリアは肩をすくめた。「父にもレストランに直接おろせる価値のある生産物があったんだもの、ほかにもそういう人がいてもおかしくないでしょう？」

「そして、一軒のレストランに提供しているのなら、ほかのレストランにも提供していたと考えられる」ポーは言った。

それなら筋が通る。キートンが自力でトリュフの生える木を見つけたわけがない。その場所を教えられ、自分で見つけたと言っているだけだ。自己顕示欲の強い、あの男のやりそうなことだ。

しかし、この情報がどう役に立つかはまだわからない。ポーの疑問には答えてくれたが、けっきょくどうでもいいことではないのか。トリュフが生える木の場所を秘密にするのは、経営的に賢明な判断だ。

しかし、そうじゃない。

実際はちがう。

キートンはいまも〈バラス&スロー〉の単独オーナーであり、トリュフに支払われた追加の費用は彼のポケットマネーから出ている。もちろん、場所を秘密にしているのは、他のレストランに移る従業員が貴重な情報を手みやげにしないようにするためとも考えられる。

しかし、それとはべつの理由があるのだとしたら……？

## 53

どうとでもなれ。

ささやかだがみずからを解き放つそのひとことで、ポーはやってはいけないことを実行に移した。今回の場合で言えば、彼はヒュームの農場を離れてはいけないと厳命されていた。ヴァン・ジルとフリンのことは心の底から尊敬しているものの、ポーがふたりの指示をおとなしく守ると本気で思っていたのなら、ばかとしか言いようがない。フリンがクロエ・ブロクスウィッチの居場所を突きとめる力にはなれないが、いまのポーには、どうしてもはっきりさせておきたいことがある。

ポーは可能性のありそうなレストランをいくつかあたり、トリュフの売り込みに訪れた者がいなかったか訊いてみるとヴィクトリアに告げた。彼女はそれなら父親の古いランドローバーを使うように勧めた。納屋のひとつに入れてあるが、充分に使える状態だからと。

「捜される事態になっても、まさか羊の糞だらけのおんぼろ車に乗っているとは思わないでしょうし」彼女は言った。「それに、いずれにしても、天気が急変しそうだし、あなたのやわなレンタカーでは鉄砲水でもあったら押し流されてしまうわ」

ポーとしても異存はなかった。空は一日たったあざのような色で、風も強くなっていた。じめじめした感じはなくなっていた。暴風雨ウェンディはまもなく西海岸に上陸予定で、そうなるとモンスーンのような天気になる。気象庁の予報どおりなら、いまのポーに必要なのは、頑丈で実用一辺倒のランドローバー以外にない。

ブラッドショーに手伝ってもらうことも考えた。彼女ならデータを集めて精査し、優先順位のついたリストを作成してくれるはずだ。しかし、彼女を巻きこむわけにはいかない――ポーが指示どおりにしていないと知れば心配するに決まっているし、へたをすればフリンに報告してしまうかもしれないからだ。

地図上の〈バラス&スロー〉を丸で囲んだ――ありもしない地下室から脱出したエリザベス・キートン／クロエ・ブロクスウィッチがどのくらいの距離を歩いたかを計算したときに、ブラッドショーが描いたのと似たような地図だ。ブラッドショーは方程式とPCを使った――ポーが使うのは赤いフェルトペンだ。〈バラス&スロー〉付近のレストランから始め、それから同心円状に外に向かう。うまくいかなければ、探索範囲をひろげるまでだ。

最初の投網の範囲に入った店がいくつあるか数えた。九軒。レストランが三軒にパブが六軒。パブが六軒ともガストロパブだったらと心配になった。ガストロパブとは要するに、つぶれた酒場の跡地に不死鳥のごとくよみがえった、パブとレストランが半々という個性のないハイブリッドな店のことだ。あろうことか、どの店も自分のところの料理は一流であると謳っており、すべて訪問するしかなさそうだ。

ガソリンスタンドで新しく読書眼鏡を買い、リストの最初のパブに入った。はずれだった。

「うちじゃ揚げ物以外は扱ってなくてね、お客さん」脂ぎった店主がそう教えてくれた。

「だったら、これまでにトリュフの売り込みが来たことは?」

「なんだい、それ?」

ポーは説明した。

店主はポーにメニューを突きつけた。もっとも健康によさそうなものでも、スコッチエッグだった。揚げた挽肉でしかない料理なのに、たいしたものだ。

つづく二軒のパブは食事を提供していたが、ありふれていた。ハンバーガー、フィッシュ・アンド・チップス、ラザーニャ、ステーキ、エール・パイ——定番のものばかりだ。

悪くはないが、トリュフはない。

最初に訪れたレストランはそれらにくらべると期待が持てた。メニューにはトリュフがあり、高級料理店であると自任していた。しかしながら、時期が合わなかった。〈ソルテッド・ピッグ〉というその店は、キートンがみずからトリュフを採取していると言っていたころには存在していなかった。店の料理長は、トリュフが採れる場所を知っているのかとポーに尋ね、知っているのなら話を聞くと言った。

外に出ると豪雨が降りしきっていた。ポーはしばらく〈ソルテッド・ピッグ〉の雨よけテントの下で、激しい雨に目を丸くしていた。キャンバス地の雨よけを叩く雨音がいっそ痛快だった。五分ほどその場にとどまり、雨で空気が洗われていくのを楽しんだ。深呼吸し、濡れた土のにおいを吸いこんだ。

一瞬、雨が小降りになった隙を突き、ランドローバーまで走った。ヴィクトリアの家に戻ろうかとも思った――こんな天気のなか、外にいるのは危険きわまりない――が、まだリストの半分しか調べていない。ランドローバーは頑丈にできているから心強く、雨の降りはまだ、川の水が堤防を越えて道路にあふれるレベルには達していない。可能なかぎりつづけることにした。

つづく二軒のパブでの聞きこみも大差なかった。一軒は当時、料理を出しておらず、もう一軒のメニューはほかと同じく、まともな値段の、いかにもパブらしい食べ物が並んでいた。シェフや主人の記憶によれば、どちらの店もトリュフの売り込みが来たことはなかった。さらに二軒のレストランを訪ねたが、同じような答えが返ってきただけだった。一軒はイタリア料理店で、もう一軒は近くのキャンプ場とトレーラーハウス専用のキャンプ場に出前をしている店だった。湿原地帯で丸一日過ごす観光客が食べたいものはこじゃれた料理ではなく、腹にたまるものだ。

最後に残ったパブはウェセラルという村の近くにあり、〈バラス＆スロー〉から二マイルほどの距離だった。ポーはそこでなにか飲んだら、一マイル、探索範囲をひろげることにした。パブの名前は〈猟場番人の台所《ゲームキーパーズ・キッチン》〉といい、通のためのジビエ料理の店であると謳っていた。駐車場は店の裏にあり、正面入り口まで少し歩いただけで、ポーはびしょ濡れになった。店内に客はいなかった。

カウンターにつき、スパン・ゴールドを半パイント注文した。バーメイドはやることができてうれしそうな顔をした。ポーは待つあいだ、備えつけのタオルで髪を乾かした。腹は減っていなかったが、それでもなにか食べていくことにした。帰るのが何時になるかわからなかったし、ヴィクトリアに迷惑をかけたくない。バーメイドにメニューを持ってきてくれるよう頼んだ。いろいろなジビエ料理が並んでいた。バーメイドがべつの者が注文をうかがいにまいりますと言った。数秒後、りっぱな口ひげの男性が現われ、お決まりになりましたかと訊いた。ポーはウサギのパイとバター入りのパースニップのマッシュを注文し、国家犯罪対策庁の身分証を見せ、シェフと話ができるか尋ねた。すると厨房に案内された。

〈バラス&スロー〉のミニチュア版だった。ひとまわり小さく、数は少ないものの似たような設備がそろっている。コック長はゲイル・キッドミスターという名の女性だった。四十代前半で、この店には十年以上勤めていた。

きょうの午後、ほかの店で尋ねたのと同じ質問をしたところ、相手がイエスと答えたので驚いた。

「本当に、このあたりにトリュフを売り込みに来た人がいたんですか？」

ゲイルはうなずいた。「もう何年か前ですけど。少なくとも八年前かな。変わった外見の人だった。正直に言うと、トリュフハンターというより鉄道おたくという感じで。でも、爪に入りこんだ泥の量からすると、トリュフは採れたてだったみたい」

「断ったんですか？」

「断りました」ゲイルは答えた。「トリュフは必要なかったので。当時、この店はアメリカンスタイルのスモークハウスだったんです。とろ火でじっくり焼いたバーベキューとか通好みのハンバーガーとか、そういうものを出してました。オリジナルのハンバーガーに使ってもいいかなと思いましたけど、そうすると値段が七十パーセント近くも跳ねあがってしまうので。けっきょく、〈バラス&スロー〉というレストランに行ってはどうかと勧めました。ご存じ?」

「聞いたことはあります」

「店の評価があがりはじめてたところで、トリュフを使っているのも知ってました。男の人はお礼を言って、それきり見ていません」

「ウサギのパイができあがったぞ!」奥からべつのシェフの声がした。

「おれのだ」ポーは言った。「ちょっと食べてきます。追加でうかがいたいことが出てきたら、食べ終えたあと、寄ってもかまいませんか?」

「ええ、もちろん」ゲイルは言った。


ポーはふだん、ウサギをあまり食べない――彼の好みよりもぱさぱさしすぎているからだ――が、この店のパイはうまかった。ウサギ肉の繊細な味わいがベーコンとリーキとよく合っている。それがこってりしたエッグカスタードに包まれている。バター入りのパースニップのマッシュはこくのあるなつかしい味だった。皮肉にも、おろしたトリュフを少しくわえれば、より完璧な味になっただろう。

　ポーは食べながら、いまさっき聞かされた話を振り返った。八年前、男がゲイル・キッドミスターに接触した。トリュフを売りこんできたが、彼女は〈バラス＆スロー〉を紹介した。また彼女の話では、男は典型的なトリュフハンターではなかった。おそらく、その道のプロではなかったのだろう。たまたまトリュフを見つけ、それがどういうもので、どのくらい価値があるかを知っていただけなのだろう。

　ポーは考え事から現実に引き戻された——白いシェフコート姿のゲイルが隣のスツールに腰をおろしていた。バーメイドが彼女にレモネードを注いだ。

「シェフのひとりが、さっきのわたしたちの話を聞いてたみたいで」彼女は説明した。「その男の人はうちのレストランで食事をしたらしいんです。なぜわかったかというと給仕担当がまだ出勤していなくて、彼女が自分で料理を運ばなくてはならなかったから」

「つまり、その男は裏口でトリュフを売りこみ、そのあとぐるりとおもてにまわって、チーズバーガーとビールを注文したということですか？」

「そのようです。しかも、それだけじゃないんです。彼女が注文の品を運んでいくと、その人は当店のお得意さんのひとりと同じテーブルにすわっていたそうです。ブライアン・ラッテンという郵便配達人です。見たところ、ずいぶんと気が合っていたみたいです」

「そのブライアン・ラッテンという人ですが、彼はいまもこちらの常連なんですか？」

「あと半時間待てるなら、やってきますよ」

ポーはゲイルのうしろに目をこらした。誰かが窓に向けて放水しているとしか思えないほど、激しい雨だ。「こんな天気でも？」

彼女は鼻で笑った。「当店が浸水したときも防水ズボンと防水の帽子でビアガーデンにすわっていたくらいですから。来ないことがあったら、死んだと思うでしょうね」

「だったら待たせてもらいます」

ポーが食事を終えるころ、ブライアン・ラッテンがやってきた。言われなくてもすぐにわかった。なんとなく。パブには地元の常連がつきものだが、入ってきた男もいかにも地元の人間に見えた。彼が入ってくるとすぐ、バーメイドはビールを注ぎはじめ、彼が着ていたバーバーの上着をかけるより先にカウンターのいちばん奥の椅子の前にビールが置かれた。

ポーは男が最初のひとくちを飲むのを待って、近づいた。

「ブライアン・ラッテンさん？」

「ぼくだけど」男は肉厚で体毛の濃い手を差し出した。

ポーはその手を握り、身分証を見せた。

「一杯おごらせてほしい」

「本当に？」

「そのかわりとして、何年か前に話をした男について教えてください。奥の厨房でトリュフを売りこんだ男について」


ブライアン・ラッテンはファイリングキャビネット並みの記憶力の持ち主だった。これは郵便局で働く者すべてに共通する特徴なのかもしれない。とくにここカンブリアは各住宅の番地のつけ方が、ひかえめに言っても変則的にすぎるからだ。

ラッテンはその日のことも、男のこともよく覚えていた。

ポーはどんな話をしたのか尋ねた。

「トリュフです」ラッテンは答えた。「ひとつ見せてくれましたよ。ランチと一緒に食べてみないかと勧められたけど、ぼくは断りました。どこからどう見ても、干からびた犬のくそにしか見えなかった。いまだにそう思ってますけど」

ポーは苦笑した。ラッテンの言う意味はよくわかる。ブラッドショーの報告書についていた画像はたしかに大便に似ていなくもなかった。あれをはじめて食べたのが誰か知らないが、勇気ある行動だ。

「どうやって手に入れたか言ってましたか？」

ラッテンは首を横に振った。「いえ、全然。それについてはあいまいにごまかしてましたね」

ポーは耳をそばだてた。〝あいまいにごまかす〟という言葉を聞くと、警官はそうなるものだ。「具体的には？」

「ふたりでトリュフの話をあれこれしてたんですよ。どういうものかとか、どこに生えてるのかとか、どういう生態なのかとか、そういうたぐいの話です。そこから話の流れでトリュフを採るのは趣味なのか、それともそれで生計を立ててるのか訊いたんですけどね」

「彼はなんと？」

「その男は、どっちでもないと言ったんですよ、ミスタ・ポー。変でもなんでもないですけどね。ぼくだって犬の散歩をしてるときに、季節によってはキノコとか野生のニンニクなんかを見つけることはときどきあります。でも、だからって自分を天然食材のハンターとは言いません」

「しかし、その男はあいまいに答えただけだったんですね？」

「そうです」

「彼も犬の散歩をしていたとか？」ポーは言ってみた。

「ぼくもそう訊いたけど、ちがうと言われました」

「それでも、なんの仕事をしているのか言おうとしなかったんですね？」

「絶対に」

どうにも気にかかる。あいまいな態度はなにか隠していることをにおわせる。必ずしも犯罪を意味するわけではないが、除外もできない。「その人の名前は聞いてませんよね？」

「レス・モリスです。いい男でしたよ、ミスタ・ポー。一杯おごってくれて、四十分もしゃべりました。トリュフをどこでどうやって見つけたかは絶対に言おうとしなかったけど、かなりの話好きでした」

「地元の人間でしたか？」

「はい」

よかった。この地域に住む、レス、レスリー、L・モリスのリストをブラッドショーにこしらえてもらおう。いまもまじめに〝身を隠している〟と納得してもらうにはどうすればいいか考えていると、ラッテンのひとことですべてがどうでもよくなった。

「彼の住所が知りたいんでしょう？」

「わかるんですか？」

「彼がスカーフを店に忘れてしまったんですが、ぼくは郵便局員ですからね。仕分け局で尋ねてまわったら、同僚のひとりが、ぼくが捜してるレス・モリスに心当たりがあったんです。そいつが次の配達のときにスカーフを返してくれたってわけです。おたくが住んでるみたいな大都会じゃやっていないサービスですよ、ミスタ・ポー」

「おれはシャップの人間なんです」

ラッテンは愛想笑いをして謝った。ポーに住所を教えた。いまいるところから五マイルの場所だった。

ラッテンに礼を言い、一杯おごった。雨のなかに駆けだそうとした瞬間、使い捨ての携帯電話が鳴った。

おっと。ブラッドショーは、どうしても必要なとき以外、連絡はしないと言っていた。つまり、いい話ではないという……。

思ったとおりだった。

「ポー、大変なことになったわ」ポーが電話に出るなりフリンが言った。

# 54

ポー、大変なことになった……。

何度も何度もその言葉を聞かされ、携帯電話の着信音に設定してやろうかという気になった。前回はヴァン・ジル部長からで、慎重に事情聴取を受けるようにと注意する内容だった。その前はギャンブル警視からで、エリザベス・キートンが死からよみがえったと聞かされた。

今度はそれよりも悪い話だった。

キートン側が出していた判事室での審判の請求が通り、保釈が決まったというものだった。検事局はすでに、再審ではなんの証拠も提出しないことをにおわせる発言をしている。

しかも、もっと悪い話が待っていた。

ポーのトレーラーから検出された血液は、エリザベス・キートンのものと確定した。これでポーは正式に殺人事件の容疑者となった。ヴァン・ジルはフリンに対し、責任を持ってポーを連行するように命じた。すでに弁護士も手配してあるとのことだ。

ポーはどこにも行くつもりはないと言った。

フリンが、いまどこにいるのかと尋ねた。

ポーは電話を切った。使い捨て携帯電話でも電源を切り、バッテリーを抜くようにというブラッドショーの助言のとおりにした。

厳密に言えば、そんなことをしても大差はない。カンブリア州の全警官がすでにポーを捜している。ウォードルが請求した保釈なしの逮捕令状が出ているからだ。

状況はなにも変わっていない。

クロエ・ブロクスウィッチを見つけるか、血液について説明するか、ふたつにひとつだ。


レス・モリスの自宅はアーマスウェイトにあった。〈バラス＆スロー〉があるコートヒルとよく似た土地だった。息をのむほど美しい小さな村。緑の牧草地がどこまでもひろがっている。ドライブウェイにとめられている馬運車と四輪駆動車。赤い公衆電話まである。ルパート・ブルックの詩に描かれている田園風景そのものだ。

村の芝地でおこなわれるクリケット、紅茶に蜂蜜……。

モリスが住んでいるのは、大きな窓がドアの両側にある平屋建ての家だった。庭の芝は短く刈られ、家の境にはあざやかな色の多年草が咲き誇っている。リンゴの木に鳥の巣箱がぶらさがっていた。

女性が応対に出た。ポーは身分証を提示した。「ミスタ・モリスとお話しできますか？」

「モリスの家内です」女性は言った。ファーストネームは言わなかった。怒っている声だったが、ポーはまだ来意も告げていない。背が高く華奢な体つきで、歳は四十代後半から五十代前半といったところだろうか。車にひかれて死んだ動物を見て、うっすらほほえむようなタイプに見える。白髪交じりの髪を頭のてっぺんでお団子にしているが、きつくひっつめすぎて顔が突っ張って見えた。

あいかわらずの土砂降りの雨にもかかわらず、女性はポーの身分証をつぶさに調べたのち、ようやく請じ入れた。彼女はキッチンまで案内するあいだずっとぶつぶつ言いどおしで、床が濡れて困るとあからさまに文句を言った。たしかに、彼女の言うとおりだった。

彼女はひとつだけある椅子に腰をおろし、温かい飲み物を飲むかとも尋ねなかった。

「ご主人のモリスさんにお会いしたくてうかがったのですが。お仕事にお出かけでしょうか？」

女性は鼻を鳴らした。「そんなこと知るわけないでしょう。役立たずのだめ男の顔はかれこれ八年も見ていませんよ」

　ポーはまばたきして雨水を払いのけようとした。けっきょくあきらめ、タオルを貸してもらえないかと頼んだ。やかんに小便してもいいかと訊いたも同然の反応があった。彼女はぼやきながら立ちあがり、湿ったティータオルを投げた。ポーはいちおう礼を言った。髪のなかでもっとも濡れているところの水気を払いはじめた。

「ところで、あの役立たずになんの用？」彼女は髪を拭いているポーに尋ねた。

「捜査の過程で名前が浮上しました」

　彼女の顔がかすかに明るくなった。「あの男がなにか大変なことになってるの？」

　ポーはそうではないと答えようとしたものの、ミセス・モリスはそんな答えは望んでいないと気がついた。〝シャーデンフロイデ〟というドイツ語がぱっと頭に浮かんだ。他人の不幸に喜びを見出す行為。

「その可能性はあります」ポーは慎重に言った。

　正しい判断だった。彼女の顔にゆがんだ笑みが浮かび、口の両端があがった。

「だったらやかんを火にかけようかね」彼女は言った。

「ご主人とは八年間会ってないということですが」ポーはお茶を淹れる彼女に言った。

「そう。ある日の午後出かけたっきり、戻ってこなかった。警察は熱心に調べてくれなくてね。どこかの女に引っかかってるんだろうと考えてるみたいだった。あいつが入ってる例のクラブの高慢ちきな女のひとりとね」

ポーは質問リストに〝クラブ〟をくわえた。

「では、ご主人は駆け落ちしたと？」

彼女は振り返り、両手をやせた腰に当てた。「そのうち、女に愛想をつかされたら超特急で帰ってくるでしょうよ。しょんぼりとうなだれてね。絶対に」

ポーはそれはないと思った。モリスが本当に駆け落ちしたのなら、二度と戻ってこないだろう。ミセス・モリスのような女性に鎖でつながれているとわかったら、自分の腕をかみ切ってでも逃げ出したくなるのが普通だ。

ポーは話題を変えた。

「ご主人はトリュフを採りに出かけたことがありましたか？」

「なんなの、それは？」そのひとことは、ポーの質問に見事に答えていた。

ポーはトリュフがどんなものか、どんなところで採れるのかを説明した。

「で、森のなかにしか生えないいんだね？」彼女はこみあげる笑いをかみ殺しながら言った。「あたしのレスはクラブにすわってオリジナルビールを飲むようなタイプだよ、ポー部長刑事。あいつがそのトリュフとやらを知ってるほうが驚きだね」

少なくとも、これまで聞きこんだ情報と一致する。シェフも郵便配達人もモリスがトリュフハンターとは思っていなかった。

ミセス・モリスは椅子に戻り、いかにも薄そうな紅茶をそれぞれに注いだ。紅茶が牛乳色になるまで牛乳をくわえた。ブラッドショーでももっとましに淹れられる。それでもポーは礼を言い、なんの味もしないぬるい飲み物をひとくち含んだ。顔をしかめないよう、ぐっとがまんした。

「ご主人は犬を飼っていましたか？」

ミセス・モリスは薄ら笑いを浮かべた。「あのレスが？　犬を飼ってたかって？　そんなことはないと思うよ。犬の毛で喘息が出るからね」

「ならば、友だちに犬を飼っている人はいるでしょうか？」

彼女は肩をすくめた。「このあたりはみんな犬を飼ってる」

もっともだ。そこでふと思いついた。ミセス・モリスはさっき、夫がどこかの〝高慢ちきな女〟と不倫しているというようなことを言っていた。その高慢ちきな女が犬を飼っているのだろうか。男は欲望を満たすためならたいていのことはがまんできる。トリュフを見つけたいきさつをラッテンに話したがらなかったのも、既婚女性との不倫がらみとなれば説明がつく。

しかし、それをミセス・モリスに尋ねるわけにはいかない。そんなことをしたら、彼女からなにも得られなくなってしまう。

「ご主人にはお気に入りの散歩コースはありましたか？　森のなかを歩くコースとか？」

ミセス・モリスはまた鼻を鳴らした。「あたしのレスは森なんかになんの関心もないし、歩くのも好きじゃなかったけどね、ポー部長刑事」

ものすごいいきおいで袋小路に突っこみかけていた。

「まあ、でも、だだっぴろい野原なら……」

彼女は思わせぶりに言葉を切った。

ポーはそれに食いついた。「野原？」

「ほら、さっき言ったクラブのからみでね」

たしかに彼女はクラブという言葉を口にしたが、どんなものかは説明しなかった。お互い、それをわかっていた。本当に不愉快な女だ。しかし、ポーは警官で、警官はつねに不愉快な連中に対応している。

「なんでしたっけ、そのクラブというのは？」

彼女はささやかな勝利に満足し、にやにや笑った。

「あいつはロカのカンブリア支部のメンバーでね」

「ロッカー？」

「パンクロッカーとか言うときのロッカーじゃない。ロカってのはロイヤル防空監視隊協会の略。ＲＯＣＡ」

　ポーは閉口した。ロイヤル防空監視隊協会がなんなのか、さっぱり見当がつかない。ミセス・モリスに訊いてみたが、夫が大変なことになっているわけではないとわかったからだろう、また不機嫌な彼女に戻っていた。

「あいつのくだらないクラブの話なんかしたくないね。亭主が四六時中そこに入り浸ってたってだけでも不愉快なのに、おせっかいなおまわりに一から説明しろって言われてもね」

　ポーは立ちあがった。いとまを告げるつもりだったが、裏庭に小屋が見えた。庭は手入れが行き届いているが、ミセス・モリスがみずから世話をしているとは思えない。彼女はあまりに……神経質だ。あまりに取り澄ましている。おそらく庭師を雇っているのだろう。

　庭師は自分の道具を持っている。

　りっぱなイギリスの小屋は妻の尻に敷かれている中年男の夢の隠れ家だ。しかも小うるさい女どもは小屋には絶対に足を踏み入れない。汚らしいし、クモだらけだ。

「あれはご主人の小屋ですか？」

「それがどうかした?」

「あのなかにロイヤル防空監視隊協会のものが入っていたりしますかね?」

彼女はいらいらしたようにため息を漏らした。「なかのものを捨てるためだけだって、なかに入る気はしないね。くだらないものでいっぱいなんだよ」

「なかを少し見せてもらってもいいですか？」

「なんのためにそんなことをするの？」彼女はいやみっぽく言った。

逮捕されないためだよ、という科白が喉元まで出かかった。しかし、財布に手を入れ、二十ポンド札を三枚渡した。彼女はそれをカーディガンのポケットにするりと入れ、小屋の鍵を差し出した。

「なにひとつ盗まないでよ、いいね」ミセス・モリスの声がうしろから飛んだ。「いいかげんなことをすると、いつかあたしのレスが帰ってきたときに怒るから」

ポーはキッチンから裏庭に出た。小屋の南京錠を解除し、なかに足を踏み入れる。

ポーは驚きのあまり呆然と見つめた。小屋のなかはまるで博物館だった。何百枚という地図、書類、写真が壁にピンどめされているが、古びて黄色く変色しているものもあれば、それよりずっと新しいものもある。傾いた棚には気味の悪い道具と古い軍服が山と積まれ、ロイヤル防空監視隊の思い出の品がきちんと整理されて置かれている。古いガイガーカウンターと手動式のサイレンがパイン材の陳列棚に誇らしげにおさまっている。まるで宝の山だった。

まさしく執念の塊と言えた。

# 第十四日

# 55

フリンはホテルの部屋を法廷弁護士のように行ったり来たりしていた。「いったいどうして戻ってきたの?」

ポーはベッドにすわっていた。ブラッドショーは客室のデスクを前にしていた。ポーがふたりの捜査の進み具合を尋ねたところ、はかばかしい答えは返ってこなかった。ブラッドショーはふくれっ面で——調べても調べても血液が入れ替わった原因はなんなのか、仮説らしい仮説が得られていないのだ——フリンはクロエ・ブロクスウィッチはこの世から消え去ったとしか思えないと考えているようだ。ひとつだけ、ささやかな成果と言えるのは、クロエの恋人、ネッドの所在を突きとめたことだった。彼はアジアをバックパックひとつで旅行中で連絡がつかないが、たとえついたとしても、一連の出来事が始まる何カ月も前にこの国を離れている事実に変わりはない。

いまは夜中の三時で、その十五分ほど前、ポーはフリンの使い捨て携帯に電話をし、ブラッドショーの部屋で会おうと告げた。その五分前には、ホテルの非常階段をこっそりのぼり、ブラッドショーの部屋のドアをノックした。彼女を起こす程度に強く、隣室の客を起こさない程度にそっと。考えが甘かった――ブラッドショーは寝ていなかった。まだ血液のことを調べていた。

「ちゃんとした理由があって、わたしをベッドから引きずり出したんでしょうね」フリンは言った。「それと、いったいどこにいたの？　車のなかで寝たみたいなありさまじゃないの」

「すわってくれ、ボス」ポーは顔をしかめながら言った。「話があるが、いい話じゃない」

フリンはすわった。

ブラッドショーがPCの画面から顔をあげ、ポーのほうを向いた。

ポーは話しはじめた。

ポーはこれまでにわかったことをふたりに説明した。防空監視隊は一九二五年に結成された民間の防衛組織で、イギリス上空を飛ぶ航空機について目視による特定、監視、および報告の任務をになっていた。第二次世界大戦のバトル・オブ・ブリテンの時期の功績を認められ、〝ロイヤル〟の称号を得た。一九五五年、核爆発を検知し報告するという任務を託された——冷戦時代の必然だった。

任務が航空機の追跡だったころは、監視所が地上でも問題なかった。どれも煉瓦に囲まれた屋根のないデッキのようなものだった。しかしながら、冷戦時代の核爆弾は、時速五千マイルの爆風と熱の閃光を発する。熱は人間を炭に変え、爆風は塵に変える。可燃性のものは溶けるか、爆発する。地上の監視所などなんの役にも立たない。政府は爆発に耐え、核攻撃を受けたあとの環境で少なくとも十四日間は稼働可能な建造物を必要とした。

そこで、とポーは説明した。唯一可能だったことをした。

地下壕を掘ったのだ。

正式な名称をロイヤル防空監視隊（ＲＯＣ）地下監視所といい、核爆発が起こっても放射線の影響を抑えられるだけの深さがあった。ボランティア三人と、核爆発の威力、高さ、距離といった情報を司令部に伝えるのに必要な機器すべてが収容できるほどの大きさがあった。

「政府はそういう施設を何百と造った」ポーの話はつづいた。「全部で千五百以上の監視所がイギリス全土にひろがっていた。基本的に地中に箱形のコンクリートを埋め、上から土をかぶせ、しっかりと踏み固められていた」

ブラッドショーもフリンも聞き入っている。

「初期の地下壕は監視室、化学トイレ、寝棚の並ぶ部屋をそなえていた。長さ十五フィートのシャフトを使わないと入れない」

「これだけの情報をどうやって手に入れたの？」フリンが言った。

ポーはこれまでに突きとめたことをふたりに話した。一九九一年になり、冷戦がようやく終結すると、当時現役だった残りの地下壕を政府が廃止したこと。中身はすべて出され、密閉され、そのまま放置されたこと。そのほとんどがうち捨てられたまま、場所もわからなくなっていた。

「しかし、自分たちの歴史を誇りに思うイギリス人たちは、ROCの努力を埋もれさせてはいけないと考えた」ポーは言った。「かつてのボランティアたちを集め、それがロイヤ《R》ル《O》防空監視《C》隊協会《A》の始まりだ。監視隊の功績をひろめ、かつての地下壕の修復に協力し、苦しい状況に陥っているかつてのメンバーのための慈善基金に資金提供をすることなどを目的としていた。しかし、監視隊の元メンバーが同じ体験をしてきた仲間と交流するためのパイプとなるのが、おもな役割だ。

モリスはそのROCAカンブリア支部のメンバーだった。ROCのボランティアだったことはなく――年齢が少し若すぎた――正式メンバーというよりは準会員のような扱いだった。それでも、彼の自宅にある小屋はROCの記念の品でいっぱいだった」

ポーは質問はないかと間を置いたが、なにもなかった。

「一時間ほど資料を読んだが、トリュフの発見をうかがわせるものはなにもなかった。いいかげんあきらめようと思ったとき、会員名簿が見つかった。何年か前のものだったが、モリスと同じ村に住むROCAのメンバーの名前がのっていた。ハロルド・ヘイワード＝プライスという名のその男性は、ロイヤル防空監視隊として実際に監視任務についていた人物だった」

ポーはミセス・モリスに礼を言い、徒歩で村を突っ切り、ハロルドの家のドアをノックするまでを述べた。ハロルドは七十代だったがかくしゃくとしていた。真っ白な髪がはげててかてかした頭頂部をぐるりと囲んでいる。チーズの皮のような爪をしていた。ポーが訪問の理由を説明すると、ハロルドはなかに入れてくれた。妻を最近亡くしたばかりで、人との会話に飢えていたらしい。

また彼は、ROCとROCAについての知識が豊富だった。

ハロルドとともに過ごした時間で、ポーは監視隊と協会について必要なことをすべて聞くことができた。モリスがなにかの拍子にトリュフを見つけたらしいのだが、その場所を知っているだろうかと訊いてみた。

驚いたことに、ハロルドは知っていた。

ある意味では。

モリスが極秘にしていたのは女友だちとなんの関係もないことだった。

それよりはるかに興味深かった。

ハロルドの話ではモリスは準会員という立場に不満を抱いており、地元支部での地位をあげるため、大半のメンバーが無駄骨と思う仕事を引き受けていた。〝消えた〟地下壕捜しに手をつけていた。

消えた地下壕はROCAカーライル支部の神話的存在だった。不適当と即座に判断された場所にあったらしい。その理由は浸水しやすいからだという説もあれば、三百六十度の見通しがきかないからだという説もあった。目的の地下壕はできてすぐに瓦礫で埋められ、入り口をふさがれたのちに埋められたとモリスは固く信じていた。彼はすっかりのめりこみ、消えた地下壕を見つけられればROCAの正会員への道がひらけると考えていた。

しかし、消えた地下壕の存在はあくまで噂にすぎない。カンブリア州内にある地下壕はすべて把握されている。なかには、内部をきれいにしたのち、ときおり一般公開しているものもある。

だが……失踪の一年ほど前から、モリスは秘密の地下壕を見つけたとほのめかすようになっていた。具体的なことはなにも言わず、じきに正会員になれるというようなおかしなことを言うばかりだった。

存在しない地下壕を捜す過程で、モリスがトリュフを偶然見つけた可能性はある。ハロルドはそう考えていた。

自宅の小屋には、モリスが本当になにか見つけたことを示すものはなにもなかったが、ハロルドはそれを一笑に付した。ROCAのメンバーは互いの小屋に頻繁に出入りしていたから、モリスが本当に地下壕に関するものを見つけたのなら、みんなが見えるようなところに置きっぱなしにするわけがないというのがハロルドの意見だった。常に身につけていたにちがいない。

そのとき、音を消してつけっぱなしにしていた『十時のニュース』が終わり、地元番組の『ボーダー・ニュース』――〝ボーダー・クラック・アンド・ディーク・アブート〟の愛称で親しまれている――に切り替わった。ポーの顔が大写しになっていた。ニュースキャスターがなにを言っているのかはまったく聞こえず、かといって、ハロルドにボリュームをあげてほしいと頼むわけにもいかないが、なにを言っているかは明確だ。この男に目を光らせるよう、視聴者に訴えているのだ。見かけても絶対に近づかず、警察に電話してくださいという言葉で締めくくったにちがいない。ニュースはその後、警察がポーの自宅から押収品を運び出す映像に変わった。ひとつ、またひとつと、証拠品袋に入った品物が次々にハードウィック・クロフトから運び出され、CSIのレンジローバーのトランクにおさめられていく。荒れた土地を走れるのはあのレンジローバーだけだったのだろう。外はまだ雨が降っており、透明な証拠品袋についた雨粒が光っていた。

そのときにはわからなかったが、それがポーの心の扉をひらき、停電のあとに点滅する時計のように頭に引っかかりはじめた。

ニュース番組が終わると、ポーはいとまを告げた。行くところなどなかったが、アーマスウェイト周辺でぐずぐずしているわけにもいかない。ハロルドがこのあとニュースを見る心配はないが、ミセス・モリスがあの報道を見て、すでに警察に通報していることは充分に考えられる。

強くなってきた暴風雨ウェンディのなかを突き進み、誰にも見られることなくアーマスウェイトを抜け、人目につきにくい待避所を見つけ、少し休んだ。

思ったとおり、眠りは訪れてくれなかった。ランドローバーの屋根を叩く雨音がスネアドラムのように響いていた。べつに気にならなかった。どうせ、考えなくてはならないことが山ほどあるのだ。

あらたな地下壕に関する話は興味深く、重要になる可能性もあったが、記憶の縁に引っかかっているのはCSIのレンジローバーにおさめられた証拠品袋のほうだった。考えを集中するべきは消えた地下壕ではなく、これだという気がしてしょうがなかった。

ランドローバーの後部座席に寝そべり、今夜の出来事を振り返りつつ、自分がなにを見たのか、心の奥底を探った。

午前二時、わかったような気がした。CSIはレンジローバーに乗っていた。六年前のキートンもそうだった。

しかし……そんなはずはない。キートンの車は押収され、徹底した法医学検査を受けている。彼の車を娘の失踪と結びつける証拠はひとつもなかった。レンジローバーを使ったのなら、血が見つかったはずだ。遺体をごみ袋でしっかりくるんだとしても、法医学的証拠の移動は避けられないほど大量の血が流れたからだ。

レンジローバーの線をあきらめると、今度はハードウィック・クロフトから運び出される証拠品袋が頭に浮かんだ。どうにも気になるが、なぜ気になるのかがわからない。

いくら考えてもわからなかった。どれだけ頭を絞っても、隠れたところから出てこようとしなかった。証拠品袋にどんな意味があるのか考えるかわりに、それがなにかを考えようとした。

ビニール。

防水性。

密封性。

透明。

テレビに映っていた証拠品袋は雨粒をしたたらせていた。

びしょ濡れだった。

ちょうど……。

思わず飛び起きた。息がとまる。せっかく思いついた仮説を驚かせて逃がしたくなかった。最近の記憶を振り返る。誰かがやり方を説明してくれている。ポーはまともに聞いていないが、なぜかずっと頭に引っかかっていた。

ようやく頭に浮かんだ答えは想定外でおぞましいものだった。もっと早い段階で気づけなかったのは、おそろしく、気が遠くなるほど悪質で、彼の頭がそういう思考回路になっていないからだ。

ありえない……。

本当に？

その答えを徹底的に検証した。ここにいたるまでの一連の出来事に重大な欠陥があってほしいと思いながら。これが正しい答えとは思いたくなかった。

胸が悪くなる。

忌まわしい。

信じがたい。

それでもポーは、こんなにも強く確信できたことはいままでなかった。

# 56

「われわれがなぜ証拠品袋を使うかわかるかい、ボス？」

「いまは午前五時よ、ポー」フリンはぴしゃりと言い返した。「クイズなんかしてる時間はないの！」フリンはまた、室内を行ったり来たりしはじめていた。それも無理はない、とポーは思う。いま彼女はあぶない立場にいる。いまこの場でポーを逮捕しないのは犯罪行為、すなわち犯人に手を貸したことになるのだ。

「エナジードリンクを飲む、ステファニー・フリン警部？」

ポーは思わず、くすりと笑った。

「なにもおかしくないでしょ、ポー。それに、いまの質問はなにか関係あるの？」

「頼むから答えてくれよ」

「誰が答えるもんですか」

ポーは同じ質問を繰り返した。「で、われわれはなぜ証拠品袋を使うんだ？　袋の基本的な機能とはなんだ？」

　フリンは頭にきて両腕を振りあげた。「証拠保全を完璧にするためでしょうに」

「それよりもっと基本的な機能は？」

　フリンは眉間にしわを寄せた。「無菌かつ汚染されるおそれのない状態で証拠を保管すること」

「そのとおり。袋を密封すれば、少なくともビニール製のものなら、外からはなにも入らないし、なかのものも出ていかない」

「要点を言ってちょうだい、ポー」フリンは言った。

「六年前に戻って、いま〈バラス&スロー〉のキッチンにいると想像してくれ。きみはジャレド・キートンで、理由はさだかでないが、たったいま、娘を殺害したところだ」

　フリンはポーを見つめた。ブラッドショーもそうした。そうそう、それでいい。

「娘を殺すつもりはなかったが、きみはサイコパスだから、一般人と同じような反応をしない。パニックを起こすのではなく、考えはじめる。見たところ、きみには選択肢がふたつある。第三者に罪を負わせるか、死体をよそに移すか」

「もともと計画していたのでなければ、他人の犯行に仕立てるのは危険だわ。不確定要素が多すぎる」フリンが言った。

「そのとおり。そこできみは問題を消し去ることに決める」

ポーはブラッドショーの部屋のミニバーをあけた。上から下まで、彼女のお気に入りのエナジードリンクPOWがぎっしり詰まっている。フルーツで甘みをつけ、ガラナというブラジル原産のつる性植物から抽出した天然カフェインを含む飲料だ。一本出してキャップをあけ、長々と飲んだ。胸が悪くなるほど甘いが、すぐさまカフェインがきいてきた。この借りはあとで利子をつけて返さなくては。

「さて、それよりさらに二年さかのぼる。きみのもとをレス・モリスという男が訪れる。その男は高価なトリュフを売りたいと言う。いい取引だと思ったきみは、それに応じる。しかし……自分で採ることができれば、もっといい」

ポーはふたりが理解するのを待った。

「キートンがレス・モリスを殺したと考えてるの？」

「それもありうると考えている。それを最後に、モリスの姿を見た者はいない」

「さっき、消えた地下壕はないと言ったんじゃなかった？」

「地下壕はないとは言ってない。ハロルドがそう言ったんだ。しかもキートンは人を言いくるめるのが天才的にうまい。トリュフを見つけた場所をモリスから聞き出すくらい、造作もなかったろう」

「それに本人も、あらたな友人に秘密の地下壕を教えたくてたまらなかったでしょうし」

フリンがつけくわえた。

「おれもそう思った」

「つまり、キートンはモリスを殺害し、地下壕に放置したと見ているのね？」

「そのとおり。モリスが誰かにしゃべっていた場合を考え、事故に見せかけるくらいはしたかもしれない。ハッチを閉め、飢え死にさせたか、頭を殴って突き落としたかしたんだろう」

「そしてキートンはトリュフをひとりじめした」とフリン。

「必要になったときに使える秘密の隠れ場所もな」

「なるほど。彼には隠し場所があった。それなら地面がかちんかちんに凍っていて掘れないという問題は解決できる。でも、エリザベスの遺体を運ぶのに車を使ってないのはわかってるのよ。鑑識の報告にそう書いてある。犯罪をにおわせるものはなにも見つかってないじゃない」

「うん、たしかに。しかもほかに使える車はなかった」

「で……？」

「そこで、証拠品袋の話に戻る」

フリンはまた顔をしかめた。「謎めいた言い方はやめてちょうだい、ポー。わかってることをさっさと話して」

「ハロルドの家にいるとき、おれの顔がテレビに映った。証拠品袋が次から次へと、おれの家からCSIのレンジローバーの後部に移されていた。外は土砂降りの雨だった」

「わたしもその場にいたわよ」フリンが言った。

「そうか。とにかく、その袋に見覚えがあるような気がしたんだ。中身が透けて見え、びしょびしょに濡れている感じが。なにかに似ているという思いが頭のなかをぐるぐるまわっていた。夜中の二時十分すぎ、やっと思い出した」

フリンは黙っていた。

「真空調理法で使う袋だよ、ステフ。〈バラス&スロー〉の厨房で、湯煎器から出したものにそっくりだったんだ」

# 57

「いくらなんでも悪趣味よ、ポー。キートンが自分の娘を食べたなんて、本気じゃないんでしょうね？」

「あたりまえじゃないか」

「でも、いま、彼女を料理したって言ったじゃない」

「言ってない」

「じゃあ、なんなの？」

「彼女を真空調理用の袋に入れて密封してよく洗い、秘密の地下壕まで運び、なかに落としたと考えている」

フリンは驚きのあまり口をぽかんとあけ、ポーを見つめた。「それはちょっと……突飛すぎるんじゃないの、ポー」

「そうかな？　被害者の遺体を運ぶのに真空調理用の袋は完璧だ。肉を入れて調理しても、湯がなかに入ることはないし、肉汁が外に出ることもない。車のなかで証拠物質の移動が起こることもない。わずかなりとも」

「ううん、それはちがうと思うよ、ポー」ブラッドショーが首を左右に振った。「真空包装機を見たけど、人間ひとりが入る袋をパックできるほど大きくなかったもの」

「たしかに全身は無理だろう」ポーは答えた。

「まさか、つまり……？」フリンは言った。

ポーはうなずいた。「おれがそもそもなぜキートンをあやしいとにらんだか、覚えてるか？」

「時間にくいちがいがあること。事件当日は『マッチ・オブ・ザ・デイ』の放送がなかったこと」

「それから？」

沈黙が流れた。ポーは破ろうとしなかった。

フリンの目に理解の色が浮かびはじめた。やがて大きく見ひらかれた。呼吸が速くなり、顔から血の気が引いていく。ショックのあまり両手で口を覆った。

「ああ、なんてこと。たしかにそうよ」消え入りそうな声で言った。

「ほかは、ポー？」ブラッドショーが訊いた。「あたしにはわからないのに、ステファニー・フリン警部にわかったことってなんなの?」

「ナイフだよ、ティリー」ポーは答えた。「キートンは肉切り包丁二本と骨切りノコ、骨取り用のナイフを再注文しただろ」

「わかんない」

「ジャレド・キートンは娘をばらばらにしたのち、ひとつひとつを真空調理用の袋に入れて密封し、レス・モリスが発見した地下壕に捨てたんだ」

おぞましい話だったが効果はあった。三人は徹底的に話し合った。あらゆる角度から検討した。キートンは娘の死体のほか、自分が着ていた服と娘を扱いやすい大きさまで切り分けるのに使った道具も真空パックに入れて密封した、ということで三人の意見は一致した。

ポーの考えどおりなら、レス・モリスの死体、キートンの娘のばらばら死体、再審で有罪を決定的にするのに必要な証拠がおさめられた地下壕がどこかにあることになる。

あとはそれを見つけるだけだ……。

地下壕を見つけると同時に、カンブリア州警察の目を逃れなくてはならない。フリンは電話をかけにいなくなった。誰にかけるかは言わなかったが、おそらくヴァン・ジルだろう。あらたな情報が出てきたところで、ポー逮捕の命令を無視する権限は彼女にはない。ヴァン・ジルが適正に処理すると決めたなら、ポーはそれを受け入れざるをえない。あとのことはフリンとブラッドショーにまかせればいい。確実な手がかりが見つかったいま、すべてを地下壕発見に投入することになるだろう。ポーがいてもいなくても、きっと見つけてくれる。勾留までの時間稼ぎをするためだけに、フリンのキャリアを危険にさらすわけにはいかない。

いずれにせよ、ポーは不要な存在になる可能性が高い。レス・モリスは歩くのが好きではなかった——その彼が消えた地下壕を見つけたのなら、紙に記された記録をたどったからにちがいない。もとの地下壕の場所は、なんらかの形で記録されているはずだ。

フリンが戻ってきてうなずいた。それが意味するところははっきりしている。とりあえず、いまのところは逮捕されないということだ。

状況は上向きつつある。

状況は下向きになっていた。

正午になってもまだ一歩も前に進んでいなかった。ブラッドショーはモリスに関し、入手できるすべての公的記録と公的でない若干の記録にアクセスした。使用が取りやめられた地下壕の場所は、容易には突きとめられなかった。あっちに少し、こっちに少しという具合で、国のどのデータベースにもまとまっていなかった。

ブラッドショーが所在のつかめていない地下壕がひとつあるらしいのを突きとめた。

「少なくともひとつ、異常値が見つかった」彼女は言った。

彼女はPOWを一本、一気飲みしたのち、くわしく説明した。ブラッドショーでなければ突きとめられないたぐいの情報だった。地下壕の建設に必要な設備の請求台帳を調べたところ、カンブリア州用に発注された設備が、現時点でつかんでいる地下壕の数と合わないことに気づいたのだ。はしごとハッチがひとつずつあまっていた。

しかし、それだけだった。ブラッドショーが全力をつくしたにもかかわらず、どのデータからも場所を割り出すことはできなかった。

ポーにはその理由がわかっていた。ブラッドショーが設備の調達の話を持ち出したとき、ハロルドから聞かされたべつの話を思い出したのだ。政府が監督し、実際の作業は地元の建設業者が請け負っていたというような話だった。モリスは地元の建設会社に関する古い記録にあたり、消えた地下壕の契約を取りつけた会社を探し当てたと思われる。

もちろん、ポーたちも同じことをすればいい。いずれ、目指す建設会社が見つかり、地下壕の場所もわかるだろう。それはまちがいない。とにかく仕事のできるフリンとブラッドショーのことだ、見つけられないわけがない。

しかし、それには時間がかかる。その時間が彼らにはない。

冷徹な現実がひたひたと迫ってきていた。

キートンは刑務所を出所した。一週間もすればマスコミは彼の自宅前から引きあげる。そうすればこっそり外に出て、すべてを適切に処理できる。逮捕されていなければ、もともとするつもりだった形で。刑務所にいた六年間、地下壕が見つかるんじゃないかといつもひやひやしていたことだろう。どこかの子どもがたまたま見つけるんじゃないかと気が気じゃなかったろう。あるいは、レス・モリスのように、強迫観念に取り憑かれ、見つけることに執念を燃やす輩がいないともかぎらない。

いつまでも放置しておくとは思えない。六年前に手をつけたことを終わらせなくてはと、あせっていることだろう。

ポーはすべてわかっていたが、なにひとつ証明できない。一週間前と状況はなにも変わっていなかった。

ウォードルにすればエリザベス・キートンはいまだ行方不明であり、ジャレド・キートトンはいまもひどい誤審の犠牲者だ。クロエ・ブロクスウィッチが見つかればポーたちにとって好材料となるだろうが、当初のもくろみほどではないだろう。フリンが指摘するように、ブロクスウィッチは否定するだろうし、そもそも二週間前とは外見がずいぶん変わっているはずだ。それに、彼女がエリザベス・キートンでないことを証明する物的証拠はひとつもない。リグとフリック・ジェイクマンが、クロエ・ブロクスウィッチがエリザベスになりすましていたと言ったところで、なんの問題にもならないだろう。

なぜなら、警察の取り調べの際に採取されたのがエリザベスの血だったことを説明できないからだ。DNAは証拠のなかでも絶対的な存在感を放っている。この国のどの裁判所でも、アルストン図書館に入ってきたのはエリザベス・キートンであると判断する。科学の目で見れば、ほかの人の可能性はまったくないのだ。

クロエ・ブロクスウィッチのことを考えるうち、ポーはひとつステップを抜かしたことに気がついた。キートンが彼女と接触をはかった方法をまだ解明していない。バーバラ・スティーヴンズの話によれば、バニーの面会日はクロエが父親に面会しにきた日と異なっている。同じときに面会室にいたことはない。変だ。ジャレド・キートンはものの一分で人を魅了する力を持っているが、そんな彼でも実際に会わなければかなり苦労するだろう。

がしゃんという音が聞こえ、ポーは思わず飛びすさった。

ブラッドショーがPOWの空瓶を壁に投げつけたのだ。「どうやったのか、全然わからない！」

「気にするな、ティリー」ポーは言って、隣に腰をおろした。「どうせもともと大ばくちだったんだ」

「すごくまずいことになってるんだよね、ポー？」

「上々とは言えないな」

「ポーは刑務所に入れられるの？」

ブラッドショーには絶対にうそをつかないと誓いを立てており、いまそれを破る気にはなれなかった。

「かもしれない。エリザベスがただ現われてまた行方がわからなくなったら、たくさんの人があれこれ訊いてくる。キートンは自由を手に入れても、評判は取り戻せない。しかし……間違いをおかしたとして屈辱をなめた、ひねくれ者の刑事がべつの殺人事件で有罪になれば……それなら話はまったくちがってくる。その場合は世界じゅうの人が応援してくれる」

「まったくもう、なに言ってんのよ、ポー！」フリンがぴしゃりと言った。また電話をかけに部屋を出ていたのだが、誰にも気づかれずにこっそり戻ってきていたのだった。「いいこと、よく聞いて。部長とわたしがキャリアを危険にさらしているのは、あなたにいまここで降参させるためじゃないのよ」

「べつに降参するなんて言ってないだろ、ステフ。だが、現実的に考えれば、問題の地下壕を見つけるには時間が足りないじゃないか」

「そしたらポーは逮捕されて刑務所に入れられちゃう」ブラッドショーがつけくわえた。

「あきれたわね」フリンはつっけんどんに言った。「これはまだ言わないつもりだったんだけど、最近、わたしが少しぴりぴりしてるのには理由があるの」

「少し？」

「ええ、ポー、少しよ！　わたしが十分ごとに歌いださないからって、べつに……」フリンは言葉を切り、大きく息を吸いこんだ。気分はすっかり落ち着いていた。どうやら深刻な話らしい。病気でなければいいのだが。もしそうならとても耐えられない。ポーが大切に思っている人間は片手で数えられる程度しかいないが、そのうちのふたりがいま、一緒に同じ部屋にいる。

フリンは唇をかんで言った。「パートナーのゾーイとわたしは子どもを持とうとしている」

「ポーにドナーを頼めばよかったのに、ステファニー・フリン警部」ブラッドショーは言った。「もし頼まれたら、フリン警部に精子をあげたでしょ、ポー？」

ポーは鼻で笑った。さすがはブラッドショー、決まりの悪い状況をみごとに悪化させてくれる。

フリンは苦笑いした。「わたしたちは体外受精をこころみているのよ、ティリー。ゾーイはティムと結婚していたときは妊娠できなかったし、わたしのほうは……要するに、普通の方法では妊娠できないの」

ポーはブラッドショーの肩に手を置いて彼女と目を合わせ、かすかに首を横に振った。メッセージが伝わるよう願いながら。ここで、理由を訊くんじゃないぞ。

「とにかく、お金を別途払う覚悟はできていたけど、わたしたちのどっちも予想してなかった問題に突き当たった。くわしい話は省くけど、ふたりともキャリアにおよぼす影響が不安で」

ポーは押し黙っていた。よくないことではあるが、この手の差別が存在するのは事実だ。国家犯罪対策庁は理解があるほうだが、それでも出産のために休職した女性が統計的に見て不利な扱いを受けているのは事実だ。休職《キャリア・ブレイク》とは言い得て妙だ。まさにキャリアを壊《ブレイク》すのだから。出産のための休職も同じだ。裁判所でも、出産のための休職から復帰した女性は仕事よりも優先するものがあると見なされ、重用されない傾向にある。

「ふたりとも出産で仕事を休みたくないんだな」ポーは言った。それも無理はないとポーは思う。ふたりとも仕事ができる。ゾーイはロンドンで働いている。原油価格の分析関係の仕事だ。充分すぎるほどのものをもらっている。七桁の給料という形で。男性と結婚していたが、自分には合わないと気がついたという話以外、ポーは彼女のことはよく知らない。フリンが私生活をあまりあかさないからだ。

「ちがうのよ、ポー。それとはまったく逆。ふたりとも自分が子どもを産みたいと思ってる。相手のキャリアを守ってあげたいと思ってる」

ポーはとくになにも言わなかった。意見を言うべきタイミングとは思えないからだ。

「ゾーイはものすごくりっぱな仕事をしているから、わたしが産みたいと思ったんだけど」

「きみの仕事だって充分りっぱだぞ、ステフ」ポーは言った。実際には、重大犯罪分析課の警部のほうがシティで働く者の十倍もりっぱだと思っている。しかし、それは口にしなかった。気を使ったのだ。意外にも、ブラッドショーも気を使っていた。

「このところ少し変だったのはそういうわけ。いろいろ揉めていたの」

「いまはもう解決したのか？」ポーは訊いた。

「した」

「それで？」

「それでって、どういうこと？」

「どう解決したんだ？」

フリンが向けた表情を見て、ポーはきょうはこれ以上聞き出せないと悟った。彼女がしゃべりすぎと非難されることは絶対にない。

「それを聞いて安心したよ、ステフ。ところで、気が早いが、名づけ親に立候補させてくれないか？」

フリンはほほえんだ。「おりこうにしていたら……いつか赤ちゃんの写真くらいは見せてあげてもいい」

ポーはほほえみ返した。友だちに戻れた。

「しかし、いまの話がどう関係してくるんだ？」

フリンの顎がこわばった。「要するにこういうことよ、ポー。わたしが心を決めて決断するまで、ゾーイとわたしは脇目も振らずにトラブルに向かっていた」

「つまり……？」

「つまり、自分を憐れんでばかりいないで、なんとかしろってこと！」

「しかし、おれたちは――」

フリンは片手をあげてポーを黙らせた。ブラッドショーに目をやって訊いた。「わたしたちは誰のために働いているんだったかしら、ティリー？」

「あたしたちは重大犯罪分析課のために働いてる」

「そのためにどんな仕事をしているの？」

「プロファイリングすることで、警察の逮捕の手助けをしている」

「そのとおり」

「しかし、もうプロファイルする人間はひとりも残ってないぞ」ポーは反論した。

「そう？」

ポーは口を閉じて考えた。事件の関係者全員を頭に思い浮かべる。大きな空欄が現われる。彼は肩をすくめた。「ひとりも残ってない」

「人じゃない。ものよ」フリンは言った。「記録をたどる捜査は行き詰まったかもしれないけど、わたしたちにあるのはそれだけじゃない」

そうか。たしかに。

ポーはほほえんだ。ブラッドショーもほほえんだ。

「そうよ」フリンが言った。「消えた地下壕のプロファイリングをする」

# 58

フリンが仕切った。「ティリー、あなたはコンピュータの担当ね」

「あったりまえでしょ。なに考えてるの？　ポーにその仕事をさせるわけ？」

ポーとフリンはびっくりしてブラッドショーを見つめた。

「ごめん」

「気にしないで。みんなへとへとだもの」フリンはなぐさめた。

それからポーに向きなおった。「カンブリア州内にある地下壕はすべて把握されているという話だったわね」

ポーはうなずいてメモを確認した。「ハロルドによれば、周辺の地下壕は戦略的なクラスターを形成していた。地元の監視員がカーライルの管理グループに報告し、そこに集まった情報はすべてプレストンにある西部地域本部に報告する。さらにプレストンから、南のどこかにある〝NATO攻撃指令作戦本部〟とかいう組織に報告が行く」

「そして、あなたの考えではモリスがトリュフを見つけたのは〈バラス&スロー〉の近くなのね？」

「いや、〈ゲームキーパーズ・キッチン〉のほうに近いんじゃないかな。先にそこに売り込みをかけていることだし」

「いったん車で自宅に戻った可能性はある？　トリュフを見つけたのが何マイルも離れた、なんにもないところだったとか？」

「それはないと思う。〈ゲームキーパーズ・キッチン〉のシェフの話では、モリスの爪は〝泥だらけ〟で、トリュフは採れたてに見えたそうだから。また、問題の地下壕はすでに存在がわかっているものの近くだと考えられる。べつのものに取って代わられたのなら、場所そのものではなく、特定の箇所に不具合があったからだ。使うのに支障がないなら、もとのクラスターの一部を形成していたはずだ。

　ブラッドショーが該当地域の地図を呼び出した。

「〈ゲームキーパーズ・キッチン〉にもっとも近い現存する地下壕はこれだ」ポーは画面を指さした。「登記簿上ではモリスの住まいがあるアーマスウェイトとなっているが、ハロルドによれば、実際にはエイキットゲートという村に近いとのことだ」

「これは捜してる地下壕じゃないんでしょう？」フリンが訊いた。

ポーはそうだと言うようにうなずいた。そういう質問が出るのも当然で、彼自身もハロルドに同じことを訊いた。「ちがう。これはそっくりそのまま残っていて、よく知られている。しかも、場所は農家の敷地内であって、森のなかじゃない」

「でも、モリスって人が近くのレストランを訪ねていることから考えると、そのエイキットゲートの地下壕が消えた地下壕に取って代わったと考えられるよね」ブラッドショーが言った。「もしそうなら、消えた地下壕はそのすぐ近くってことになる」

「同感だ」ポーは言った。「エイキットゲートの村に近い森のなかにあると見て、まずまちがいない」

「わかった」フリンは言った。「集合の概念を使って、ブラックサマートリュフを必要とした人たちと、ROCの核爆弾監視所の重なりを調べましょう。共通するものはなにかを見つけるの」

一時間後、三人はリストを手に入れた。

フリンが簡単にまとめた。「ROCの監視所があるのは視界が三百六十度ひらけている場所にかぎられる」

ポーはうなずいた。「そうだな。当初の航空機監視ならば障害物なしに空さえ見えていればよかったが、核監視の地下壕の場合、爆風と閃光火傷を観測するために地面全体が見渡せる必要があった。ほぼすべてが農家の敷地内に設置されていた。周辺の土地は真っ平らではないため、高さのある場所に造られたと思われる」

「じゃあ、地下壕はだだっぴろい畑のなかにあったのね。でもその畑もいまでは森になっていると」

「そうらしい。新しい森になっている」

「でも、うんと新しいわけじゃない。トリュフが生えるくらい成長してるわけだから」ブラッドショーが言った。

「どうして農家の人は木を植えるのか理解できないわ」フリンは言った。「原っぱのままのほうが役に立つと思うのに」

ポーはその疑問への答えを知っていた。トマス・ヒュームに教わったのだ。

「高いところにある露出した表土は崩れやすい。農家は土地がやせて石ころだらけにならないよう、木を植えるんだ。樹木はまた、雨の多い時期に水を吸いあげ、下の土地を守るという役目もある。さらに、樹木が風をさえぎる自然のバリアを提供することで動物と作物が生育する場が生まれ、その結果、カンブリア州の多くの農場は現在、狩猟場を経営し、森はキジをはじめとする猟鳥の理想的なすみかになっている」

「なるほど。となると、成長が速くてトリュフが生える木を見つければいいのね」

「だったらブナは除外だね」ブラッドショーが言った。「成長が遅いから。そうするとナ

ラかカバしか残らない。成長が速くて、トリュフが好む根っこがあるのはその二種類だけだもの」

「たぶん、ナラもはずしていい」ポーが言った。「カンブリアの人間の多くはナラを地元を代表する木とは考えていない。南部なら話はちがうが、ここ北部では外来種扱いだ。このあたりの農家はみな保守的だ。自分のふところが痛まない場合はとくに」

「なんでそんなことを知ってるの？」ブラッドショーは自分が知らない雑学をポーが知っているのがおもしろいらしい。

ポーは肩をすくめた。「ケンダル選出の下院議員に、その分類を変更しようとするグループのメンバーがいてね。何年か前の新聞に出ていた」

室内がしんとなった。

「なにかひらめいたみたいだな」

ブラッドショーが口をひらいた。「カバなら条件に合う。成長は速いし、安く手に入る。いちばん有望な亜種はシラカバ。水はけがいい土壌で育つから、あたしたちが探してる小高い場所という条件に合致する」

「つまり、エイキットゲート村の地下壕近くの小高い場所にある新しいカバの森を探せばいいのね」

ポーはうなずいた。

ブラッドショーも。

「わかった」フリンは言った。「みんなで見つけましょう」

ポーはぽかんとした顔で彼女を見つめた。

「〝みんな〟って言ったのは、ティリーがってことよ、もちろん……」


ブラッドショーが入手できるかぎりの上空および衛星ツールを駆使すれば、限定された狭い範囲にあるシラカバの森を見つけるのは、さほどむずかしいことではないはずだった。マンチェスターやシェフィールド、あるいはバーミンガムならば、そういうわけにはいかないだろうが。

しかし、ブラッドショーが探索しているのはカンブリア州だ。

カバの森を見つけるのはむずかしくなかった。むけかかった白茶けた樹皮は目につきやすい。

目指すカバの森を見つけるのは、ずっと大変だった。

ブラッドショーは最終的に九ヵ所にまで絞った。

そのうちの三ヵ所は古くからあるものらしく、しかもカバ以外の木も生えていた。農家が一から木を植えようと思ったら、まとめ買いをするはずだという理由から、この三ヵ所は候補からはずした。何種類かの木を交ぜて植える理由がない。また、べつの二ヵ所はイーデン川に近く、それゆえ、洪水に見舞われやすいと判断した。

残るは四ヵ所。

ブラッドショーがもっともよく撮れている衛星画像をノートPC上に整然と並べて表示させた。三人は画面をのぞきこんだ。しばらく誰も言葉を発しなかった。

ポーはそれぞれの位置を地図で確認した。ひとつは見るからにもっともよさそうな場所にあった。村に近く、まともな道路が通っており、現存する地下壕にも近い。第二と第三の森もそこそこ有望だった。第一の森のように、そこに通じる道路があるわけではないが、それをべつにすれば、すべての条件を満たしている。第四の森は却下してもいいかという気持ちだった。畑を三つとべつの森をふたつ越えなくてはたどり着けないからだ。エイキットゲートから遠く、レス・モリスの自宅からも遠い。しかも下生えがみっしり生えている。それでもけっきょくリストに残した。現実的に言えば、このうちのどれでもおかしくなく、どれも該当しなくてもおかしくない。

「クロエ・ブロクスウィッチはここに隠れているのかしら?」フリンがあいかわらず画面から目を離すことなくつぶやいた。

そんなふうには考えていなかった。たしかにここなら最適だ。しばらく身をひそめるのにうってつけだろう。約束の報酬をキートンから受け取るまでのあいだを過ごすには。

雷が鳴り響き、ポーはハロルドが言っていたことを思い出した。フリンの肩の向こうにある、雨でかすんだ窓の景色を見やった。チャコールグレーの空から雨が銃弾のように降り注いでいる。雷鳴が容赦なくとどろきわたる。暴風雨ウェンディは予報どおりのすさまじさだった。

「だとしたら、ウェリントンブーツを履いているといいが」ポーは言った。「ああいう地下壕は排水管《ドレーン》がなく、水がたまる一方なんだ。だから、放置されたままのものはほとんどが大量に水がたまっている」

ブラッドショーが藪から棒に大声を出した。「ドレーン!」

彼女はひとことの説明もなく、森の画像を消し、ものすごいいきおいで入力を始めた。次々に表示されるウェブサイトが眼鏡に映っている。「そんな、そんな、そんな」

二十秒後、ブラッドショーは入力をやめ、画面に表示されたものを読みはじめた。椅子から立ちあがり、プリンターに駆け寄った。足を何度も踏み替えながら、文書がのろのろ排出されるのを待った。

ポーとフリンは顔を見合わせた。

「沈黙が気まずいんだけど、ティリー」フリンが声をかけた。

プリントアウトが終わり、ブラッドショーはふたりに二ページからなる文書を渡した。ポーには緑の部屋に置き忘れた読書眼鏡も渡した。「この方法でクロエ・ブロクスウィッチは血液検査をすり抜けたの」

ポーは渡された紙に目をやった。ジョン・シュネーベルガーというローデシア育ちのカナダ国籍の男性に関するウィキペディアの項目だった。ポーはわけがわからず、ブラッドショーに顔をしかめて見せた。彼女はとにかく読んでみるよう、目顔でうながした。

ポーは従った。

一枚めの終わりにたどり着く前に呼吸がとまった。

というのも、ジョン・シュネーベルガーは不可能を可能にした人物で、他人の血液を自分の体内に持つ方法を見出したからだ。一九九二年、婦女暴行の疑いをかけられたが、裁判所が指示したDNA検査を二度すり抜け、容疑は取りさげられた。彼の妻が警察に通報し、最初の結婚でできた娘が夫にレイプされたと訴えてはじめて、口腔スワブと毛嚢を含めた複数のサンプルが採取された。このときは、最初の婦女暴行の被害者の体内で見つかったDNAと彼から採取したDNAは一致した。ポーはどうやったのかを読んだ。思ったとおりだ――ローテクな答えだった。すがすがしいまでに単純だった。

ポーはシュネーベルガーの方法を自分たちの事件にあてはめ、ひとつひとつ、事実に合うかどうか検証していった。

ぴったり合った。

なにもかもしっくりくる。

すべてが解明された。

ようやくわかった。ポーはブラッドショーを見つめた。「しかし、これが意味するところは……」

「そうよ、ポー」ブラッドショーは深く傷ついた顔をしていた。「本当に残念」

# 59

暴風雨は戦争よりもやかましかった。

ホテルの非常口から外に目をこらしながらポーがまず思ったのはそれだった。雨がマシンガンのように地面を叩く。耳をつんざくような雷鳴がひっきりなしにとどろきわたり、ラジオの雑音をボリュームを最大にして聴いているような気がしてくる。稲妻も、さみだれ式にジグザグの線が走るのではなく、夜を昼に変えてしまうほどまぶしい光が空いっぱいにひろがっている。稲妻というより、天空のカメラがフラッシュをたいているように見える。天空の神々も眼下で渦を巻く雲を撮影しないではいられないのだろう。木々は揺れているという程度ではなく、流れに逆らう海藻のように風を受けてしなり、根がどこまで耐えられるか限界への挑戦をつづけている。切り落とされた手足のように枝が駐車場に散乱していた。

こんな夜は外に出るのは危険だ。

ポーは上着のボタンを上までとめ、厳しい顔のフリンとおびえた様子のブラッドショーに行ってくると告げ、外に出た。

ウォードルはスコットランドでクッション封筒を追いかけているかもしれないが、カンブリアの警察官全員がばかなわけではない。見つかったら最後、その場で逮捕されるだろう。そういうわけで、ヴィクトリアのランドローバーに乗っていても、幹線道路を走るのには不安があった。

しかし、選択の余地はない。こんな天気のなか、幹線道路を使わないのはかえってあやしまれる。細い道は通行できない恐れがあるし、危険なので交通警官が頻繁に監視している。

だからM六号線を使うしかない。

〈シャップ・ウェルズ・ホテル〉から出る一車線の道は、ほどなく流れの速い道に合流した。道なりに進んで坂道をのぼりながら、レンタカーではなくランドローバーでよかったと感謝した。太いタイヤが道路上の泥や散乱物をしっかり踏みしめ、車を前へ前へと押し出してくれる。

視界はわずか数ヤード程度にまで落ちていた。ワイパーを倍速モードにしてもフロントガラスに叩きつける雨にはまったく太刀打ちできていない。理性的な判断ではなくたまたま、トラックのうしろにつくことができた。右折してA六号線に入ったところでアクセルを踏みこみ、時速三十マイルまであげた。数分後、車は高速道路を走っていた。

速度を時速四十マイルにまであげ、北を目指した。このくらいゆっくり走れば吹きつける風にも対応でき、大きな散乱物もよけられる。

ひやりとした瞬間があった。ウィグトンのジャンクションを過ぎて一マイルのところで、まぎれもない緊急車両の青いライトが目に入った。しかも一台ではなかった。ポーの行く手をさえぎるための作戦ならば、どんぴしゃの動きだった。ポーが逃げたら他の警官もすぐに合流できるくらいジャンクションに近く、分岐点を過ぎるまで気づかれないくらいの距離をあけていた。

ポーは時速三十マイルにまでスピードをゆるめた。

時速二十マイル。

心配する必要はなかった。大型トラックが横転していたのだ。トラックは路肩と左の車線をふさぐ恰好で倒れ、運転手は救急車の後部にしょんぼりとすわり、白い制帽をかぶった交通警官から、こんな悪天候にハイサイドトラックを走らせるのは愚かすぎると説教されているようだ。

ポーは安堵のため息を漏らし、右車線に入って警察車両と救急車のわきをそろそろと通りすぎた。誰もポーをまじまじと見たりしなかった。

半時間後、四十二番ジャンクションにたどり着いた。そこで下の道におりた。また稲妻が走り、ペタリル川が明るく浮かびあがった。ふだんはゆるやかに流れる川も、いまは水量が増え、いきおいも激しく、上下逆さまになったのかと思うほど濁っている。川面はそこかしこで渦を巻き、植物や根っこごと抜けた木、それにポーの勘違いでなければ、ガーデンテーブルとおぼしきものが流されていた。

十分後、ポーは右折してコートヒルに向かった。その五分後、〈バラス&スロー〉のがらんとした駐車場に車を入れた……。

# 60

ポーはまだランドローバーのなかにいた。駐車場には車が一台もなく、レストランは闇に包まれている。一瞬、ポーは早のみこみをしたのではないかと思った。百戦錬磨のグルメたちもさすがに今夜の外出は断念したのだろうと。そのとき、気象庁が今夜は停電の恐れがあると警告していたのを思い出し、ポーはもっと目をこらした。

明かりがついていた。薄暗くてゆらゆらしている。〈バラス&スローン〉のなかでろうそくが灯っていた。

レストランは営業中だ。

いましかない。

ポーは運転席側のドアをあけ、濡れた砂利に足をおろした。刺すような雨から顔を守らなくてはならなかった。入り口まで三十ヤード走り、ひと息ついた。ポーチのおかげである程度は暴風雨をよけられた。ステンシル文字が入った窓ごしになかをのぞく。

ジャレド・キートンがひとりでテーブルについていた。淡いブルーのスーツ姿だ。短めのぴんと立ったハイカラーのボタンを首まできちんととめている。マンダリンカラー。ああいうデザインの襟はそう呼ばれているはずだ。

キートンはグラスのワインを飲みながら、メニューらしきものを読んでいた。顔をあげ、ポーがいるのに気がついた。驚いた様子はない。むしろ、うれしそうな顔をした。彼はなかに入るよう手振りで示した。

「やあ、ポー」キートンは愛想よくほほえんだ。「やっと来たか。心配しはじめたところだ」

暴風雨にもかかわらず、ポーは口のなかがからからに渇いていた。咳払いをしようとしたが、かすれた咳がひとつ出ただけだった。周囲の様子をうかがった。めかしこんだウェイターがひとり、隅に立っている。それをべつにすれば、ここにはポーとキートンのふたりしかいない。

「今夜はひとりメシか、ジャレド？」しわがれた声しか出なかった。近くのテーブルにあったペットボトルの水に手をのばし、キャップをはずし、唇にあてがった。それを長々と飲んだ。

キートンはまだほほえんでいる。

「そうあわてることもあるまい」キートンは空のワイングラスをポーのほうに押しやった。「そんなに喉が渇いているなら、ワインを飲むといい」

ポーはそれでもペットボトルの水を飲みつづけた。

キートンが片手をあげると、ウェイターが近づいた。「ポー部長刑事のグラスに注いでやってくれ、ジェイソン」

「かしこまりました、キートン・シェフ」

ジェイソンはグラスに白ワインを満たした。ポーは手をつけなかった。キートンは肩をすくめた。ポーが身につけている泥がはねたジーンズ、中までぐっしょり濡れたブーツ、額に貼りついた前髪、着ているものからフラッグストーンの床にぽたぽた垂れている水に目をやった。

「当店のドレスコードを極端に引きあげてくれたようだな、ポー部長刑事」

彼はしばらくポーとにらみ合ったのち、顔をほころばせた。「冗談だ。今夜は貸し切りでね——だから、わたしひとりなんだよ。なにを着ても自由だ」キートンは向かいの席を示した。

ポーは椅子を引いて腰をおろした。木綿のナプキンを手に取り、髪の雨水を拭き取った。キートンはその様子をおもしろそうに見ていた。

ポーが拭き終わると、キートンはまたウェイターを呼び寄せた。

「シェフに食事をするのはふたりになったと伝えてくれ」

「かしこまりました、キートン・シェフ」

ウェイターは部屋を出ていった。

「長居するつもりはない、キートン」ポーは言った。

「わたしと話がしたいのだろう、え？」

ポーはうなずいた。

「だったらわたしの食事につき合え。胃がからっぽの状態で話せと言われても断る」

ポーは黙っていた。

「つい最近、うちの店で食事をしたそうだね」

「した」

「ならば、これだけははっきり言っておこう。その日に食べたものなど、これから食べるものの前ではくらべものにならないと。今夜はわたしの恩師であるジェガド・シェフがわざわざパリから車で駆けつけ、わたしのために特別に料理をしてくれるのだよ。この六年間の苦労をねぎらう特別な料理だそうだ」

ポーは顔をしかめた。予想していたのとはちがう展開になりそうだ。「いいだろう。しかしひと品だけだ。また十四品も食べさせられるのはごめんだ」

「では、話は決まったな」キートンはいかにもうれしそうな笑顔になった。

「なぜあんたは——」

キートンが片手をあげた。「食べてからにしよう、ポー部長刑事。話は食べてからだ」

ポーはあきらめた。この点でキートンは頑としてゆずりそうにない。これだけ楽しんでいるのならよけいに。ポーはしかたなくジェイソンが注いだワインを飲んだ。ワインを飲むことはめったになく、いいワインとすばらしいワインの区別がつくほどの舌も持ち合わせていない。それでも、うまいと思った。これまで飲んだどのワインともちがっていた。

「このワインはどこで手に入れたんだ？」なんでもいいから話をさせたほうがいいと思ったのだ。

「十年近く前、わたしのワイン業者がフランスのワイナリーで見つけてきたのだよ。安くはなかったが、人生における最良のものは、どれもそういうものだ」

ポーは言うべき言葉が見つからず、ふたりのあいだに不穏な沈黙が流れた。

さきにそれを破ったのはキートンだった。

「この六年間で、わたしがもっとも恋しかったものがなにかわかるかな、ポー部長刑事？」

「娘さんか？」

キートンはにやりと笑い、警告するように指を振った。

「切りたての花だ」キートンは目をつぶり、深々と息を吸いこんだ。「これだけで部屋の雰囲気が変わる。そうは思わないか？」

ポーはレストラン内を見まわした。ろうそくの不気味な光のせいでよく見えないが、たしかにたくさんの花が飾られている。ブラッドショーとここで食事をしたときにはこんなにたくさんあったかどうか、ポーは思い出せなかった。

「しかも、とみに搾取的な傾向を増していく児童労働法のおかげで、驚くほど安価だ」キートンは笑顔でつけくわえた。そこでまた大きく息を吸った。「苦悩の香り。今夜を完璧に象徴しているではないか。そうは思わないかね、ポー部長刑事」

ポーが答えるより先に、厨房のドアがあいた。

「おお、よかった――ひと品めが来た」

さきほどのウェイターが銅鍋を二個持って近づいた。鍋はまだ熱いのだろう、じゅうじゅう音を立てていた。

「きっとお気に召してもらえると思う」キートンは言った。「鳴き声の美しいズアオホオジロという鳥だ。ジェガド・シェフみずからパリから持ってきたもので、彼女がその鳥を生きたままブランデーで溺れさせてから、まだ十五分もたっておらず……」

# 61

唇から血と脂をしたたらせたキートンが、かぶっていたナプキンを取り去ったのち、ポーは彼に油断が生じたのに気がついた。

「あんたの娘を自称している女性の身元を突きとめたよ、ジャレド」

キートンの笑みが一瞬消え、すぐもとに戻った。

「クロエ・ブロクスウィッチ。ペントンヴィル刑務所であんたと同じ棟に収監されていた囚人の娘だ」

「ほう、そうか」

「それから、あんたの娘の死体がどこにあるかも突きとめた」

キートンは腕をひろげた。「で、いったいどこなんだ?」

ポーは相手の目をのぞきこんでから答えた。「エイキットゲート村の近くで、ロイヤル防空監視隊が核爆弾の監視に使い、いまでは放置されている地下壕」

やっぱりだ！

まぶたがせわしなく動く。速すぎて、動いていないようにも見える。

彼の意表を衝いたようだ。

キートンはすぐに気を取り直した。驚愕の表情は消え、気さくな魅力が戻っていた。彼はわざとらしくあたりを見まわした。

「わたしもばかではないんでね、ポー」彼は言った。「たったひとりで来たということは、きみへの逮捕令状はいまも出たままということだ。ということは、のこのこやってきたのは……わたしに自白させようとしてのことか？　この会話も録音しているのだろう？」

「自白はどうでもいい。問題の地下壕が見つかれば——必ず見つけるが——あんたの娘の死体と、あんたをそこに案内した男の死体が見つかるからな」

キートンはわずかに肩の力を抜いた。「たまたまなのだが、用済みになったROCの地下壕のことは、少しばかり知っていてね。それらの場所のリストをなんとか手に入れたとしても、きみが捜していると称する地下壕はそのなかにはない」

「いわゆる、〝消えた地下壕〟というやつだ」

「そうとう勉強したらしいね、ポー部長刑事」

「われわれは必ず見つける」

「しかし、たしかきみはまもなく身柄を拘束されるのではなかったかな」

ポーはなにも言わなかった。おそらくそうなるだろう。

「しかもきみの切迫した法的問題が解決されるころには、きみがわたしにかぶせようとしている罪、すなわちエリザベス殺害の罪について、わたしは無罪放免となっていることだろう」

「おれはひとりで動いてるわけじゃない、キートン。手を差しのべてくれる分析官たちがいる。それに、一事不再理の原則が変更になったからな。あんたを同じ犯罪で二度裁くことは可能だ」

「それはけっこうなことだ。しかし、きみの言っている消えた地下壕とやらは、どんな記録にものっていない。政府はそれが存在していたことすら確認できていないし、専門家も存在を否定している。きみたちが捜しつづけると言ったところで、なにしろ七十年間も地中に埋もれているコンクリートの箱だ。この郡はひろいから、千人が千年かけて捜したところで見つからないだろう。現実を直視するんだな、ポー。消えた地下壕など存在しない」

ポーはしばらく黙っていた。「あんたの言うとおりなんだろう、キートン。そんな地下壕は見つからないかもしれない」

キートンはすべてのエースの札を持っているようににやりと笑った。

「しかし、あちこち聞いてまわるうち、ROCの一員だったという男性に会ったんだよ」ポーはグラスを手に取り、ワインを飲みほした。「ひじょうに話し好きで知識の豊富な人だった。地下壕についていろいろ教えてくれたよ」ポーは間を置いた。「しかもその人はレス・モリスを知っていた」

キートンは身をこわばらせた。

「その男性の話の内容を知りたいか？」

キートンはうなずいた。

「その人の話によれば、モリスはアウトドア派じゃなかった。奥さんも同じことを言ってたよ。モリスがトリュフを最初に売り込みにいった先のシェフも」

キートンの顔に当惑の表情が浮かんだ。不安を感じたからなのか、それともモリスが〈バラス&スロー〉を真っ先に選ばなかったせいなのか、ポーには判断がつかなかった。

「さて、ここからどんなことが推測できるか？」ポーは訊いた。

「つづけてくれ、ポー部長刑事」

「消えた地下壕を見つける手がかりとなる文書が存在すると推測できる。そういうものなしにモリスが見つけられたとは思えない」

キートンはほっと息をついた。「さっきも言ったが、そのような記録などどこにも……」彼はそこで口ごもった。「なるほど、そういうことか、ポー部長刑事。不利になるような発言は今後ひかえさせてもらうよ。〝なぜ彼はROCの地下壕など捜すのですか？〟わたしの再審で検事はそう言うだろう」

「お役所仕事に対するあんたの読みはばっちり当たってるよ、キートン。たしかに、この地下壕に関してはなんにもつかんでいない」

キートンは肩をすくめ、顔をほころばせた。「言ったではないか、ポー部長刑事。千年だと。そのくらいの時間がかかるんだよ。千年も待てるのか？」

「しかし、元ROCの男性はこうも話してくれた。地下壕の建設を監督したのは政府だが、実際の作業は地元の建設会社が請け負っていた」

キートンの顔から笑みが引いた。あきらかに知らなかったようだ。

「で、おれはこうにらんでいる」ポーは言った。「モリス氏は一九五〇年代の建設会社の記録を調べ、目当てのものを見つけた。〝消えた地下壕〟建設の請求書だ」

キートンの目の奥にひそむ不安が大きくなった。

「明日の朝いちばんに、うちの分析官チームがカンブリア郡の公文書館を訪れる予定だ。すでに令状も取った。モリスがその方法で見つけたのなら、われわれも明日の夜には地下壕の場所を突きとめられると思っている」

キートンの目が焦点を失った。どうすればいいか、選択肢をあれこれ検討しているのだろう。どちらもしばらく口をひらかなかった。

「興味深い話ではある」ようやくキートンは言った。「しかし、残念ながら、話はこれで終わりだ。べつの連中がやってきたようなのでね」

ポーは椅子にすわったまま振り返った。リグ刑事と制服警官がドアのところに立っていた。ポーはキートンに目を戻した。

「あと少しだったな」キートンはなかに入るようリグに手招きした。

リグはテーブルに近づいた。「ご同行願えますか?」

ポーはあちこちに目を向けながら、出口を探した。ウェイターはキートンが呼んだフランス人シェフとともに厨房にいるから、逃げ道はない。リグに同行してきた制服警官が警棒を長くのばした。

「ばかなまねはしないように」リグは言った。

「いまさら言ったところで遅い」ポーは怒鳴った。中身が半分ほど入ったワインボトルの首を握り、棍棒のように体の前でかまえた。まだぐっしょりしているシャツの前を、ボトルの中身が流れ落ちる。

膠着状態になった。

「説明させてくれ！」ポーは声をうわずらせた。その目は制服警官の警棒に注がれている。

「説明なら明日いくらでもできます」リグが言った。

制服警官がポーの左に移動した。ポーは警官の行くほうにボトルを向けた。

厨房のドアがあいた。ウェイターが出てきた。牡蠣がのった大皿を手にしている。ウェイターは目の前の光景を見て、驚いて金属の皿を落としてしまった。角氷と牡蠣が石敷の床に散らばった。

それで一瞬、注意がそれた。制服警官が下を、リグが上をねらった。警棒がポーの膝裏にあたり、リグのパンチが顎をまともにとらえた。

ポーは膝をつき、それから床に倒れこんだ。

意識が戻ったときには、手をうしろにまわされ手錠をかけられていた。抵抗しようとしたものの、制服警官に背中を膝で押さえられ、顔を床に押しつけられた。石のタイルが頬に冷たかった。

キートン以外の全員が荒い息をしていた。

リグがポーを見おろすように立った。「ワシントン・ポー、あなたを殺人容疑で逮捕する。あなたには黙秘する権利があるが、質問に答えなければ、のちに法廷で不利に働く場合がある。発言はすべて証拠として取り扱われる」

キートンが立ちあがった。グラスのなかのワインを飲みほしてから歩み寄った。ポーを見おろした。

「しかし、どうして……？」

「きみが到着してすぐに通報したんだよ」キートンは言った。「わたしの勝ちだったな、ポー部長刑事」

ポーはうめき声をあげ、目を閉じた。

もうこれ以上、キートンの顔を見ているのは耐えられなかった。

# 62

制服警官は待機している警察車両までポーを無理やり歩かせ、うしろの席に乗せた。それから運転席に乗りこみ、キートンの相手をしているリグを待った。キートンは大仰に身振り手振りでなにやら訴えている。リグは憤るシェフを必死になだめていた。

リグが戻ってきて助手席にすわった。彼がドアを閉めるとすぐ、車は発進した。

暴風雨ウェンディの本体は過ぎ去ったようだ。稲妻も雷鳴も風もやんでいた。雨は水平ではなく垂直に降っている。接近するときにくらべ、去るのはずいぶんと速かった。

一マイルほど走ったところで車は速度をゆるめ、停止した。リグはシートにすわったまままうしろを向いた。「あなたのランドローバーは明日、誰かに取りに行かせますよ、ポー」

ポーは顎をさすった。かちっという音がした。口のなかに血の味がした。「こんなに強く殴る必要があったのか？」

「本当らしく見せろと、そっちが言ったんですよ」リグは手をのばし、手錠をはずしてやった。

ポーは手首を曲げのばしし、血のめぐりをよくした。運転席の警官に目をやった。「それとおまえ、膝裏を警棒で殴るとは何事だ？　死ぬほど痛かったじゃないか」

「すいません、部長刑事。あんたが武器を手にしたら思いきり殴れと、アンディに言われてたんで。標準的な手順ですよ」

「もっともだ」ポーは譲歩した。

リグの顔から笑みが消えた。「やつは信じましたかね？」

ポーはため息をついた。「さあな」

「ポーをあやつるのはさぞかし愉快なんでしょうね、フリン警部」リグが言った。

一行はポーが当初却下しかけた森のなかにいた。第四の森。下生えや低木が鬱蒼と茂り、どこからも何マイルも離れている森。最初はだめだと思えた点が、急にしっくり思えてきた。具体的な理由はわからないが。

ときとして、素直に直感に従うべきときもある。

ポーの偽装逮捕ののち、フリンとその森で落ち合った。ポーは四つの森を手分けして捜索したかったが、リグが出した条件のひとつが、自分の目の届く範囲からポーが出ないことだった。今夜で結果が出なければ、リグは本当に逮捕することになっている。ポーとしては同意せざるをえなかった。そして、そうなった場合にそなえ、フリンも同行を望んだ。ポーひとりに抱えこませるわけにはいかなかった。

残りの三カ所の森は、リグが信頼する警官たちが見張っている。

数時間前、ブラッドショーが血液検査の不正がどのようにしておこなわれたかを見抜いたことで、真実が見えた。すべて解明できたものの、なにひとつ証明はできなかった。

選択肢はかぎられていた。

そのひとつはウォードルに会いにいくことだ。わかったことを説明し、主任警部が個人的な野心を捨て、正しい行動を取ってくれると期待する。ポーはその案に否定的だった。捜査のこの段階ともなると、ウォードルはいくら理屈で諭しても納得しないだろう。失うものが多すぎる。

監視用の予算を申請し、本部長には知らせずにカンブリア州内で行動する。これにはフリンが賛同しなかった。この郡はテロリストの訓練場として使われた過去があり、国家犯罪対策庁としてはカンブリア州警察の警官を敵にまわす危険はおかせない――地元からあがってくる報告は情報収集の要なのだ。

ブラッドショーは、ポーはヴィクトリアの家で身をひそめ、自分とフリンとで、キートンが証拠を破壊するより先に目的の地下壕を見つければいいと主張した。ポーはこの案だけは絶対に避けたかった。勝負に負けるにしても、失脚した独裁者のように穴のなかで小さくなっていたくなかった。

どの案もしっくりこなかった。

「状況はわれわれに不利だ」ポーは言った。「このゲームには勝てそうにない。八方ふさがりだ」

フリンの表情が変わった。頭のなかの声に耳を傾けているような顔をしていた。ようやく口をひらいた。「だったらルールを変えましょう。勝つにはそれしかない」

ポーは呆然と彼女を見つめた。

ルールを変える……。

もちろん、そうするしかない。彼らがいま取り組んでいるのは、これまで遭遇したなかで異例中の異例な犯罪だ。まともなルールは通用しない。

しかも、そのもっと先に行く必要がある。ただルールを変えるだけでは不充分だ。それではまだキートンのゲームをやっているだけだ。切り札はあっちが握っている。

けれどもキートンのゲームをしなければどうだ？

自分たちのゲームをやったらどうだ？

この夜、われわれがミスディレクションというゲームを選択したらどうだ？

そこでフリンがリグに電話し、〈シャップ・ウェルズ・ホテル〉で会うことになった。ウォードルはポーのブラックベリーを追ってスコットランドまで行っているので、リグはひとりで来ることができた。

リグはポーの姿を目にすると、逮捕しようとした。ポーはとくに抵抗しなかった。リグについてはポーの見立てどおりだった。事件の進展にともない、彼はキートンの無実にも、誰もそこに疑問を呈さないことにも戸惑いを感じるようになっていた。ウォードルの指示にも、異なる考えを受けつけないあからさまな姿勢にも反感を抱き、もっと上の人と直接、交渉するまでにいたった。

けっきょくのところ、彼は自分の考えをしっかり持った優秀すぎるほど優秀な警官だった。

だからポーたちの話を聞くことに同意したのだった。

ブラッドショーが口火を切った。

彼女はここまでのいきさつをリグに説明した。〈バラス&スロー〉での食事がジェファーソン・ブラックにつながったこと。消えたタトゥー、クロエ・ブロクスウィッチの存在、トリュフと地下壕、そして最後に、血液検査でおこなわれた不正。

リグは説得力があると言ってくれた。彼はまた、ポーたちが充分わかっていることをこんこんと諭した――証拠がないなら、よくできた仮説でしかない。

「ここに呼ばれたのは、やってほしいことがあるからだと推察しますが?」リグは言った。

「どんなことなんですか?」

「気に入ってもらえる話じゃないと思う」ポーは言った。

まったくだ。

リグは気に入らなかった。

異例の張り込みだった。通常ならば、容疑者と特定された時点で逮捕地点まで監視がつく。

キートンの件に関しては、尋常なものなどひとつもなかった。上空からの監視――農村地帯におけるもっとも安全な追跡方法――は論外だった。許可を得ておらず、得ていたとしても暴風雨ウェンディの襲撃でヘリコプターおよびセスナはすべて飛べない状態だった。

地上からの監視も無理だ。昼間で、なおかつ交通量が充分にあれば、車が使える。それでもリスクはある。田舎道はほとんど迷路だ。なかには地図にないものもある。近づきすぎるとターゲットに気づかれる。距離をあけすぎると見失う恐れがある。夜の追跡は不可能だ。ヘッドライトをつければ、尾行の車は塩のなかのコショウほども目立ってしまう。

ポーは賭けに出た。ブラッドショーが可能性のある森をすべて洗い出したと信じたのだ。夏の真っ盛りで日が長かったが、このときばかりは暴風雨ウェンディが味方してくれた。黒い雲が低く垂れこめ、この季節とは思えないほどあたりは暗かった。

リグの部下ができるだけ近いところまで車で行ってくれたが、それでも半マイルほどでこぼこした滑りやすい地面と格闘しながら、どうにかこうにか高台の森にたどり着いた。風はやみ、銀色のシラカバが直立している。淡い光を受けた樹皮が輝いて見えた。

この森は大きくはないが、とげのあるハリエニシダが周囲をぐるりと囲んでいる。シラカバは一本一本の間隔があいており、こんもりした樹葉をすかして充分な陽射しが入るため、下草がみっしり生えている。遠くから見たときは足を踏み入れるのもむずかしそうだったが、近くで見るとそうでもないのがわかる。羊たちが冬場の寒さをしのぐ場所を求めるうちに自然にできたのだろう、キイチゴとサンザシのなかにけもの道が通っていた。

ポーは歩兵隊員時代に身につけた目で、ここならという場所を即座に見つけ出した。なんという名前かは知らないが、とげのない低木の茂みの中央だ。全員が身を隠すのにもってこいの場所だった。ポーは三人が立てるほどのひろさを確保しようと、茂みを払いはじめた。リグもフリンもポーがなにをしているかわかって手を貸した。

五分とたたぬうちに作業は終わった。

ここからはひたすら待つだけだ。

時間はコンクリートよりもゆっくり進んだ。英国陸軍でよく言われる〝急げ、そして待て〟という警句が頭に浮かぶ。

森に入ってすでに三時間が経過し、いまのところ雨にぐっしょり濡れた以外、なにも起こっていない。日付が変わるころには暴風はすっかりおさまっていた。暑くて静かでじめじめしていた。地面は湿り気を帯び、空気はきれいに洗われている。雨粒がときおり葉からしたたり落ち、見えない翼がたまにばさばさという音をさせる以外、不気味なほど静かだった。淡い光は影すら閉め出すほどの濃い闇に変わっていた。右も左もわからず、重苦しさすら感じさせる。時間がたつにつれ、湿度が耐えられないレベルにまであがっていた。

ポーはシャツのすそであおいでみたが、尾てい骨の上あたりに汗と雨水がたまっていた。

「こんなのは時間の無駄だ」ポーは小声でつぶやいた。すっかりじれていた。首の筋肉がぶるぶるいいはじめている。許容誤差はもうけていない。見当違いの森を見張っているか、キートンが冷静であったら一巻の終わりだ。

「ここまでわれわれが無駄にしたのは、車の燃料くらいですよ」リグが小声で言った。

「落ち着いて。こういうことは思ったとおりに運ばないのが普通なんですから」

しかし一時間後、もっとも恐れていたことが現実となった。

# 63

リグの携帯電話が振動した。彼は画面を覆いながら小声で応対した。「もう一度言ってくれ」

ポーは自分に関係ある電話だと思った。

リグが手をおろしたので、画面がその顔を照らした。額のしわが深くなっていた。目が光って見える。彼が通話を終えると、森はまた闇に沈んだ。

「通信指令室からでした。いま、ウォードル主任警部がスコットランドからこっちに向かっているそうです。あなたが〈バラス＆スロー〉に到着したらキートンがわれわれに電話してくるところまでは予想どおりでしたが、通信指令室の人間は事前に連絡を受けておらず、本当に逮捕したと思ったようです。そいつがシステムに記録し、残業中だったウォードルのチームのひとりが通知を受け、ウォードルに連絡したというわけです」

ポーは顔をしかめた。

「主任警部はあなたに電話しなかったの？」フリンが訊いた。

「したと思います。しかし、今夜は個人用の電話を使っているので。ウォードル主任警部はこの番号を知りませんし、教えるようなやつもいません」

「ウォードルからなにかメッセージは？」

「主任警部が到着するまであなたを引きとめておけとのことです。みずから逮捕したいようです」

ポーはかぶりを振った。あと一歩のところまで来ているのに……。

「もっとまずいことになっています」リグが言った。

ポーはこれ以上悪くなりようがないと思った。それでも、心の準備をした。

「主任警部は監視をすべて引きあげさせました。この森以外は現在、どこも監視されていません」

くそっ！

ポーは大声で叫びたかったが、木を殴るだけでがまんした。手を口のところに持っていき、血のついたこぶしを吸った。フリンが彼の肩に手を置いた。

「あなたはどうするの、リグ刑事？」彼女は訊いた。

「ウォードル主任警部がいまいるのはダンフリースの先です。つまり、少なく見積もっても一時間の距離です。主任警部からはあなたを引きとめるよう指示が出ていますが、場所についての指示はありません。つまり、ここでもかまわないということです」

ポーはほっとするあまり、頬をふくらませ、息を吐いた。

まだチャンスは残っている。

ポーは待った。電話がかかってくる前は遅々として進まなかった時間が、来る途中で渡った増水した川よりも速く流れていく。また腕時計に目をやった。一分前に見たときから十分もたっている。

いま、ウォードルはどこを走っているのか計算した。リグが説明を終えたころにはダンフリースの環状道路にまで達したと思われる。目に浮かぶようだ――前かがみの姿勢でハンドルを握り、道路をにらみつけながら車を先へ先へと進めている。ポーを憎むあまり、車を運転するには条件が悪いことなど、まったく意に介していない。

リグは一時間と見積もった。それでは余裕を見すぎている。あと四十分もないような気がする。

さらに時間が過ぎた。

ポーはまた腕時計に目をやる。

またも十分が経過していた。

心臓がさらに深く沈みこむ。

キートンの勝ちになりそうだ。

リグの電話がまた鳴った。今度は覆う手間をかけなかった。ポーとフリンに画面を見せる。〃アン〃と表示されていた。

「リグだ」

彼は相手の話に耳を傾けた。

「もう一度頼む、アン」彼は声を落とそうともせずに言った。それから送話口を覆った。「アン・ホーソーン刑事は監視任務につけた刑事のひとりです。彼女はぼくのパートナーでもありますから、言葉に注意してくださいよ」リグは送話口から手をどけた。「いまぼくにした話をフリン警部とポー部長刑事にもしてくれないか、アン。スピーカーモードに切り替える」

金属的な響きの女性の声が音ひとつしない森に響きわたった。

「いまわたしは指示により、ターゲットの住まいの外にいます」

ポーとフリンはたちまち面食らった。

「ウォードル主任警部はすべての監視を引きあげたのだと思ったけど、ホーソーン刑事」

フリンが言った。

「そうなんですか？　わたしはその指示を受け取ってません。無線機の調子が悪いのかもしれませんが」

ポーはホーソーン刑事のにやにやしている顔が見える気がした。これを無事に切り抜けたら、アン・ホーソーンにたっぷりおごってやらなくては。

「とにかく、その指示を受け取ったとしても――絶対に受けてないですけど――ウォードル主任警部が作戦を中止した時点で、わたしは非番になったわけです。時間外の過ごし方を指図されるいわれはありません」

「さきほどの話をもう一度頼む」リグが言った。

「ターゲットは現在移動中。電話をかける三十秒ほど前のことです」

水を打ったような静けさがひろがった。

始まった。

いよいよだ。

もっとも……もっともウォードルが先に到着したらアウトだ。

フリンが、自分は残るからポーはリグと一緒にカーライル署に行ってはどうかと提案した。「少なくとも、そうすれば監視は中断されない」

いい考えであり、ポーはそう言った。

リグも同意した。ただし、一点だけ修正した。彼は電話に向かって話した。「通信指令室に連絡してもらえるか、アン？　これからポーを連行すると伝えてくれ。行き先はケンダル署で、カーライル署じゃない。それと、ぼくの携帯電話はバッテリー切れで、向こうに到着するまで連絡がつかないことも伝えておいてほしい」

「喜んで」ホーソーン刑事は言って電話を切った。

「これで少し時間が稼げます」リグはけわしい表情で言った。「ぼくもこのまま残ります。よくも悪くも一蓮托生ですよ」

ポーはゆっくり息を吐いた。これがウォードルのような、そんな資格もないくせに忠誠心を要求する上司の問題だ。そんなことをしても得られるのは薄っぺらい忠誠心だ。警官は彼のような人間をいまいましく思っている。チャンス到来と見るや、即座にこてんぱんにやっつける。たしかにいい解決法だ――カーライルを通りこしてケンダルまで行かせれば、ウォードルはあと一時間、移動についやすことになる。だまされたとわかるころには、すべて終わっているだろう。

この森でよかったのか、そうでないかの結論が出ている。

車のドアが閉まる音がした。

ポーは身がまえた。こんなところで、こんな夜中に、こんな天気のなか車を降りる理由はいくらでも考えられる。タイヤがパンクした、急に尿意をもよおした、野外セックスの愛好者。

いずれもありうる。

しかし、実際にはそんなことはない。

この状況では。

車のドアが閉まる音は終わりの始まりを告げる音だと、三人ともわかっていた。

誰か来る。

音は三人が降ろされたほうからした。当然だ。ポーたちは最短ルートをたどってきた。これからあがってくる者も同じようにしているのだ。

この森に来る途中通った野原は羊が食んだ、弾力のある芝生が大半を占めている。しかも、土砂降りの雨のあとなので、歩いても音がしない。十分間、なにも聞こえてこなかった。

やがて……懐中電灯のスイッチが入った。かなり近く、目がくらみそうなほどまぶしい。フリンとリグがはっと身を固くしたのがポーにも伝わった。うなじの毛が逆立つ。ポーは下生えにさらに体を押しつけた。ほかのふたりもそれにならった。

懐中電灯の明かりが右に左に揺れ、ハリエニシダの茂みを照らす。

やがて明かりは森のなかを照らしはじめた。とぎれとぎれの光がレーザーショーのように木々の合間を駆け抜ける。

ぐんぐん近づいてくる。

二十ヤードほどで光はとまり、まったく動かなくなった。どこかに置いたのだろう。うっとうめく声がした。なにがおこなわれているかは見えないが、泥や落ち葉を払うような音がしている。

地下壕のハッチを覆っているものをどけているのだ。

「行きますか？」リグが小声で言った。

「まだだ」ポーは答えた。「あけるまで待とう」

「了解。決めるのはあなただ」

ポーは二十ヤードも離れていないところでなにがおこなわれているのか、推理しようとした。地下壕の入り口を隠すのに、土と落ち葉がどのくらい使われているのか見当をつけようとした。そう多くはないだろう、と推測した。そんな必要はない。この森は人里離れており、ぱっと見には鬱蒼としている。

二分後、金属がきしむ音につづき、がしゃんという硬い音がした。胸がむかつくような悪臭がかすかに鼻を突く。

いまだ。

ポーは茂みから起きあがり、懐中電灯のスイッチを入れた。赤いプラスチックの燃料容器を持った人間の顔をまともに照らした。驚きの悲鳴があがった。リグとフリンが手錠をかまえて駆け寄った。相手はいっさい抵抗しなかった。

「この読みは当たってほしくなかった」ポーは言った。

リグとフリンが取り押さえている人物はジャレド・キートンではなかった。

監察医のフリック・ジェイクマンだった。

# 一週間後

# 64

ポー、フリン、ブラッドショーの三人は、ジャレド・キートンの事情聴取を生中継で見ていた。カンブリア州警察の事件だから、先方が主導するのが当然だ。いまいるのはカーライル北部地域の司令部ビルで、カンブリア州最大の警察署であるデュランヒル署だ。取り調べ室は現代的でひろびろしていた。

ドアがあき、ギャンブル警視が入ってきた。彼はポーにうなずいた。「どんな様子だ？」

「リグ刑事が基礎固めをしているところです」

「キートンはまだひとこともしゃべってないのか？」

ポーはうなずいた。

「不安そうな顔ではないな」

ポーはなんとも言わなかった。そのとおりだ。キートンは不安そうではなかった。

「ウォードルは警視の復帰をどう思ってるんです？」

ギャンブルはほほえんだ。「教師のひとりが小児性愛者であると知った校長の顔を見たことがあるかね？」

「はい」

「あれと同じだ」

「クロエ・ブロクスウィッチの容態は？」

ギャンブルは顔をくもらせた。「まだ集中治療室にいる。あと三時間遅ければ、助からなかったそうだ。危篤状態を脱したら連絡をくれるそうだ。現在われわれは、キートンを殺人未遂およびその他すべての罪で起訴するよう、検事局に働きかけている」

ハッチがあき、フリック・ジェイクマンが逮捕されると、ポーは身をかがめ、地下壕をのぞいた。危惧していたとおりのものがあるか、確認したかったのだ。エリザベスのばらばら死体とレス・モリスのひからびた死体があった。さらに、クロエ・ブロクスウィッチが見つかった。彼女は意識混濁状態で、生死の境をさまよっていた。

レスキュー隊がクロエを運び出し、救急救命隊が応急処置をほどこすあいだ、ポーはフリック・ジェイクマンをその場で待たせておいた。どんなことに関与したかを、自分の目で見てもらいたかったのだ。

クロエの姿を見たとたん、ジェイクマンは悲鳴をあげながら地面に倒れこんだ。

「クロエから話を聞けましたか？」ポーはギャンブルに尋ねた。

「少しだけ」ギャンブルは答えた。「だが、どこにでもいる不良というだけだ。数年前、母親ががんで死んだのをきっかけに道を踏みはずしたようだ。父親は娘を愛していたようだが、それをうまく表現できなかったのだろうな。娘を会計士にしたかったらしいが、本人はそれに反抗し、女優になった。母親からの仕送りで暮らしていたようだ。その母親が死ぬと、クロエはひどい男に引っかかり、ヘロイン漬けになった。自傷行為も始まった。エリザベスのこともキートンのことも知らなかったようだ。どちらとも会ったことがないと言っている。彼女の父親の監房でキートンが写真を見つけ、そこに写っていた彼女がエリザベスに似ていたのが運の尽きだった。カメラに映るという自分の役目を果たしたのち、きみがこちらに到着する前に、あの地下壕に身を隠した」

身を隠したのではなく、閉じこめられたんだ、とポーは声に出さずに訂正した。地下壕にもともとついていたはしごはなくなっていた――建設業者が持ち去ったか、ほかの用途に使われたかしたのだろう。だからモリスはロッククライミング用のロールアップ式のはしごを使って出入りしていた。ハッチの横の鉄の輪っかにくくりつけていたと考えて、ほぼまちがいないだろう。もともとそうやって使うものだからだ。なかを見せてもらったキートンは先に外に出て、アンカーポイントを鉄の輪っかからハッチの下側に移動させた。そしてハッチを閉め、モリスをうまい具合になかに閉じこめた。モリスの体重がかかり、ハッチはあかなくなった。はしごにぶらさがりながらハッチを押しあげたところで、あくわけがなかった。

しかも、死体が発見されても、モリスが致命的なミスをおかしたようにしか見えなかったろう。検死官はまばたきひとつせず、〝偶発事故による死〟の判断を下したにちがいない。

クロエ・ブロクスウィッチも、気がついたら、まったく同じ窮地に——地下壕に閉じこめられ、出ることもできず、助けを呼ぶこともできない状況に陥っていた。回復したら、司法妨害の罪でしばらく刑務所に入ることになるだろう。しかし、本当に必要なのは精神科医だ。「父親とはもう話をしたんですか?」ポーは訊いた。

ギャンブルは顔をしかめた。「した。刑務所のはからいで、電話で話したそうだ。なぜそんなことを訊く?」

「とくに理由はありません」ポーはまた、画面に見入った。

リグがキートンに地下壕で撮影した写真を見せているところだった……。

誰にとっても過去最高に複雑な犯罪現場だった。クロエ・ブロクスウィッチが救出されたのち、フリンはハッチを再封鎖し、リグがカンブリア州警察の全人員を呼び寄せるのを待った。ほどなく、森はグラストンベリー・フェスティバルかと思うほど明るくなった。担当の監察医は六年前、〈バラス&スロー〉の厨房にこぼれた血液の量の見積もりを急に変更した人物だった。リグはおまえに用はないと言って帰した。

けっきょく、エステル・ドイルがポーのためにひと肌脱ぐことになり、ニューカッスルからわざわざ車で駆けつけ、現場の科学捜査を取り仕切った。化学防護服姿の彼女とそのチームは、二日がかりでレス・モリスの死体とエリザベス・キートンのばらばら死体を、ROC核監視地下壕のなれの果てである地獄から回収した。

レス・モリスの場合は簡単だった。コンクリートの壁は崩れかけ、表面という表面に有害な生体物質が付着し、CSIは手を触れたもの、あるいは動かしたいものすべてを写真におさめる必要がある地下壕という状況のわりには簡単な部類に入るという意味だ。モリスはひどく腐敗していたが、皮膚が残っていたので骨は崩れることがなく、そのため、無事に地下壕から搬出された。

エリザベスの回収はそれよりも手間がかかった。彼女は四十三個の真空調理用の袋に入れられ、いくつかは破裂、または悪臭を放つ危険な液体が漏れていた。エステル・ドイルはそのひとつひとつを慎重に扱い、チームのほかのメンバーが吐き気をもよおしたり、嘔吐したりするのを横目で見ながら、彼女自身は不快感も嫌悪感もいっさい見せなかった。

ドイルは検死解剖のため、ふたつの死体をニューカッスルに運んだ。

レス・モリスの死因は脱水によるものとすぐに診断がくだった。また足首が折れていたが、地下壕を出ようとむなしい努力をつづけているときにはしごから落ちたためなのはほぼまちがいないところだ。彼の検死解剖は六時間を要した。

エリザベスは三日かかった。

エステル・ドイルは真空調理用の袋――袋自体が犯罪現場であり、そのように取り扱う必要があった――をひとつひとつあけ、これから検分するのが体のどの部分かを判断しなくてはならなかった。人体解剖の第一人者――ドイルはまぎれもなくそのひとりだ――であっても、これをひとつひとつつなげるのは複雑怪奇なパズルでしかないが、エリザベスの肉体はぐずぐずに崩れて液化し、骨も軟骨もふかふかのスポンジのようになっていたため、ほぼ不可能に思われた。普通の病理学者ならばどこから手をつけていいかもわからなかっただろう。

三日め、彼女はポー、フリン、リグ、および復職を果たしたギャンブル警視をニューカッスルの検死室に呼び寄せた。ステンレスの検死台にエリザベスの亡骸が並べてあった。ドイルは一時間にわたり、アクリル樹脂で仕切られた見学エリアに立つ四人に、エリザベスの死のいきさつを説明した。

エリザベスの死因は心臓をひと刺しされたことによる失血死だった。傷の深さは三インチを少し超えるくらいと、さほど深くなく、ドイルはおそらく短いナイフが使われたと見ている。地下壕で回収されたものにちょうどサイズの合うものがあり……。

死因と殺害方法をあきらかにすると、ドイルはつづいてキートンのおこないについて説明した。まずエリザベスの頭を骨切りノコでふたつに切り分け、それから肉用の筋切り器――この厨房道具も袋に入った状態で回収された――を使い、真空包装できるほどたいらになるまで叩いた。

体のほかの部分は豚が食肉用に加工されるのと同じ方法で切り刻まれた――ほかに表現のしようがない。エリザベスの膝、肩、肘、腰、および足首は関節のところで切り分けられた。大腿骨および脛骨のような大きくてかさばる骨は真空包装機にかけられる大きさにまでのこぎりで細かくされた。腓骨および上腕骨のような長くて細い骨は半分に切断された。

ポーはエステル・ドイルの説明をなんの感情も見せずに聞いていた。ドイルがエリザベスの粉々になった骨盤についている腐敗した肉片を示したときだけは、ひと粒の涙をこぼした。

よく注意して見ると、ジェファーソン・ブラックが言っていたとおりのジグソーパズルの柄のタトゥー――ブラックのとぴったり合う形をしている――の輪郭が見えたのだ。娘を切断する際、キートンは見逃したのだろう。赤いタトゥーは大量の血に埋もれ、見わけられなかったにちがいない。

ポーは取り調べ室で腰をおろすキートンにほほえんだ。キートンは無表情でにらみ返した。リグはポーの隣にすわった。この場面ではリグ刑事はなにもしゃべらないことでふたりは合意していた。

手続きが終わると、キートンの弁護士であるデイヴィッド・コリングウッドが事情聴取を仕切ろうとした。彼はたるんだ顔をした小太りの男だった。

「そちらが握っているというキートン氏に不利な証拠とはなんなのか、いいかげん話してくれないか。さっさと話してもらえば、それだけ早く、この茶番を終わらせられる」

ポーは一枚の写真をおもてを伏せてテーブルに置いた。「これからわれわれの考えを話す。そのあと、われわれが頭を悩ませているいくつかの問題について話してもらえるとありがたい」彼は顔をあげ、ほほえんだ。「きっと話してもらえると思う」

キートンの顔が無表情から嘲笑に変わった。言葉は発しなかった。

ポーは写真をひっくり返した。

「亡くなったレス・モリスさんだ。およそ八年前、脱水症により死亡した。彼の遺体は地下壕の化学トイレとおぼしき部屋から搬出された。彼がそんなところに閉じこめられたいきさつについて、なにか言うことは？」

沈黙。

「では、先をつづける」

キートンは自分の爪に目をやった。シャツでこすった。

「モリスさんは一九五〇年代および一九六〇年代に存在していた建設会社の業務記録を調べ、問題の地下壕を見つけたとわれわれは見ている。記録のコピーは地下壕のなかで見つかった。プレゼンテーションの資料をまとめていたと思われる」

キートンは無言だった。

「これはあくまでもわれわれの推測だが、地下壕の入り口を捜して土壌や堆積物をどけた際、彼はブラックサマートリュフを見つけたと考えられる」

ポーはそこで言葉を切り、喉をうるおした。

「しばらくのあいだは、それでお互いうまくいっていた。モリスさんは秘密の修復事業に注ぎこむ金が必要で、あんたは高価な食材を市場よりもはるかに安い価格で手に入れられる。しかし……あんたはサイコパスだ。そんな関係が長つづきするはずがなかった。あとで話してもらえると思うが、おれの考えはこうだ。そして当然のことながら、あんたは自慢の魅力を発揮して、そのおう木を見せてくれるよう説得した。そして当然のことながら、モリスさんは自分が見つけた地下壕を見せびらかしたくてたまらなかった。あんたは興味のかけらもなかったが、いちおう地下壕のなかに入った。そして、モリスさんがここで死ねば、永遠に見つからないことに気がついた。彼は誰にもその場所を教えておらず、彼の行方を捜しそうな唯一の人物は、地下壕の存在を信じていなかった。おそらく、とっさの思いつきだったんだろうが、自分だけ先に出て、モリスさんを地下壕に閉じこめようと考えた。その結果、彼はひじょうに悲惨な死を迎えることになった」

キートンは片方の口角をあげ、うっすらとほほえんだ。

「ここまではどうだ？」ポーは訊いた。

反応はなかった。

ポーはべつの写真をテーブルに置いた。ローレン・キートンが死亡した交通事故の写真だった。

キートンはすわったままもぞもぞと体を動かした。

ポーはさらにべつの写真をキートンの前に置いた。写っているのはノートPCだった。粉々に壊れていた。

「これはあんたのノートPCだ。あんたが破壊した。真空調理用の袋に入れ、真空パックしてあった。モリスさんと同じ場所で見つかった」

「破壊されているのなら、なぜこれがわたしの依頼人のものだと主張できるのだね？」コリングウッドが口をはさんだ。「汎用品だから、持ち主は誰でもおかしくないではないか」

「破壊されたとは言ったが、コリングウッドさん、修復不可能なほど破壊されたとは言ってない。おれの同僚に、ひじょうに聡明な女性がいる。彼女にはときどきいらいらさせられるが、それは彼女がPCのことをなにも知らないからじゃない……と言えば、おわかりいただけると思う。彼女は一時間もかからずに、ハードディスクの中身を取り出し、それを自分のPCにアップロードした」

キートンの目にはじめて恐怖の色が浮かんだ。想定外の反応だった。

「そうしたらなんと、誰かさんは、交通事故に見せかけて人を殺し、その罪を逃れる方法を検索していた。もっとも長い時間閲覧していたページには、エアバッグを作動させないようにする正当な理由が書かれていた。べつのページには、エンジンがかかったときに設定が解除されないようにする方法が書かれていた」

キートンはせせら笑った。

「なんてやつだ。ミシュランの星を維持するために奥さんを殺すとは」ポーは言った。

「そんなのは状況証拠にもならんな、ミスタ・ポー」コリングウッドが言った。

ポーは聞き流した。「とにかく、検死官は奥さんの死の評決を事故死から違法行為による死に変更した。そうそう、念のために言っておくが、あんたは彼女の殺害について罪を認めることになる。正確に言うなら、全部で三人だ。ローレン・キートン、エリザベス・キートン、そしてレス・モリス」

「わたしの依頼人を脅すつもりかね、ポー部長刑事？」

「おれがあんたの依頼人を脅すようなことを言ったか、コリングウッドさん？　そうじゃないだろ、いまのは言うなれば……未来を予言したにすぎない」

キートンの顔から薄ら笑いが消えた。ずいぶんとあわてているようだ。

「奥さんの死にともない、エリザベスはそれまで以上に店の経営に大きくかかわるようになった。おれの友人のティリーによれば、エリザベスがあんたのノートPCで給与の食い違いを調べているときに、われわれと同じ証拠を見つけたらしい。あんたが奥さんを殺した方法を」

ポーは目の前の男をにらみつけた。キートンは顔をそむけた。

「彼女は見つけた証拠を持ってあんたに詰め寄った。それであんたは彼女を殺した」

# 65

キートンの弁護士が休憩を求め、警察刑事証拠法により、それは認められた。全員が食事をすませ、キートンが休息を取ったのち、ポーは取り調べを再開した。

「もちろん、そこで問題が生じた。エリザベスを埋めるのは不可能だった。地面は固すぎて掘れたものではなく、掘れたとしても、〈バラス&スロー〉から充分に離れていて、なおかつ見つかる心配のない場所まで死体を運ぶのは不可能だった。しかも、法医学的証拠の移動について充分な知識があったから、自分の車を使ったら必ずなにか見つかってしまうとわかっていた」

ポーはキートンをちらりと見やった。不気味なほど静かだ。

「レス・モリスを閉じこめたあと、地下壕をまた訪れたかどうかはわからないが、車に証拠を残すことなくエリザベスをそこまで運べば、警察に見つかることはないと知っていたはずだ」

ポーはまたべつの写真を何枚かテーブルに並べた。キートンは目を向けなかった。コリングウッドはあやうく食べたものを吐きそうになった。

「ここから先は、おれがいままでかかわった事件のなかで、もっともおぞましいものだ。あんたは充分に研いだ精肉用の道具を使って娘をばらばらにした。切り裂いたり、切り刻んだり、切断したりした末に彼女を四十三個の肉の塊に分けた。それを真空調理用の袋に詰めて真空パックにし、外側を熱湯で洗浄して血液や微細証拠を取りのぞいた。切り分けるのに使った器具、妻を殺害した証拠が入っているノートＰＣ、着ていた服も同じようにした。処理が終わると地下壕まで車で運んだ」

「荒唐無稽もいいところだ」コリングウッドが言った。

ポーはかまわずつづけた。「しかし、あんたは先を見こし、彼女の血液を一部、取っておいた。小さなスクイズボトルで吸いあげ、厨房の冷凍庫にたっぷり入っていた氷の下に隠した。タイミングを計ってジェファーソン・ブラックを犯人に仕立てあげるつもりだったんだろう」

「そちらがつかんでいるのはそれだけかね、ポー部長刑事？」コリングウッドが訊いた。

「説得力のないことおびただしい。弁護士一年生でもあっさり勝てる」

それでもポーは相手にしなかった。

「時を一気に六年進めよう。計画はうまくいかなかった。エリザベス殺害で有罪となったあんたは、ペントンヴィル刑務所に入れられている。べつの棟で暴動が起こった。あんたはべつの囚人の監房に閉じこめられ、つづく数時間、なかをあれこれ調べた」

リグが一枚の写真をよこした。バーバラ・スティーヴンズがリチャード・ブロクスウィッチの監房で見つけたものだ。

「リチャードの家族写真を見たあんたは、自分の目が信じられなかった。やつの娘はあんたの娘に驚くほどよく似ていた。おまけに同じ年頃だ」

キートンは怖い顔でポーをにらんだ。

「しかし、それをどう利用する？　彼女はエリザベスに似ているかもしれないが、エリザベスだと証明するのは無理だ。血液の証拠を提出する方法をひねり出さなければならない。しかし、どうすればいいか？」

ポーは間を置いたが、キートンをいらいらさせただけだった。いずれしゃべるだろうが、いまはまだだ。

「そこでもうひとりの役者が舞台に登場する」ポーは言った。「有罪判決を受けたあと、担当になった看守全員が、大勢の囚人に交じっているときのあんたはおびえていたと証言してる。そのせいなのだろう、病棟で過ごすためにあらゆる手を使った。そこでフリック

・ジェイクマンと出会う。彼女はロンドン大学付属病院の医者で、あんたは策を弄して彼女の気持ちをつかもうとする。自分は無実だと信じこませる。そしてリチャード・ブロクスウィッチの監房で見たものについて触れ、娘の血液が手に入ることを伝えると、彼女はシュネーベルガーという男がDNA検査をごまかしたときの方法を教えてくれる。単純でありながらすぐれた計画だが、盗み聞きされずに作戦を練るため、あんたはしばらく刑務所の外に出る必要がある。そこでフリック・ジェイクマンに教わった場所を自分で刺した。それで刑務所内の病棟では治療できないレベルの深い傷を負うことができた」

ポーはまたそこで、少し口をつぐんだ。キートンと目を合わせた。

陳述書を差し出す。

「一時間やる」ポーは言った。「刺激的な読み物だ」

半死半生のクロエ・ブロクスウィッチが崩れかけた地下壕から運び出されるのを見た瞬間、ジェイクマンは絶望に襲われ、へたりこんだ。

「わたしったら、なんてことをしてしまったの！」彼女は大声でわめいた。

自分の行動によってブロクスウィッチがあやうく死ぬところだったと知り、さらには地下壕にあった遺体の写真を見せられたジェイクマンは、自分がキートンに利用されていただけなのを悟った。あやつられ、本人の弁によれば〝彼に心を奪われすぎていた〟ものの、彼女は現実を受け入れないような人間ではなかった。

彼女はすべて自供した。

べつに言い訳をするわけじゃないけれど、と前置きし、当時はうつ病で投薬中だったと言った。ウルヴァーストンの診療所までポーが話を聞きに訪れた際の話よりも、はるかに壮絶なものだったらしい。夫は彼女のもとを去る前、彼女の名義で多額の借金をこしらえた。彼女には返済できる見込みのない借金だった。

キートンとは刑務所の病棟で出会った。ハッピーエンドの約束にだまされ、愛とは化学物質のバランスの乱れでしかなく、いずれ必ず是正されることも、彼の頼み事が違法であることもわかっていたが、財政問題を解決してくれるという話はあまりに魅力的だった。彼女は医師であり、それはつまり現実的な人間であることを意味した。

ふたりは合意に達し、計画を練りはじめた。

ジェイクマンはまず、クロエ・ブロクスウィッチを仲間に引き入れなくてはならなかった。むずかしいことではなかった。クロエは野心に燃えているが売れない女優だった。キートンが釈放されたら取り組む予定の料理番組で、デビー・マッギーのようなアシスタント役をやってもらうとジェイクマンが持ちかけると、彼女はそのチャンスに飛びついた。

つづいてジェイクマンはカンブリアに移り住んだ。つらいとは思わなかった。どうせ、ロンドンの自宅は失う寸前だったし、山歩きが好きで、年に一度は湖水地方を訪れていた。しかも、郡で医師を募集していた。監察医として登録されるのはさらに簡単だった——その仕事をめぐる競争は熾烈ではなかった。

ジェイクマンによれば、彼女とキートンはほぼ毎晩、電話で進捗状況を話し合っていたという。刑務所のほうにもそうとう問題があるな、とポーは思う。禁止されている携帯電話の使用をもっと厳しく取り締まる必要がある。

次はキートンが〈バラス&スロー〉に隠した血液を回収し、もとの状態に戻すことだった。わざわざ取っておいたのは、娘を殺した犯人が確実に有罪判決を受けるようにするためだとジェイクマンには語ったという。証拠を捏造しなくてはならない事態になれば、喜んでそうすると言っていたらしい。

容器は五十ミリリットル用のソース入れだった。本体をぎゅっとつぶして手を放すと、液体を吸いあげるタイプだ。厨房の冷凍庫の氷を少しどけてソース入れを隠し、ふたたび氷で上を覆い、さらに継ぎ目が見えないよう上から水を散布したのだと、キートンはジェイクマンに説明した。彼から予備の鍵のありかを教わった彼女は、ある晩、忍びこんで、目的のものを回収した。

しかし問題がひとつあった。血液をなんの処理もなしに凍らせることはできない。解凍すると、冷凍する際に生じた氷の結晶で赤血球細胞が破損してしまうのだ。しかしジェイクマンは医師で、なんとかするすべを知っていた。研究所や病院で血液を赤血球、白血球、血小板に分離するのに使われる遠心分離機を中古で購入した。血液を慎重に解凍したのち、破損した赤血球をすべて取りのぞいた。赤血球細胞にはDNAは含まれていないので、あとは自分の赤血球を足し、凝固をふせぐため抗凝血剤を少し添加した。そうやってエリザベスのDNAを含む血液を手に入れた。

ここからはじつに巧妙で、不可能な段階に移る。クロエをエリザベスと信じこませるための奇策。それは、その血液をクロエの体内に入れることだった。

ポーが地下壕には排水管《ドレーン》がないと話したのがきっかけで、ブラッドショーがジョン・シュネーベルガーの事件を思い出した。シュネーベルガーは手術後にたまる体液を除去するのに使われるペンローズ・ドレーンと呼ばれる医療器具を自分の腕に仕込み、DNA検査をごまかした人物だ。ペンローズ・ドレーンのなかには他人の血液と、凝固をふせぐための抗凝血剤が入れられていた。シュネーベルガーは二度、ラボの技術者をだまし、ペンローズ・ドレーンを仕込んだ部分から採血するように仕向けたのだ。

ジェイクマンはより現代的な道具を使い、やり方を改良した。ペンローズ・ドレーンのかわりに一方の端を医療用樹脂で閉じた人工血管を使った。閉じた端をクロエの腕に挿入した。数インチ程度入れれば充分だった。外からは見えず、ジェイクマンが針で探せるようになっていれば充分だった。クロエの体内に入っていないほうの端は腕の内側に沿わせ、脇の下にくくりつけた輸血袋につないであった。準備ができると、ジェイクマンが輸血袋のバルブをひねり、引力で中身が人工血管に入っていった。

腕から採取された血液は、クロエの体内を流れていなかった。ほんの一瞬たりとも。徹頭徹尾、ローテクな答えだった。すがすがしいまでに単純だった。白血球細胞にブラックサマートリュフの蛋白質が付着していなければ、ほぼ確実に逃げ切れただろう。

血液が採取され、うその証言がなされたあとは、エリザベスを知っている人間に出くわすことがないよう、クロエは行方をくらまさなくてはならなかった。キートンはあらかじめジェイクマンに地下壕のありかを教え、ハッチの内側にロッククライミング用のはしごを取りつけてあるから、なかから外に出られると告げた。ジェイクマンはその言葉を疑いもしなかった。クロエを地下壕まで車で連れていき、下におりるのに手を貸した。内側からあかない仕掛けになっているとも知らずに。そのあとハッチの上から落ち葉と土を薄くかぶせた。クロエは三日間そこに隠れたのち外に出て、実家のあるバーミンガムを目指すように言われていた。釈放されたらキートンのほうから連絡すると。

ジェイクマンはまた、ポーのトレーラーにエリザベスの血をなすりつけて偽装工作したことも認めた。キートンは、真犯人を突きとめればポーの容疑は晴れるが、クロエがいなくなった説明が必要だからと言いくるめた。ジェイクマンはポーがカンブリアに到着する前にハードウィック・クロフトまで出向き、証拠を捏造する場所としてトレーラーを選んだのだった。

彼女はようやく、それが全部うそなのを悟った。クロエは永遠にいなくならなくてはならず、その罪を誰かにかぶせなくてはならなかったことを悟った。キートンの娘は、ひょっこり現われたことで面子をつぶされた警官の手にかかって殺された。ひょっこり現われ、すぐになんの説明もなく行方をくらますよりも、そのほうがずっともっともらしい。

キートンはまた、ポーがカンブリアに戻った晩にクロエの携帯電話が確実にハードウィック・クロフト近辺にあるようにしろと指示した。ギャンブルがポーを呼び寄せると、警察署内にいるジェイクマンの知り合いから連絡が入った。

彼女はまた、エリザベスの腰のあたりにタトゥーがあったかポーに訊かれると、キートンに問い合わせた。タトゥーはないとキートンが断言すると、ジェイクマンはそれをポーに伝えた。

リスクをいっさい排するキートンの姿勢は、自分もまたいずれ消される運命にあったのだと、いまのジェイクマンにはわかっている。自分だけは幸運にも逃げ切れるという幻想はもう抱いていない。

「血液検査がどのように偽装されたかがわかり、ジェイクマン医師がかかわっていたことを知ると、おれはおたくの依頼人と話をした」ポーは言った。「おれのチームが過去の記録にあたれば、すぐにでも地下壕が見つかるとにおわせた」

ポーたちは取り調べ室に戻っていた。キートンはあいかわらずなんの不安も感じていないらしい。ポーにはその理由がわかっていたが、コリングウッドが正式に告げるまで待つつもりだった。

「本人みずから地下壕におもむくとは思っていなかった。われわれが見張っているかもしれないからだ。そこで、クロエ・ブロクスウィッチが三日間滞在した痕跡を消さないといけないとジェイクマンを説得した。そうしないと、すべてが水の泡だからと。少なくとも、彼女はそのためにガソリンが必要なのだと固く信じていた。もちろん、あんたが彼女にやらせようとしたのはすべてを焼きつくすことだった。エリザベスとモリスさんの死体。すでに死んでいるはずのクロエ。あんたが使ったノートPCと道具。なにもかもだ」

キートンは無表情に前を見ている。

「だからわれわれはあんたじゃなく、彼女を見張った。彼女はまっすぐ地下壕に案内してくれた」ポーは反応を待った。なにもなかった。「その結果、ふたつの死体とふたりの生きた証人が得られた。あんたの言い分を聞くのが待ちきれないね」

コリングウッドが咳払いした。

「じつによくできた話だ、ポー部長刑事」弁護士は言った。「しかしもちろん、とんでもないでたらめだ」

# 66

イギリスの司法制度にはおかしな決まりがあり、なぜか被疑者が優位に立てるようにできている。不利な証拠はすべて開示されねばならないため、弁護人はあとづけで説明できるのだ。すべての証拠が提示されるまで〝ノーコメント〟と答えるように弁護士が助言するのは、それが理由だ。被疑者側はすべてがわかったうえで、ひとつひとつを説明し、その際には可能なかぎり、ほかの仮説を織り交ぜることができる。

「依頼人がジェイクマン医師と病棟で出会ったことも、依頼人が刺されたあと、ロンドン大学付属病院に入院した依頼人を彼女が訪ねたのも事実だ」コリングウッドは言った。「また、治療を受けるなかで、ふたりが短期間の友情をはぐくんだのも事実だ。ジェイクマン医師は毎日、依頼人のもとを訪れ、治療が順調に進んでいるのを確認していたのでね」

ポーは黙っていた。これは予想の範囲内だ。何年もかけて刑務所から出る方法を画策してきたキートンは、チェスのグランドマスターのように、常に十歩先を読んでいる。しかも、彼はポーンを犠牲にすることをいとわない……。

「ジェイクマン医師が依頼人に心を奪われていたと告白したことはありがたいが、事態はもっと深刻でね。実はふたりが刑務所で出会うより前、依頼人が刺されるより前、依頼人が娘を殺害したとして不当な判決を受けるより前にさかのぼる。彼女は湖水地方をよく訪れていたと証言したそうだが？」

ポーはうなずいた。べつにどうでもよかった。

「おそらく彼女からは聞いていないと思うが、彼女は依頼人のレストランで食事をしている。それも何度か。当然、依頼人のほうはまったく記憶にないが、スチュアート・スコットというシェフからそれについては証言を得ている」

スチュアート・スコット？　エリザベスとの関係をキートンに告げ口したとジェファーソン・ブラックが信じている、〝スコッティ〟とやらにちがいない。脾臓をだめにするほど殴りつけてやった相手だ。ブラックによればスコッティは出世第一主義者だ。そんなやつなら、キートンのためにうそをつくこともいとわないだろう。

「さきをつづけて」ポーは言った。

「確率的に考えて、エリザベスを殺害したのはジェイクマン医師だと考える」コリングウッドは椅子の背にもたれた。

「ジェイクマン医師がエリザベスを殺した、と？」

「動機があきらかになることはないと思われる。妄想を抱いた彼女が、娘がいなくなれば依頼人をひとりじめにできると思ったのかもしれない。彼女はエリザベスの血液を保管しておき、それを使って一連の事件を引き起こしたのだろう。われわれはまた、ミスタ・キートンが刺されるよう仕組んだのは彼女であると信じている。ご存じのように、彼女は病棟で長時間を過ごしており、彼女ほど他者をあやつるのにたけた人物ならば、囚人がべつの囚人を刺すよう仕向けるのは造作もなかったにちがいない。しかも、自分の関与を証言できる唯一の証人を殺害しようとして現行犯逮捕されている」

「だったらどうして六年も待ったんです？」リグが訊いた。不安そうな顔だが、ポーの頭のなかにあることを知らないのだから当然だ。

「それを突きとめるのはおたくらの仕事ではないかな、リグ刑事」

「なら、どうやってクロエ・ブロクスウィッチを見つけた？」

コリングウッドは肩をすくめるだけで答えなかった。

「エリザベスの死体が入れられていたどの袋にも、おたくの依頼人の指紋がついている」

「依頼人の厨房なのでね。ほとんどすべてのものに彼の指紋がついている」

「では、妻の殺害方法を調べたノートPCは？」

「そもそもエリザベスはなぜパソコンのなかをのぞいたのか？　もしかしたらエアバッグが作動しないようにしたのは彼女だったのかもしれない。わかることはないだろうが」

「いや、わかる」ポーは言って立ちあがった。「事情聴取はこれで終わりだ」

ポーにつづいてリグも取り調べ室をあとにし、見学室に入った。ギャンブル、フリン、それに検事局の幹部がひとり待っていた。ブラッドショーはノートPCにかじりついていた。

ギャンブルの表情はけわしかった。

「どうしましたか、警視？」リグは声をかけた。「まさかいまの与太話を信じてるわけじゃありませんよね？」

「当然だ」ギャンブルは答えた。「しかしこちらが……」彼は検事局の男を示した。

「いまの話を信じたとは言ってませんよ」検事局の男は言った。「しかし、これで向こうの戦略が見えたのはたしかで、正直に言うと、あちらに分がありそうだ。ジェイクマン医師はすでにこの悪事に荷担していたことを認めている。キートンにのぼせていたことも認めているし、クロエ・ブロクスウィッチに接触し、司法妨害に手を貸したことも認めている」

「しかしキートンが……」とリグ。「病院に入院中のときをのぞけば、ふたりを結びつける証拠はなにもない。それなら刑務所の記録で裏づけられるはずだ」

「刑務所ではフェラチオしてもらうよりも、携帯電話を手に入れる方が簡単だとはな！」リグが叫んだ。

検事局の男はうなずいた。「まずまちがいなく、そうやったんだろう。しかし証明はできない。キートン側は彼女が単独でやったと主張するだろうし、われわれにはそれをくつがえす材料がない」

「クロエ・ブロクスウィッチがジェイクマン医師の証言を裏づけてくれますよ」

「すでに裏づけています。しかし、彼女はキートンと直接話していないことも認めている。指示はすべてジェイクマンを経由していた」

一同は黙りこんだ。リグは検事局の男を怖い顔でにらみつけた。ギャンブルもにらみつけた。

「現実を直視するんだな。キートンはジェイクマン医師を完璧にあやつった。あいつが裏で糸を引いているのはたしかだが、責めを負うのは彼女だ」

ポーは認めざるをえなかった――キートンは頭が切れる。他人の命を軽視しなければ、破滅しなくてすんだのだが。それをべつにすれば、計画は完璧だった。

「ずいぶんと冷静に受けとめているようだな、ポー」ギャンブルが言った。

「冷静はおれのミドルネームなんでね、警視」

「ポーにはミドルネームなんかないはずだけど」ブラッドショーが口をはさんだ。

ポーがブラッドショーにウィンクし、室内はまた静寂に包まれた。

ポーの携帯電話が鳴った。ショートメッセージを読んだ。「よかった、彼女が来た」

「なにをたくらんでいるんだ、ポー？」ギャンブルが訊いた。

ポーは質問には答えず、検事局の男に向きなおった。

「なにがお望みですか？」

「完全な自白」男は答えた。「現段階でなにがどう役に立つのか、頭を悩ませているところだ」

ポーはほほえんだ。「では、完全な自白を引き出します」

# 67

ポーは取り調べ室に戻った。このときは、リグではなく女性を連れていた。ふたりは席についた。

「そこにいるのは誰だ、ポー？」キートンはせせら笑った。

コリングウッドは午前の仕事ぶりに満足しているようだった。「あらたな証拠がないのであれば、ポー部長刑事、次にわれわれが話をするのは、依頼人の再審の場にしてもらおう。われわれは陪審に対し、われわれの考える事件の全貌を提示する。きみらはきみらでそうするがいい」

「陪審裁判になるのであれば、だが」キートンが言った。

ポーは愛想よくほほえんだ。「そのとおりだ、キートンさん。この事件は陪審裁判にはならない」

キートンの笑みが大きくなった。

「もしよければ、ここまでほとんど話題にのぼらなかった人物について話したい」ポーは言った。「クロエの父親、リチャードのことだ」

「あいつか？　あいつがどうかかわってくるんだ？　ほとんど知らないのに」

「その点については、キートンさん、まったくもってそのとおりだ」

キートンは無関心だった。

「われわれのはからいで、クロエは父親と話をした。それは知っていたか？」

キートンは肩をすくめた。「わたしの知ったことではない」

「あんたが彼をどう思っているのか気になってね。ここだけの話だが、ここにいる全員があんたがこの男の娘を殺そうとしたのを知っている。彼はあと数年で出所だ。復讐される心配をしなくていいのか？」

キートンは鼻で笑った。「いまの話が全部本当だとして、といっても、わたしはなにひとつ認めないが、リチャード・ブロクスウィッチのような男がわたしになにができる？　そんな貧相な男なんだぞ。退屈な仕事に従事している会計士にすぎないじゃないか。そんなやつになにができる？　電卓で殴りつけでもするか？」

ポーはうなずいた。「まあ、そうだろうな。おそらく彼は、そんなことなど考えてもいないだろう」

「だからそう言っているでは——」

「ただ、一点気になることがある。定員オーバーの刑務所で、なぜ彼は単独房をあたえられているのか」

キートンの得意然とした表情がすっと消えた。コリングウッドがなにかを察知した顔になった。

「さてと、その話はまたあとだ。そろそろ、バーバラ・スティーヴンズ主任警部を紹介しよう」

スティーヴンズはすらりとした自信たっぷりの女性だった。ショートにした黒い髪をつんつんに立たせ、デザイナーブランドの赤い縁の眼鏡をかけている。彼女はキートンとコリングウッドに小さく手を振った。「よろしく」

ポーはコリングウッドに向きなおった。「あなたに見せたい写真があるそうだ、コリングウッドさん。それを見たら、心を決めてくれることと思う」

キートンが顔をしかめた。「なんなんだ、ポー？　いったいどんなあくどい手を使うつもりだ？」

「あくどい手なんかじゃない、キートンさん。あくまでこれは……とにかく、おれの頭のなかにあることを全部知ってるつもりにはならないほうがいい」ポーは天井の隅にあるカメラに目を向けた。そこに向かって親指を立てた。緑色のランプが赤に変わった。「いま、録画をやめさせたよ、コリングウッドさん。その理由はすぐわかる」そこでスティーヴンズのほうを向いた。「あとはよろしく」

スティーヴンズはファイルから光沢のある写真を一枚出した。望遠で撮られたものだが、写っているふたりの男ははっきりわかる。ひとりはリチャード・ブロクスウィッチ。もうひとりは、ポーも噂でしか知らない人物。

「右の男性はリチャード・ブロクスウィッチです。左の男性が誰か、ご存じ？」

コリングウッドは写真を見るなり顔を青くした。息づかいが速く、荒くなった。青白い額に脂汗が浮いている。彼はシルクのハンカチで額を拭った。そしてうなずいた。「知っている」

「おたくの事務所はこの男性が所属する組織と取引がありましたね？」スティーヴンズは言った。「しかしいまは、彼らを相手取った訴訟を抱えているようですが」

太った弁護士は写真から目をそらせずにいた。

「今後もキートンさんの弁護人をつづける意向か？」ポーは尋ねた。

コリングウッドはほうれん草を食べたくない子どものように、首を右に左に振った。おびえきっていた。彼はキートンのほうを向いた。「すべて正直に話したほうがいい、ミスタ・キートン。なにひとつはしょらずに。それもいますぐ」

キートンのにやけた笑いが突然崩壊し、表情筋を切られたみたいな顔になった。「どういうことだ、ポー」わざとらしいフランス風のアクセントはすっかりなりをひそめていた――いまやカーライルなまりが前面に出ていた。「その男はいったい何者だ？」

「国家犯罪対策庁は大きな組織でね、キートンさん。おれの仕事はあんたみたいなやつを捕まえることだ。スティーヴンズ主任警部は、多国籍組織犯罪課を率いるのが仕事だ」

「多国籍――」

「エンティティBという組織を耳にしたことはありますか？」スティーヴンズはキートンに最後まで言わせずに訊いた。

キートンは無表情になった。

「知っているわけがないですよね。しかし、あなたの弁護士はご存じのようです。あなたから説明しますか、コリングウッドさん？」

コリングウッドはまた首を左右に振った。

「いやですか？　けっこう、ではわたしから」彼女は言った。「エンティティBはこんにちのヨーロッパで活動する組織犯罪グループのなかで、もっとも大きく、それゆえもっとも危険な集団です。人身売買、サイバー犯罪、ドラッグは当然、武器、監視リストに入っている国への禁制品の密輸など、エンティティBはそのすべてに関与しています」

キートンの顎がひくひくしはじめた。

「ほとんどの人はその存在を信じてません。ですが、あいにくそれは間違いです。エンティティBはたしかに存在しており、しかも急成長をつづけています」

彼女は持っていたペンで写真をとんとんと叩いた。

「そしてこの男性、あなたのリチャードくんと話しているらしき男性は、組織のなかでも幹部中の幹部のイギリス人のひとりです」

ポーがあとを引き継いだ。「いいか、キートン、こういう組織が影響力を行使できるのは、連中がおそろしいことをするからだとみんな思っているが、本当の力は、おそろしいことをした結果得た金を維持できることに起因している」

「昨年、エンティティBは二十億ユーロ以上の売上げがあったと推測されています」スティーヴンズはつけくわえた。「それだけあれば、かなりの資金を洗浄できる」

キートンにもわかりはじめたようだ。

ポーはうなずいた。「この話の行き先がわかったようだな、キートン。このような組織は資金洗浄をになう無名の天才のおかげで存在できている。あんたが〝退屈な仕事に従事している貧相な会計士〟と評したリチャード・ブロクスウィッチは、その罪で七年の刑期をつとめている。小者にすぎないが、それでもやつは、スティーヴンズ主任警部のチームにとって役に立つ情報を持っている」

ポーはひと呼吸置いて先をつづけた。「彼から話を聞けたんですか、主任警部？」

「いいえ。刑務所暮らしを免除すると持ちかけてもだめだった。たいした男よ、リチャードは。組織にとても忠実だもの」

キートンは指でドラムのように机を叩いていた。それをやめ、うなじをさすった。ひとことも声を発しなかった。

「クロエは父親と話しているから、彼女の身になにがあったかリチャードは知っている。借りを返してくれるようエンティティBに要求したと考えても、的はずれではないと思うが」ポーは言った。「おれが考えるに、あんたには選択肢がふたつある。いつまでも意地を通し、自由の身になって一か八かの賭けに出るか、いますぐ供述書にサインするかだ」

キートンの目はどこか遠くを見ていた。もうポーの言葉も聞こえていないのかもしれない。

コリングウッドが咳払いした。「依頼人がそちらの望むようにしたら、身の安全は保証してもらえるのかね？」

ポーは首を横に振った。スティーヴンズもだった。

「自供して得られるのは、証人保護プログラムと同じものです」スティーヴンズは言った。「新しい名前をあたえられ、CSCで刑期をつとめることになります」彼女はキートンのほうを向いた。「CSCというのは厳重に監視されている施設を指します。簡単に言えば、刑務所のなかの刑務所。もっとも厳重に警備されています。それでも充分ではないかもしれない」

「うそだ」キートンは蚊の泣くような声で言った。人質のように、不自然にほほえんでいる。

ポーは両のこぶしをテーブルに置いて身を前に乗り出し、淡いブルーの目をのぞきこんだ。「ほう、そうか？　なら命を賭けてみるか？」

# 68

ポーが〈シャップ・ウェルズ・ホテル〉に戻ったときには夕方になっていた。郵便物を受け取り、フリンとブラッドショーに別れのあいさつをしたのち、自分の四輪バギーに乗った。不思議と元気が出なかった。

事情聴取にどのくらいかかるかわからなかったため、ヴィクトリアがエドガーの面倒を引き受けてくれた。迎えにいくのは明日にしよう。フリンとブラッドショーはそのまま泊まり、明日の夜には三人でケンダルまで出かけ、カレーを食べることになっている。ポーはお礼を兼ねて、ヴィクトリアも誘うつもりでいた。

検事局がキートンの自供に満足するのに六時間を要した。

リチャード・ブロクスウィッチが写真の男と会ったことは一度もない。彼は序列のはるか下に位置していた。エンティティBの幹部が雑魚レベルの資金洗浄係と会うことなどない。しかし、ブラッドショーが写真加工ソフトで手を入れると、実際に会っているように見えた。ポーもスティーヴンズ主任警部も写真のなかのふたりが話をしているとは言わなかった。その可能性をほのめかし、あとはキートンの想像にまかせただけだ。

作戦はうまくいった。キートンはすべて認めた。

レス・モリスを殺した経緯はポーが予想したとおりだった。はしごを固定用の輪っかからハッチの下側に移動させた。モリスは出ようにも出られなくなった。キートンは三カ月後に現地を訪れ、モリスの死体を化学トイレに移動させた。

ミシュランの星を維持するために妻を殺したときのことも、ノートPCに残された証拠を見つけたエリザベスを殺したときのことも白状した。真空パックの装置を使ってばらばら死体のほか、その他もろもろを密封し、モリスと同じ場所に捨てたと説明した。

とっておいた血液は、ジェファーソン・ブラックをはめるためのものだった。

あとはクロエ・ブロクスウィッチとフリック・ジェイクマンから聞いた話と一致していた。キートンは病棟にいるときにジェイクマンをスカウトし、計画を練る時間を捻出するため、自分で自分を刺した——守秘義務に抵触するため、刑務所外の病院では看守といえど、医師と患者だけにしなくてはならない。ジェイクマンはクロエを地下壕に閉じこめる計画は知らなかっただろうし、あの晩ガソリンを持っていったのは、あくまでクロエが隠れていた痕跡を消すためと信じていたはずだとキートンは語った。死体を始末することになるとは思ってもいなかったのだ。

フリック・ジェイクマンもクロエ・ブロクスウィッチも刑をつとめることになるだろう。キートンが三人を殺害したせいで、ふたりの人生も台なしになった。

キートンはレス・モリス殺害、妻殺害、およびクロエ・ブロクスウィッチ殺人未遂の三件で起訴されるだろう。すでにエリザベス殺害については早い段階で有罪答弁取引に応じている。検事局は異例の〝終身刑〟の線で押す予定だ。執行猶予がつくのは望ましくない。

キートンがポーをはめようとしたのは、ポーの父がケンダルの土地の売却を拒否したからかと訊いてみた。キートンはなんの話かわからなかったようだ。単なる偶然だった。それだけはありがたく受け入れよう。キートンがポーを選んだのは、誰かを犯人にしなくてはならなかったからであり、前回、どうしてもだませなかった相手がポーだったからだ。

カーライルを離れる前、ポーはリグとギャンブルと握手をした。ふたりは期待に添う働きをした。ポーのためだけではない。ふたりのおかげでエリザベス、レス、ローレンにとっていい結果を出すことができた。裁きは迅速ではないものの、公正におこなわれた。

M六号線を走りながら、ジェファーソン・ブラックに電話をかけ、話を伝えた。エリザベスの身になにがあったのかようやくわかったことで、元落下傘兵も心の区切りがつくかもしれない。そうならない気もするが、ポーにできることはそれしかなかった。ジェファーソン・ブラックははからずも、事件に大きな突破口をひらいてくれた。

小高い丘をのぼりきると自宅が見えた。ポーは急ブレーキを踏んだ。電気がついている。全部ではなく一部だけ。なかに誰かいる。すでにヴィクトリアとは話をしたし、フリンとブラッドショーとはさっき別れたばかりだ。

ほかに心あたりはない。

双眼鏡を出してのぞいたが、なかにはなんの動きも見られない。四輪バギーの回転を少しあげ、用心しながら自宅に近づいた。いつもの場所にバギーをとめて降りる。まだなんの動きもない。

ドアにプラスチックの封筒に入った書類が貼ってあるのが目に入った。むしり取って読んだ。役所からだった。さっき受け取った郵便物のなかにこの関係の書類があるのかもしれない。プラスチックの封筒を歯で乱暴にあけた。

不動産を最初に見つけた状態に戻せという役所からの命令だった。

くそったれめ。ヴィクトリアが言っていたとおりだ。連中はポーを追い出すつもりだ。

郵便物を確認すると、目を引く手紙が一通あった。なんの変哲もないマニラ封筒に入っていた。おもてにポーの名前が活字体で書いてある。ホテルに直接届けられたものらしい。

ポーは封を切った。

湖水地方国立公園内の建造物の計画許可の見直しを申請する用紙だった。裏を返し、書かれたメッセージを読んだ。〝ざまあみろ、ポー〟とあった。その下に活字体でWの文字。復讐に燃えるウォードルは、野ぐそを嗅ぎつけるネズミのように、最近判明したばかりのポーの泣きどころを嗅ぎつけたのだ。

しかし……それでもいまポーの家のなかにいる人物については説明がつかない。

ドアを押しあけ、目を暗さに慣れさせた。ソファで男が眠っている。まさか……本当か？

じっくりと目をこらす。

やっぱりそうだ。

ポーはその人物がずいぶん老けこんだのにびっくりした。

ポーが電気を全部つけると、男はすぐさま飛び起きた。まぶしい光に目を細める。

「びっくりさせるんじゃない」男は言った。

ポーは男のわきを通りすぎ、ビールを出そうと冷蔵庫をあけた。果物とペットボトルの水がぎっしり詰まっていた。苦笑いするしかなかった。ブラッドショーはまだおれの世話を焼こうというのか。ビールを二本出し、栓を抜いて一本を差し出した。

「話がある、ワシントン」ひとくち含んでから父は言った。

「明日にしてくれ、親父」ポーは言った。「話は明日だ」

# 謝辞

わたしのように、読み書きが少しできる程度の無教養者が支離滅裂で脈絡のない意識の流れを読みやすい小説に変えるには、多くの仲間の力がどうしても必要になる。そしてその仲間は当然のことながら、感謝を期待している。そんな彼らを背の高い順に並べると——

編集者のクリスティーナ・グリーンの揺るぎないサポート、とどまるところを知らない熱意、無限のエネルギーに感謝。チャンスをあたえてくれたことも、木しか見ていないわたしのかわりに森を見てくれたこともありがたく思っている。

構成編集者のマーティン・フレッチャーには、長年の経験とまっとうな助言に対し、格別に感謝したい。きみとはポーとティリーにどんなことをさせるか、これからの展開についても考えを共有しているよな、マーティン——そこに向かって確実に進んでいるとわたし自身は思っている。

校閲のハワード・ワトソンはわたしが書いた文字を正しく入れ替え、入念に事実確認をおこなってくれた。そのハワードの指摘によれば、わたしが『ストーンサークルの殺人』で設定したタイムラインでは、ポーは十一歳で警察に入ったことになるそうで……

校正のジョーン・ダイチは、しぶとい小さなタイプミスをひたすら見つけ、つぶしてくれた。

またも最高にかっこいい装幀に仕上げてくれたショーン・ギャレヒーは特筆に値する。『ストーンサークルの殺人』の装幀を超えるものなどできっこないと思っていたが、そんな思い込みを見事にかっ飛ばしてくれた。

まちがいなく宇宙一の編集デスクであるレベッカ・シェパードは、右に述べた軍団をうまく統率してくれた。どんなチームでも、全員がバタバタあわてふためくなか、冷静に対処できる人間がひとりは必要だ。

最後は〈コンスタブル〉のベス・ライトとブリオニー・フェンロンへ。市場調査と広報宣伝がなければ、わたしの書いたものなど誰にも読まれなかっただろう。だから……厳密に言えば、これはすべて、きみたちのおかげだ。

恒例にならい、とくに大切な方々をリストの後半に取っておいた。担当エージェントでもあり友人でもあるデイヴィッド・ヘッドリー、きみは計り知れない存在だ。きみのパワーと意欲の半分でも自分のものになるなら、この腕を食いちぎってみせる——いったい、どうしてあれだけのことができるのか、本当に不思議でならない。わたしを正しい道に導いてくれてありがとう。友情にもありがとう。そして、ポーとティリーを可能なかぎりたくさんの人々に届けてくれてありがとう。

また、わたしはDHH著作権エージェンシーに所属しており、いつも迷惑ばかりかけているエミリー・グレニスターにもひとことお礼を言っておきたい。過度の不安からくるいらいらに耐えてくれ、しかもどんなときも気立てのよさを忘れない。ありがとう、エム！

書きあがった作品をデイヴィッドに送る前に、信頼するふたりに読んでもらっている。そんなベータ版読者のふたり、アンジー・モリソンとスティーヴン・ウィリアムソンへ——わざわざ時間を割いて、忌憚のない建設的な意見を聞かせてくれてありがとう。きみたちは小説を生み出すのに欠かせない存在であり、きみたちの価値ある意見なしには、この本が生まれることはなかった。

妻のジョアンには丸一ページをついやして感謝の気持ちを伝えるべきだろう。しかし、そこで気がついた。そこまで紙幅がない。なのでこう言うにとどめよう。きみがいなければ、この本は影も形もなかったよ、ジョー。書きはじめたばかりのころのきみの励ましにも、最近のプロとしての目にも感謝の気持ちでいっぱいだ。この感謝の気持ちを伝えるため、ポテトチップスの隠し場所を教えてあげようかと考えている。

『ブラック・サマーの殺人』の執筆にあたり、調査に協力していただいた方々がいる。その人たちにも感謝しなくてはなるまい（そうしないとぶつぶつ言われそうだ）。

四十年来の友人であり、本物のエールを情熱的に愛好するスチュアート・ウィルソンは、農家が中間業者を排し、子羊肉と羊肉を消費者に直接届ける方法を根気よく説明してくれた。

ロイヤル防空監視隊協会の第二十二グループのハロルド・アーチャーは、ロイヤル防空監視隊の核観測用地下壕がどのようなものだったのか、どのようにして造られたのか、監視任務とはどんなものなのかについて、たいへん貴重な知識を授けてくれた。おかげで、ネットサーフィンでは得られないレベルの信憑性を物語にくわえることができた。

聡明な姪であるケイティ・ダグラスは、ぱっと見には解決困難な問題の解決法を突きとめてくれた。そのたくみさは、まさに〝ティリーのよう〟だった。頼むからケイティ、悪の天才にだけはならないでくれ――有能すぎる悪党になりそうで、おじさんは怖いよ。

科学に関するひじょうに貴重な助言をくれたブライアン・プライスには最大級の〝イイね〟を贈りたい。

警察関係の助言者のジュード・ケリーとグレッグ・ケリー。いつものことながら、わたしのとりとめもない質問は必ずふたりに受けたが、ふたりともこちらの期待を裏切ることなく、よく考え抜かれた理路整然とした答えを返してくれた。

そして最後に、みなさんお待ちかね、分類不可能な感謝のコーナーに移る。

〝猿のような腕は白く、毛深く、不釣り合いに長い〟と書くことを許してくれたクローフォード・バニー。きみとの友情は、ここ二十年の人生でも最高の出来事のひとつだ。

すべてのブロガー、書評家、そして読者のみなさんへ。本というのは、書かれた文字が人々の頭のなかで絵を描いてはじめて本になる。これからも読んで書くことをつづけてほしい。それに感謝しない作家など、この世にはひとりも存在しないと保証する。

ウォーターストーンズ書店ダラム支店のフィオナ・シャープは特筆に値する人物だ。彼女の『ストーンサークルの殺人』に傾ける熱意は並大抵のものではなかった。昨年は、きみがあの本のPRをつづけていることを、行く先々で作家や広報担当者から聞かされた。

カンブリア州の慈善団体、セーフティ・ネット（UK）に破格の寄付をしたバーバラ・スティーヴンズには、大きな声で感謝を伝えたい。登場人物のひとりにあなたの名前をつけることができ、光栄に思っているよ、バーバラ。

店頭で『ストーンサークルの殺人』を見かけるたびに購入してくれる義理の母メアリー・ジャクソンには、感謝の会釈を。いま義母は、リトル・ブラウン社の倉庫にあるよりたくさんの在庫を抱えている。

モファット・クライム・ライターズとクライム＆パブリッシュメントの仲間たちにはこれまでの支援、親交、友情への返礼として拍手喝采を送りたい。

どんな執筆気分のときでもぴったりの曲を提供してくれるアイアン・メイデンには感謝の一票を投じたい。わたしはパンクロックを聴いて育ったが、これからは死ぬまでメイデンのファンでいると誓う。アップ・ジ・アイアンズ！

そして最後はブラッケン。わが家版のエドガー。おまえが二マイル先で誰かがドアをあけたと吠えなければ、この本は半分の時間で書き終えたはずだ。

みんな、ありがとう。またいつか一緒にやろう。

マイク

追伸

実はみんなの背の高さがどのくらいか知らないんだ。クローフォードはべつだよ——あいつはとんでもなくのっぽだからね。

# 解説

ミステリ・コラムニスト
三橋 曉

まだ地球が海水に覆われ、三葉虫らが栄えていた古生代の一時期が、カンブリア紀と呼ばれていることはご存じだろう。その呼称は、当時（約五億年前）の地層が多数見つかった地名に由来するそうだが、イングランドでもっとも美しい山々と伝えられてきたそのカンブリアは、現在グレート・ブリテン島の中央部にあってアイリッシュ海を望む州《カウンティ》の名称にもなっている。

州のやや海寄りを占めるその一帯は国立公園でもあり、ロマン派の詩人ワーズワースの作品でも知られる湖水地域《レイク・ディストリクト》として親しまれ、観光や保養を目的に訪れる人々も多いという。しかし、氷河時代に由来する氷食湖など、今も残る厳しい自然の姿が物語るように、人が暮らすには必ずしも優しい土地柄とは言い難い。

そこで生まれ育った男が久々に故郷に舞い戻り、天然石造りの住まいを修復するという骨の折れる仕事に日々精を出している。男は停職中の警察官で、物語の主人公でもある。人里離れた湿原に暮らすそんな彼を、元部下が訪ねてくるところから始まるのが、〈ワシントン・ポー〉シリーズ第一作『ストーンサークルの殺人』だった。

ストーンサークルといえば、イギリスには世界遺産で有名なストーンヘンジやエイヴベリーがあるが、カンブリアもまたその密集地帯として知られている。作者のM・W・クレイヴンは、主人公と同じくカンブリア地方の出身で、自身の庭である丘陵地や荒野に佇み、観る者の好奇心を先史時代へと向かわせるこの石の遺構群を、創作に活かすという誘惑に勝てなかったのだろう。

その着想が、ストーンサークルを殺人現場に選び、残虐な犯行を繰り返す連続焼殺魔《イモレーション・マン》と、それを追う警察官たちの知恵比べの物語の骨格となったことは間違いない。読み応えある警察小説として実を結んだ『ストーンサークルの殺人』は、二〇一九年一〇月、英国推理《CW》作家協会《A》がその年度のもっとも優れた長篇ミステリに与える称号のゴールド・ダガー賞を授けられた。M・W・クレイヴンという作家が、カンブリアというイングランドの一地方から、イギリスのミステリ界の第一線のみならず、世界という大きな舞台へと躍り出た瞬間と言っていいだろう。

さて、〈ワシントン・ポー〉シリーズ第二作の『ブラックサマーの殺人』は、イギリスでは二〇一九年六月にコンスタブル社から出版された。本稿末尾に著作リストを掲げたが、M・W・クレイヴンの作品としては四作目にあたり、ゴールド・ダガー賞受賞後に発表された最初の長篇で、主人公をはじめ前作でおなじみの面々が再び登場する。

まず、主人公のワシントン・ポーを改めて紹介しておこう。読者が興味をそそられるのは、十九世紀アメリカの巨匠作家と同じファミリー・ネームだろう。さらに愛犬で、私生活の相棒であるスプリンガースパニエルの名がエドガーとくれば、何をか言わん哉で、そこにこめられた意図を作者に問い質してみたくなる。

一方、ワシントンというファースト・ネームには、ある秘密が隠されている。ストーンサークルの事件のさなかに、主人公はその衝撃的な事実を知ることとなった。以来、アメリカ合衆国の首府ワシントンDCから採られたという名前が意味するところは、本人を苛み、悩ませている。

そのポーの仕事は警察官だが、かつては故郷のカンブリア州警察に勤務していた。現在属する国家犯罪対策庁《NCA》は、アメリカでいうところのFBIに相当する法執行機関で、国が関与すべき重大犯罪が所管だ。英国ミステリの読者ならご存じのように、手に余る事件の捜査で地方警察はロンドン警視庁に応援を求めるのが常だったが、麻薬や組織犯罪など広域にまたがる犯罪に対処するため、現在の組織が作られた。

ポーは五年前にハンプシャーに本部を置くこのNCAの一員となり、重大犯罪分析課《SCAS》という部署に身を置いている。連続殺人犯や重度の性犯罪者の行動を予測し、複雑な事件の捜査で担当警察署を支援するのが役割だが、彼はある誘拐事件の捜査過程で起こした不祥事で停職処分を受け、故郷での田舎暮らしに戻っていた。

そこに、元部下の（そしてポーの停職中に上司となった）ステファニー・フリンが驚くべき情報を携えてやってくるのが前作の冒頭だった。部長刑事に降格され、処分を解かれた主人公は、立場が逆転した女性警部の下で、分析官としては天才的な才能を持ちながら深刻なコミュニケーション障害を抱えるティリー・ブラッドショーらとともに、持ち前の直感力を駆使し、他人を怒らせることを厭わない粘り強い捜査で、難事件を解決に導いた。

ところが、停職処分の原因ともなった、何よりも正義を重んじる彼の行動原理が、連続《イモレー》焼殺魔《ション・マン》事件の真相をめぐり、またもや思わぬ事態を招いてしまう。かくして『ストーンサークルの殺人』は、連続ドラマなどでおなじみのクリフハンガー（結末を伏せ、次の展開に含みをもたせる手法）で幕が下ろされる。主人公のその後にやきもきしながら、読者は再会の時を待つしかなかったのである。

その間に、作中のカンブリア州の田園地帯は季節を春から夏へ移したと思しい。遥か大西洋上では、ウェンディと名付けられた一世代に一度来るかどうかの巨大な暴風雨が上陸の機会をうかがっている。そんなある日のこと、先の事件で負った傷も癒えつつあるポーを、またも青天の霹靂が襲う。『ブラックサマーの殺人』は、こうして幕があがる。

先の事件で捜査主任を務めたイアン・ギャンブル警視からの呼び出しで、古巣のカンブリア州警察署に駆けつけたポーは、かつて手掛けた事件について、信じ難い事実を告げられる。六年前、十八歳のエリザベス・キートンが行方不明となり、父親で天才シェフのジャレド・キートンが経営する三ツ星レストラン〈バラス&スロー〉の厨房で彼女の血痕が見つかった。死体がないまま起訴され、ポーが真性のサイコパスと見抜いた父親には実刑が下り、今も服役中だった。ところが今になって、殺された筈の娘がやつれ果てた姿で公の場に現れたというのだ。

見知らぬ男に拉致され、監禁されていたと語った若い女は、DNA鑑定でエリザベス本人と裏付けられた。再審請求で冤罪が認められ、ジャレドが自由の身になるのは時間の問題だったが、自分の捜査に確証バイアスがあった可能性を認めつつも、父親が娘を手にかけたというポーの確信は揺るがなかった。鑑定に従事した監察医らを訪ね歩き、優秀な病理医に血液の再鑑定と最新の化学分析検査《クロマトグラフィー》を依頼するなど、ポーは藁にもすがる思いで奔走するが、それを嘲笑うかのように、やがて獄中のジャレドから面会要求が届く。

本作の原題は、*Black Summer* という。それが意味するところは、全体の三分の一にも満たない前半であっさりと示唆される。ただし、死んでいる人物が同時に生きてもいるという、古典落語の「粗忽長屋」を思わせるアンビバレントな難題の前では、〝黒い夏〟が暗示するものも、まだほんの小さな手がかりの一欠片でしかない。だが、ほどなく事態が新たな局面を迎えると、機材一式を抱えたブラッドショーが駆けつけ、それまで単独で動いていたポーに合流する。

そんなポーとブラッドショーのコンビは、年齢、キャリアともに隔たりがある男女のバディだ。優秀だが内気で融通のきかないブラッドショーを、オフィスから無理やり引っ張り出したのはポーだったが、昇進試験や新たな仕事で自信と経験を積み、彼女も対等の相棒に成長しつつある。テクノロジーとネット社会の申し子のような分析官と機械音痴の刑事は、異なる極が引き合う二つの磁石のように見事なチームワークを本作でも発揮する。

一方、直属の上司フリン警部も遅れてチームに加わる。しかし主人公の味方は彼らばかりではない。愛車のＢＭＷ　Ｘ１を飛ばし、ポーが血液の再鑑定を頼み込むニューカッスルの病理医もその一人だ。目のさめるようなセクシーな肢体の持ち主で、死体置き場に籠るのが好きな変人だが、法医学のプロフェッショナルとして世界に知られる著名人でもある。ポーを奇行で怯ませる彼女の名は、エステル・ドイル。ポーとドイル、なるほどねとついつい頬が緩む。

このように本シリーズは、ちょっとユニークなバディものであると同時に、組織的な捜査を描く警察小説でもある。そこには縦割りによるセクショナリズムの弊害もあれば、主人公を陥れることも厭わない同僚との軋轢も描かれる。組織捜査の暗部を見逃さない鋭さがあり、主人公を扇の要とする絶妙なチームワークや人間模様の濃やかさも備えている。

とはいうものの、実は主人公には独断専行の傾向も強い。〝黒い夏〟の手がかりを追う彼は、上司の命令で捜査から外された後も、ひとり聞き込みを続ける。作者は、そんな主人公を喜々として描いているフシがあるが、さらにポーは、捜査側でありながら事件の当事者でもあるという二重の役回りをも負わされるのだ。前作ではなぜか連続殺人の被害者の列に並ばされ、本作では冤罪疑惑の張本人として同僚から白い眼で見られ、終盤では一層厳しい立場へと追い込まれていく。

そんな〝ワシントン・ポー自身の事件簿〟ともいうべき趣向には、物語の臨場感を高めようとする作者の狙いがあるのだろう。一粒で二度美味しいとはいささか古めかしい言い方になってしまうが、警察小説に巻き込まれ型サスペンスの要素をプラスする手法は、シリーズの読者を惹きつける要素に十分なりえていると思う。

ところで、ポーがジャレドの求めに応じ、ダラム刑務所を訪れる本作前半の山場は、支《アル》配的《ファ・オス》にふるまうジャレドの態度からポーが読み取る違和感が、事件の核心に迫る足掛かりになっていく。このスリリングな一場を、トマス・ハリスの『羊たちの沈黙』でレクター博士と若きクラリスが出会う有名な獄中のシーンと重ね合わせる読者は多いと思う。

やはり関連作を思い出させるのが、最初にある〈バラス&スロー〉の一夜の場面だ。そこで供されるズアオホオジロを残酷に調理したグルメなひと皿は、一連の作品を象徴する料理として『ハンニバル・ライジング』にも登場する。これらオマージュや本歌取りからも、一九九〇年前後に巻き起こり、社会現象にまでなったサイコスリラーのブームという出自は明らかだが、本シリーズはそこからの進化も窺わせる点に注目したい。

例えば、連続殺人に託された犯人のあまりにも狡猾な意図であるとか、サイコパスと主人公の何手も先を読み合うような駆け引きなどに、それが顕れている。継承者でありながら、模倣やスタイルを借用するのではなく、従来型をブラッシュアップすることに成功しているのだ。先達の到達点を里程標とみなし、そのアップデートを目標に置いた作者の姿勢は正しく、そして頼もしい。

長く困難な事件解決への道のりを、主人公とともに歩き終えた満足感を与えてくれる本作のラストだが、同時に読者は新たな衝撃に居ても立ってもいられない気持ちにさせられるに違いない。終章は、次も期待して待っていてほしい、という作者からの自信に満ちたメッセージとも言える。急く思いを抑えつつ、次回作が届くのを心待ちにしたいと思う。

作品リスト
◇エイヴィソン・フルークのシリーズ
*Born in a Burial Gown*（2015）
*Body Breaker*（2017）
◇ワシントン・ポーのシリーズ
*The Puppet Show*（2018）『ストーンサークルの殺人』
*Black Summer*（2019）＊本作
*The Curator*（2020）
*Cut Short*（2020）＊短篇集

*Dead Ground*（2021）

二〇二二年九月

訳者略歴　上智大学卒，英米文学翻訳家　訳書『川は静かに流れ』『ラスト・チャイルド』『アイアン・ハウス』『終わりなき道』ハート，『逃亡のガルヴェストン』ピゾラット，『ストーンサークルの殺人』クレイヴン（以上早川書房刊）他多数

HM=Hayakawa Mystery
SF=Science Fiction
JA=Japanese Author
NV=Novel
NF=Nonfiction
FT=Fantasy

# ブラックサマーの殺人《さつじん》

〈HM481-2〉

二〇二一年十月二十日　印刷
二〇二一年十月二十五日　発行
（定価はカバーに表示してあります）

著者　M・W・クレイヴン
訳者　東《ひがし》野《の》さやか
発行者　早川　浩
発行所　株式会社　早川書房
郵便番号　一〇一 - 〇〇四六
東京都千代田区神田多町二ノ二
電話　〇三 - 三二五二 - 三一一一
振替　〇〇一六〇 - 三 - 四七七九九
https://www.hayakawa-online.co.jp
乱丁・落丁本は小社制作部宛お送り下さい。
送料小社負担にてお取りかえいたします。

印刷・株式会社亨有堂印刷所　製本・株式会社川島製本所
Printed and bound in Japan
ISBN978-4-15-184252-8 C0197



本書は活字が大きく読みやすい〈トールサイズ〉です。